果麦文化 出品

THE RAZOR'S EDGE

刀锋

[英] 威廉·萨默塞特·毛姆 /著

韦清琦 /译

天津出版传媒集团

天津人民出版社

剃刀之刃难以逾越；

故智者云，救赎之道亦是如此。

——《羯陀奥义书》

第一章

1

我以前写起小说来没有这么多顾虑。称之为小说，只是因为我不知道还能叫它什么。我没有多少故事可讲，到结尾时也无关什么婚丧嫁娶。人死了便一了百了，故事的大结局同样如此，而婚配倒也能恰如其分地给故事收尾。老于世故的读者对此不屑一顾是欠妥的，因为大团圆可是惯常的安排。普通人天生的善心会使他们相信，这样一来该说的也都说了。不论其间有何种你喜爱的悲欢离合，有情男女还是终成眷属，此时他们的肉身已功德圆满，他们的志趣又传递给了即将到来的下一代。然而我却会让读者不得安生。这本书集录了我对一个人的回忆，而我也只是间或与他有些近距离的接触，在这其中的间隔里他有哪些遭遇我也知道得极少。我想凭着杜撰倒也能煞有介事地填补上其中的空白，让叙述更加连贯，但我无意于此。我只求写下我所知道的事情。

多年前我写过一篇小说《月亮和六便士》，用名画家保罗·高更作为主人公，还设计了一系列情节来描画该人物。我对这位法国艺术家了解很少，于是就根据那些为数不多的材料虚构着故事。在本书里我就不打算这么做了。我什么也没有虚构。其中有些人物尚健在于世，我就给他们另取了名字以避免尴尬，并想方设法保证不会有人认出他们。我写的这位不算什么名人，或许他永远不会出名；或许生命终结时，他在尘世的耽留不会有任何痕迹，如同投石入河时水面的涟漪转瞬而逝。我这本书，假如还有人读的话，只能凭其或许存有的内在意趣。不过他为自己选择的人生道路，可能使他性格中那股子奇异的力量以及可爱之处对世人日渐产生影响，从而在他离世之后很久，人们也许意识到在这个时代里还曾有过这么一位非凡之士。到那时候，人们对我写了谁就恍然大悟了，想要略知其早年生活的人或也可以得到满足。我认为敝书纵有诸般不是，但对于日后为我这位朋友立传的作家而言，仍可作为有用的资料来源。

我不愿佯称所记下的谈话内容是一字不漏的记录。不论在什么场合我都不会做笔录，但是对于我关注的事情我能记得很清楚。尽管以自己的语言转述，我相信还是忠实于原话的。刚才我自称什么也没有虚构，现在则要更正一下。对于我没有听到也不可能听到的言词，我自作主张地让笔下的人物说了出来，而这也是自希罗多德以来的史学家们所得心应手的。我这么做也出于跟史学家们同样的原因：让本来单凭记述、了无趣味的场景生动活泛起来。我希望自己的书有人翻阅，有可读性，为此我自认为这么做无可厚非。倘若聪明的读者一眼看穿并加以指摘，那也完全是他的自由。

另一个让我动笔时带着点儿顾虑的原因是，我所涉及的人物大多为美国人。了解人是很困难的事情，而我觉得除本国同胞外，其他异域之辈根本无法理解。人不仅是其自身，也代表着其出生的地区、他们蹒跚学步的城市公寓或农庄、孩提时玩的游戏、不经意听到的无稽之谈、吃的食物、上的学校、喜欢的运动、读的诗，还有信奉的神。正是这些共同点塑造了他们，而你没法道听途说地理解这些，只有生活于其中才能明白。只有成为他们的一员你才能懂得他们。除了观察，你无法了解外国人，因而要在书中还原出他们的真实性的确不容易。即便如亨利·詹姆斯这样观察细致入微、长居英伦四十年的人，也未能创造出一个道地的英国人形象。而我除几个短篇小说外，从不涉足国人以外的描画，短篇中的斗胆尝试也是因为在这样的文体中可以较为简略地处理人物。你可以提示给读者宽广的空间，由他们自己去填补细节。可能有人会问，既然我能把保罗·高更变成英国人，那何不在此书中如法炮制呢？回答很简单：我做不到。那样一来他们就不是原先的他们了。我不想装模作样地说他们就是原汁原味的美国人，如同美国人看待自己那样的；他们只是一个英国人眼里的美国人。我并不谋求复制出他们的言语特性。英国作家这么做往往导致糟糕的后果，能与之相提并论的也只有美国作家复制的英国人说的英语。俚语就是个很大的陷阱。亨利·詹姆斯在他的英国系列小说里用了很多，但总没有英国人用得到位，于是并没有产生他所追求的口语化效果，反倒让英国读者感觉颇不自在。

2

一九一九年我在去远东时正巧途经芝加哥，出于与本故事无关的原因我在那儿停留了两三个星期。我刚刚成功推出一部小说，为此我一到芝加哥便被约了访谈。次日早晨我接到了电话。

"我是埃利奥特·坦普尔顿。"

"埃利奥特？我以为你在巴黎呢。"

"不是的。我正好来看望我姐姐。我们想今天请你过来共进午餐。"

"我很乐意。"

他留了时间和地址。

我认识埃利奥特·坦普尔顿十五年了，此时他应是五十八九岁的光景，身材高大，举止优雅，相貌堂堂，一头浓密的波浪黑发，几抹渐现的斑白更增添了外表的不凡。他一向穿着考究，日常服饰在"夏尔凡"购买，而正装及鞋帽则要到伦敦置办。他在巴黎左岸时尚的纪尧姆大街拥有一套住房。不喜欢他的人说他是做投机买卖的，但对该指控他一概愤而拒斥。他不乏品位和知识，也不讳言早年定居巴黎时，曾给求购名画的有钱收藏家出谋划策。他通过人脉关系打听到某潦倒的英国或法国贵族准备变卖顶级画作，便很乐于助其牵线美国某博物馆的主管，因为他碰巧知道这位主管正在寻求这样一位大师的这样一幅杰作。法国有众多古老的家族，英国也有不少，他们出于情势所迫不得已出售一件布尔的签名作，或是齐本德尔本人打制的书桌，又希望不要闹出多大的动静来。于是他们很高兴结识这么一位举止无可挑剔的饱学之士，并把交易托付给他悉心打理。人们自然会推断埃利奥特从中拿了好处，有教养的绝口不提，没口德的则到处说他家里的所有摆设都待价而沽，说他请有钱的美国人来享用美酒大餐，几幅名画便随后不见了踪影，或是一件镶花衣柜变成了普通的喷漆柜子。要是问起如此稀罕的东西是怎么不在的，他会一本正经地解释道，那配不上他的品位，于是换了件更精致的。他还补充说总盯着同样的东西看会很乏味。

"Nous autres Américains[1]，我们美国人，"他说，"喜欢变来变去。这既是我们的弱点也是我们的优势。"

定居巴黎、自认为了解他的一些美国女士说他家底其实很薄，他能过得这么风光完全是因为总能精打细算。我不清楚他有多少钱，但他那有着公爵头衔的房东向他收取的租金可不少，家里的陈设也是价值不菲。墙上挂的均是名家画作：华托、弗拉戈纳尔、克劳德·洛林等等；镶木地板上铺着华丽的萨伏内里及欧比松地毯，而客厅里还摆放了一套路易十五时期的petit point[2]，那种精美或许只能属于蓬帕杜夫人，而他也正是这么宣称的。不管怎样，他足以维持他所认为绅士应有的体面生活，而不用为生

---

1. 法语：我们美国人。
2. 法语：针绣挂毯套件。

计奔走，至于过去的那些手段还是不提为宜，除非你不想跟他交往了。没有了衣食之虞，他便投身于自己最有热情的事业，即社会关系的经营。与英法穷酸贵族的生意往来使他早年初到欧陆时就站稳了脚跟，也成为他结交权贵的介绍信。对于收到他信件的那些美国名媛而言，他的家世颇有些分量：来自弗吉尼亚的古老家族，追溯其母亲先祖，曾有参与签署《独立宣言》者。他广受青睐，为人聪明，精通跳舞、射击，还是个优秀的网球手。他能够为任何一次聚会增色。他从不吝惜鲜花和昂贵的盒装巧克力，尽管他很少请客，但只要做了东就一定会别出心裁，让人满意而归。贵妇们很乐意受邀去苏豪的波希米亚风格餐厅或是拉丁区的小酒吧。他随时准备助人一臂之力，总是有求必应，无论那是多么烦人的事情。他花了很大力气来博得半老徐娘们的欢心，于是很快便成为众多深宅大院里的ami de la maison，即家庭宠儿。他把和蔼可亲做到了极致；假如你措手不及，情急之下临时安排他坐在一位无趣的老太太旁边，他也总乐于从命，你可以指望他打趣逗笑，因为他深谙此道。

两三年后，他便在伦敦和巴黎打开了局面，结识了一个美国青年所能认识的所有人物。他定居巴黎，并赶在社交季的尾声，于初秋时节将伦敦城外的大户人家逐个拜访了一轮。原先介绍他进入社交界的女士们惊奇地发现，他的朋友圈已如此之宽广，不禁百感交集。她们一方面欣喜地看到，这位曾栖身于她们羽翼之下的年轻人已大获成功，另一方面也略感不快，因为某些与她们自身只有面上往来的人，他也能混得很熟。尽管他仍然乐于助人且帮助得很到位，但她们还是不安地意识到，自己成了他向上攀的踏脚石。她们担心他势利。而他当然很势利，势利得彻头彻尾，势利得寡廉鲜耻。只要能受邀去一个他渴望的酒会或者能与某名头响亮、家底深厚的倔老太攀上关系，什么样的侮辱他都可以承受，什么样的回绝他都可以不顾，什么样的无礼他都能忍耐。他百折不挠。他锁定的猎物一定要捕捉到，就像一位坚毅的植物学家为了找到稀世兰花品种，可以置洪水、地震、高烧及心怀敌意的土著人而不顾。一九一四年的战争给了他最终的机会。大战爆发时他加入了救护队，先在佛兰德服役，后转至阿戈讷；一年后回来时他的衣服扣眼里多了一条红绶带[1]，凭这个在巴黎的红十字会站稳了脚跟。此时他的手头已经很宽裕，在权贵们捐资筹款时他也能慷慨解囊。他总能运用优雅的品位和组织天赋来助推慈善活动，并获取很高的美誉度。他加入了巴黎两家门槛最高的俱乐部。对于法国顶层社会的妇人而言，他就是ce cher Elliott[2]。他终于达到了目的。

3

初遇埃利奥特时我只是个名不见经传的青年作家，他丝毫没有对我加以留意。他总能记住每张见过的脸。所以偶尔遇见时他还是会很和蔼地与我握握手，不过无意深交；假如我，比方说在剧院，看见他和身份很高的人物在一起，那么他是不大容易看见我的。后来我作为剧作家进步神速，就很快意识到埃利奥特对我更热乎了。一天我接到了他的便笺，邀我去克拉里奇酒店的午餐会，那是他在伦敦时的住处。聚会规模不大，规格也不算高，我的想法是他在掂量我的斤两。但此后，由于我的成功让我结交了很多新朋友，我也开始与他更频繁地接触。不久之后我于秋季去巴黎待了几周，在一个共同的熟人家里遇见他。他问了我的住所，没过一两天我便又应邀跟他共进午餐，这回是在他的寓所；我到达时很吃惊地发现这次可是名流荟萃了。我暗自发笑。我明白他对社

---

1. 红绶带，意指获得了某级别的法国勋章。
2. 法语：那亲爱的埃利奥特。

会关系有着精准把握：在英国社会里我一个作家不足为奇，但在法国，作家只因身份是作家就能有不俗的声望。我的情况正是如此。在接下来的年月里我们的关系相当密切，但从未发展到朋友的程度。我很怀疑跟埃利奥特·坦普尔顿做朋友的可能性。他只对人的社会地位感兴趣。要是我凑巧去巴黎或是他来伦敦，他就不停地请我赴会，那些场合多半是他需要另有陪客或不得不接待一拨儿欧游的美国人。我怀疑他们之中有些是他的老主顾，有些则是带了介绍信的陌生人。他们就是他生活中的过客。他觉得总应该要招待一下，又不愿意动用自己的权贵朋友。最能打发他们的是带他们吃顿饭，看场戏，但这也常常很不容易，因为他已经提前三周都跟人约满了，而且他也隐隐感到即便那样安排了也差强人意。而我只是个人微言轻的作家，他可以毫不在意地对我大倒苦水。

"美国人写介绍信太随意了。倒不是我不乐意见介绍过来的人，而是我真不明白为什么要带他们去烦扰我的朋友们。"

作为补偿他会送出大捧大捧的玫瑰花以及大盒装的巧克力，但有时候他这么做还不够。适逢此类场合他便邀我参加他组织的酒会，尤其在跟我发了那么多牢骚后，更显得此举有些可笑。

"他们迫切地想见你，"他写信恭维道，"某某夫人可是饱读诗书的，她看过你写的每一个字。"

接下来某某夫人便告诉我她是多么喜爱我写的《佩林先生和特雷尔先生》，还就剧作《软体动物》向我道贺。这其中前一部的作者是休·沃波尔，后一部则是休伯特·亨利·戴维斯的作品。

4

假如我留给读者的印象是埃利奥特·坦普尔顿充其量不过一小人，

那么这就待他不厚道了。

首先他是那种法语称作serviable[1]的人，据我所知，英语中还找不到完全对等的词。字典中"serviceable"作"乐于助人、和蔼可亲"之意的用法已经相当老旧，用来形容埃利奥特倒很合适。他为人大方，尽管在早年曾出于隐秘的动机而撒出大把鲜花、糖果及礼物，但当事情过去已无必要再慷慨解囊时他仍会继续。馈赠使他愉快。他很好客。他的厨师不比巴黎任何一位逊色，在他的餐桌上你满可以放心，定能吃到当季最新鲜上市的珍馐。他的红酒也是其评判力的明证。诚然，他挑选宾客是考虑其社会影响力而非是否适合做伴，不过他也留意邀请至少一两位擅长搞笑逗乐的，于是他的酒宴几乎总是趣味盎然。人们暗地里嘲笑他，指其不过一鄙俗势利小人，可却又欣然接受他的邀约。他的法语纯正，口音无可挑剔。他下了很大功夫学会了英国人说话的样子，你得有很尖的耳朵才能听出他偶尔冒出的美国腔调。和他聊天很轻松，前提是别让他说到王公贵妇之类的话题，不过如今他的地位已经很难撼动，所以即便谈到，也能嬉笑怒骂皆成文章，尤其是你和他私下闲聊时。他的口舌既恶毒又亲善，而关于那些尊贵人物的八卦新闻，没有他不知道的。从他口中我知道了谁是X公主的幼子的父亲，而德·Y侯爵的情妇又是哪一位。我相信马塞尔·普鲁斯特打听到的宫廷秘闻也不会比埃利奥特·坦普尔顿更多。

在巴黎时我们经常一块儿吃午饭，有时在他的寓所，有时则上馆子。我喜欢逛逛古玩店，偶尔出手买几件，更多的时候则是赏玩，而埃利奥特总是很有兴致地陪我。他知识渊博，对美丽的事物情有独钟。我觉得他对全巴黎类似的店铺都了如指掌，和店主也都熟稔得很。他热衷于砍价，每当我们朝外走时他就对我说：

---

1. 法语：热心助人的、乐于效劳的。

"假如看中了什么，你自己别买。给我使个眼色，其余的交给我就好。"

　　当他只用报价的一半拿下我中意的物件时便会喜形于色。看他讨价还价是种享受。他争辩、劝诱、发火，吹捧卖家的德行，对他冷嘲热讽，对物件挑三拣四，威胁再也不跨进门槛了，叹气、耸肩、警告、横眉立目，并最终在达到目的时无奈地摇摇头，仿佛认了输。然后他对我耳语道：

　　"你要下吧。价格就是再翻一倍，也划算。"

　　埃利奥特是热忱的天主教徒。定居巴黎不久，他便遇到了一位以循循善诱、规劝异教者迷途知返而著称的神父。这位教士应酬颇多，也是出了名的才子。他的传教服务对象只限于有钱人和贵族阶层。埃利奥特免不了要受此人吸引：虽出身寒微，却能成为顶级权贵的座上客。于是他向一位新近改投神父门下的美国阔太吐露说，自己尽管生于圣公会教徒家庭，但一直仰慕天主教会。她邀请埃利奥特与神父见面，三人单独吃了一次晚餐。女主人将话题引向天主教，神父果然谈吐不似凡俗，神乎其神，丝毫不假意卖弄，虽为教士，但能通晓世故，与埃利奥特这另一个通晓世故者聊得颇为投机。埃利奥特发现神父对他相当了解，不觉深感荣幸。

　　"旺多姆公爵夫人那天还说起你，说觉得你聪明绝顶。"

　　埃利奥特欢喜得涨红了脸。的确曾有人向那尊贵的夫人引荐过他，但他绝没想到公爵夫人对他还有印象。神父谈起信仰来可谓智慧与仁善并举；他心胸开阔，观点紧跟时代，而且宽容大度。他让埃利奥特感觉到教会恰如一精英俱乐部，有教养的人不入其门便是愧对了自己。六个月后他得到了教会的接纳。这一门庭的改换，加上他对天主教慈善会的慷慨捐赠，为他打开了几扇过去向他紧闭的门。

　　他摈弃父辈信仰的动机或许很复杂，但他皈依天主教的真诚却是不容置疑的。每周日他去上流社会光顾的教堂做弥撒，定期做忏悔甚至去罗马朝拜。随着时间的推移，他的虔诚换得了回报：他得到了教皇侍从的称号，而他为此所付出的勤勉工作还为他赢得了——我想是——"圣墓勋章"。他作为天主教徒的职业生涯，比起他做homme du monde[1]来，毫不逊色。

我时常问自己，是什么样的势利心态，使得如此睿智、和蔼且有教养的人能如此执迷。他绝非暴发户之辈。他父亲当过南方某大学的校长，祖父也是很有身份的牧师。埃利奥特何等聪明，怎不知很多接了他帖子的人不过想混一顿大餐，其中还不乏蠢钝无用之徒。然而他们响当当的头衔使他可以对其余都视而不见。我只能猜度，与这些从古老家族走出来的世袭贵族交好，侍奉其女眷于鞍前马后，赋予了他一种永不疲累的成就感；我还觉得在所有这些背后涌动着澎湃的浪漫情怀，使他在弱智儿般的法国公爵身上看到了追随圣路易斯征战圣地的十字军，而吵吵嚷嚷、只知猎狐的英国伯爵身上仿佛还流淌着追随亨利八世去"金缕地"[2]的先祖的血液。与这些人为伍，他感到自己似乎还活在可以纵横驰骋的过去。我觉得当他翻阅《欧洲王族家谱年鉴》时，他的内心是热血沸腾的，一个又一个的名字让他回忆起关于古战场、历史性的包围战和著名的决斗场面，以及诡谲的外交纷争与香艳的宫廷秘闻。不管怎样，这就是埃利奥特·坦普尔顿。

---

1. 法语：上流社会人士。

2. 金缕地（The Field of Cloth of Gold），或译"金锦原"，英王亨利八世和法王弗朗索瓦一世两位"文艺复兴王子"于1520年举行为增进友谊的会议的会场，位于今法国巴兰盖姆镇海滨城市加来附近，其时会面极为华贵奢侈。

我正在梳洗准备出门赴埃利奥特的午宴，此时前台的电话打过来，说他已经等候在下面了。我有些意外，不过还是一收拾停当便下了楼。

"我是想我来接你会比较安全，"我们握手时他说道，"我不清楚你对芝加哥有多熟悉。"

他这种感觉我在一些多年旅居海外的美国人身上有注意到：美国处处都有凶险，欧洲人在这里独自一人寸步难行。

"时间还早。我们可以步行一段。"他提议道。

空气中有一丝凛冽，不过万里无云，迈腿而行不无惬意。

"我本打算在你见到我姐姐之前先向你介绍一下的，"埃利奥特边走边说，"她到巴黎来和我住过一两回，但我想那时你都不在。待会儿人不会很多，你懂的。只有我姐姐、她女儿伊莎贝尔和格雷戈里·布拉巴宗。"

"那位室内装潢师？"我问。

"没错儿。姐姐家房子布置得太糟了，伊莎贝尔和我打算重新装修一下。恰好听说格雷戈里在芝加哥，于是就请伊莎贝尔把他约来了。当然他谈不上知书达理，不过挺有品位。他为玛丽·奥利方装饰过兰尼城堡，为圣额斯家族装饰过圣克莱门特·塔尔博特府。公爵夫人对他非常满意。你会亲眼见到路易莎的房子。我真不明白这么多年她是怎么住的。说到这个，我也不明白这么多年她是怎么住在芝加哥的。"

原来布拉德利夫人是孀居于此，有两男一女三个孩子，但儿子已长大成家，一个在驻菲律宾的政府部门任职，一个则承父业在布宜诺斯艾利斯做外交官。布拉德利夫人的丈夫曾到世界不少地方供职，在罗马做一等秘书若干年后被委派到南美西岸的一个共和国做公使，并在那里去世。

"他过世时我想让路易莎卖了芝加哥的住房，"埃利奥特继续说，

"但她偏就喜欢这宅子。布拉德利家族在这里住很久了，也是伊利诺伊州最古老的望族之一。他们一八三九年从弗吉尼亚迁来，买下了如今属芝加哥区域的六十英里见方的土地，至今还是他们的。"埃利奥特略作迟疑并看看我的反应。"我想你也许会把来这儿的布拉德利先辈归为农民。我拿不准你是否知道，在中西部刚进入大开发的上世纪中期，一大批弗吉尼亚人受到这里未知因素的诱惑而告别了富足的故乡，都是体面人家的孩子。我这位姐夫的先父切斯特·布拉德利看准了芝加哥的未来，并在这儿加入了一家律师行。不管怎样他赚的钱也足够子孙衣食无忧了。"

埃利奥特说话的语气——而不是说话的内容——似乎在暗示，已故的切斯特·布拉德利置祖传的高屋大院及成片的田产不顾而走进了律师行，这或许算不得明智，但他还是攒积起相当一笔财富，至少抵消了当初部分损失。之后有一回布拉德利夫人给我看几张在乡下拍的小照，他称之为他们的"地"，同时丝毫没有什么羡慕的意思。照片上可见一幢中规中矩的木屋，带一座漂亮的小花园，但不远处还有谷仓、牛栏和猪圈，四周则是荒芜而平坦的田地。我不由得想到，切斯特·布拉德利先生弃田进城，是经过深思熟虑的。

不多时我们叫了一辆出租车，并在一座窄而高的棕色石砌楼房前下了车。门口有几级陡台阶。这宅院是一连串房屋中的一座，沿街排开，位于湖岸路的起点。论其外表，即便在最绚丽的秋日里也显得了无生气，你会怀疑还有谁能对它情有独钟。开门的是一位高大结实、白发苍苍的黑人管家，他把我们领向客厅。我们进去时布拉德利夫人从椅子上站起身，埃利奥特为我做了引见。她年轻时应该颇有些姿色，脸蛋虽不是很小巧，五官却相当不错，尤其眼睛顾盼有神。然而她灰黄的脸庞不施粉黛、皮肤松弛，而且显然，她已经在与中年发福的斗争中败下阵来。我思忖着她一定不甘心就这么认输：她穿着如铠甲般活受罪的紧身胸衣，挺直了腰杆坐在直背椅上，这样才能比坐在软垫椅上更舒服些。

她穿一条有不少繁缛饰带的蓝色长裙，衬着鲸骨的领口高而硬挺；一头纤细的银发烫成规整的波浪卷，梳理得一丝不苟。另一位客人还没到，我们就有一搭没一搭地闲聊着。

"埃利奥特告诉我你走的南线，"布拉德利夫人说，"有在罗马逗留吗？"

"是的，我在那里待了一个星期。"

"亲爱的玛格丽塔王后怎么样？"

我说我不清楚，她的问题多少让我很意外。

"哦，你没去看望她？真是个好女子啊。我们在罗马时她对我们很关照的。布拉德利先生那会儿是一等秘书。你为什么不去看看她呢？难道你跟埃利奥特黑白分明，他能去奎里纳尔宫你就去不得？"

"不是这么回事，"我微笑道，"实际情况是我不认识她。"

"是吗？"布拉德利夫人说得好像她不能相信自己的耳朵。"怎么会不认得？"

"实不相瞒，一般来说作家不会和国王王后们走得很近。"

"可是她人真的很不错，"布拉德利夫人劝告般地说，似乎我对王室成员的无知是一种很傲慢的清高。"我敢肯定你会喜欢她的。"

此时门开了，男管家领着格雷戈里·布拉巴宗走进来。

格雷戈里·布拉巴宗有负其名，不像是个浪漫派的人物，而是个肥胖的矮个子，且除了耳畔颈后的一圈黑发外便秃如蛋卵，一张通红裸露的脸仿佛随时都会汗如泉涌；还有敏锐的灰眼睛、肉感的嘴唇以及笨重的下巴。他是英国人，我在伦敦几次放荡不羁的聚会上见过他。他天性快活爽朗，笑声不绝，可是你都不需要有很强的性格判断力就能辨识，他那欢闹的友善只是一个极为精明的生意人的外壳罢了。多年来他一直是伦敦最成功的装潢师。他声音洪亮，一双小胖手也很有感染力。凭着表情达意的手势和滔滔不绝的激昂话语，他能让原本还有疑虑的客户的想象力亢奋起来，因而抗拒他的发号施令几无可能，何况他还会让你感到是得了便宜的。

男管家又走进来，托了一盘鸡尾酒。

"我们不等伊莎贝尔了。"布拉德利夫人说着端起一杯。

"她在哪儿？"埃利奥特问。

"和拉里去打高尔夫球了。她说要迟来的。"

埃利奥特转向我。

"拉里就是劳伦斯·达雷尔。伊莎贝尔要和他订婚的。"

"我原先不知道你喝鸡尾酒，埃利奥特。"我说。

"我是不喝的，"他一口咬定，同时又啜了口拿在手里的鸡尾酒，"可是在这禁酒的鬼地方还能喝什么呢？"他叹道，"连巴黎的一些馆子都开始卖了。当下的世道实在败坏传统礼法。[1]"

"胡说八道，埃利奥特。"布拉德利夫人说。

她说得够温和，但语气之坚决让我觉得她是个有个性的女人，而且我从她看埃利奥特那种既感好笑又不无犀利的眼神中可以猜出，她对这位弟弟是不抱幻想的。

我很想知道她准备怎么拜托格雷戈里·布拉巴宗。他进来时我看见他出于职业习惯打量了一眼屋子，并且不自觉地耸了耸浓密的眉毛。这真是间不可思议的屋子。墙纸、大花窗帘布以及家具上包覆的软垫，其风格都如出一辙；壁挂油画都收在厚重的镶金画框里，显然是布拉德利夫妇在罗马时购得的：拉斐尔派的贞女像、圭多·雷尼派的贞女像、祖卡雷利派的风景画、帕尼尼派的儿童像；他们在北京期间也有所斩获：精雕细刻的红木桌、巨型景泰蓝花瓶；有在智利或是秘鲁买到的物件：

---

1. 原文"Evil communications corrupt good manners"，引自《圣经·新约·哥林多前书》第十五章三十三节，和合本译作：滥交是败坏善行。

肥臃的硬石雕像及陶土花瓶。有一张齐本德尔写字台和一只镶花玻璃橱；灯罩皆为白色丝绸质地，没脑子的画家却在上面绘了穿华托式衣着的牧羊少男和少女。整个屋子丑不忍睹，可是——不知何故——又很讨人喜欢。这种经久居家的气氛，让人感到这堆杂乱无章的东西是有意义的。所有这些彼此不协调的物件自成一体，因为它们都是布拉德利夫人生活的组成部分。

就在我们喝完鸡尾酒时，门被一个姑娘撞开了，后面跟着一个小伙子。

"我们迟到了吗？"她问道，"我把拉里带回来了。他有什么吃的？"

"我想有的，"布拉德利夫人微笑道，"打铃让尤金多加一个位子。"

"是他给我们开的门。我已经跟他说了。"

"我女儿伊莎贝尔，"布拉德利夫人转过头对我说，"这位是劳伦斯·达雷尔。"

伊莎贝尔急急地与我握了手便赶忙转向格雷戈里·布拉巴宗。

"您是布拉巴宗先生？我太想见到您了。您为克莱门蒂娜·多默做的装潢我喜欢极了。这里房间太糟糕了不是么？我对妈妈不知说了多少年了要改一改，现在您到了芝加哥，这可是我们的机会呀。说实话吧，您对这屋子怎么看。"

我知道布拉巴宗绝不会这么做。他飞快瞥了一眼布拉德利夫人，但她无动于衷的表情什么也没透露。他明白了是伊莎贝尔说了算，继而哈哈大笑起来。

"住在这儿肯定是很舒适的，加上有很多别的好处，"他说，"可是如果要我直说，嗯，我觉得这里糟糕得很。"

伊莎贝尔个子高挑，鹅蛋脸，鼻梁挺直，眼眉清秀，嘴唇饱满，这看来是家族特色了。她称得上标致，尽管显得丰腴，我把这个归于她的年纪，想来再过几岁或会苗条一些。她有一双有力而好看的手，虽然有点偏胖；她的双腿在短裙的衬托下，同样略显丰满。她皮肤细腻，色泽红润，加上刚锻炼过身体，又坐敞篷车回来，那气色无疑更好看了。她那活力四射的体态像是要冒出气泡来。她容光焕发，十分健美。她那爱笑爱闹的愉悦、对生活乐趣的享受，以及发自内心的快乐，都是那么地讨人喜欢。她的清纯使得优雅如埃利奥特者也顿显俗不可耐。她的鲜活更让布拉德利夫人苍白而有皱纹的脸掩不住疲惫和老态。

我们走向里屋去吃饭。格雷戈里·布拉巴宗一瞧见餐厅便眨了眨眼。四壁贴的是暗红色仿呢绒墙纸，还挂着好些技法拙劣的肖像画，这些面色阴愠的人物都是已故的布拉德利先生的直系先祖。他自己也赫然在列，唇须浓重，穿着双排扣长礼服配上浆领，姿态显得十分僵硬。布拉德利夫人的画像由一位法国画家在九十年代所作，悬于壁炉架上方，她身穿浅蓝色缎质全套晚礼服，脖子上配珍珠项链，秀发间还有一颗闪亮的星钻。她一只手珠光宝气，手指拈着花边纱巾——这头巾绘制得极为精细，似能数出每个针脚；另一只手则漫不经心地握着鸵羽扇。满房间的黑橡木家具森然而立。

"您觉得这里怎样？"我们落座时伊莎贝尔问格雷戈里·布拉巴宗。

"肯定花了大价钱。"他答道。

"的确，"布拉德利夫人说，"是布拉德利先生的父亲送给我们的结婚礼物。我们走到哪儿都带着。里斯本，北京，罗马。亲爱的玛格丽塔王后很欣赏哪。"

"假如都是您的，您怎么处置？"伊莎贝尔问布拉巴宗，可是在他开口之前埃利奥特抢答了。

"烧了。"他说。

三个人开始讨论怎么改造房间。埃利奥特极力推荐路易十五的风格，伊莎贝尔想要一张长餐桌和意式餐椅。布拉巴宗认为齐本德尔风格与布拉德利夫人的个性更合拍。

　　"我向来很看重这个，"他说，"个性。"他转向埃利奥特，"你肯定认得奥利方公爵夫人？"

　　"玛丽？她是我最亲密的朋友之一。"

　　"她请我装饰餐厅，我在看见她的那一刻就说了乔治二世风格。"

　　"你说得非常正确。上回在那儿吃饭时我注意到了房间的摆设，太对她的品位了。"

　　于是谈话继续下去。布拉德利夫人听着，但谁也不知她在想什么。我说的话很少，而伊莎贝尔的男朋友拉里——我忘了他姓什么——更不言语。他坐餐桌对面，在布拉巴宗和埃利奥特中间，我不时地瞥眼看他。他非常年轻，与埃利奥特一般高，几近六英尺，颀长而柔韧。他面容愉悦，不算很俊美但也不平庸，有点儿羞涩，绝不是很张扬的那种。令我感兴趣的是，在我记忆中，他尽管自进来后没说几句话，但一副神闲气定的样子，而且似乎以一种很奇特的方式参与着谈话，虽然并没有张嘴。我注意到了他的手：修长，但与他身材相比不显过大，形态优美又十分有力，我想画家一定会很青睐。他身材偏向单薄而并不柔弱；其实我应该说，他属于那种瘦长结实，很有耐受力的类型。那脸庞在平静的时候颇为严肃，晒得很黑，不过即便没有晒也显得血色不足，而他虽五官端正，但并不引人注目。他颧骨很高，太阳穴则有些下凹。他深棕色的头发略带卷曲。他的眼睛显得比实际的大，因为他眼眶深陷且睫毛长而浓密。他的眼睛与众不同，不像伊莎贝尔与母亲及舅舅共有的那种明快的淡褐色，而是有极深的光泽，以至于几乎与瞳孔同色，呈现出特异的饱和度。他有一种与生俱来的优雅，这种魅力使我明白伊莎贝尔何以为之吸引。她的目光不时在他身上停留片刻，我能看得出她眼神里不仅有爱，还充溢着亲昵，两人四目相对时他更流露出迷人的柔情。没有什么比年轻人的爱恋更感人的了，我这个中年人在羡慕他们的同时——我不知道为什么——也为他们感到惋惜。这样的想法很愚蠢，因为据我所知，他们的幸福并未受到阻挠，他们境况顺利，没有任何理由不走向婚姻并从此快乐地生活在一起。

伊莎贝尔、埃利奥特和格雷戈里·布拉巴宗仍继续在谈房子的重装，试图从布拉德利夫人这里至少得到个许可，即总归该做些什么了，然而她只是和气地微笑着。

"你们可不能这么催我。我得有时间考虑。"她转向小伙子，"你怎么看，拉里？"

他环顾了一下餐桌，眼中带着笑意。

"我觉得无所谓。"他说。

"你这个坏蛋，拉里，"伊莎贝尔嚷道，"我特意跟你说要力挺我们。"

"假如路易莎姨妈对现状很满意，那大动干戈的目的又是什么？"

他的问题一语中的，让我不由笑起来。他看看我也笑了。

"别因为你说了蠢话就笑成那样。"伊莎贝尔说。

可是他的嘴咧得更大了，我注意到他长着细小洁白且整齐的牙。他的眼神里有某种让伊莎贝尔脸红心跳，并摄住她呼吸的东西。若我没有判断错误，她是疯狂地爱着他的，但我不明白是什么让我感到在她对他的爱情里，还有一些母性的成分。这在如此年轻的姑娘身上是有点儿出乎意料的。带着唇间轻柔的微笑她再次把注意力转向格雷戈里·布拉巴宗。

"别理他。他蠢得很，而且压根儿就没怎么读过书。他什么都不懂，就知道飞。"

"飞？"我说。

"他在大战中当过飞行员。"

"我原以为他年纪小，应该没打过仗。"

"他是还小。太小啦。表现很恶劣，逃学跑到了加拿大。说得头头是道让人相信他有十八岁了，于是进了空军。签停战协议时他正在法国服役呢。"

"你要让伯母的客人提不起劲儿来了，伊莎贝尔。"拉里说。

"我打小就认识他了，他回来时穿军装的样子可爱极了，束腰军装上挂了那么多绶带，于是我就坐在了他门口台阶上，这么说吧，他要一直到答应娶我，才能得到些消停。竞争激烈得很哪。"

"是吗，伊莎贝尔。"她母亲说。

拉里向我倾了倾身。

"我希望你别信她说的一个字儿。伊莎贝尔并不是坏姑娘，不过她会说瞎话。"

午餐用完，埃利奥特和我不久就告辞了。我跟他说过要去博物馆看画，他也说了会带我去。我不是特别喜欢结伴去画展，但也不好说更喜欢独自去，就由他陪着。在路上我们说起了伊莎贝尔和拉里。

"看见少男少女两情相悦可真愉快啊。"我说。

"他们现在谈婚论嫁，有点儿太早。"

"为什么？年纪轻轻就相爱，然后结婚，多好。"

"别逗了。姑娘十九岁，而小伙儿也才二十，还没找到工作。他收入可怜得很，一年三四千吧，这是路易莎告诉我的，而路易莎说到底也不宽裕。她的财产只够她自己用。"

"那他可以找个事儿做。"

"说到点子上了。他没打算找工作，他似乎很满足于无所事事。"

"我敢说他在战争中受够了，也许他想休整一下。"

"他休整了一年，肯定够长了吧。"

"我看他是个好小伙子。"

"噢，我丝毫没有要反对他的意思。他出身家世都挺不错。从前他父亲来自巴尔的摩，曾在耶鲁还是什么类似的大学做过罗曼斯语助理教授。母亲生在费城古老的贵格会教家庭。"

"你说了从前。他们都不在了？"

"是的，他母亲难产死的，父亲大概在十二年前也去世了。他由父亲在大学里的一个朋友抚养大，是位住在马文的医生。这也是路易莎和伊莎贝尔认识他的缘由。"

"马文在哪里？"

"就在布拉德利老宅的地界，路易莎到那儿过暑假。她很为这孩子难过。纳尔逊医生是单身汉，根本不知道怎么带孩子。是路易莎坚持要将他送到圣保罗教堂，并且每逢圣诞节把他接出来。"埃利奥特像法国人那样耸耸肩，"我想当初她就预见了这个不可避免的结果。"

此刻我们到了博物馆，把注意力转向画展。我又一次被埃利奥特的学识和品位折服了。他领着我在各展厅游走，仿佛我就是一个团的游客，而没有哪位艺术学教授能像他这么富有教益地侃侃而谈。我打定主意还要一个人来一次，可以随心逛逛优哉一下，于是此刻便不再多言语。过了片刻，他看了看表。

"走吧，"他说，"我从不在画廊待超过一个小时。这就是一个人的艺术鉴赏力所能延续的极限时间。改日再看完吧。"

分别时我说了好多感谢的话。或许艺术见识是增长了，可心里总也不痛快。

在跟布拉德利夫人道别时她告诉我，伊莎贝尔要请几个她的小朋友来吃晚饭，之后还要去跳舞，要是我能来的话，那埃利奥特和我可以在她们走后好好聊聊。

"这可是一件好事啊，"她补充道，"他在海外待太久，感觉跟这里脱了节。貌似在这儿找不到有共同语言的人了。"

我接受了邀请，而当我们在博物馆台阶上道别时埃利奥特告诉我他对此很欣慰。

　　"在这个大都市里我就像个迷失的幽魂，"他说，"我答应路易莎要陪她六个星期，自一九一二年后我们就没见过，但我直到回巴黎之前都度日如年。巴黎是这世上体面人唯一能住的地方。我亲爱的老弟，你知道在这儿他们怎么看我的么？他们把我看成是怪胎，野蛮人。"

　　我笑笑便离开了。

6

　　次日傍晚，我在电话里婉拒了埃利奥特的接车，独自安然抵达布拉德利夫人的宅邸。先前有人来拜访我，耽搁了一点儿时间，因而到得稍晚了些。上楼梯时，客厅传出阵阵喧哗让人觉得晚宴规模不小，于是当我发觉连自己在内仅十二个人时便大感意外。布拉德利夫人身着镶珠硬领的绿缎晚礼服，显得雍容华贵，而埃利奥特裁剪入时的装束也尽可能地显现着他个人的优雅。我同他握手时阿拉伯香水味扑面袭来。他把我介绍给一位高大偏胖的男子；那人红脸膛，穿着晚礼服显得有些忸怩。他就是纳尔逊医生，不过那时我并不以为意。其他人都是伊莎贝尔的朋友，但他们的名字我一听便忘。女孩子们都年轻俊俏，男孩子们也玉树临风。唯一给我留下印象的是个小伙子，也只因为他格外高大魁伟，长着宽阔的肩膀和足有六英尺三四英寸的个头。伊莎贝尔样子楚楚动人，身着一袭白色丝质窄底长裙，遮住了丰满的腿；衣裙的款型显露出她发育良好的胸部；裸露的胳膊胖乎乎的，但脖颈却很好看。她兴致勃勃，眉目左右顾盼。她无疑是个漂亮可人的女郎，然而也不难看出，若不加注意，她的体态也会因臃肿而走了形。

我的晚餐座位被安排在布拉德利夫人和一位不怎么起眼的害羞姑娘中间，她似乎比其他人年纪还要小。落座时善解人意的布拉德利夫人解释道，她祖父母住在马文，以前和伊莎贝尔一起上学的。她的名字——我只听到人们这样提到她——叫索菲。餐桌上谈笑风生，每个人都扯足了嗓门，而且似乎彼此都很熟识。在我不用忙着跟女主人说话时，便试着与那位芳邻搭讪，但收效不大。她比其他人都安静。她不算漂亮，面孔很有意思，长着小巧的翘鼻子、宽嘴巴和碧蓝的眼睛；浅棕色的头发很简单地束着。她很瘦，胸脯几乎和男孩子一样平坦。有人打趣时她也跟着笑，但有些不得已的意思，于是你觉得她并没有像她装出来的那么乐不可支。我猜她是想勉力做个通情达理的人。我看不出她是有些傻还是腼腆得厉害，总之换了若干个话题都不了了之，只好请她跟我讲讲来吃饭的都是些什么人。

　　"噢，你知道纳尔逊医生的吧，"她边说边指指坐在布拉德利夫人正对面的中年男子，"他是拉里的监护人，是我们在马文的医生。他非常聪明，为飞机发明了好些个东西，谁也用不上。他不干活儿时就喝酒。"

　　她说这些时，浅色的眼睛里泛出些许光泽，使我怀疑我是不是一开始小瞧了她。她继续逐个向我介绍那些年轻人，姓甚名谁，父母何人，如果是男生还得交代一下上过哪所大学，做了什么工作。可给我的收获不算很多。

　　"她很可爱。"或者，"他打高尔夫球很棒。"

　　"那个浓眉毛的大个子是谁？"

　　"哪个？噢，那是格雷·马图林。他父亲在马文的河边有一座好大的房子，是我们那儿的百万富翁。我们很为他感到骄傲呢。他教我们打球。马图林、霍布斯、雷纳还有史密斯这些都是富人。他是芝加哥的顶级富豪呢，格雷是他的独生子。"

她列数名字时有一种快活的揶揄口吻，让我好奇地瞥了她一眼。她瞧见了，脸红了起来。

　　"再跟我说说马图林先生吧。"

　　"没什么好说的。他很富有，德高望重。他在马文为我们建了新教堂，还为芝加哥大学捐了一百万美元。"

　　"他的儿子长得很英俊啊。"

　　"他很不错的。你怎么也想不到他祖父是住棚屋的爱尔兰人，而祖母是饭馆里的瑞典服务员。"

　　格雷·马图林的相貌与其说英俊，不如说是震撼，保持着一种粗糙、未雕饰的状态：短而钝的鼻子，肉感的嘴，爱尔兰人的红润皮肤，浓密乌黑油亮亮的头发，还有同样浓重的眉毛下面的清澈湛蓝的眼睛。他虽然身材魁梧，却比例匀称，假如脱去了衣服一定是个健美的男子。他显然非常强壮，那种男性的孔武令人印象至深。坐在他身边的拉里尽管只矮了三四英寸，与之相比却纤瘦了很多。

　　"他有一大堆崇拜者呢，"我这位害羞的芳邻说，"我知道有一些女孩为了得到他什么都干得出来，简直就要杀人放火了。但她们没机会了。"

　　"为什么呢？"

　　"你什么都没听说，是吗？"

　　"我怎么会知道呢？"

　　"他爱极了伊莎贝尔，爱糊涂了，而伊莎贝尔是爱拉里的。"

　　"他为什么不使劲儿把拉里挤走呢？"

　　"拉里是他最好的朋友。"

　　"这就麻烦了。"

　　"如果你跟格雷一样节操高尚的话。"

　　我不能肯定她这番话是全心全意的，还是带着一丝嘲讽的口气。

她的仪态毫无失礼之处，既不唐突也非莽撞，可是我总觉得她要么少了些幽默感，要么就是不够机灵。我在想她和我谈话时内心是怎样的，不过我明白我是不可能知道的。她明显缺乏自信，我觉得她还只是个生活封闭的孩子，周围的人都比她大了不少。她的举止中的质朴谦和打动了我，但是如果我想的没错，我猜她很多时候是形单影只的，默默地观察着周边的大朋友并对他们形成了确定的看法。我们成年人很少去揣测小孩子是如何不留情面又是以什么样的洞察力为我们盖棺论定的。我又朝她那双碧蓝的眼睛看了一眼。

"你多大了？"我问。

"十七。"

"你看书多吗？"我又随意问了句。

但她还未及回答，布拉德利夫人便恪守女主人的职责，拉我与她聊起来，等我脱身时晚餐已告结束。年轻人一下子走得干干净净，去了他们该去的地方，剩下我们四个进了客厅。

对于这回受邀，我是有点意外的，因为在随便说了几句之后，他们转入正题，谈起了一件我原以为他们倾向于私下讨论的事情。我拿不定主意，是该慎重起见起身告辞，还是做个不偏不倚的听众，或对他们还能派上用场。商量的议题是拉里很奇怪地不愿意去工作。引发此事的是马图林先生，即晚宴上那个小伙子的父亲，他想把拉里招于麾下。这是个绝好的工作机会，凭拉里的才干和勤勉，丰厚的收入是指日可待的。年轻的格雷·马图林也很希望他加盟。

我记不得原话了，但大意很清楚：在拉里从法国回来时，他的监护人纳尔逊医生建议他去上大学，但他拒绝了。他想闲一段时间，这很自然；他熬过了艰难的战争时日，两度受伤，虽然不是很重。纳尔逊医生想他还没有从战场的激荡中恢复过来，让他休整到彻底恢复，也不失为明智之举。然而一周周、一月月过去，如今他脱去戎装已一年有余。他在空军似乎表现英勇，复员时在芝加哥已是颇有名气了，于是不少公司都向他示好。他表示了感谢，但都婉言谢绝。他没有解释缘由，只说尚未打定主意要干些什么。他和伊莎贝尔订了终身，这对于布拉德利夫人来说毫不意外，因为他们原本就形影不离，她也知道伊莎贝尔爱着他。

她也很喜欢他，认为他会给伊莎贝尔快乐的。

"伊莎贝尔的性格比他强，可以带给他所缺失的。"

虽然两人还很年轻，但是布拉德利夫人倒很乐意让他们立即成婚，不过前提是拉里不能无所事事。他有一点自己的积蓄，但即便其数额十倍于此，她也会坚持他应当去工作。我所能回忆的情况是，她和埃利奥特希望从纳尔逊医生口里得知拉里的打算。他们要他用自己的影响来使他接受马图林先生提供的职位。

"你得知道我在拉里面前向来不是权威，"他说，"从小他就自行其是。"

"我知道，就是你把他带野了。他现在能这么出色真是奇迹了。"

久耽于杯中物的纳尔逊医生恹恹地看了她一眼，红脸膛似乎更红了一些。

"我整天忙，有自己一摊子事情要做。我收下他是因为他没别的地方去了，而他爸爸是我的朋友。他可真不好对付。"

"我不明白你怎会这么说，"布拉德利夫人毫不客气地答道，"他脾气可好了。"

"这孩子从不跟你吵，但就是我行我素，你朝他发火他就说声抱歉，让你气咻咻地发脾气。这样的孩子你拿他有办法？假如是我自己的儿子我就上去揍了。可我不能揍一个举目无亲的孩子，他爸将他托付给我时是知道我会善待他的。"

"扯远了，"埃利奥特有点烦躁地说，"目前的情况是：他已经游手好闲有些日子了；现在天赐良机，他抓住了就能挣很多钱，如果他想娶伊莎贝尔就必须抓住。"

"他必须认识到在如今这个世界上，"布拉德利夫人插话道，"男人是必须工作的。他现在身强力壮，早已康复。我们都知道有不少美国兵，从战场上回来后什么也不做，成了家庭的负担，社会的累赘。"

接着我说了我的意见。

"可是拒绝了这样那样的工作，他说了什么理由没有？"

"什么也没有，就说他不感兴趣。"

"可难道他不想做番事业吗？"

"显然没有打算。"

纳尔逊医生又给自己来了杯掺苏打水的威士忌。他喝了一大口，然后看了看他的两个伙伴。

"要我说说我的感觉吗？我谈不上是个判定人性的大法官，但不管怎样我从医也三十多年了，多少了解一些。战争改变了拉里。回来和去的时候不是一个人了。并不只是长大了几岁。肯定有什么事使他变了性情。"

"什么样的事？"我问。

"我不知道，他不愿多谈自己的战争经历。"纳尔逊医生扭头朝向布拉德利夫人，"他有没有跟你讲过什么，路易莎？"

她摇摇头。

"没有，刚回来时我们还很想让他讲一讲自己的历险，可他只会端出他那招牌笑容，说没什么好讲的。他甚至对伊莎贝尔也不说。她试过很多次，但一无所获。"

谈话差强人意地继续着，不一会儿纳尔逊医生看看表，说要告辞了。我打算一同离去，但埃利奥特按住我，要我留下。待他走后布拉德利夫人向我致歉，因为我给拉进了他们的家务事，恐怕烦着我了。

"可是你瞧，我是伤透了脑筋啊。"她最后说。

"毛姆先生是非常审慎的，路易莎，不论和他说什么都不用担心。我倒是没觉得鲍勃·纳尔逊和拉里有多亲近，但是路易莎和我认为有些话还是不对他说比较好。"

　　"埃利奥特。"

　　"都说到这个份儿上了，其余的也跟他说吧。我不知道你吃饭时注意到格雷·马图林了吗？"

　　"这么高的个头，想不注意都难。"

　　"他对伊莎贝尔可是一往情深哪。拉里不在时他一直呵护着她。她也很喜欢他，要是战事再拖得长些她也许就嫁他了。他向她求过婚。她既没有接受也没有拒绝。路易莎猜她当时是想等拉里回来再做决定。"

　　"他怎么没去参战？"我问。

　　"他踢足球损伤了心脏。虽然不严重，但军方不要他了。反正拉里一回家，他就没有任何机会了。伊莎贝尔很干脆地回绝了他。"

　　我不知道该说什么，于是我什么也没说。埃利奥特继续讲了下去，凭着出众的外形以及牛津口音，他去外交部做一名高级官员是再合适不过的。

　　"拉里当然是个好小伙儿，当年他偷偷跑去参加空军也的确算是个壮举，可是我对性格的判断是很在行的……"他会心地笑了笑，并说了一句我只在他谈及艺术品交易获利时才会听到他说的话，"否则眼下我也不会拥有这么一笔相当可观的优质金边证券了。我的意见是，拉里绝不会有大出息。他既没有说得出口的家产，也没有什么社会地位。格雷·马图林就大不相同了。他有个古老显赫的姓氏，家族里出过一位主教、一位戏剧家，还有几个出名的军人和学者。"

　　"这些你都是怎么知道的？"我问。

　　"这种事情人们自然都会知道，"他轻描淡写地说，"实际上我有天在俱乐部碰巧翻了翻《英国名人辞典》，看到了这个姓氏。"

我想我也犯不着重复刚才晚餐时那位小邻桌告诉我的：格雷那住棚户的爱尔兰祖父和端盘子的瑞典祖母。埃利奥特继续侃侃而谈。

"我们都认识亨利·马图林很多年了，一个大好人同时也很有钱。格雷正跻身芝加哥的顶级经纪行，站在世界之巅了。他想娶伊莎贝尔，站在她的角度上说，不可否认是绝配啊。我是全力赞成的，我知道路易莎也是。"

"你离开美国太久了，埃利奥特，"布拉德利夫人苦笑道，"你忘了在这个国家，女孩子不会因为妈妈和舅舅觉得好就嫁了。"

"这真没有什么值得骄傲的，路易莎，"埃利奥特没好气地说，"凭我三十年的经验我可以告诉你，终身大事根据地位、财产和人际圈子来安排，肯定比什么恋爱结婚牢靠。伊莎贝尔要是在法国——世上唯一的文明国家——就会不假思索地嫁给格雷，然后过一两年，假如她愿意的话，可以让拉里做她的情人。格雷可以找个有名的女演员，金屋藏娇，这样皆大欢喜。"

布拉德利夫人可不是傻瓜，她带着狡黠戏弄的神情看着她弟弟。

"这我不能苟同，埃利奥特，纽约的剧团到这儿来演出时间有限，格雷豪宅的娇娘能住多长时间谁都说不准。这让大家都心不定啊。"

埃利奥特笑了笑。

"格雷可以在纽约证交所买个席位，毕竟如果住在美国，除了纽约我还真不知道可以待在其他什么地方。"

之后不久我便离开了，但在我告辞之前，埃利奥特问我是否可以和他一起与马图林父子共进午餐，我不知道他的目的。

"亨利是美国商界的佼佼者，"他说，"我觉得你该认识认识他。多年来他一直为我们打理投资。"

对此我并没有特别的意愿，但也没有理由拒绝，只好从命了。

7

由于要逗留一段时日，所以我住在一家会所里，这儿有很不错的图
书馆。次日一早我便到那儿去翻阅一两本大学杂志，这类期刊如不订阅
总是很难读到。时间尚早，图书馆里只有另外一个人。他坐在一张宽大
的皮椅里专心地读一本书，我很惊讶地发现居然是拉里。他是最不可能
在这儿现身的。我从他身边经过时他抬头认出了我，准备欠身起立。

"别起来了，"同时几乎不假思索地说，"读什么呢？"

"一本书。"他微笑着说，不过这笑容是那么动人，原本这作为拒
答的回答也就丝毫不显得无礼了。

他合上书，用他那特有的朦胧眼神看着我，同时手拿着书，让我无
法看到书名。

"昨晚玩得高兴吗？"我问。

"好极了。到五点才回家。"

"那你这么早就来读书，很用功呀。"

"我常来的。通常这个时间就我一人。"

"我不打扰你。"

"你没有打扰我，"他又笑答，我现在知道了，他有着特别温馨的
微笑——不是灿烂飞扬的那种，而是用内心之炬点亮了面容。他坐在由
外伸的书架围成的小阁子里，旁边还有一张椅子。他把手放在扶手上。
"你可否在这儿坐一会儿？"

"好吧。"

他把一直拿在手里的书递给我。

"我在读这个。"

我看了看，是威廉·詹姆斯的《心理学原理》。当然是很优秀的读
物，在该学科领域也是重要的著作，而且可读性极强；然而我没有料到

这么年轻的小伙子，一位飞行员，手里会有这么一本书，何况他还一直跳舞到凌晨五点。

"你为什么读这个？"我问。

"我很无知。"

"你也还很年轻呢。"我微笑道。

他良久不置一词，我开始感到这沉默让人难堪了，准备起身去寻找我要的杂志。但我有一种感觉，他是想说什么的。他失神地看着前方，面色凝重而专注，似乎在沉思。我等待着。我很好奇这究竟是怎么回事。当他开口继续说话时，仿佛浑然不觉此前的一大段静默。

"我从法国回来时，他们都希望我去上大学。我上不了。在经历了那么多之后我感到回不去学校了。反正在预科学校里我也没学到什么。我感到自己无法和大学新生们在一起生活。他们也不会喜欢我。我不愿意演一个我没有感觉的角色。而且我认为那些教师也教不了我想学的东西。"

"当然我知道这并不关我事，"我答道，"可是我很难信服你的说法。我想我能理解你的意思，也知道经过了战场上的两年，再从头做个大学一二年级里的那种花样男生，想想就很泄气。但我不相信他们会不喜欢你。我不是很了解美国大学，但我不相信美国大学生会跟英国差别有多大，也许更爱闹一些，更爱捉弄人，但总体上是正派理性的，而且我认为的确就是这样，假如你不想过他们的生活，他们也会欣然赞同的，你只需机智老练一些，就可以过你想过的生活。不比我几个兄弟，我从来没到过剑桥。我有机会的，但我拒绝了。我只想着走出去看世界。我一直为此很后悔。我觉得去上大学会挽回我不少损失。在有经验的教师指导下你学习是很快的。没有人指引而走在黑洞洞的死胡同里，会浪费很多光阴。"

"你也许是对的，我并不在意犯错误。或许在其中一个死胡同里我可以找到我一直要追寻的东西。"

"你追寻什么东西呢？"

他踌躇片刻。

"反正就是有东西，我也还说不大清。"

我沉默不语，他这么说我还真的无以应对。在很早的年岁里我做事情就总是有明确的目的性，因而他的话让我感到不耐烦；不过我又责备了自己；我有一种只能称作直觉的东西告诉我，这个小伙子的心灵深处正纠结地挣扎着，要么是有尚未深思熟虑的想法，要么就是存在着莫名的、依稀能触知的情感，这使他无论走到哪里都被一种不宁的心绪驱使着。很奇怪的是，他触发了我的同情心。此前我并没有听他说过多少话，直到这时我才感受到他声线的婉约，那么动人，如芬芳的膏油。想到这一点，再加上他那迷人的微笑以及能表情达意的漆黑的眸子，我很能理解伊莎贝尔是多么倾心于他。他的确非常讨人喜欢。他转过头来看我，并不忸怩，却带着既审视又不无愉悦的眼神。

"昨晚我们去跳舞后，你们谈到了我，我说的对吗？"

"谈论了一段时间。"

"我想这就是鲍勃叔叔硬着头皮来吃饭的原因。他是讨厌外出的。"

"好像你得到了一个非常理想的工作机会。"

"非常好。"

"准备接受吗？"

"不准备。"

"为什么？"

"我不想去。"

看来我要插手和我不相干的事情了，可我的想法是，正因为我是外国来的生人，拉里与我谈起来才没有什么不情愿。

"嗯，你知道吧，百无一用还可当作家呢。"我笑着说。

"我没有任何天赋。"

"那你想做什么？"

他又给了我那特有的灿烂迷人的微笑。

"闲逛。"他说。

我只得笑了笑。

"我原以为芝加哥非等闲之处啊，"我说，"不管怎样，我还是让你好好看书吧。我得去找一下《耶鲁季刊》。"

我站起了身。我离开图书馆时拉里仍在聚精会神地读着威廉·詹姆斯的书。我独自在会所用了午餐。由于图书馆的僻静，我又回过去，准备在那里抽雪茄，读读书写写字，打发掉一两个小时。我很意外地看见拉里仍沉浸于书中，似乎我走后就没怎么挪过。大约四点我离开时他还在。对他这一显见的专注力我深感折服。我的来与去他都没有留意。我在下午处理各种杂事，待回到布莱克斯通时，已到了更衣赴晚餐会的钟点了。半路上强烈的好奇心攫住了我。我再次去了趟会所的图书馆。有不少人在阅读报刊。拉里仍在相同的位子上，专心致志于同一本书。奇人！

8

第二天埃利奥特邀我去"帕尔默之家"与马图林父子共进午餐。只有我们四人。亨利·马图林也是大块头，几乎与儿子相当，脸面红润，下巴厚实，也长着短钝而咄咄逼人的鼻子，但他的眼睛比儿子的要小，也不像他那样湛蓝，但非常非常犀利。尽管他至多五十一二，但看上去却要老十岁，头发日益稀疏且已一片雪白。他给人第一眼的感觉并不如意，好像这么多年来他都只顾着自己的业务。他给我的印象是个冷酷、聪明、富于才干的人，只要是生意上的事那绝不会心慈手软。起初他谈话很少，我感到他在试探我，而且我觉得埃利奥特在他眼里根本就是个

032

笑料。格雷温文尔雅，几乎一言不发，若非埃利奥特以其娴熟的社交技巧轻松驾驭着谈话，那场面或许就很难堪了。我猜他一定和中西部的商人打过很多交道，忽悠他们花了大价钱买早期绘画大师的作品。此时马图林先生开始放松下来，片言只语间也显示出他比看上去还要睿智，甚至不乏少许干涩的幽默感。话题很快转向了股市。我毫不意外地发现埃利奥特同样深谙此道，我很清楚虽然他总是夸夸其谈，可的确样样门槛都精得很。也就是在此时马图林先生说道：

"今天早晨我收到格雷的朋友拉里·达雷尔的一封信。"

"你没告诉我嘛，爸爸。"格雷说。

马图林先生转向我。

"你认识拉里的，对吧？"我点点头。"格雷劝我让他入我这行。他们是好朋友。格雷对他推崇备至。"

"他在信里说了什么，爸爸？"

"他感谢了我，说他明白这对于年轻人而言是绝好的机会。他仔细思考过了，得出的结论是他会令我失望的，想来还是不接受的好。"

"他这样太愚蠢了。"埃利奥特说。

"是啊。"马图林先生说。

"太遗憾了，爸爸，"格雷说，"如果我们能一起共事该多好。"

"你可以牵马到河边，可是没法硬让马饮水。"

马图林先生说这番话时看着儿子，犀利的目光也柔和起来。我意识到这个商场上的强人还是有自己的另一面，他疼爱着这庞然大物般的儿子。他又转向我。

"你知道不，这孩子星期天在我们的场地上两次打出了低于标准杆，分别以七杆和六杆赢了我。恨不得用我的九号铁头杆把他脑袋敲碎哩。想想还是我教他打高尔夫的呢。"

他的自豪溢于言表。我开始喜欢他了。

"是我运气太好了，爸爸。"

"根本不是这么回事儿。球打出沙坑就落在离球洞六英寸的地方，这是运气吗？打偏了一英尺就会误差三十五码。我想让他参加明年的业余锦标赛。"

"我可腾不出时间来啊。"

"我是你老板，没错吧？"

"我能不知道吗！迟来办公室一分钟瞧你火冒三丈的样子。"

马图林先生笑出了声。

"他一心要把我弄成个暴君的模样，"他对我说，"别信他。我就代表了我的公司，我的合伙人实在不行，而我对这份产业非常自豪。我让自己的孩子从基层做起，期望他像所有我雇的年轻人一样努力向上，这样有朝一日他接班时就胸有成竹了。责任重大啊，像我做的这种生意。我照管着客户的投资，有的在我这儿已经有三十年了，对我非常信任。说句心里话，我宁愿赔上自己的钱也不能让他们遭受损失。"

格雷笑起来。

"前些日子一个老姑娘过来想做笔一千美元的投资，是她的牧师推荐的一个不靠谱的项目。她坚持要做，他却把人家冲得老远，她走的时候还抽抽搭搭的呢。接着他还打电话给牧师，把对方也骂了一通。"

"人们总是对我们这些经纪人说三道四，可这圈子里也是鱼龙混杂的。我不想让人做赔本买卖，想让他们赚钱，可是大多数人啊，你看他们的操作，你会觉得他们毕生的目标就是赔光每一分钱。"

"嗯，你觉得这个人怎样？"埃利奥特问我，此时马图林父子已经回了公司，我们也走了。

"我一向喜欢接触不同类型的新人群。我觉得他们的父子亲情还是挺令人感动的。这在英国可未必很常见。"

"他很疼爱儿子。他是个奇怪的混合体。他说的客户的事儿都是真的。他手上有好几百个大妈、退伍军人和牧师，得照管好这些人的积蓄。我觉得他们的麻烦比价值更多，可是他们的信赖让他感到很骄傲。不过他在做大手笔，在跟敌对大鳄打商战时，没有人比他更强硬、下手更无情。那个时候他可绝不留情面。他要的那磅肉[1]一丝儿都不能少，谁也阻止不了他。如果和他作对，那他不但要干掉你，还要干得不亦乐乎。"

一回家埃利奥特便告诉布拉德利夫人，拉里回绝了亨利·马图林的聘用。伊莎贝尔此前一直在和闺密们吃午饭，她进来时家里人仍在议论。他们告诉了她。从埃利奥特对接下来的谈话的转述中可以推测，他是相当雄辩有力的。尽管他自己十年来无所事事，而以前为他敛了大财的营生也根本谈不上艰苦卓绝，但他极力主张，对于人类的成功之道，勤勉工作是根本。拉里完全是出身布衣之家的年轻人，没有显耀的门庭，因而也没有理由不遵循本国的优良传统。对于埃利奥特这样富于远见卓识的人而言是再清楚不过了：美国正进入空前的盛世。拉里已有机会站在起跑线上了，如脚踏实地地埋头苦干，到四十岁时或能有数倍于百万富翁的财富了。那时如果想急流勇退，生活得更体面些，比方说搬到巴黎的杜波依斯大街的公寓里，同时在都兰再拥有一座château[2]，他（埃利奥特）对此就无可厚非了。可是路易莎·布拉德利说得更干脆且无可争辩。

"如果他爱你，他就应该准备好了为了你去工作。"

我不知道伊莎贝尔当时是怎么应对的，但她很明智地看出来，长辈们言之在理。周围熟识的少年人都在为某种事业学习着，有的已经在职场忙开了。拉里不能指望一辈子都躺在空军时代的功劳簿上。战争结束了，大

---

1. 那磅肉（pound of flesh），指合法但有悖情理的要求，典出莎士比亚喜剧《威尼斯商人》。

2. 法语：别墅、府邸。

家都很厌倦，只求尽快淡忘。最终的讨论结果是伊莎贝尔同意就此事与拉里彻底谈一次。布拉德利夫人建议伊莎贝尔让他开车送她去马文。她订购了客厅的新窗帘，但是量错了，所以她要伊莎贝尔再去量一次。

"鲍勃·纳尔逊会招待你们中饭的。"她说。

"我有个更好的想法，"埃利奥特说，"给他们准备个餐篮，就在门廊吃，吃完可以谈心。"

"很有意思。"伊莎贝尔说。

"舒舒服服地吃着野餐式的午饭，没几件事情比这更惬意了，"埃利奥特用过来人的口气补充道，"想当初年迈的于泽思公爵夫人对我说，再顽固的汉子也禁不住这样的诱惑。给他们准备些什么作午餐呢？"

"包蛋鸡肉三明治。"

"瞎说。没有paté de foie gras[1]还能叫野餐么。你得先用咖喱大虾作为开胃菜，佐以鸡胸脯肉冻，还有生菜心沙拉，这个我可以亲自来调味。吃过鹅肝酱后，要是喜欢的话，作为对美国习俗的让步，还可以来一道苹果馅饼。"

"我就准备包蛋鸡肉三明治，埃利奥特。"布拉德利夫人说得很坚决。

"那记着我的话吧，这样不行的，到时候只能怪你自己的。"

"拉里吃得很少，埃利奥特叔叔，"伊莎贝尔说，"而且我相信吃了什么他也不会注意到。"

"我希望你不会觉得那是个亮点吧，我可怜的丫头。"她叔叔回敬道。

可是布拉德利夫人说了吃什么，他们只得吃什么。之后埃利奥特告诉我此次马文之行的结果时，他很法式地耸耸肩。

---

1. 法语：鹅肝酱。

"我说行不通的。我恳求路易莎加一瓶'蒙夏锡'，那还是开战前我寄给她的，但她就是不听。他们只带了一瓶热咖啡。你还能指望什么？"

那天路易莎·布拉德利和埃利奥特坐在客厅里，忽闻汽车停在门口的声音，伊莎贝尔走了进来。天色刚暗下来，窗帘已拉上了。埃利奥特懒洋洋地坐在炉边的扶手椅上读小说，布拉德利夫人正在织一张挂毯准备作为炉挡。伊莎贝尔没进客厅直接上楼去了自己的房间。埃利奥特从眼镜上方看了看姐姐。

"我估计她是去放帽子的，一会儿就会下来。"她说。

可是伊莎贝尔没有来。好几分钟过去了。

"也许是累了，她可能躺下了。"

"你难道原本就没有指望拉里会来？"

"别让我动气，埃利奥特。"

"好哦，你的事，与我无关。"

他又把头埋到书里。布拉德利夫人继续她的针线活儿。可是半小时后她霍地站起。

"我觉得也许要上楼看看她是不是好好的，假如她在休息我也就不便打扰了。"

她出了房间，但没过多久就下楼回来了。

"她在哭。拉里要去巴黎了，要走两年。她答应等他。"

"为什么要去巴黎？"

"我问了也没用，埃利奥特。我不知道。她什么也不会讲的。她说她能理解，不会从中阻挠的。我对她说，'如果他打算离开你两年，那不可能爱你有多深。'她说，'我也无能为力，关键是我爱他很深。'我问，'即使是在今天的事情之后？'她说，'今天的事让我前所未有地爱他，他也爱我，妈妈。我很肯定。'"

埃利奥特思索了片刻。

"那两年之后呢？"

"我跟你说了我不知道，埃利奥特。"

"难道你不觉得这很糟糕吗？"

"糟透了。"

"唯一可以说的，就是他俩都还很年轻。再等两年倒也没什么问题，而这期间会发生很多事。"

他们达成一致意见，最好还是让伊莎贝尔静一静。他们准备晚上出去吃饭。

"我不想惹她难过，"布拉德利夫人说，"旁人只会奇怪她的眼睛怎么肿了。"

可到了第二天午饭后，布拉德利夫人又老话重提。家里只有她俩，但她什么也没从伊莎贝尔嘴里套到。

"除了我已经告诉你的，其他没什么好讲了，妈妈。"她说。

"可是他想在巴黎干什么？"

伊莎贝尔笑了，因为她知道她的回答在母亲看来会是多么荒诞不经。

"闲逛。"

"闲逛？你究竟什么意思？"

"他就是这么对我说的。"

"说真的我没耐心和你这么耗着。如果你神志还正常的话就该当场解除婚约。他就是在耍弄你。"

伊莎贝尔看了看左手上的戒指。

"我能怎样呢？我爱他。"

此时埃利奥特以他那人人皆知的老练加入了谈话。"我不是作为她的舅舅去劝的，老弟，而是作为精通世故的过来人，跟一个不谙世事的丫头谈。"然而他也比她母亲好不了多少。我得出的印象是，她很委婉但明确无误地告诉他，别管闲事。埃利奥特是后来白天在我住的布莱克斯通的小屋里告诉我的。

"路易莎说的当然没错，"他补充道，"太糟了，可是碰到这种事也没什么奇怪，年轻人自顾自谈婚论嫁，以为互相爱慕就是最好的婚配基础。我对路易莎说过了，让她别担心。我觉得事情会比她预料的要好。拉里远在天边，年轻的格雷·马图林却近在眼前，嗯，假如我还算了解我这些同胞的话，那么结局是清楚的。在十八岁这个年纪，感情会冲动得要命，但长不了的。"

"你真是很懂人情世故的，埃利奥特。"我微笑道。

"我可没白读拉罗什福科。你是了解芝加哥的；他们会时常碰面的。有这么个对自己死心塌地的人，姑娘家心里是很受用的，等她明白了周围的闺密没有不想嫁他的——那我就要问你了，人的天性能抵挡得住力压群芳的诱惑吗？我的意思是，好比你要参加的酒会闷得要死，唯一能吃的就是柠檬水和饼干；但是你还得去，因为你最好的朋友们都削尖了脑袋想去却得不到邀请。"

"拉里什么时候走？"

"我不知道。我想还没决定吧。"

埃利奥特从衣袋里取出一只狭长的金质镶铂烟盒，夹了一支埃及香烟。法蒂玛、切斯特菲尔德、骆驼或是好彩这些牌子，都是他看不上的。"我当然不会存心跟路易莎说，但我不妨告诉你，其实我心底里挺同情这个年轻人。我明白他在战争期间见识过巴黎，很难责怪他被这座世上唯一可供体面人居住的城市所俘获。他还年轻，毫无疑问他想在成家立业之前先浪荡个够。这很自然也无可厚非。我会为他留份神儿，并为他引见该见的人。他温文尔雅，加上我的一两句话他会很出彩。我可以保证让他领略没几个美国人有机会见识的法国生活。相信我，亲爱的朋友，普通美国人上天堂都比上一回圣日耳曼大街更容易。他才二十岁，风华正茂。我能为他牵手一位年长些的女子，帮助他打造形象。我一向认为，年轻人要想成熟得快，最好找个成熟的女人谈恋爱，当然假如她是那种我眼里的femme du monde [1]，你懂的，那么他马上就能在巴黎占上一席之地。"

"你和布拉德利夫人谈过这些了吗？"我笑问。

埃利奥特也轻声笑起来。

"我的好老弟，假如我还有什么引以为荣的，那就是我的处世之道了。我没有告诉她。她不会理解的，我可怜的姐姐。这也是我怎么也弄不懂路易莎的一点；她在外交界也待了半辈子了，全世界的首都也住过一半了，还是这么无可救药的美国做派。"

9

那一天我去湖岸路赴晚宴，地点是一座高大的石砌房屋，仿佛建筑师的初衷是要造中世纪式样的城堡，却改弦更张造了瑞士小屋。宴会场面盛大，步入阔大奢华的客厅，只见雕像、棕榈树、枝形吊灯、大师级画作、数不胜数的家具摆设，应有尽有。我很高兴总算还能看见几个熟人。亨利·马图林把我介绍给他那瘦弱又偏爱涂脂抹粉的夫人。我还跟布拉德利夫人和伊莎贝尔打了招呼。伊莎贝尔看上去非常漂亮，一袭红色丝质长裙与乌黑的秀发及闪亮的淡褐色眸子相得益彰。她兴高采烈，谁也猜不出不久前她陷在深深的苦恼之中。她正和两三个围绕着自己的小伙子愉快地聊着，其中就有格雷。她坐在另一张餐桌旁，我没法见她。男人们没完没了地享用着咖啡、酒水和雪茄，之后才重又进了客厅，到此时我才找到机会和她攀谈。我对她其实很不熟，不可能开门见

---

1. 法语：都市名媛。

山地说起埃利奥特告诉我的情况，可是有些我要说的话，我认为她是乐意听的。

"前几天我在会所看见你男朋友了。"我很随意地说道。

"哦，真的？"

她回答得和我一样随意，但我能感觉到她立刻留心起来。她的眼神里多了一分警觉，我想那是一种忧惧。

"他正在图书馆里阅读。我真很佩服他的专注力。我十点过几分钟进去时他在读着，吃完中饭回去时他还在读，然后我出去吃晚饭，回来时他仍然在。我相信有十个小时他基本没离开过椅子。"

"他读什么书？"

"威廉·詹姆斯的《心理学原理》。"

她低下头，使我无从知道她闻言后的感触，但我觉得她既感到困惑，又有些释然。此刻我被主人叫去打桥牌，等结束时伊莎贝尔和她母亲已经走了。

10

两天后我去向布拉德利夫人和埃利奥特道别。他们正坐着喝茶。不一会儿伊莎贝尔也随我走进来。我们谈着我临近的旅程，我对在芝加哥逗留期间他们的好客表示了感谢，并适时起身准备告辞。

"我陪你走到那家日杂店吧，"伊莎贝尔说，"正想起来有样东西要买。"布拉德利夫人最后的交代是："下次见到亲爱的玛格丽塔王后，代我亲切问候一下，好吗？"

我不再解释并不认识这位贵太太，只随口回答道一定会的。

我们走上街时伊莎贝尔微笑着瞥了我一眼。

"你想来一杯冰淇淋汽水吗？"她问我。

"我可以试试。"我谨慎地说。

去日杂店的路上伊莎贝尔一直没开口，而我因为不知说什么好，也就没言语。我们进了店找了张桌子坐下，椅背和椅腿都是铁丝拧成的那种，很不舒服。我要了两杯冰淇淋汽水。柜台旁有几个人在买东西，两三对男女坐在别桌，埋头于他们自己的事情，我们实际上是独处一隅的。我点了一支烟，伊莎贝尔用吸管喝了一大口汽水，表情十分满足。我感到她心绪仍很紧张。

"本来我就想和你谈谈。"她突然道。

"猜到了。"我微笑着说。

她若有所思地看了看我。

"前天晚上你为什么要提起拉里在'萨特思韦特之家'的表现？"

"我想你会感兴趣的。我当时觉得也许你并不很清楚他所谓'闲逛'的意思。"

"埃利奥特舅舅太爱说三道四了。当他说要去布莱克斯通和你聊聊时，我就知道他会把什么都抖搂出来。"

"我认识他好多年了，你知道的。他的确很喜欢对别人的事情评头论足。"

"他就是这样，"她笑了笑，但笑容稍纵即逝。她凝视着我，神色肃穆。"你认为拉里怎么样？"

"我只见过他三次，看来是个不错的小伙子。"

"仅此而已？"

她的语气里不乏苦恼。

"不，倒不是这样。很难说，你瞧我对他了解很少。当然他很有魅力。他具有的谦逊、友善、文雅使他很有吸引力。他那种少年老成，和我在这里遇到的别的男孩都很不一样。"

我颇费口舌地想表达某种我自己也不甚明了的意向。伊莎贝尔注视着我，待我说完便释然般轻叹一口气，接着冲我粲然一笑，甚或略带一丝顽皮。

　　"埃利奥特舅舅说过，常为你的观察力感到吃惊。他说没什么能逃过你的法眼，但又说你作为作家的最大财富是你对常理的认识。"

　　"我觉得没有哪种品质比这个更宝贵了，"我淡淡地说，"比方天赋，也不如它重要。"

　　"你知道的，我找不到人谈这件事。妈妈只会从自己的立场来思考，她希望我的未来能有保障。"

　　"这很自然，对吧。"

　　"埃利奥特舅舅就知道从社交的角度来看问题。我自己的朋友呢，我是说我这辈人，认为拉里废掉了。这让人很受伤。"

　　"肯定的。"

　　"倒不是他们对他不好。谁也止不住会对拉里好的。可是他们都把他当作一个笑话看待。他们很喜欢逗弄他，而他不搭理时，他们又很恼火。他只是笑。你知道现在的情况么？"

　　"我只知道埃利奥特告诉我的。"

　　"我可以告诉你我们去马文时究竟发生了什么吗？"

　　"当然可以。"

　　我所完成的对伊莎贝尔言谈的重述，部分来自对她原话的记忆，部分则出于我的想象。然而她和拉里所进行的长谈，其内容无疑比我准备要讲述的还要多不少。我怀疑人们在此类场合不但会说很多无关的事情，还会将同样的事情反复说很多遍。

　　伊莎贝尔醒来时发现天气很好，便给拉里电话，说母亲要她去一趟马文，并请他开车送她去。除母亲吩咐尤金放在篮子里的一壶咖啡之外，她还预备了一壶马丁尼。拉里的双人敞篷跑车是新近买的，他很为之骄傲。他开得很快，车速让两人都激情澎湃。到了之后伊莎贝尔量窗帘，拉里负责记数。然后他们便在门廊摆开午餐。这儿相当背风，又能沐浴在小阳春的和煦日光中。这座建在土路旁的房子，毫无新英格兰旧式木屋的那种典雅之风，充其量也就是舒适宽敞，然而从门廊望去视野极好：红色的谷仓覆着黑屋瓦，还有一丛老树，再往外目力所及之处都是棕褐色的田野。景致虽没有多少趣味，但阳光以及深秋的绚丽却赋予了那日一种亲昵的美好。展现于眼前的是一片令人心旷神怡的开阔空间。这里的冬天准该是寒冷凄清的，这里的夏天或也是炙灼暴虐的，可此时此地却让人莫名地心绪激昂，似乎这景致的旷远正邀约着灵魂去探险。

他们像所有好胃口的年轻人一样享用着午餐，也因能在一起而感到快乐。伊莎贝尔倒了咖啡，拉里点上了烟斗。

"好了直说吧，亲爱的。"他说，眼神里闪动着开怀的笑意。

伊莎贝尔愣了一下。

"直说什么？"她尽力装出无辜的神色来。

他笑起来。

"你还真把我当作大傻瓜了，宝贝儿？假如你妈妈真不知道客厅窗户的尺寸，那我马上就把这帽子吃掉。那可不是你让我开车到这儿的原因。"

她恢复了镇定，仍然笑靥如花。

"或许是我觉得我们能独处一天该多好呀。"

"或许是，但我认为不是。我猜埃利奥特舅舅已经告诉你我谢绝了亨利·马图林的聘用。"

他说得愉悦而轻松，她觉得就用同样的口吻顺水推舟比较容易一些。

"格雷肯定失望透顶了。他原以为能与你共事是多么开心呢。你应该要准备工作了吧，开工越晚，难度越大。"

他吸了一口烟斗，含笑温柔地看着她，于是她一时也分不清他是否在认真地说话。

"你知道吗，我的想法是，我这辈子可以做比销售债券更多的事情。"

"噢好的，那就去律师事务所，或是去学医。"

"不，这我都不愿意。"

"那你想做什么？"

"闲逛。"他平静地答道。

"哦，拉里，别搞怪了。这可是非常严肃的事情。"

她的声音颤抖起来，眸子里也噙满了泪水。

"别哭，亲爱的。我不想让你难过。"

他走过来坐在她身边，揽住她。他语音里的柔情让她难以自持，泪水夺眶而出。可是她擦去了眼泪并勉强挤出笑容来。

"你说不想让我难过，好极了。你现在就让我感到很难过。你瞧，我是爱你的。"

"我也爱你，伊莎贝尔。"

她深叹了口气，接着从他臂弯里挣脱出来。

"还是理智些吧。男人是要工作的，拉里，事关人的自尊。这是个年轻的国家，男人有义务去参与它的各种事业。亨利·马图林那天还说到的呢，我们正在开创一个时代，过去的成就与之相比将不值一提。他说我们的进步是无止境的，还确信到一九五〇年时我们会是世界上最富有最伟大的国家。你不觉得这让人激动得要命吗？"

"是挺要命的。"

"对年轻人来说这是史无前例的机遇。我原以为你会投身进去并引以为豪呢。多么美妙的探险征程啊。"

他轻笑了一声。

"你说的大概没错。像阿穆尔—斯威夫特这样的厂家会包装出更多更好的肉罐头，麦考密克等公司也会生产更多更好的收割机，亨利·福特也会产出更多更好的汽车。每个人都会越来越有钱。"

　　"那有什么不好呢？"

　　"就像你说的，有什么不好？我就是对钱不感兴趣。"

　　伊莎贝尔咯咯笑起来。

　　"亲爱的，别说得跟傻瓜似的。没有钱是无法生活的。"

　　"我有些钱的。这使我有机会做自己想做的事。"

　　"闲逛？"

　　"是的。"他笑答。

　　"你让我处境很为难，拉里。"她叹了口气。

　　"我很抱歉。我也没办法，不然也不会让你为难了。"

　　"你有办法的。"

　　他摇了摇头。他沉默了一会儿，陷入沉思中。当他最终开口时，他的话让她惊了一跳。

　　"人在死的时候，真的死得很彻底。"

　　"你究竟想说什么？"她不无忧惧地问。

　　"就是这样，"他朝她哀伤地笑了笑，"独自在高空的时候有很多时间思考，会有很多奇思异想。"

　　"什么样的想法？"

　　"很模糊，"他笑着说，"不连贯。让人困惑。"

　　伊莎贝尔琢磨了一会儿。

　　"你难道不觉得要是找一份工作的话，这些想法会不言自明，你也就能知道何处安身了？"

　　"我也想过的。我动过念头，可以做木匠，或是去汽修店。"

　　"哦，拉里，人们会认为你疯了。"

"这有什么关系呢？"

"对我来说有关系。"

沉默再次笼上来。这次她先开了口。

她叹了口气。

"你和去法国之前太不一样了。"

"不奇怪。我经历了很多事儿，你得知道。"

"比方呢？"

"噢，也就是挺平常的一系列事件。我在空军最好的朋友为了救我牺牲了。我久久都无法释怀。"

"跟我说说，拉里。"

他带着深深的沉郁凝视着她。

"我还是不说了吧，毕竟也没什么了不得的。"

天生情感丰富的伊莎贝尔眼睛里又满含了泪水。

"你不开心是吗，亲爱的？"

"不是的，"他笑答道，"唯一让我不开心的事情是我让你不开心了。"他抓住她的手，他强劲结实的手掌贴着她，那种亲和力让她感到如此的融洽无间，她得紧咬住唇才能不哭出来。"我想在下定决心之前，我是无法安生的，"他语气凝重，犹豫片刻后又道，"很难用言语表达。你在尝试说出来时会感到很尴尬。你对自己说：'我是什么样的人，竟要拿这个、那个还有其他的东西来自寻烦恼？也许只不过我自命不凡罢了。走寻常路，既来之则安之，不是更好么？'接着你想起了一个人，刚才还活蹦乱跳，现在已经死了；多么残酷，多么没有意义。你很难不扪心自问，生命究竟是什么，有没有意义，是否只是无常命运中一个悲哀的错误。"

拉里的话迟疑而婉转动人，仿佛在迫使自己说出情愿不说的东西，却饱含了痛楚的真挚，此时不为他所动是不可能的。一时间伊莎贝尔无法相信自己所说的话了。

"假如你出趟远门会好过些吗？"

她一边问，心一边沉了下去。他过了许久才回答。

"我觉得是。你可以尝试着横眉冷对众口，可毕竟不容易。当大家对你有敌意时也会引发你的敌意，于是你就心烦意乱起来。"

"那你为什么不走呢？"

"唔，为了你。"

"我们开诚布公地说吧，亲爱的。眼下在你的生活中，还没有我的位置。"

"这是不是说，你打算解除婚约了？"

她颤抖的唇边挤出一个微笑。

"不，傻瓜，那是说，我准备好了等待。"

"或许一年，或许两年呢。"

"好吧，或许更短呢。你想去哪儿？"

他专注地看着她，仿佛想一直看到内心里去。她淡淡地笑笑，想掩藏深深的忧伤。

"嗯，我想去巴黎，作为一个开端。那儿我谁也不认识，没有人打扰我。我在休假时去过几次巴黎。我不知道为什么，可是我有了这么个念头，到了那里会澄清我脑子里混沌一片的东西。巴黎是很有意思的地方，给人的感觉是，你在那里能够把问题想得彻底通透而毫无阻碍。我认为在那儿可以看清楚前面的道路。"

"那如果你没能想清楚呢？"

他笑起来。

"那我就当白费了力气，回归美国人的远见卓识，重返芝加哥，随便找一份我能做的事。"

这样的情景对伊莎贝尔触动太强烈，当她转述给我时也无法保持平静，说完后她楚楚可怜地看着我。

　　"你觉得我做得对吗？"

　　"我觉得你做了唯一能做的事，不止如此，我还觉得你心地仁慈、宽容大度、通情达理。"

　　"我爱他，希望他快乐。而且你得明白，从某种意义上说，他执意要走我也并不难过。我希望他能摆脱现在这种不友好的氛围，不仅为了他，也为了我。人们说起他将一事无成时我不能责怪他们；我为此恨他们，可是在心底深处，我时时刻刻都有一种恼人的恐惧，那就是他们讲的并没有错。但是别说我通晓人情，我一点儿不理解他所追求的东西。"

　　"或许你是凭心灵去理解的，而不是靠理智，"我微笑道。"为什么不立刻和他结婚一起去巴黎呢？"

　　她眼眸里掠过一丝淡薄的笑意。

　　"我何尝不最想如此呢。可是我不能。你知道的，尽管我很不乐意承认。我真心觉得没有我在，他会更好些。如果纳尔逊医生说得没错，那他正在遭受延迟性战争休克的痛苦，而新的环境和新的兴趣一定会治愈他的创伤，等他找回平衡感后就会回芝加哥，像其他所有人一样安居乐业。我可不愿意嫁个游手好闲的人。"

　　伊莎贝尔是按照特定的教养方式成长的，也早已接受了灌输给她的一些准则。她并不看重钱，因为她要什么有什么，从未感受过什么是囊中羞涩，然而她本能地意识到其重要性。那意味着权力、影响和社会后果。这是一个人应该懂得的天然而显在的事情，明摆着应是他毕生的事业。

　　"你弄不懂拉里一点儿也不让我意外，"我说，"因为我很肯定，他也弄不懂自己。如果他对自己的追求讳莫如深，那也许是因为他本人也感到很迷惘。听着，我对他很不了解，这些只是猜测：他在寻找，但要找什么他并不清楚，也许他都不能确定要找的东西到底有没有，这都有可能对吗？也许战争中的经历让他无法释怀。你不觉得他可能正在追寻一个藏在未知之云里的理想么？就像天文学家在找一颗星，他只是通过数学计算推断了它的存在。"

"我感到有什么一直在困扰他。"

"他的灵魂？或许他对自己感到有些惶恐。或许他对于通过心灵之眼依稀看见的景象的真实性缺乏信心。"

"有时候他给我的印象是很古怪的。他让我感到他在梦游，突然醒在了一个陌生的地方，弄不明白自己在哪里。战争之前他一切正常。那时他的一个优点就是对生活有着巨大的热情。他脑袋里什么都装得下，总是乐呵呵的，跟他在一起很开心，他可爱极了，也喜欢胡闹。究竟发生什么事情，让他改变了这么多？"

"我不知道。有时候一件很小的事也会出其不意地对人产生重大影响，这要看当时的情形和情绪。我记得去过一场万圣节弥撒，法国人称为亡灵节，那个村子的教堂在德国人最初入侵法国时遭了不少殃。教堂里挤满了士兵和穿黑衣的女人。墓地里有一排排矮小的木十字架。在悲痛而庄严的仪式和男男女女的哭声中，我感觉躺在这些小小十字架下的人或许比我们活着的人还好过些。我把自己的感觉说给一个朋友听，他问我这是什么意思。我无法解释，而我看得出他觉得我是个十足的傻瓜。我还记得在一次战斗之后阵亡的法国兵陈尸眼前，一具具叠在一起，就像破产的木偶剧团里的那些提线木偶，被横七竖八地堆放在落满灰尘的角落里，因为已经毫无用处了。我当时的想法就和拉里跟你说的一样：人在死的时候，真的死得很彻底。"

我不希望让读者觉得我在故弄玄虚，即拉里在战时究竟经历了什么而性格剧变，这个玄虚我会适时解开的。我认为他从未跟人谈起。然而多年之后他还是告诉了一个叫苏珊娜·鲁维耶的女子，拉里和我都认得。他讲到一个年轻的飞行员挽救了他的生命而自己牺牲了。她复述给我听，因而我说的只能是二手材料了。我是从她的法语翻译过来的。拉里显然和中队里的另一个小伙子成了铁哥们儿。苏珊娜只知道拉里说起他时用了个很有讽刺意味的绰号。

"他是个红头发的小个子，爱尔兰人。那会儿我们都叫他'胆小鬼'，"拉里说，"比我知道的任何人都更有干劲。老天，他简直就是活力四射。他的面孔很有喜感，笑容也很滑稽，于是光看着他就想笑。他是个冒失鬼，做得出最疯狂的事情；他总是挨上司的整。他完全不懂得害怕，每当虎口脱险总是笑逐颜开，仿佛那是最好玩的笑话。可他的确是天生的飞行员，翱翔于天空时潇洒而机警。他教了我很多招数。他年岁略长于我，总是护着我；这其实挺滑稽，因为我比他足足高出六英寸，要真打起来放倒他是很容易的。有一回在巴黎他喝多了时，我怕他滋事就真这么做了。

"刚入伍时我不太适应，怕干不好，而他就用玩闹的方式给我打气。对于打仗，他的想法也很奇怪。他对德国人并不感到仇恨；他爱打架，有机会上阵便激动得要死。打下一架敌机在他看来只是搞了场恶作剧。他鲁莽、野蛮而缺乏责任心，可是他有种非常本真的东西，让人不自觉地喜欢上他。他可以把最后一个子儿掏给你，就如同掏空你的口袋一样随便。而假如你感到孤单了、想家了或是害怕了——我有时就是如此——他就能看出来，同时丑丑的小脸上堆出笑容，说的一番话又让你高兴起来。"

拉里抽了口烟斗，苏珊娜等着他往下说。

"我们总是想点子能一起出勤。在巴黎时他玩得很疯，我们过得很快活。一九一八年三月初照理是能有些休假时间的，我们为此还提前做好了计划，准备好好撒欢一下。临走前一天我们接到任务，要飞越敌军阵线并把看到的情况带回来报告。我们突然遭遇了一群德国飞机，还没弄清怎么回事便混战成一团。有一架敌机紧咬着我，但我还是抢先动了手。我瞥了一眼，看它是不是一头栽了下去，而此时我的余光瞧见了另一架尾随过来。我一个俯冲想摆脱开，可敌方如一道光似的跟了上来，我想这回是完了。千钧一发之际我看见'胆小鬼'闪电般冲下来结果了它。敌机群吃不消这阵仗逃离了，我们也得以返航。我的飞机被打得够呛，只能勉强开回来。'胆小鬼'在我前面先着了陆。我钻出飞机时，他们已将他拖出来。他正躺在地上，大家等待着救护车。他看见我时眉开眼笑。

"'我把跟着你的那个蠢货揍了下来。'他说。

"'你怎么了，"胆小鬼"？'我问。

"'噢，没什么。他跑到机翼一侧偷袭了我。'

"他面色惨白，一种古怪的神情忽然掠过他的脸庞。他此刻才意识到快要死了，他还从没有过可能会死这一念头。他没等别人阻拦就坐起来笑了一声。

"'啊，我这下完蛋了，'他说。

"他又倒下去，死了。二十二岁。准备打完仗回爱尔兰跟一个姑娘结婚的。"

在与伊莎贝尔谈话的第二天我离开芝加哥去了旧金山，准备在那儿登船赴游远东。

第二章

1

　　直到次年接近六月底，埃利奥特来伦敦，我才见到他。我问他拉里是否真去了巴黎。还真去了。对于埃利奥特的火气我感到有些好笑。

　　"我私下里是同情这小伙子的。我不能责怪他想在巴黎待两年，而且我还准备好了要推举他呢。我让他到了之后告诉我，可直到路易莎写信说他到了我才知道。我由'美国运通'转给他一封信，地址是路易莎给我的。我邀他来用晚餐，见见几个我觉得他应该认识的人；我想先从美裔法国人开始：埃米莉·德·蒙塔多尔、格雷西·德·夏多-加亚尔等等，你知道他怎么回答么？他说很抱歉来不了，没带晚礼服。"

　　埃利奥特留意瞧我是否露出他期待的震惊神情，当看到我不为所动时，眉头便高傲地耸起来。

　　"他的回信写在一张脏兮兮的纸上，抬头是拉丁区的一家小餐馆。我回信请他告知住址。我感到为了伊莎贝尔我得有所作为，而我还以为他大概是不好意思—— 我是说我无法相信像他这样的有识青年能不带晚礼服到巴黎来，而且不管怎样巴黎也还有说得过去的裁缝。于是我还是邀请他共进午餐，声明只是个小型聚会，而你相信么，他不但没有理会我想要直接地址的请求，还说自己从不吃午饭。那对于我来说就跟他到此为止了。"

　　"不知道他一直独个儿在做什么。"

"我不清楚，实话说我也不关心。我得说他是个完全不讨人喜欢的小子，我觉得伊莎贝尔嫁他是个大错。毕竟如果他混得还算可以，我早就能在丽兹或是富凯或别的酒店碰见他了。"

　　这些时髦的场所我有时是去的，但我也会到别的地方转转。就有这么巧，那年初秋我在巴黎逗留了几天，打算接下去借道马赛，搭乘去新加坡的法国邮船。有一天晚上我和朋友在蒙帕纳斯吃饭，餐后逛到圣心大教堂去喝杯啤酒。很快，我游荡的目光瞥见了在拥挤的阳台上独自坐在一张大理石台面上的拉里。他正悠闲地看着往来漫步的人，他们在闷热了一天后享受着晚间的凉爽。我离开同伴向他走去。他看见我时脸色一亮，流露出动人的笑容。他请我坐下谈，但我说还有朋友在无法逗留。

　　"我只想过来打个招呼。"我说。

　　"你一直待这儿吗？"他问。

　　"就几天。"我说。

　　"明天和我一起吃午饭？"

　　"我还以为你从不吃午饭呢。"

　　他轻笑起来。

　　"你见过埃利奥特了。我平常是不大吃。我花不起这时间，我就来杯牛奶吃个蛋卷，但我很乐意你来和我一起吃顿饭。"

　　"好吧。"

　　我们约好次日在圣心大教堂碰头喝点儿Apéritif[1]，然后到大街上找个地方吃饭。我回到同伴身边，坐着聊天，等我目光再去寻找拉里时他已经走了。

---

1. 法语：开胃酒。

2

第二天上午过得很愉快。我去了卢森堡公园，花了一小时看了些我喜欢的画。接着我到花园里散步，重温年轻时的回忆。一切都没有变化。仿佛还是当年那些学生，结对走在卵石路上，热切讨论着燃起了他们激情的作家。仿佛还是当年那些孩子，在同样的保姆的警惕目光下滚着铁环。仿佛还是当年那些老人，晒着太阳读着晨报。仿佛还是当年那些身着丧服的中年妇人，坐在空余的长凳上，七嘴八舌地说着食品价格和仆人的罪过。接着我去了奥德翁剧院，坐在长廊看看新书，目睹那些少年人——和我三十年前一样，在穿着罩袍的服务员乖戾的目光下尽可能地多读几页买不起的书。之后我沿着那些亲切而肮脏的街道悠闲地漫步，直至来到蒙帕纳斯的圣心大教堂。拉里正在等我。我们喝了一杯，并一同走到一家可以露天用午餐的饭馆。

他或许比我记得的要更苍白些，这使他乌黑深陷的眼眸更炯炯有神；然而他那在年轻人中很鲜见的淡定却依然如故，笑容也依然那么直率。他点餐时，我注意到他说着流利的法语，口音纯正，我为此向他道贺。

"我是学过不少法语的，你要知道，"他解释道，"路易莎阿姨给伊莎贝尔请过一位法语女家教，她们住在马文时，老师总是让我们和她说法语。"

我问他对巴黎的感受。

"喜欢极了。"

"你住蒙帕纳斯么？"

"是啊。"他在片刻犹豫后说。对此我理解为他并不愿多谈居所的确切位置。

"埃利奥特对于你只给他'美国运通'的地址而一直耿耿于怀呢。"

拉里笑而不答。

"每天干些什么呢？"

"闲逛。"

"读书么？"

"读的。"

"可曾收到伊莎贝尔的信？"

"有时候能收到。我俩写信都不太勤快。她在芝加哥过得不错。她们明年要来和埃利奥特住。"

"那对你来说可很好啊。"

"我知道伊莎贝尔没来过巴黎，带她四处转转是挺好的。"

他对我在中国的旅行很好奇，听得饶有兴味；但当我企图让他谈自己时却未能如愿。他的守口如瓶迫使我得出这样的结论：他请我来午餐，只是乐于有我做伴。我既高兴又困惑。我们刚喝完咖啡他便买单，付过钱后即起了身。

"嗯，我得走了。"他说。

我们道了别。我并没有比先前多了解一些他的情况。这回我也再没见到他。

3

布拉德利夫人和伊莎贝尔在春季早于预期来到了巴黎，与埃利奥特住在一起。那时我并不在，于是我还得勉力用想象来描述她们是怎么度过这几周的。她们在瑟堡登岸，埃利奥特一如既往贴心地去接她们。她们过了海关，上了火车。埃利奥特颇有些自得地告诉她们，自己已经订了一位非常好的侍女来照顾她们。布拉德利夫人说这没多大必要，她们并不需要，而埃利奥特却对她说得很不客气。

"到了这儿就不能懈怠，路易莎。不带侍女怎么出得来，而且我和安托瓦内特签约不仅是为了你和伊莎贝尔，也为我自己。你们要是哪边没有打理整齐，我可要丢脸的。"

他鄙夷地瞧了瞧她们的穿着。

"你们肯定还要置办些新衣裳。我想来想去，觉得香奈儿再适合不过。"

"我以前总去沃斯的。"布拉德利夫人说。

她还不如不说，因为他丝毫未加理会。

"我亲自跟香奈儿谈过了，并且为你们约好了明天三点会面。还要准备帽子。瑞邦[1]当然是首选。"

"我可不想花这么多钱，埃利奥特。"

"我知道。我建议全部由我买单。我打定主意了，你们一定要为我挣足面子。哦还有，路易莎，我已经给你安排好了几场酒会，我对法国朋友说了迈伦做过大使，他要是活得再长些当然是能做到的，这样效果好些。我估计不会有人提的，但我想还是先提醒你一声。"

"你真是荒唐，埃利奥特。"

"我才不呢。人情世故我太了解了。我知道大使的遗孀可比公使要尊贵得多。"

当火车喷着蒸汽驶进北站时，一直站在窗口的伊莎贝尔叫道：

"拉里在那儿。"

车尚未停稳她便跳下车向他奔去。他抱住了她。

"他怎么知道你们要来？"埃利奥特不快地问。

---

1. 卡罗琳·瑞邦，法国著名设计师，她在 1908 年发明的钟形帽成为了 20 世纪最时尚的单品。

"伊莎贝尔在船上拍电报给他的。"

布拉德利夫人亲昵地吻了他，而埃利奥特只是有气无力地伸出手与他握了握。此时已是晚间十点。

"埃利奥特舅舅，拉里明天能来吃午饭吗？"伊莎贝尔嚷道，她的手臂和男孩子的缠在一起，脸庞和眉眼都容光焕发。

"我倒是很乐意啊，可拉里给我的印象是不吃午饭的。"

"明天他会吃的，是吗，拉里？"

"是的。"他微笑道。

"那明天一点见吧。"

他再次伸出手，意即要打发他走，可是拉里仍毫无顾忌地冲他嬉笑着。

"我帮着拎行李吧，再为你们叫辆车。"

"我的车正等着呢，我的随从会抬行李的。"埃利奥特把架子端得十足。

"好极了。那我们就可以走了。如果够坐的话我很想陪你们到家门口。"

"够的，来吧，拉里。"伊莎贝尔说。

他们携手走下月台，布拉德利夫人和埃利奥特跟在后面。埃利奥特脸上流露出冷淡的不悦。

"Quelles manières.[1]"他自言自语道，在特定情境下，他觉得自己的情绪用法语表达更有力。

次日上午十一点，在衣装打理整齐后——他一向起床很迟——他差随从约瑟夫和侍女安托瓦内特给他姐姐捎了张便条，请她到图书室来谈话。她一到他便小心翼翼地关上门，取一支烟插在一只超长的玛瑙烟斗

---

1. 法语：像什么样子。

上，点燃了才坐下。

"这么说伊莎贝尔和拉里还是有婚约的？"他问。

"据我所知，是这样。"

"恐怕关于这个小伙子，我没多少好话可以说。"他告诉她自己如何准备在社交圈里推举拉里，如何为他策划一种恰如其分的个人形象。"我甚至为他留意了一套rez-de-chaussée[1]，是年轻的勒泰勒侯爵的房产，他已奉调马德里大使馆，因而想把房子转租出去。"

可是拉里拒绝了他的邀约，明摆着是不想领情。

"如果不想充分利用巴黎能给予你的，那到巴黎来做什么，我实在无法理解。我不知道他一个人在干什么，好像谁也不认得。你知道他住哪儿么？"

"唯一知道的地址是'美国运通'转收的。"

"弄得跟旅行推销员或度假的教师似的，假如他和什么小婊子挤在蒙马特区[2]的一个单间里，我也不会奇怪。"

"噢，埃利奥特。"

"他搞出的这些谜团还能有什么解释呢：不肯透露住处，不愿和自己同阶层的人来往。"

"这不像拉里。昨晚你发现了没有，他还是对伊莎贝尔一往情深啊。他不可能这么两面派。"

埃利奥特冲她耸耸肩，意即男人的口是心非是没有底线的。

"格雷·马图林怎样了？他还没灰心吧？"

"假如伊莎贝尔第一天答应，他第二天就会娶她。"

布拉德利夫人告诉他为什么比计划提前来到了欧洲。她感到自己健

---

1. 法语：底楼寓所。
2. 蒙马特区，巴黎的一个区，也是穷画家聚居地。

康状况不佳，医生说她得了糖尿病。病情不算严重，如果料理好饮食再加小剂量的胰岛素，完全可以再活很多年，可是在知晓得了无法治愈的病症后，她很渴望看见伊莎贝尔有个归宿。她俩谈过的，伊莎贝尔很通情达理。她同意如果待满两年后拉里不愿如约回芝加哥找工作，那只有一个选择，即与他分手。不过她们得等到约定的时间，然后过来带他回国，如同将逃犯绳之以法，这伤害了布拉德利夫人的自尊心。她觉得伊莎贝尔将她自己置于屈辱的境地。但是到欧洲度暑假倒也非常自然，伊莎贝尔还是童年时来过的。结束了巴黎观光，她们还可以去有助于布拉德利夫人治疗的温泉胜地，再赴奥地利境内的提洛尔山区逗留一段时日，然后在那儿慢悠悠地南下意大利旅行。布拉德利夫人的意愿是让拉里陪同，这样他和伊莎贝尔也可以体会一下长久的分别有没有让情感蜕变。其间也能看清楚拉里是否有浪子回头、准备承担生活的职责的迹象。

"亨利·马图林对他辜负了一片好意颇感不快，但格雷为他打了圆场，现在他一回芝加哥就可以做事了。"

"格雷真是个好小伙儿。"

"的确是，"布拉德利夫人叹道，"我知道他会让伊莎贝尔快乐的。"

埃利奥特接着介绍了为她们安排的社交活动。他准备在次日举行大型午餐会，周末更有盛大晚会。他要带她们参加加亚尔堡的一次招待会，他还搞到了罗斯柴尔德家族的舞会门票。

"你会邀请拉里的，是吧？"

"他说了没有晚礼服。"埃利奥特鼻子里哼了一声。

"嗯，还是问问吧。毕竟是个不错的小伙子，冷落他也不是个事儿。那只会让伊莎贝尔更固执。"

"我当然会问，如果你希望的话。"

拉里如约来赴午宴，一向礼数周到的埃利奥特对他尤为热情。这也并非难事，因为拉里谈笑间神采奕奕，只有比埃利奥特脾气坏很多的人才会不为所动。席间谈话主要关于芝加哥及他们在那儿共同的朋友，于是埃利奥特并不能插什么话，只得面带亲切，装作对所涉人物很感兴趣的样子，实则根本不看好这些人。他觉得听听也无妨，实际上还挺打动人的：这对情侣要订婚了，那小两口结婚了，还有一对则准备分手。谁听说过这些人呢？他知道漂亮的克兰尚侯爵小姐曾试图服毒自尽，因为她心爱的科隆贝亲王离弃了她，迎娶了南美百万富翁的女儿。这才是谈资。他看着拉里，也不得不承认他确实有某种特别的魅力：深陷的漆黑眸子、高高的颧骨、苍白的肤色以及流畅的谈吐，这都让他记起了波提切利的一幅肖像画，他想到拉里若是穿着那个时代的衣服，会显得无比风流倜傥。他想起来，本打算要将他介绍给一位法国名媛的，他正期待着周六晚宴能见到集正当交际与伤风败俗于一身的玛丽·路易斯·德·弗洛里蒙。她四十了，看上去却要年轻十岁；她秉承了先辈的纤雅丽质，而纳蒂埃创作的其女性先祖的画像，此时正挂在美国某收藏馆里——这要归功于埃利奥特本人；还有她对床第之欢的胃口是贪得无厌的。埃利奥特决定让拉里接近她。他知道她会立刻将自己的欲望清楚无误地传递给他。他也已邀请了英国使馆的一位年轻 attaché[1]，他觉得伊莎贝尔或许会喜欢的。伊莎贝尔容貌出众，他则是英国人，还很富有，因而她即使没有万贯家财也不是问题。午餐以甘美的梦拉榭葡萄酒作为润口，接着还有上乘的波尔多。埃利奥特怀着平静愉悦的心情思忖着浮上脑海的各种可能。如果这一切果真如此——他认为很有可能——那么亲爱的路易莎也不必再焦虑了。她对他总有些看不惯；可怜的姐姐，太土气；可是他很喜欢她。有深谙世道的他来帮她料理好一切，是会很惬意的。

　　为了不浪费一点时间，埃利奥特已做好安排，准备午餐后便马不停

---

1. 法语：（外交使团的）专员。

蹄地带着女眷们去选衣服，于是在离座时他用娴熟的辞令技巧向拉里暗示他该走了，但同时又以不容回绝的热情邀他参加安排好的两场盛宴。他其实不必这么费劲，因为拉里爽快地同意了。

然而埃利奥特的计划没能奏效。当拉里穿着漂亮的晚礼服出席晚餐时他松了口气，因为他原先还有些忐忑，拉里会不会把午餐会时的那套蓝衣裳再穿来；餐后他将玛丽·路易斯·德·弗洛里蒙引到角落里，问她对那个年轻的美国朋友印象如何。

"眼睛很迷人，牙齿也很不错。"

"就这些？我把他安排在你身边，因为我想他很对你的胃口。"

她怀疑地看了看他。

"他告诉我和你外甥女订婚了。"

"Voyons, ma chère[1]，即便男人心有所属，那也从不会阻止你横刀夺爱的。"

"你想让我干这个？哦，我可不想为你蹚这浑水，我可怜的埃利奥特。"

埃利奥特笑起来。

"我估计这其实是在说，你已经用了手段，但毫无收效。"

"埃利奥特，我喜欢你的原因是你有一副老鸨的德行。你不想让他娶你外甥女。为什么？他有教养又有风度。可是他太单纯了。我觉得他对我的意图毫无疑心。"

"你应该更直露一些，亲爱的朋友。"

"我阅人无数，知道什么时候是在浪费时间。实际情况是他眼里只有你的小伊莎贝尔，就咱俩私下里说，她还有二十岁的年龄优势。况且她是这么的甜美。"

---

1. 法语：瞧，我亲爱的。

"你喜欢她的衣服吗？我亲自挑的。"

"很漂亮，也合身，但谈不上别致。"

埃利奥特觉得为此自己要反省一下，另一方面他还不甘心就这么放走玛丽·路易斯·德·弗洛里蒙而不挖苦她一下。

他满脸堆笑。

"要像你一样别致，得先像你一样熟透了才行，亲爱的朋友。"他说。

德·弗洛里蒙夫人回敬的可是大棒而非细剑，把身为弗吉尼亚人的埃利奥特气得够呛。

"不过我能肯定的是，在你那美丽的匪徒之邦（votre beau pays d'apaches），这么无与伦比的尤物是肯定不会有人放过的。"

但纵有德·弗洛里蒙夫人的挑剔，埃利奥特其余的朋友对伊莎贝尔和拉里还是追捧备至。他们钟情于她清新靓丽、健康而生机勃勃的形象；他们喜爱他俊美的外表、优雅的谈吐以及不动声色而讽刺十足的幽默感。两人都讲一口好听而流利的法语，这是个很大的便利。布拉德利夫人虽然在外交官的圈子里待了多年，法语说得中规中矩，但对自己的美国腔却无法掩饰。埃利奥特招待得十分慷慨。伊莎贝尔很满意自己新置的衣帽，对埃利奥特的馈赠开心不已，也为能跟拉里在一起感到愉快，她觉得自己从未如此地享受。

4

埃利奥特的观念认为除非万不得已，早餐应该只跟完全陌生的人在一起吃，因而母女俩只得各自在房间里用餐，对此布拉德利夫人颇有微词，而伊莎贝尔倒乐得如此。不过伊莎贝尔醒来后，有时会吩咐埃利奥特请来的头等侍女安托瓦内特把café au lai[1]端到母亲的卧室，好在喝咖啡时可以和她说说话。在这段忙碌的日子里，这是她能与母亲唯一独处的时刻了。逗留巴黎近一个月后的一天早晨，伊莎贝尔向母亲说了前一日晚上的活动——主要是拉里与一帮朋友逛夜总会的。等她说完了，布拉德利夫人终于提出了来法国之后久久萦绕在心头的问题。

"他什么时候回芝加哥？"

"我不知道，他没有提。"

"你也没问他？"

"没有。"

"你不敢问？"

"不是的，当然不是。"

布拉德利夫人靠在长椅上抹指甲油，她穿着一件埃利奥特执意要买给她的时新睡衣。

"你俩单独在一起时都说些什么呢？"

"我们并不总在说话，在一起就很好。你知道的，拉里一向有点沉默。我们聊天时大部分话都是我说的。"

"他自己在做些什么事儿？"

"我真不知道。我没想太多。我觉得他过得挺好。"

"那他住哪儿？"

"我也不知道。"

"他似乎留着一手啊，对么？"

伊莎贝尔点燃一支烟，她从鼻孔喷出一团烟雾，同时冷冷地看了母亲一眼。

"你究竟想说什么，妈妈？"

---

1. 法语：加奶咖啡。

"你埃利奥特舅舅认为他金屋藏娇呢。"

伊莎贝尔哑然失笑。

"你不会相信的，是吧？"

"不，老实说我不信。"布拉德利夫人若有所思地盯着指甲。"你难道没有跟他提起过芝加哥？"

"提的，说了不少呢。"

"他也没有表示要回来的意思？"

"我觉得他没有。"

"到十一月就满两年了。"

"我知道。"

"唔，这是你自己的事，亲爱的，你应该做你认为正确的事。不过拖延并不解决问题。"她瞥了眼女儿，可是伊莎贝尔避开了她的目光。布拉德利夫人充满柔情地朝她笑了笑。"如果午饭不想迟到，你还是去洗澡吧。"

"我打算和拉里吃午饭。去拉丁区。"

"好好玩儿。"

一小时后拉里来接她。他们叫了车去圣米歇尔桥，沿着熙熙攘攘的大街漫步，直至来到一家面貌可人的咖啡馆。他们在露台上坐下，点了两杯杜博尼酒。然后他们又叫了一辆车去餐馆。伊莎贝尔胃口颇佳，也很爱吃拉里为她点的美食。她喜欢看人们摩肩接踵地坐着，这地方都挤满了，而众人大快朵颐的模样也让她乐不可支；但她最高兴的还是与拉里独坐一张小桌。她爱看自己侃侃而谈时拉里眼睛里闪动着的愉悦。跟他在一起时感受到的安心，是尤其让她迷恋的。然而在她心底藏着隐忧，尽管他也面色安然，但她感到这多半是因为周遭的环境而不是她。母亲所言依稀困扰着她，因而虽然说的尽是些女孩儿家天真烂漫之语，但她仍留意着他的每一个表情。他与离开芝加哥时不尽相同，可她也说不清究竟有何差别。他的容貌与她记忆中的并无二致：年轻，率真，但神情变了。并非更严肃——他在平静的时候一向很严肃——而是一种宁静，这是以前没有的；仿佛他在心里安顿好了什么，仿佛他能够以前所未有的方式变得更加淡定自如。

吃完午饭后他建议去卢森堡公园走走。

"不，我不想去看画了。"

"那好吧，我们就到花园坐坐。"

"不，我也不想。我想去看看你住的地方。"

"没什么好看的。我住在一家挺寒碜的旅店小屋。"

"埃利奥特舅舅说你有个公寓，和一个绘画模特儿鬼混。"

"那么你还是自己来看看吧，"他笑道，"几步路。我们走着去。"

他带着她穿过狭窄曲折的街巷，虽然在高大的屋宇间还能看见一条湛蓝的天空，但路面仍一片昏黑。他们很快驻足在了一家门面很造作的小旅店前。

"到了。"

伊莎贝尔跟他走进窄小的过道，一旁的桌子后面坐着一位男子，只穿了衬衫、黑黄条纹马甲，围着一条脏兮兮的围裙，正在读报纸。拉里向他要房门钥匙，他立即从架子上取了给他，还好事地瞥了伊莎贝尔一眼，然后露出一个会心的傻笑。显然他认为她到拉里的房间里是做不出什么正当事儿的。

他们爬了两层楼，楼梯上铺着破损不堪的红地毯。拉里打开了房门，伊莎贝尔走了进去。屋子显得有些小，两扇窗都面朝着对面底层为文具店的灰色公寓楼。房间里有一张单人床，旁边靠着只床头柜；有一只沉重的带大镜子的衣柜；一把软垫扶手椅，但靠背是直的；两扇窗间放了一张桌子，桌上有打字机、纸张和不少书。壁炉架上也堆满了平装书。

"你坐扶手椅子吧。不算很舒服，但已经是我这儿最好的了。"

他拉过来另一把椅子坐下。

"你就住这里？"伊莎贝尔问。

他看着她的神情，笑起来。

"是的。自从到了巴黎我就一直住这儿。"

"可为什么呢？"

"很方便啊。靠近国家图书馆和巴黎大学。"他指指一扇她尚未注意到的门。"带盥洗室呢。我可以在这儿弄早饭，此外通常我就在刚才我们吃中饭的地方解决。"

"太蹩脚了。"

"噢不，挺好。这就是我想要的。"

"可住这儿的都是些什么人？"

"哦，我不知道。上面阁楼里住了几个学生。两三个单身汉是政府部门的，还有一位是奥德翁剧院的退休女演员；唯一另一间带盥洗室的房子住着个被包养的女人，她那男人隔周星期四来看她；还有几个临时住户吧。这里很安静，也算体面。"

伊莎贝尔感到有些不自在，甚至快要气恼起来，因为拉里明明注意到了她的神情却还高兴得很。

"桌上那本大书是什么？"她问。

"那个？哦，我的希腊语字典。"

"你的什么？"她嚷道。

"很正常啊，又不会咬你。"

"你在学希腊语？"

"是的。"

"为什么？"

"我觉得我想学。"

他眼含笑意望着她，她也回了一个微笑。

"你难道不觉得该跟我谈谈在巴黎那么久了一直在干什么？"

"博览群书。每天八到十个小时。到巴黎大学听课。我想我通读了所有重要的法国文学著作，我还能像读法文那样毫不费力地读拉丁文，至少是拉丁语散文。当然希腊语要更难。但我有一位非常棒的老师。在你来之前，我通常一周去他那儿三个晚上。"

"那这是为了什么做准备的？"

"获取知识。"他微笑道。

"似乎有些不切实际。"

"也许是，另一方面说也许也不是。然而其中却乐趣无穷。你无法想象阅读《奥德赛》的原文是多么震撼。你的感觉就是踮起脚即可摘星辰。"

他从椅子上站起来，似有莫名的兴奋攫住了他，驱使他在小屋里来回走着。

"过去的一两个月里我在读斯宾诺莎。虽然只是一知半解，但还是感到欣喜若狂。这就好像走下飞机，来到了群山之巅的一片广阔的高原地带。有一种遗世独在的感觉，一种如此纯净的空气，像美酒一般席卷了你的头脑，那感觉无与伦比。"

"你准备什么时候回芝加哥？"

"芝加哥？我不知道。还没考虑过。"

"你说过的，假如过了两年没得到你想要的，你就不再白白坚持下去。"

"我不能现在回去。我正站在门槛上。我看到了广阔的精神原野正在我面前延伸，呼唤我，而我多么渴望去那里旅行。"

"你指望在那里找到什么？"

"我问题的答案。"他瞥给她的眼神近乎戏谑，因而尽管很了解他，她或许还是觉得他在开玩笑。"我想弄清楚是否有上帝。我想弄明白为什么有邪恶存在。我想知道我是否有不朽的灵魂，还是死了就一了百了。"

伊莎贝尔略微喘了口气。拉里说这些让她很不自在，而他的轻声细语也让她感激，如此拉家常般的对谈使她还能克服自己的窘迫。

"可是拉里，"她微笑道，"这些问题人们问了几千年了。假如可以解答，那么现在肯定已经得到解答了。"

拉里笑起来。

"别笑得好像我是白痴似的。"她尖声说。

"正相反，我认为你说到点子上了。可是在另一方面也可以认为，假如人们已经追问几千年了，那足以证明他们是身不由己的，并且还要继续问下去。除此之外，不能说没人找到过答案。答案比问题还多，很多人都做了自认为完美的解答。老斯布鲁克[1]就是个例子。"

"他是谁？"

"哦，就是一个我在大学里没能认识的人。"拉里轻描淡写地说。

伊莎贝尔不明白他的意思，但继续说了下去。

"这在我看来都是少年人的想法。大二学生会为此激动一下，大学毕业后就忘了。他们得挣钱谋生。"

"我不怪他们。你瞧，我很高兴自己有些积蓄可以生活下去。如果我没有，那我也得像其他所有人一样去赚钱。"

"可是钱对于你就那么无所谓吗？"

"无所谓。"他咧嘴笑道。

"你觉得你还要在这些上面花多少时间？"

"我不知道。五年。十年。"

"之后呢？成为得道之士后准备干些什么？

1.斯布鲁克，疑指佛兰德神秘主义哲学家John van Ruysbroek（1293/1294—1381）。

"如果真能得道，我也就有了足够的智慧知道该干什么。"

伊莎贝尔十指紧扣，激动地从椅子上跳起来。

"你大错特错了，拉里。你是美国人，你的位置不在这儿，你的位置是在美国。"

"我准备好了就会回去。"

"可是你错失了那么多机遇。我们正踏上世上最伟大的探险征程，而你怎么能忍得住坐在这潭死水里？欧洲已经完了。我们才是最了不起的，世界上最好最强大的民族。我们正在突飞猛进。我们拥有一切。你有义务参加到你祖国的发展中来。你都已经忘记了，你不知道美国人今天的生活是多么激动人心。你这么能肯定你不在其中，就是因为你缺乏勇气站起来，去从事摆在所有美国人面前的工作？噢，我知道你也在以某种方式工作着，可这难道不是在逃避职责么？充其量只是一种辛苦的懒惰。假如大家都像你一样逃避，美国会变成什么样？"

"你非常严厉呀，亲爱的，"他微笑道，"我的回答是并非所有人都有我这样的感受。或许对他们来说是幸运的，大多数人准备好去走寻常路；可你忘了我是求知若渴的，正如——比方说格雷——对挣大把钞票的渴望一样。就因为我想花几年时间自学，就真的算背叛祖国了？也许等我学成归来，我给予人们的，正是他们乐意要的东西。当然这只是一种可能，但假如我没能成功，也不过像生意人没能做成生意一样。"

"那我呢？对你而言我就无足轻重吗？"

"你对我而言举足轻重，我想要你嫁我。"

"什么时候？等上个十年？"

"不，现在，越快越好。"

"凭什么嫁？妈妈可给不了我什么。再说即使有这个能力她也不会给。她认为支持你过无所事事的生活是错误的。"

"我什么也不要你妈的，"拉里说，"我每年有三千元的收入。这

在巴黎足够了。我们可以有一套小小的公寓房，还能雇得起一个bonne à
tout faire[1]。我们可以过得很快乐，亲爱的。”

“可是拉里，每年三千元是不够过日子的。”

“当然够啊。还有很多人比这少很多也在生活着呢。”

“可我不愿意过每年三千元的日子。为什么要这样呢，毫无理
由。”

“我自己只一半就够。”

“可是怎么够的！”

她看了看昏暗的小屋，厌恶地打了个冷战。

“这就是说，我有一点积蓄。我们可以去卡普里岛度蜜月，然后秋天
去希腊。我太想去那儿了。你还记得不，我们说过要一起周游世界呢。”

“我当然想了。可是不想这样穷游。我不想坐轮船二等舱，住连盥
洗室都没有的三流酒店，然后在便宜的小饭馆凑合。”

“去年十月我就是这样遍游了意大利的。玩得很开心。一年三千块
我们也是可以走遍世界的。”

“可我还想要孩子，拉里。”

“好啊，我们路上带着孩子。”

“你真傻，”她笑道，“你知道养一个小孩要开销多少吗？维奥
莱特·汤姆林森去年生了孩子，尽可能地节俭，也花费了一千二百五。
你知道请个保姆有多贵？”随着一个个念头接踵而至，她的语调也愈加
激烈。“你太不切实际了。你不知道你在要求我做什么。我还很年轻。
我要做很多好玩的事情，就跟其他人一样。我想去参加酒会，去跳舞，
去打高尔夫还有骑马。我要穿漂亮衣服。你难道想象不出如果一个女孩
打扮得不如别人，那意味着什么？等你的朋友们穿够了旧衣服你去买下

---

1. 法语：打杂女佣。

来，等她们出于怜悯买一件新的送给你，让你心存感激，你知道这些都意味着什么吗，拉里？我连去一家像样的美发店的钱都不够。我不愿意出行坐电车或小巴士，我要有自己的车。还有，当你每天泡在图书馆时我一个人找什么事儿做呢？逛街看橱窗，还是坐在卢森堡公园看住孩子不要淘气？我们交不到任何朋友。"

"哦，伊莎贝尔。"他打断了她的话。

"不是那些我习惯交往的朋友。哦对啊，埃利奥特舅舅的朋友会碍于他的情面时不时地邀请我们，可我们去不了，因为我没有合适的衣装，还因为我们还不了这人情。我不想去结识那么多穷酸的泥腿子；我没什么好跟他们说的，他们也无话跟我谈。我要生活，拉里。"她突然意识到他注视着她的眼神，虽如往常一般温柔，但有几分感到好笑的意思。"你觉得我很傻，是吗？你觉得我俗不可耐。"

"没有，不是的。我觉得你说的都很自然。"

他背对壁炉站着，她起身迎上前，以便与他直面说话。

"拉里，如果你身无分文而找份年薪三千的工作，我一分钟也不犹豫地嫁给你。我会为你做饭铺床。我不会在乎穿什么，我会义无反顾。我会把这些看作乐趣，因为我知道你走向成功只是时间问题。可现在意味着要过一辈子寒酸下贱的生活而没有前途，意味着我要做一辈子苦工直到临死那天。为了什么呢？就为了你可以长年累月地去试图找到那些你自己也说无法解决的问题的答案。这整个儿错了。一个男人应该要工作的。那是他立身之本，是他造福社会的方式。"

"简而言之，他有义务到芝加哥安顿下来，进亨利·马图林的公司。你觉得去说动我的朋友购买亨利·马图林感兴趣的证券，我就能大大造福社会吗？"

"经纪人是必须有的，也是非常体面和受人尊重的谋生方式。"

"以中等收入在巴黎生活就那么凄惨？你把这图景描得太黑了。你要知道事实并非如此。不买香奈儿也可以打扮得很好。而且并不是所有有趣的人物都住在凯旋门以及福熙大街。实际上有趣的人很少住在那些地方，因为人有趣了往往就没有很多钱。我认识这里不少人，画家、作家、学生，法国的、英国的、美国的等等，我认为你会发现他们比埃利奥特的那些破落侯爵和鼻子长长的公爵夫人要好玩得多。你心思敏捷，又有十足的幽默感。你会很喜欢听见他们在饭桌上进行思想交流，即便喝的只是 vin ordinaire[1]，以及少了左右伺候的管家和仆役。"

"别傻了，拉里。我当然会很喜欢。你知道我并不势利。我喜欢结识有趣的人物。"

"是的，前提是穿香奈儿的衣服。你觉得他们就不会理解成你是屈尊去了趟贫民窟？他们不会自在的，你当然也不会，你也不会得到什么乐趣，除非是事后跟埃米莉·德·蒙塔多尔以及格雷西·德·夏多-加亚尔谈谈你在拉丁区见到了那么多光怪陆离的浪荡子。"

伊莎贝尔轻轻耸了耸肩。

"我得说你讲得没错。他们并不是我的教养环境里的那种人。并不是与我有共同语言的人。"

"这得从哪儿说起呢？"

"从我们起步的地方呀。我自记事起就生活在芝加哥。我所有的朋友都在那里。我所有的兴趣都在那里。我在那儿很安心。那是我的归属，也是你的归属。妈妈病了，是再也不会康复的。我就算想离开她也办不到。"

"那是不是说，除非我准备回芝加哥，否则你是不会嫁我喽？"

伊莎贝尔迟疑着。她爱拉里。她很想嫁给他。她全身心的力量都在要求嫁给他。她也知道他渴望着她。她无法相信到了摊牌的时候他仍毫

---

1. 法语：廉价葡萄酒。

不示弱。她害怕了，可是她得铤而走险。

"是的，拉里，就是这个意思。"

他就着壁炉架划了一根火柴点着了烟斗，那是种气味刺鼻的老式法国硫黄火柴。然后他从她身边踱过去，站在一扇窗旁边。他朝外看着，沉默了一段时间，似乎永无尽头。她仍如先前面对他时那样站着，目光越过壁炉架去找那面镜子，但没能照见自己。她心跳狂乱，因恐惧而打着恶心。他终于回过头来。

"但愿我能让你认识到，我为你准备的比你所能够想象的任何生活都更加完满。但愿我能让你认识到，精神层面的生活是多么令人激动，生活的体验是多么丰富多彩。可谓生机无限。可谓不亦乐乎。只有一种情况可以比拟，就是你自驾飞机翱翔在高空，只有一种无穷大包围着你，使你陶醉于无边的宇宙。你感受到的那种欣喜若狂是你不愿用任何世上的权力和荣耀来交换的。前些日子我在读笛卡尔。那种从容、典雅、明晰。天哪！"

"可是拉里，"她绝望地打断他的话，"你难道没看出来，你要求我的事情，是我不合适做、不感兴趣也不想产生兴趣的？跟你说过多少次了我只是个普通的、正常的女孩。我二十岁了，再过十年就要老了。在还有机会时我想过得快活。哦，拉里，我的确爱极了你。所有这些都无聊透顶，不会给你带来什么前途的。为了你自己，我恳求你放弃。做个男子汉，拉里，做一份男子汉的工作。你就是在浪费宝贵的年华，而别人正在大干快上呢。拉里，如果你爱我，你就不会为了一个梦而放弃我。你已经玩够了。跟我们一起回美国吧。"

"我不能，亲爱的。那对我就是死路一条，就是出卖我的灵魂。"

"哦，拉里，为什么你这样说？那是歇斯底里、孤芳自赏的女人才会说的话。有什么意义？没有，没有，没有的。"

"这偏偏正就是我的感觉。"他答道，他的眼睛闪着光。

"你怎么还笑得出来？难道你没有意识到这是极为严肃的事情？我们走到了十字路口，我们现在的做法将要影响我们一生。"

"我知道。相信我，我是极其认真的。"

她叹了口气。

"如果你听不进我讲的道理，那就没什么好说的了。"

"可我觉得那不是什么道理。我觉得你一直在说着最糟糕的胡言乱语。"

"我？"假如不是这么悲伤的话她本是要放声大笑的。"我可怜的拉里，你就是个不可理喻的糊涂虫。"

她缓缓地将订婚戒指脱下，放在掌心端详着。这是一枚切割成四方形的红宝石，嵌在纤细的铂金底座上。她一直很钟爱这戒指。

"如果你真爱我，你不会让我这么难过的。"

"我真的爱你。不幸的是，有时候一个人无法在做自认为正确的事时，不让另一个人难过。"

她伸出托着红宝石的手掌，从颤抖的唇边勉强挤出一个微笑。

"给你，拉里。"

"这对我也没什么用了。就不能留作我们友情的纪念么？你可以戴在小手指上。我们的友情无须终止，对吗？"

"我会永远牵挂着你，拉里。"

"那就留着。我希望你戴着。"

她犹豫片刻，随即戴在了右手上。

"太大了。"

"你可以请人改一下。我们去丽兹酒店喝一杯吧。"

"好吧。"

事情进行得如此轻易，使她多少有些吃惊。她没有哭。似乎什么变化也没有，只是现在她不准备和拉里结婚了。她简直不能相信一切都结束了。没有什么动人的场景，这让她感到了些许恼火。他们谈话时冷静得就像在讨论是否买房子似的。她感到失落，同时又意识到一种淡淡的满足感，因为他们表现得都是那么得体。她非常想知道拉里此时的感觉。可是这一向很难；他光洁的脸庞和乌黑的眸子成为一张面具，她意识到哪怕她自己熟识了他这么多年也无法看穿。她原先脱下的帽子放在了床上。此时她站在镜子前，重又戴上了帽子。

"只是出于好奇，"她边说边整理着头发，"你本来准备要解除我们的婚约吗？"

"没有。"

"我还以为那或许对你是一种解脱呢。"他没有回答。她转过身，唇齿间带着愉快的微笑。"我准备好了。"

拉里锁了门。当他把钥匙交给门房时，后者用会意而狡黠的目光包裹了两人。伊莎贝尔很容易猜到他想象他们刚才干了什么。

"我想那老头儿是不会给我的贞操押赌注的。"她说。

他们坐出租车去了丽兹。他们说着无关紧要的话题，并没有显露出多少拘谨，就像老朋友隔三岔五地聊天一样。尽管拉里天性寡言，伊莎贝尔可是谈资不缺的话匣子，而且她打定主意绝不能在两人间滋生沉默，一旦形成或难再打破了。她并不想让拉里觉得她有任何怨恨，她的骄傲也驱使她表现出自己并未受到伤害，仍有着好心情，而不让他有什么怀疑。过了一会儿她提议他叫车送她回家。当他把她放在门口时她快活地冲他说：

"别忘了明天跟我们共进午餐。"

"肯定忘不了。"

她伸出脸颊让他亲吻，然后便走进了porte cochère[1]。

---

1. 法语：酒店门廊。

5

　　伊莎贝尔进客厅时发现有客人在喝茶。有两个旅居巴黎的美国女人，穿着考究，脖围珍珠项链，腕戴钻石手镯，指套华贵名戒。尽管其中一位头发染成了黑褐色，另一位则是不自然的金黄，但很奇怪她们面目很相像。她们的睫毛都涂染浓重，唇膏搽得很鲜艳，脸颊上了同样的胭脂，有同样苗条的身材，但都是以极度节食为代价的。她们有着同样清晰、锐利的面孔，同样饥渴、焦躁的眼神，你会不由得意识到她们的生活便是一场企图挽回衰退的容颜的殊死斗争。她们用高亢的、金属质地般的嗓音说着空洞的话且一刻不停，仿佛担心一旦无言，机器便会停顿下来，那么苦心经营的一切就会土崩瓦解。还有一位从美国使馆来的秘书，彬彬有礼而言语不多，因为插不上什么话，不过一看就是饱经世故的人。第四位是个身材矮小、肤色较深的罗马尼亚王子，一副奴颜婢膝的德行，黝黑的脸上胡须刮得很干净，黑色的小眼睛滴溜溜转着。他总是要一个箭步端上一杯茶、递来一盘蛋糕或是为谁点燃一根烟，也总爱恬不知耻地送上一堆阿谀奉承的话。他这是在为通过献媚而换得的以及即将换得的晚饭做出回报。

　　布拉德利夫人身着盛装端坐于茶桌，尽着女主人之谊，如往常一样恭敬而略显热情不足；这穿着也是为了合埃利奥特之意，而在她自己看来为了这种场合未免过于隆重。至于她对弟弟请来的客人的看法，我只能臆想了。我对她了解甚少，况且她是那种心里搁得住话的人。她一点儿都不笨，在各国首都居住的那么多年里，她见过形形色色的人，我想以她受教养的那个弗吉尼亚州小镇的标准，她肯定能够将这些人做精准的分类概括。我想她从这众生态中寻到了某些乐趣，而我相信对他们的装腔作势她也不会很当真，就像不会将一本小说里的人物的磨难和痛苦太当回事，因为她从一开始就知道小说肯定是大团圆结局（否则她也就不读了）。巴黎、罗马、北京，都很难改变她的美国脾性，正如埃利奥特虔诚信奉的天主教也无法动摇她那坚定而不无灵活的长老会信仰。

伊莎贝尔以其青春、美貌和活力给这俗不可耐的氛围带来一股清新之风。她像一位年轻的大地女神般款款而来。罗马尼亚王子一跃而起为她拉来一把椅子，以极为夸张的殷勤之举邀她坐下。两位美国女士带着亲善的惊呼上下打量着她，察看着她衣裙的每一处细节，或许还因这朝气蓬勃的冲击而在心底感受到了气馁。那位美国外交官看到她的容光将众人比照得虚假而猥琐，不禁暗自发笑。不过伊莎贝尔倒觉得他们阵容豪华；她喜欢这些人华丽的衣着、昂贵的珠饰，并对他们那种历练来的自如很有些羡慕。她不知道自己是否还能达到那种雍容典雅。当然这罗马尼亚小个子是挺可笑，但也很招人喜欢，即便满嘴言不由衷的好话，可听着还是怪舒服的。因她进来而打断的谈话又继续了，他们聊得很欢且自信地觉得他们聊得很有价值，你简直要以为这些话题是真有意义的。他们说到去过的和即将要去的聚会。他们谈最近发生的丑闻。他们把自己的朋友贬得体无完肤。他们接龙似的把大人物的名字挂在嘴边。他们似乎无人不识。他们洞察了所有的秘密。他们差不多可以一口气列数出最新的剧目、最时尚的裁缝、最新潮的肖像画家以及最新总理的最新情人。人们会以为他们无所不知。伊莎贝尔听得很是入迷。在她看来这一切都是有教养的表现。这才是生活，给了她一种兴奋莫名的身在其中的快感。这是真实的。这样的环境才是完美的。宽敞的大屋铺着萨沃纳罗拉地毯，镶木墙上挂着迷人的画作，饰有斜针绣花的椅子，价值无双的镶嵌细工的抽斗柜以及茶几，每一件都值得博物馆收藏；一定是花费了大价钱，这间屋子，可是很值。它的华美和品位从没有像现在这样打动她，因为她仍对那间蹩脚的旅店小屋记忆犹新，那儿的铁床、他所坐的那把硬邦邦、毫无舒适可言的椅子。那间拉里不觉有何不妥的屋子，实则空洞、清冷而了无生趣，使她想起来都不寒而栗。

晚宴最终散场了，只剩下她母亲和埃利奥特。

"迷人的女子啊，"埃利奥特送完那两位涂抹得惨不忍睹的妇人回来时说。"她们刚来巴黎定居时我就认识。我做梦也没想过她们会出落成这样。太了不起了，我们女人的适应能力。现在真看不出来她们是美国人，更别说还是中西部的了。"

布拉德利夫人扬起眉看了他一眼，没有说话，他何等机敏，立刻就明白了。

"谁也不会这么说你的，我可怜的路易莎，"他继续说道，话中一半是刻薄，一半是亲昵。"虽然天知道，你的机会原本应有尽有。"

布拉德利夫人抿紧了嘴。

"恐怕我是让你失望透顶了，埃利奥特，不过实话告诉你，我对我现在的样子很满意。"

"Tous les goûts sont dans la nature.[1]"埃利奥特讪讪地说。

"我觉得应该告诉你们，我和拉里不再有婚约了。"伊莎贝尔说。

"啧啧，"埃利奥特叫道，"这下我明天的午餐桌可要乱套了。这么短的时间我到哪儿再去找一个人？"

"噢，他还是来吃午饭。"

"在你们解除婚约之后？好像很不合常规啊。"

伊莎贝尔咯咯笑了。她继续看着埃利奥特，因为她知道此刻母亲正盯着她，而她不想去迎那目光。

"我们没有争吵，谈了一下午，得出的结论是我们犯了一个错误。他不想回美国，想继续留在巴黎。他还谈到要去希腊。"

"到底为了什么？雅典根本没有社交活动。事实上我自己从来没怎么喜欢过希腊艺术。一些古希腊的东西还有些颓废美，算能吸引人。可

---

1. 法语：萝卜青菜各有所爱。

是菲狄亚斯[1]：不，不。"

"看着我，伊莎贝尔。"布拉德利夫人说。

伊莎贝尔转过来面对母亲，唇边带着疏淡的微笑。布拉德利夫人审视着她，但只说了声"嗯"。姑娘并没有哭，她看出来了；她看起来镇定而沉着。

"我看你已经解脱不少了，伊莎贝尔，"埃利奥特说，"我原已准备将就着给你们尽量张罗了，但对你们的婚配我向来不看好。他其实配不上你，他在巴黎的表现也很清楚说明，他绝不会有什么出息。凭你的相貌和关系你应该期望更好的。我认为你做得非常明智。"

布拉德利夫人不无忧虑地瞥了一眼女儿。

"你不是为了我吧，伊莎贝尔？"

伊莎贝尔决然地摇摇头。

"不是，亲爱的妈妈。我是自主决定的。"

6

那时我从东方回来之后，在伦敦逗留了一段时间。大约在我刚刚讲述的事情之后两周，埃利奥特在一天早上给我打电话。听到他的声音我并不意外，因为我知道他习惯于在社交季末到伦敦来放松一下。他告诉我布拉德利夫人和伊莎贝尔一起来了，如果我能晚六点过去小酌他们会很高兴的。他们下榻的自然是克拉里奇酒店，离我住处不远，于是我顺着公园路，穿过梅菲尔区[2]那些僻静而庄重的街巷，走到了酒店。埃利奥

---

1. 菲狄亚斯，古希腊雕刻家。
2. 梅菲尔区，伦敦的上流住宅区。

特的套间风格如常，墙上饰有类似雪茄盒子那种质料的棕色木板，装修得低调而奢华。我被请进去时只有他一人在。布拉德利夫人和伊莎贝尔去逛街了，随时都会回来。他告诉我伊莎贝尔解除了和拉里的婚约。

对于该如何随机应变，埃利奥特既有浪漫更有高度常规的看法，因而对这些年轻人的举动颇感不解。拉里不但在分手后的第二天即来赴午宴，而且表现得好像他的身份丝毫未变似的。他如往常一样愉悦、专注，显出一种沉静的快乐。他依然以志同道合般的柔情对待伊莎贝尔，似乎并无烦扰、不快或愁闷。伊莎贝尔也无丝毫情绪的低落。她神色快活，笑意轻盈，兴高采烈地打着趣儿，仿佛此前并没有做出什么果敢而灼心的人生重大之举。埃利奥特完全摸不着头脑。他从捕捉到的片言只语看不出他们有任何做一了断的意向。他一找到机会便和姐姐讨论开了。

"成何体统，"他说，"他们不能这样一同进出，好像还订着婚似的。拉里真应该更识趣些。而且这还糟蹋了伊莎贝尔的机会。年轻的福林汉姆，就是英国使馆的那个小伙子，显然是被她迷住了；他有钱有关系，要是早知名花待主的话提出个求婚我也不会觉得意外。我觉得你得跟她谈谈。"

"我亲爱的，伊莎贝尔二十岁了，她有办法话不带刺儿就让你知道别多管闲事，我已领教过这一手段有多难对付。"

"那么就是你教育得太糟糕了，路易莎。再说了，这可是你的闲事。"

"这一点你和她的看法肯定是不同的。"

"你在考验我的耐心，路易莎。"

"我可怜的埃利奥特，假如你也有个女儿出落成了大姑娘，你就会明白一头顶撞的小公牛还更好伺候些。要知道她心里想什么吗？——嗯，那最好还是装成一个头脑简单的老傻瓜吧，她差不多就是这么看的。"

"可你跟她谈过这事儿了么？"

"我试过。她就笑我，然后告诉我没什么好谈的。"

"她很难过？"

"我看不出来。我只看到她吃得好睡得香像个小孩子。"

"嗯，记住我的话，如果你放任不管，他们总有一天会远走高飞，然后谁也不通知就结婚了。"

布拉德利夫人宽容地笑了笑。

"我们居住的这个国家，要来点风流韵事也许再方便不过，但通往婚姻的道路上却壁垒重重，这一点你可以放心。"

"也无可厚非。婚姻是多么严肃啊，事关家庭安危、社会稳定。而婚姻对extraconjugal[1]的容忍乃至认可，恰恰彰显了它的权威。而卖淫呢，我可怜的路易莎——"

"够了，埃利奥特，"布拉德利夫人打断他，"我对你所谓支持乱伦出轨的社会道统不感兴趣。"

也就是在那个时候他心生一计，想要阻止伊莎贝尔与拉里的继续交往，这样的交往在他的观念中是如此的大逆不道。巴黎的社交季已近尾声，上层名流纷纷打点行装赶赴矿泉疗养地，或是去多维尔[2]，之后再到都兰、昂儒或是布列塔尼等地的先祖的châteaux[3]去度暑假。通常埃利奥特会在六月底去伦敦，不过他的家庭观念挺强，对姐姐和伊莎贝尔的感情也挺深，已经做好牺牲自己，留在巴黎的准备了，如果她们愿意的话。那时节有点儿头面的人物都不愿待那儿的。不过他发觉眼下的形势正好皆大欢喜，既能做对别人最有益的事情，又不亏待自己。他向布拉德利

---

1. 法语：婚外的（不轨行为）。

2. 多维尔，法国北部海滨城市。

3. 法语：别墅、府邸。

夫人提议，他们三人应立即动身去伦敦，那里的社交季还方兴未艾，新事物新朋友会把伊莎贝尔的心思从她那不幸的纠葛中吸引出来。据报纸的说法，治疗布拉德利夫人疾病的权威专家也在英国首都，找他诊疗的意愿可以很好地解释他们为何匆忙动身，也可以打消伊莎贝尔所有不情愿离开巴黎的念头。布拉德利夫人同意了。她对伊莎贝尔感到困惑，拿不定主意她是否真像表现的那样无所谓，抑或受到了伤害，正愤怒或难过着；她或许正以面不改色的姿态来掩盖受伤的感情。布拉德利夫人唯一赞同埃利奥特之处便是，见识新人新地方对伊莎贝尔是有好处的。

埃利奥特于是在电话上忙开了，当伊莎贝尔在凡尔赛和拉里玩了一天回来时，他已经安排妥当，告诉她已为她母亲预约了三天后去见那位名医，他已在克拉里奇订好了套间，后天就动身。当埃利奥特颇为得意地向伊莎贝尔宣布此消息时，布拉德利夫人目不转睛地看着女儿，可是后者丝毫不感到吃惊。

"哦，亲爱的，我真高兴你要去看那个医生了。"她嚷起来，那种热烈劲儿总是让人难以抗拒。"你当然不能错失良机。而且能到伦敦去真是太好了。我们去多久？"

"用不着回巴黎了，"埃利奥特说，"一个星期后这里什么人都没有。我想让你们在接下来的时间里都和我待在克拉里奇。七月肯定少不了一流的舞会，当然还有温布尔登[1]哪。之后还有古德伍德和考兹。我敢说埃林厄姆夫妇肯定会乐意在考兹接我们上他们家的游艇去看船赛，而班托克一家在古德伍德赛马周也总会举办大型晚会的。"

伊莎贝尔喜形于色，布拉德利也放下心来。似乎她并没怎么为拉里着想。

---

1. 指一年一度的温布尔登网球锦标赛，简称"温网"，是网球运动中最具历史与声望的赛事，网球四大满贯之一。

埃利奥特刚与我说完这些，母女俩便走了进来。有不止十八个月没见她们了。布拉德利夫人比过去略显消瘦，也更苍白了些，面露疲态，气色不佳。可是伊莎贝尔却容光焕发。她红润的脸色、亮棕色的秀发、目光流转的淡褐色眸子、光洁的肌肤，都让人感受到了青春气息，以及仅仅是活着就有多么美好，让人几乎要不由得会心地笑起来。她使我很荒唐地联想到一只色泽金黄、气味甘美且完全成熟的梨，只待人去品尝。她散发着温暖，使你觉得伸手便可感受到那份惬意。她比上回见面时显得高挑，或许是鞋跟的原因，或许是聪明的裁缝用外衣遮住了其青春期的丰满，我不得而知。她还保持着自小从事户外锻炼的女孩才有的那种灵活而优雅的体态，总之可谓性感尤物了。如果我是她母亲，我会迫切地感到她该出嫁了。

我很高兴有机会回报布拉德利夫人在芝加哥的款待，便邀请三人哪天晚上去看戏。我还安排了一起吃午饭。

"你捷足先登很明智啊，老弟，"埃利奥特说，"我已经告诉了朋友们，料想再过一两天请柬就要排到季末了。"

依我的理解，埃利奥特的意思是他们很快就无暇应付我类人等，于是我笑起来。

埃利奥特瞥了我一眼，我从中分辨出了某种倨傲。

"当然了，六点钟到这儿总能找到我们，我们也很乐意见到你。"他大度地说，不过显然意在把我归入爬格子这一卑微的地位。

可是兔子急了也会咬一口的。

"你应该试试跟圣奥尔泼德教堂接触一下，"我说，"听说他们想转让那幅《索尔兹伯里大教堂治安官》。"

"眼下我什么画也不买。"

"我知道，可我以为你会为他们打理呢。"

埃利奥特眼中闪过一丝寒光。

"亲爱的朋友，英国人是伟大的民族，但他们从来学不会画画，将来也不会。我对英国画派不感兴趣。"

7

接下来的四周时间我没怎么见到埃利奥特和布拉德利夫人母女。他对她们照料得无微不至，带她们去位于苏赛克斯的一大户人家度周末，下一个周末更是去了威尔特郡的另一处更豪华的宅子。他带着她们作为温莎王室的一位旁支公主的贵客坐进了歌剧院的王室包厢。他带她们与各色大人物进午餐。伊莎贝尔去了好几次舞会。他还在克拉里奇招待了一连串的客人，这些人的名字总能在第二天很体面地见诸报端。他数度在西罗俱乐部及大使馆举办晚宴。事实上他不过做了该做的，而伊莎贝尔若非历练太少，也不必像现在这样，因其盛情款待而感到有些目眩了。埃利奥特可以自诩说，这样不辞辛劳只为一个纯然无私的目的，就是帮伊莎贝尔从不幸的恋情中摆脱出来；可是我却另有想法：让姐姐亲眼看见他与达官贵人如此熟稔，是可以获得极大满足感的。他是一位可敬的主人，而他在展现品位时也很享受。

我自己去过几回他的酒会，偶尔也在六点到克拉里奇小坐。我发现伊莎贝尔身边总簇拥着来自近卫军、身着华服的威猛小伙儿，要不就是衣着朴素些但举止不失优雅的外交部年轻人。就在其中一次这样的场合中，她拉我到一边。

"我想问你一件事，"她说，"你记得那天晚上，我们去过一家日杂店喝冰淇淋汽水吗？"

"当然。"

"那时你待我很友善，给了我很多帮助。愿意再帮我一次吗？"

"我尽力而为。"

"我想跟你谈事情。能不能找个时间一起吃午饭？"

"差不多随便哪天都行。"

"得是个僻静的地方。"

"乘车去汉普顿宫，在那儿吃中饭怎样？花园应该正处于最佳季节，还能看见伊丽莎白女王的床呢。"

这个想法很中她意，我们定下了日子。可偏偏到了那天，一直晴暖的天气变坏了，天色灰蒙蒙的，下着小雨。我打电话问她是否待在城里吃午饭。

"我们没法坐在花园里了，景色一定很黯淡，什么也看不了。"

"花园已经逛得够多了，我也看够了绘画大师的作品。还是去吧。"

"好的。"

我开车捎上了她。我知道一家还算不错的小酒店，于是我们驱车直奔那里。一路上伊莎贝尔像往常一样兴致勃勃地谈着去过的聚会以及见过的人。这段时间她玩得很尽兴，不过对于结识的各色人等她有自己的评判，我觉得这表明她眼光很犀利，能敏锐地洞察荒唐的人与事。糟糕的天气赶跑了游人，我们是酒店里唯一的食客。这里以英国本地家常菜为特色，我们要了份精制羊羔腿配嫩豌豆、新土豆，一份深盘烘烤的苹果馅饼，随后是德文郡奶油，再佐以淡啤酒，就有了一顿上佳午餐。吃完之后我提议去空无一人的咖啡厅，可以坐在舒适的扶手椅上。房间冷飕飕的，但壁炉里备好了料，于是我划着了火柴。燃起的火苗使得昏暗的屋子变得亲善起来。

"一切就绪，"我说，"可以告诉我你想跟我说的了。"

"跟上次一样的话题，"她笑道，"拉里。"

"我猜也是。"

"你知道了吧，我们解除了婚约。"

“埃利奥特告诉我了。”

“妈妈如释重负，而他更是兴高采烈。”

她踌躇片刻，便讲述起与拉里的谈话，其内容我已经尽量忠实地跟读者说了。或许令读者意外的是，她居然会选择一个不甚了解的人倾诉这么多。我见她不过十余次，而且除了在日杂店那次外从未独处过。只是我并不感意外。首先任何一个作家都会告诉你，人们愿意向作家吐露秘而不宣的事情。我不知道为什么，除非是因为读过其一两本书后他们感到与他有了特别的亲近；抑或他们将自己戏剧化了，视自身为小说人物，向作家敞开心扉，想来他所创造的人物便是如此的。再者，我觉得伊莎贝尔感到我是喜欢拉里和她的，我为他们的青春气息所触动，对他们的不幸也抱有同情。她不可能指望埃利奥特做一个友善的听者，他懒得理会拉里这样的年轻人，因为他对跻身社交圈的最佳机会置若罔闻。母亲也爱莫能助。布拉德利夫人拥有高度的原则性和常识。常识使她确认，假如要安身于世，则必然要接受世俗传统，特立独行显然无法走向生活的安定。高度的原则性使她相信，男人的责任在于置身职场，凭着活力和进取心才有机会挣得足够的钱，并以与其地位相称的标准来供养妻室，让儿子受到良好的教育，助其长大成人并投身可靠的事业，而在其临终时也足以能让遗孀衣食无忧。

伊莎贝尔记性很好，那场持久的讨论当中的百转千折，她全都深深刻印在记忆中。我默默地听着直至她说完，其间她只停下来一次问我。

“勒伊斯达尔是谁？”

“勒伊斯达尔？荷兰的风景画家。怎么了？”

她说拉里提到过他。他说过勒伊斯达尔至少找到了问题的答案，她还重复了当时她询问他时他那轻描淡写的回答。

“你猜测他是什么意思呢？”

我心里一动。

"你肯定他说的不是斯布鲁克[1]？"

"可能是吧。他是谁？"

"他是佛兰德的一位神秘主义哲学家，生活在十四世纪。"

"噢。"她失望地说。

这对她毫无意义，但对我却有所启示。我第一次看到了拉里思想转变的迹象。当她继续讲述时，我尽管听得很仔细，但还是分了些神去琢磨他的话所暗示的种种可能。我并不想过度解释，他提及这位神秘派大师或许只是为了增加说服力；或许伊莎贝尔忽略了其中的含义。他回答说斯布鲁克就是一个他在大学里没能认识的人，显然是想让她转移开话题。

"你怎么看待所有这些？"临了她问道。

我在回答之前停顿了片刻。

"你记得他说了只是想闲逛？假如他和你说的都是真话，那么他的闲逛似乎是包含了某种非常艰辛的工作。"

"肯定是的。但你不觉得假如他像从事任何生产劳动那样卖力，他是可以挣得不错的收入的吗？"

"有些人的脑筋就是这么奇特。有的犯罪分子像河狸一样辛辛苦苦地制订阴谋诡计，到头来还是把自己送进了牢房，等出狱又从头再来，然后再坐牢。如果他们把同样的勤奋、才智、资源和耐心用于诚实的事业，那本可以过上很不错的日子，取得很重要的职位。可他们就这个命。他们就喜欢犯罪。"

"可怜的拉里，"她咯咯笑开了，"莫非你在说他学习希腊语是在谋划抢银行吧。"

我也笑了。

---

1. 参见前文，斯布鲁克（Ruysbroek）与勒伊斯达尔（Ruysdael）拼写、发音相近。

"不，我不是这个意思。我想告诉你的是有这样一种人，对于做某种特定的事情有着强烈的愿望，禁不住一定要去做。为了满足那份渴望他们可以牺牲一切。"

"甚至是他们所爱之人？"

"哦，是的。"

"这比彻头彻尾的自私能好到哪儿去？"

"这就不知道了。"我微笑道。

"拉里学习那些已经死亡的语言，会有什么用？"

"有些人的求知欲是没有偏好的，这也无可厚非。"

"如果不打算用，那知识学了干吗呢？"

"也许他打算用呢。也许仅仅去学就有充分的满足感，就像对于艺术家而言创造一件作品就很有满足感。也许只是通往更深远之处的第一步。"

"假如他想求知，为什么打仗回来后不上大学呢？纳尔逊医生和妈妈当时都希望他上呢。"

"我在芝加哥跟他谈过这个。学位对他来说毫无用处。我隐约感觉他对自己想要的东西有明确认识，并且认为他在大学里是得不到的。你得知道，在学习这事儿上，既有奔跑在群体里的狼，也有独狼。我感到拉里就是这样一意孤行的人。

"我记得曾问过他是否想写作，他笑着说没什么好写的。"

"这是我听到过的最让人摸不着头脑的理由。"我微笑道。

伊莎贝尔不耐烦地摆摆手，她没有心情听哪怕最小的玩笑话。

"我弄不懂的是，他为什么会有这样的转变。战争前他和大家没什么区别。你想象不到，他的网球打得棒极了，高尔夫也很不错。他以前做着我们大家都做的事情，是个十足的男孩子，没有理由相信他不会成长为十足的男子汉。毕竟你是小说家，你应该能解释。"

"我怎么就能够解释无穷复杂的人性呢？"

"这就是我今天想跟你谈谈的原因。"她补充道，对我的话毫不理会。

"你很难过吗？"

"不是，谈不上难过。拉里不在时我觉得还好；当我同他在一起时我就感到那么虚弱。现在这就是一种疼而已，就像几个月不骑马了，一下子骑很长时间就会感到吃力；这不是痛苦，绝不是无法忍受的，可是你能感觉得到。我会克服的。我就是很不喜欢看到拉里把自己的生活弄得这么一团糟。"

"也许他不会呢。他刚刚踏上一条漫长的险途，但最终没准儿他会找到追寻的东西。"

"是什么呢？"

"你想到过没有？在我看来，从他对你说的话中，他表示得很清楚了。上帝。"

"上帝啊！"她嚷道。但那是难以置信的惊叫。我们说了同一个词却含义反差巨大，这产生的喜剧效果让我们不由得哈哈大笑。然而伊莎贝尔立刻又恢复了凝重的脸色，在她的总体态度中我感到了一种类似恐惧的情绪。

"你怎会这么想的？"

"我也只是猜测。不过是你要我谈谈作为小说家的看法的。可惜你并不知道他在战争中有什么样的经历深刻地改变了他。我觉得是某种突如其来、使他措手不及的打击。我想向你表明的是，不论发生了什么，那种遭遇使他充分感受到生活的无常，并痛苦地深信对于世间的罪孽和哀伤是能找到弥补办法的。"

我看得出伊莎贝尔并不喜欢我谈话的这种措辞。这让她感到羞怯和难堪。

"这难道不是非常病态吗？一个人在世上既来之则安之，来了当然就要把生活安排得最好。"

"你说得大概没错。"

"我不想装腔作势，我只是个完全正常、普通的女孩。我要过得有滋有味。"

"看来你俩的脾性中似乎有些完全没法兼容的东西。这在婚姻之前发现是最好的。"

"我想要嫁人生子，过上——"

"过上仁慈的主原本就恩赐你的生活。"我微笑着插话道。

"嗯，无可厚非，不是吗？很愉快的生活，我会很满足的。"

"你们就像两个愿意一块儿度假的朋友，可是一个要去攀爬格陵兰的冰天雪地，另一个只想去印度的珊瑚礁钓钓鱼。显然走不到一起。"

"不管怎样，我也许还能从格陵兰的冰天雪地里得到一件海豹皮大衣呢，印度的珊瑚礁有没有鱼我倒很怀疑。"

"有待探查。"

"你为什么这么说呢？"她问道，眉头微蹙。"你好像一直是在内心有所保留的。当然我知道自己当不了光彩夺目的明星。拉里可以。他是理想主义者、追梦人，就算美丽的梦想不能成真，做这样的梦已经很动人心魄了。我分派到的是个艰苦的、逐利的、现实的角色。常理从来都没有多少同情心，是吗？可你忘记了要付出代价的是我。拉里是能潇洒走一回的，去追逐荣耀的云彩，我呢，跟着亦步亦趋，还要精打细算量入为出。我要生活啊。"

"我一点儿也没忘。多年前我还年轻时，我认识一个医生，水平还不错，可是他不去行医，而是长年累月地泡在大英博物馆的图书室里，写一部伪科学、伪哲学巨著，根本没人看，他得自费出版。去世的时候他已经写了四五本这样的书了，没有丝毫价值。他有个儿子想入军职，但他没钱去桑德赫斯特¹，于是只好应征入伍，并死在了战场上。他还有个女儿，长得很漂亮，我挺迷她的。她去演艺界发展，但是没什么天赋，只能随二流剧团周游全国演一些小角色，赚得微薄的薪水。他的妻子含辛茹苦那么多年后终于病倒，女儿只好回来看护她，并担负起母亲已做不动的脏活累活。生命就这样浪费、挫败了，而且徒劳无获。当一个人决定了不走寻常路时，便得孤注一掷。被召的人多，选上的人少。²"

"妈妈和埃利奥特舅舅很赞同我做的决定，你也同意吗？"

"我亲爱的，这对你有什么关系呢？对你来说我差不多就是个陌生人。"

"我把你看作不偏不倚的旁观者，"她带着讨人喜欢的微笑说道，"我很想得到你的赞同。你的确认为我做得对，是吗？"

"我觉得为了你，你做得很对。"我很自信她不会听出来我答话中的些许差别。

"那为什么我感到问心有愧？"

"是吗？"

她点点头，嘴角边微笑犹在，却带了一丝哀伤。

"我知道只是最起码的常识。我知道每一个通情理的人都会同意我做了唯一可行的事情。我知道从一切务实的角度看，从人情世故看，从世俗礼法看，从对与错的角度看，我做了应做的事。可是在我心底有一种不安，就是假如我更善良一些，更公正一些，更无私一些，更高贵一些，我会嫁给拉里，牵手共济。假如我爱他够多，那么失去整个世界我也在所不惜。"

---

1. 桑德赫斯特，英国皇家陆军官校所在地。
2. 典出："For many are called, but few are chosen"，"因为被召的人多，选上的人少"（马太福音22：14）。

"你不妨换个角度看。假如他爱你够多，他会毫不犹豫地做你所愿之事。"

"我也这么对自己说。但是没有用。我想比起男人来，女人天性中有更多的自我牺牲。"她轻笑起来。"路得还有异乡麦穗之类的。[1]"

"你为什么不冒险试试呢？"

我们一直谈得很轻松，简直就像在拉家常，说着我们都认得但不是密切关心的人和事；即便同我说到了拉里，伊莎贝尔的语气也不无轻松愉快，讲起来诙谐生动，似乎不愿让我将她的话太当真。可是此刻她变得脸色苍白。

"我害怕。"

我们一度陷入了缄默。一股凉意透下脊柱。很奇怪，每当我得直面人的深沉而真挚的情感时总是如此。我发觉这让人很不自在，甚或心生敬畏之意。

"你非常爱他么？"我终于问道。

"我不知道。我对他缺乏耐心，对他很恼火。我一直渴望着他。"

沉默再次弥漫开来。我不知道说什么。

我们的咖啡厅并不大，沉重的花边窗帘将光线都拒于室外。墙上贴着黄色大理石纹壁纸，还挂了几幅体育运动的老照片。屋里的红木家具、破旧的皮椅及其霉味，都很奇特地令人联想到狄更斯小说中的咖啡厅场景。我拨了拨火，添了些煤。伊莎贝尔突然开了口。

"你瞧，我原以为到了摊牌的时候他会示弱的。我知道他很弱。"

"弱？"我叫起来，"你怎么会这样想的？这个人在长达一年的时

---

1. 典出《圣经·旧约·路得记》。寡妇拿俄米打发两个失去丈夫的儿媳回娘家再嫁。一个儿媳与婆母挥泪而别，另一个叫路得的儿媳则决意留下赡养婆婆，并常在麦收时节去别人家田里捡拾落下的麦穗。众人知其孝顺也不阻止，反倒多留些与她。"异乡"则语出济慈的《夜莺歌》，后者用圣经典故但与之略有出入。

间里力排众议，只因为他决意走自己的路。"

"那时候我总是可以和他一起做我想做的事情。我动动小指头就能使唤他。我们在一起时他从不打头阵，只是随大流。"

我已点起了烟，看着吐出的烟圈，看着它越来越大并消散在空气中。

"我在分手之后还和他若无其事地来往，妈妈和埃利奥特觉得是大错特错的。可我却没太当一回事。我总在想到头来他会让步的。我不相信当他的死脑筋终于认识到我是动真格了，他还不会让步。"她犹豫了一下，冲我恶作剧般地笑了笑。"要是我跟你讲一件事，你会吓一大跳吗？"

"我觉得不大会吧。"

"当我们决定来伦敦时我给拉里打了电话，问他能不能一起吃我在巴黎的最后一顿晚餐。我告诉家人时，埃利奥特舅舅认为这极其不妥，妈妈则说她觉得没有必要。妈妈说的不必要，意思就是完全不同意。埃利奥特舅舅问我搞什么名堂，我说我们准备找个地方吃饭，然后去逛夜总会。他对妈妈说，应该不准我去。妈妈说：'我不准你去，你会听吗？''不会的，亲爱的，'我说，'一个字也不会听进去。'然后她就说：'我想也是。那样的话我说不准也没用。'"

"你妈妈看来很识大体的。"

"我相信什么也没逃过她的法眼。拉里来的时候我去她屋子道别。我化了点儿妆；你知道的，在巴黎就得这样打扮起来，不然就像没穿衣服。当她看见我的装束时，我从她上下打量的眼神中不安地感到，她已经看穿了我的企图。可是她什么也没说，只是亲吻了我，祝我玩得高兴。"

"你企图什么？"

伊莎贝尔迟疑地看看我，似乎不能决定是否该坦言准备要说的话。

"我自己觉得看起来还不错，而且这是我最后的机会了。拉里在马克西姆餐厅订了座。我们享用了很多美食，都是我特别爱吃的，还喝了香槟。我们说个没完，至少我是如此，还把拉里逗得哈哈大笑。我喜欢他的一点就是我总能让他开心。我们还跳了舞。玩够之后我们去'马德里堡'，在那儿遇见了些熟人，又聚在一起喝香槟。接着我们再赴'金合欢'。拉里舞跳得很好，我们配合得也默契。舞厅的热力、音乐还有美酒让我有些晕晕的。我感觉胆气十足，跳舞时脸和拉里贴在一起，我知道他想要我。上帝知道我也多么渴望他。我有了个主意。现在看来那其实一直躲在我的意识后面。我想让他跟我一起回家，一旦回了家，嗯，那就箭在弦上不得不发了。"

"我明白你说得已经不能更得体了。"

"我的房间跟埃利奥特舅舅和妈妈的隔得都很远，所以我知道是万无一失的。等回到美国我打算写信说我怀上孩子了。他不得不回来娶我，而他回来之后我不信留不下他，特别是妈妈还生着病呢。'我真傻，怎么之前没想到呢，'我心想，'这样一来自然所有问题都解决了。'乐曲结束时我仍然依偎在他怀里。然后我说时间不早了，我们还要赶中午的火车，就走吧。我们钻进了出租车。我紧挨着他，他用臂膀搂着我，亲吻我。他吻着我，吻着我——噢，像在天堂里，出租车停在门口，时间好像才过了片刻。拉里付了车钱。

"'我走回去。'他说。

"出租车呼地开走了，我用胳膊圈住他的脖子。

"'愿意上来喝最后一杯吗？'我说。

"'好的，如果你乐意的话。'他说。

"他已经按过了门铃，门开了。我们进去时他打开了灯。我直视着他的眼睛，他的目光是那么让人信赖，那么诚实，那么——那么没有心机；他显然对我设下的圈套一无所知；我感到自己不能对他耍这么龌龊的把戏，就像夺走孩子手里的糖果。你知道我怎么做的？我说：'哦，嗯，或许你还是别上来了。妈妈今晚不舒服，假如她已经睡了，我不想吵醒她。晚安吧。'我伸脸过去让他亲吻，然后把他推出门。于是结束了。"

"你后悔吗？"我问。

"既不高兴也不后悔。我只是身不由己，做了我所做的，推他出去的不是我。只是一种冲动占据了我，为我行事。"她咧嘴笑起来。"我猜你会称之为我本性中善的一面。"

"我想的确是这样。"

"那么我这善的一面就必须得承担后果。我相信在未来它会更加小心谨慎。"

我们的谈话实际上就到此为止了。伊莎贝尔跟一个人完全放松地说这么多，或许可以得到某种慰藉，可这也就是我能做到的。我自觉做得并不到位，便试图说些什么来安抚她，哪怕只是些小事情。

"你要知道，当一个人在恋爱，"我说，"当一切都乱了方寸时，就会特别地难过，会觉得再也过不去这个坎儿了。但要是知道大海的作用，你会很惊讶的。"

"你说的是什么意思呢？"她微笑道。

"嗯，爱情不算是个好水手，它在远航中耗尽了精力。横亘在你和拉里之间的大西洋会让你感到很吃惊，发现原本在航海之前貌似不可承受之痛，实则微不足道。"

"你是经验之谈吗？"

"来自过去暴风骤雨般的经验。每当我饱受暗恋之苦，我便立即跳上一艘远洋轮船。"

雨丝毫没有要止住的意思，伊莎贝尔觉得看不到汉普顿宫宏伟的建筑群甚或伊丽莎白女王的床，也没什么了不得的，于是我们决定驱车回伦敦。之后我见过她一两回，但都有别人在场，接着在伦敦待够了之后，我离开英国去了提洛尔。

第三章

1

此后十年我既没见着伊莎贝尔，也没再邂逅拉里。我仍能见到埃利奥特，而且实际上，出于一种我之后会交代的原因，见得比过去更加频仍。我不时地从他那里得知伊莎贝尔的境况。至于拉里，他就没什么可以告诉我的了。

"就我所知，他仍住在巴黎，可是我不大可能会遇见他，我们不是一路人。"他又不无自得地补充道，"他居然就这么彻底颓废了，令人唏嘘啊。他出身那么好。我确信假如他愿意听从我安排的话，我是可以成全他的。不管怎样伊莎贝尔摆脱了他是件幸事。"

我的熟人圈子不像埃利奥特的门槛那么高，我在巴黎结识的一些人显然是他所不屑的。我停留的时间每次都不长，但次数还不算少，其间我会问起一两个人是否遇到过拉里，或是听闻他什么消息；有几个人与他有泛泛之交，但谈不上密切，谁也提供不了什么消息。我去他习惯光顾的餐馆，却得知他已很久不来了，那里的人都以为他离去了。蒙帕纳斯大街上的饭店没一家有其踪影，那里是住附近的人经常光顾的。

在伊莎贝尔离开巴黎后他是想去希腊的，但他放弃了计划。实则做了什么事，他在多年后告诉了我，不过我情愿现在就讲出来，因为按事件的时间顺序来说比较方便。他整个夏季都待在巴黎，每日勤读不辍，直到秋季已然降临。

"当时我想，该脱开书本放松一下了。"他说。

"两年来我每天学习八到十个小时。所以我去了煤矿。"

"你什么？"我嚷起来。

他对我的惊愕哈哈大笑起来。

"我觉得干几个月体力活儿对我有好处。我的想法是，这有助于我理清思路，让我能好好审视自己。"

我沉默不语。我不知道他的出人意料的举动是否仅仅因为这样，还是与伊莎贝尔同他分手有关。其实我并不知道他爱她有多深。大多数人在恋爱时都会杜撰出各种原因来劝服自己，认为做想做的事是唯一明智之举。我觉得这就是为什么很多婚姻都走向了不幸。这好比把自己交给了明知是骗子的人手里，而这骗子碰巧是个亲密的朋友，因为他们不愿意相信他首先是个骗子，其次才是朋友，而情愿认为他无论对别人如何欺诈，也不会这样对待他们。以拉里内心的坚强，他不会为了伊莎贝尔而牺牲他所认定的生活，可失去她的痛楚或许超出了他的预料。或许他像我们大多数人一样，总苦于难以两全。

"嗯，继续吧。"我说。

"我把书和衣物装进两只箱子寄存在'美国运通'。然后我额外穿上一件外套，用手提袋装了几套衬衣就出发了。我的希腊语老师有个妹妹，嫁给了朗斯附近的一家煤矿的经理，他为我写了介绍信。你知道朗斯吗？"

"不知道。"

"在法国北部，离比利时边境不远。我只在那儿待了一晚，在车站的旅店，第二天就搭了当地的车去了煤矿所在地。你去过挖煤村吗？"

"去过英国的。"

"嗯，我想都差不多。煤矿、经理楼、一排排整齐的两层小屋，都一模一样，千篇一律，单调乏味得让人很泄气。一座稍微新一些但很丑陋的教堂，几家酒吧。我到达的时候天气阴沉寒冷，还下着细雨。我去了经理室，呈上介绍信。他是个矮胖子，面颊红润，看起来胃口很好的样子。他们很缺人手，很多矿工死在了战争中，有很多波兰劳工，该有两三百号人吧。他问了我几个问题，他对我的美国身份并不以为然，似乎觉得不太靠谱，但他大舅子在信中说了不少好话，所以他还是欣然接纳了我。他准备给我派个地面的活儿，可我告诉他我想去井下。他说如果我不适应的话会消受不住的，但我说已做好了准备，于是他说我就给矿工做帮手吧。那实际上是童工干的，但童工也很短缺。他人真不错；他问我有没有找好住处，得知我还没有时便在纸上写下一个地址，说我去了房东太太会给我一张床。房东太太是个寡妇，做矿工的丈夫战死了，两个儿子还在矿里做工。

"我拿了手提袋就去了。到了那所房子，开门迎接我的是一位瘦高的妇人，头发灰白，眼睛大而幽深。她眉眼长得不错，以前一定是很好看的。要不是掉了两颗门牙，她现在也不至于如此憔悴。她告诉我已经没有房了，但有间租给波兰人的屋子里放了两张床，我可以睡另外一张。她的两个儿子住楼上一间，她住另一间。她领我看的房间在楼下，我看原来应该是客厅；我本打算有间单独的房，但我想还是别挑三拣四了；毛毛细雨已下成了持续不断的小雨，我已经淋湿了。我不想再往前走淋个湿透，于是说挺合适就住下了。厨房充当了客厅，摆放着两把摇摇晃晃的扶手椅。院子里的煤棚同时也用作冲澡房。两个男孩和那个波兰人的午餐是带到矿场的，不过她说我可以和她一起吃。之后我坐在厨房里抽烟，听她一边忙碌一边絮叨着她自己和她的家事。收工时其他几个都进了屋。先是波兰人，跟着是两个男孩。波兰人穿过厨房，听房东太太说我要与他合屋时便冲我点点头，并不言语，而是从铁架子上提起大水壶去煤棚冲淋了。两个小伙子虽然满面尘灰，但都长得高大英俊，而且表现得很友善。他们当我是个怪人，因为我是从美国来的。其中一个男孩十九岁，过几个月就要去服兵役了，另一个十八岁。

"波兰人回到屋里，两个孩子去洗漱了一番。波兰人有那种很难读的波兰姓，可他们都叫他科斯提。他是个大块头，比我高出两三英寸，体格雄健。他面孔苍白而肥胖，鼻宽而短，嘴很大。他的眼睛是蓝色的，眉毛和睫毛里的粉尘没能洗掉，因而貌似化了妆一般。浓黑的睫毛使得眼眸之蓝令人几乎感到惊惧。他是个粗笨的丑八怪。两个男孩换过衣服便出去了。波兰人坐在厨房里，抽着烟斗看报纸。我口袋里装了本书，便也拿出来读。我注意到他瞥了我一两眼，没多久就放下报纸。

"'你在读什么？'他问。

"我把书递过去让他自己看。是一本《克莱芙王妃》，我在巴黎火车站买的，因为很袖珍。他好奇地瞧瞧书，又看看我，将书递了回来。我发觉他的唇边浮现出讥讽的笑。

"'你很喜欢？'

"'我觉得很有趣——甚至很吸引人。'

"'我在华沙上学时读过，无聊透顶。'他的法语极好，几乎不带波兰口音。'现在我只读报纸和侦探故事。'

"勒克莱尔夫人——那是房东老太的名字——一边看着炉子上的汤一边坐在桌旁补袜子。她告诉科斯提我是煤矿老板介绍来的，并且先前我能告诉她的一切，她又都说了一遍。他边听边抽着烟斗，用湛蓝的眼睛打量着我，那眼神严苛而犀利。他问了我几个问题。当我告诉他自己从未下过矿时，他嘴角又咧出嘲讽的笑容。

"'你根本不知道要去做什么。有别的事情可以做的人绝不会到矿下去。不过这是你自己的事，而且毫无疑问你是有原因的。你在巴黎住哪儿？'

"我告诉了他。

"'有段时间我每年都去巴黎，但只去格兰大道。你去过"拉吕之

家"吗？我最爱的馆子。'

"这让我有点意外，你知道的，那家店不便宜。"

"非常贵。"

"我估计他看到了我的吃惊，因为他又抛过来一个嘲弄的微笑，但显然觉得并没有再解释的必要。我们有一搭没一搭地聊着，然后两个男孩进来了。我们吃了晚饭之后科斯提问我是否愿意跟他去bistro[1]喝杯啤酒。那只是个大屋子，一端有吧台，好几张大理石面的桌子，围着些木椅子。房间里还放了一架自动钢琴，有人投了币，于是钢琴咣当当地奏出了一支舞曲。除我们外也只有三张桌子有人。科斯提问我会不会玩belote[2]。我跟几个学生朋友学过，于是我说会，他便提议打贝洛特来赢啤酒。我同意了，他要来了牌。我输掉了一杯，接着第二杯。于是他又提议来赌钱。他的牌很好，而我运气极差。我们每次下注很小，而我还是输掉了好几个法郎。赢了钱又喝了啤酒，使他心情颇佳，便打开了话匣子。从他的言谈举止，我不用费多少工夫就猜到他是受过良好教育的。当再次提及巴黎时，他问我是否知道这个、了解那个，就是路易莎姨妈和伊莎贝尔住在埃利奥特寓所时遇见的那些美国妇人。他似乎比我更熟识她们，我很奇怪他是如何沦落到如此境地的。时间还不算晚，不过天一亮我们就得起床。

"'临走再来一杯啤酒吧。'科斯提说。

"他啜了一口，眯缝起他那锐利的小眼睛端详着我。我知道此时他让我想起了什么，一只坏脾气的猪。

"'你为什么要来这破煤矿？'他问我。

"'要的是这份经历。'

---

1. 法语：酒吧间。
2. 法语：贝洛特纸牌。

"'Tu es fou, mon petit.[1]'他说。

"'那你为什么要到这里干活儿？'

"他耸耸那厚重笨拙的肩。

"'我从小就进贵族的士官学校读书，我父亲是沙皇手下的将军，在上一场战争中我是骑兵指挥官，我受不了毕苏斯基[2]。我们密谋杀掉他，但有人出卖了我们。被抓住的他全枪毙了。我总算及时逃过了边境。除了外籍军团和煤矿我别无出路，我选了遭罪较轻的。'

"我已跟科斯提说了我在矿里的工作，当时他什么也没说，此时则将胳膊肘架在大理石台面的桌上，说道：

"'试试看能不能把我手臂推回去。'

"我知道这种比试力气的老把戏，于是伸出手掌跟他的贴在一起。他笑起来。'过几个礼拜你的手就不会这么软绵绵的啦。'我竭尽全力去推，但在他巨大的力道面前毫无作用，他缓缓地把我手掌推回来压在桌上。

"'你还有几分力气，'他宽宏大量地说，'还没几个人能坚持这么长呢。听着，给我打下手的是个废物，一个屠弱的法国小个子，力气还没有毛虫大。明天你跟我走，我叫工头让我先挑你吧。'

"'我很乐意，'我说，'你觉得他会同意吗？'

"'要打点一下。你有五十法郎么？'

"他伸出手，我从皮夹里拿出一张钞票。我们回去睡觉了。白天一直在颠沛辗转，晚上便睡得很死。"

"难道不觉得这活儿太辛苦了吗？"我问拉里。

---

1. 法语：你这疯子，我的小朋友。
2. 约泽夫·克莱门斯·毕苏斯基，波兰国家元首（1918—1922）和军事独裁者（1926—1935）。

102

"一开始是累死累活的，"他展颜笑道，"科斯提搞定了工头，我被派给了他当下手。那时候科斯提在一个旅馆卫生间大小的工作面，进去得钻一个隧道，非常低矮，要双手双膝着地爬进去。里面热得要命，我们只穿着裤衩。科斯提白花花的肥硕身躯活似一只大鼻涕虫，看着实在很恶心。气动切割机的嘶吼在狭窄的空间里震耳欲聋。我的工作是收集他砍切下来的煤块，装在篮子里并拖到隧道口，运煤火车每隔一段时间就会开过来，把煤装上货箱后运到升降机口。这是我唯一熟悉的煤矿，因而我也不知道这是不是通行的操作。在我看来这没有多少专业技术含量，但辛苦得要命。半日收工时我们就歇一会儿，吃午饭再抽根烟。一天下来我也没有怨言，噢！老天，还能冲个澡真是太好了。我以为自己的脚永远也洗不干净了呢，黑得像墨。双手当然是要起泡的，疼得不得了，不过伤口痊愈了。我也适应了这活儿。"

　　"你坚持了多久？"

　　"这活儿只派给了我几个星期。把货箱运到升降机口的是一台拖拉机，司机对机械一窍不通，而那引擎又总是坏。有一回他发动不了拖拉机，犯了难。我可是修车的一把好手，于是就仔细查看起来，用了半小时将拖拉机发动了。工头告诉了经理，经理把我找了去问是不是很懂车。结果便是他让我干机修工；当然也乏味，可是很轻松，而且从此少了发动机的烦恼，大家对我也很满意。

　　"科斯提对我的离开可是气坏了。我和他配合默契，他也已习惯跟我搭档了。我和他朝夕相处：白天一起干活，晚饭后和他去小酒馆，晚上同屋，对他可谓相当了解了。这人很有意思，是那种能吸引你的类型。他不愿意和波兰人混在一起，我们从不光顾他们去的饭馆。他忘不了自己曾是贵族、骑兵指挥官，那些同胞在他眼里如同草芥。他们自然也很仇视他，但也无可奈何；他力壮如牛，要是真干上了能抵他们五六个，不管用不用刀子。我也结识了他们中间几个，也得知他确实是骑兵指挥官，属于精锐兵团的一支，不过因政治原因而逃离波兰却是谎言。他在华沙的军官俱乐部玩牌时出老千还穿了帮，被轰了出去，军职也丢了。他们警告我跟他打牌要小心。这就是他总避开他们的原因，他们说，因为他们太了解他，不愿意同他玩。

"我总是输钱给他，不算多，你知道的，一晚上几个法郎，可是每回他赢了钱都要坚持付酒水钱，所以这真不算什么。我以为只是手气差或者没有他牌技好。此后我便留神注意了，我敢打包票他在做手脚，可是你知道吗，我眼珠子快要瞪出来了却也看不出他是怎么弄的。老天，他真聪明。我知道他不可能总是抓好牌。我像只山猫一样凝神看他。他狡猾得像狐狸，而我猜他也看出来我知道他搞鬼。一天晚上玩了一会儿牌后，他看着我，还是那副冷酷而嘲讽的笑容，他只知道这么一种笑。他说：

"'要不要教你几个戏法？'

"他取过那叠牌，并让我心里想好一张。他洗了洗牌，再叫我挑一张；我照做了，而正是我想要的牌。他又玩了两三个戏法，然后问我玩不玩扑克。我说玩的，他便发给了我一手牌。我定睛一看，居然是四个A和一个王。

"'有了这副牌，你肯定愿意押上一大笔了，是吧？'他问道。

"'全部押上。'我回答。

"'那你就傻了。'他放下发给自己的牌。是一手同花顺。真不知是怎么做到的。他嘲笑着我的惊讶。'如果我不老实的话我早就连你的衬衣都赢到手了。'

"'你还没那么差劲。'我也笑起来。

"'小意思，还不够到"拉吕之家"吃一顿呢。'

"我们仍然每晚玩得不亦乐乎。我得出的结论是他这么做更多的是为了好玩而非为钱。眼见着我受他捉弄，给了他莫名的满足感。我感到令他乐此不疲的是我明知他在做手脚却不知他是怎么做的。

"不过这只是他的一面，真让我发觉他有趣的是另一面，而这两面在我看来是不可调和的。他尽管自称除了报纸和侦探小说其余的都不读，但其实是受过很好教养的。他能言善辩，话语尖酸刻薄、玩世不恭，可是听他谈天说地却是非常愉快。他笃信天主教，床头挂着十字架，每周日也一定去做弥撒。到了周六晚他通常要喝得酩酊大醉。我们去的bistro那晚也总是人满为患，空气中飘荡着浓重的烟味。有不声不响带着家人来的中年矿工，也有好惹是生非的年轻人，还有的满头大汗、吵吵嚷嚷地围坐着打belote，而他们的老婆则坐在身后不远处观战。人群和喧嚣好像对科斯提有一种奇异的效应，他变得严肃起来并侃侃而谈——关于神秘主义的所有意想不到的话题。那时我对此一无所知，除了在巴黎读到的一篇梅特林克论斯布鲁克的文章。可是科斯提谈的则是普罗提诺、'高贵的丹尼斯'、鞋匠雅各·波墨以及迈斯特·埃克哈特[1]。这个被从自己的世界里赶出来的粗笨汉子，这个喜欢冷嘲热讽说不出什么好话的破落户，居然能畅谈世事的终极现实，以及与上帝合一的欣慰，实在很不可思议。这让我耳目一新，感到既困惑又兴奋。我仿佛醒着躺在一间黑屋子里，忽然一线亮光透过窗帘射进来，心里明白只需拉开窗帘，沐浴在拂晓光辉中的整个天地便在我眼前敞露开来。可如果我在他没有喝酒、清醒的时候谈到这个话题，他就大为光火，眼神恶意满满。

"'在我都不知道自己说了什么的时候，我怎么会知道自己在谈什么？'他厉声道。

"可我知道他在撒谎，他其实心知肚明。虽然喝得烂醉，但他那眼神，那丑陋的脸面上流露出的迷狂，不单单是喝了酒的缘故。还有别的

1.普罗提诺、"高贵的丹尼斯"、鞋匠雅各·波墨以及迈斯特·埃克哈特，均为欧洲历史上的神秘主义哲学家。

原因。他第一次这么表现时，说的话让我终生难忘，因为我听了感到很恐怖；他说世界不是创造出来的，因为不可能无中生有，而是永恒的自然的显现；唔，这也还好，但是他又补充说，恶同善一样，也是神性的直接显现。这番话在肮脏嘈杂的小酒馆里说出来，还有自动钢琴的舞曲伴奏，就显得特别古怪。"

2

为了让读者稍事休息，我在这里另起一章，不过我这么做完全是为了他；谈话其实并没有中断。我可以借此机会表明，拉里说起话来不紧不慢且字斟句酌。诚然我不可能一字不差地复述，但我想尽力还原的不仅是言谈，还有举止。他的声音语调丰富，如音乐般悦耳。他说话从不带手势，只是抽着烟斗，并不时停下来重点一下火；他直视着你，黑色的眸子里闪动着愉悦，常常有些异想天开的神情。

"春季在这片平坦而阴郁的土地上来得很迟，而且仍然寒凉而多雨，不过有时候也总会有晴朗温暖的天气，让人很不情愿离开地面上的世界，而乘着东倒西歪的升降机下到几百英尺深的矿里，像是钻进了大地的肠道，那儿塞满了污秽不堪的矿工。春天毕竟还是来了，尽管在阴冷暗淡的天色里还显得很羞怯，仿佛不能肯定自己是否会受到欢迎。春天宛如一朵花儿，一株水仙或是一枝百合，生长在陋巷窗沿的一只罐子里，你不禁疑惑它在那儿能有何作为。一个周日早晨，我们都还睡在床上——周日上午我们总要睡懒觉的——我在读书，此时科斯提冲我说道：

"'我打算从这儿出去了。你愿意跟我一起走么？'他眼望着一片蓝天。

"我知道有很多波兰人要回国忙夏收，但这个时候动身太早了，而

106

且科斯提回不了波兰。

"'你去哪儿？'我问。

"'走到哪儿算哪儿。穿过比利时进入德国，沿莱茵河往南走。我们整个夏季都可以找农场打工。'

"我不假思索就打定了主意。

"'好啊。'我说。

"第二天我们告诉工头我们不干了。我找到一个愿意用帆布背包换我的手提袋的人。我把不想要或是背包带不了的衣服都给了勒克莱尔夫人的小儿子，他体形与我相仿。科斯提留下了一只包，并把要的东西都装在他的帆布背包里，第二天我们一喝完老太太为我们煮的咖啡便上路了。

"我们并不赶时间，因为我们知道这时节没有农庄会要我们，至少要等到割干草的日子。于是我们慢悠悠地走着，途经那慕尔和列日，穿过法国和比利时，然后取道亚琛进入德国。我们一天只走十或十二英里，遇到瞧着顺眼的村子就歇歇脚。每个地方都有好心的客栈和酒馆能给我们铺子睡觉，给点酒食充饥。天气总的来说也不错。在煤矿干了好几个月之后，走在敞亮的天地间是非常舒心的事情。我发现自己从来没意识到青青草地有多么养眼，树木在未吐新叶、枝头还只裹挟在一片朦胧的绿意中时是多么优美。科斯提教起我德语来，我相信他说得和法语一样好。随着我们的跋涉，他会告诉我所经过的各种事物的德语名称：母牛、房屋、男人等等，还要我反复念简单的德语句子。这很能打发时间，而且在进入德国时，我至少能说自己想要的东西了。

"科隆有点儿绕路，但科斯提坚持要去，说是为了'一万一千个少女'[1]。到那儿后我们在一间打工屋里住下，他便出门喝酒胡闹去了，

─────────────

1. 基督教初期的圣女厄休拉在科隆率一万一千名少女抵御匈奴人，全部遭到杀害而成为殉道者。

接连三天不见踪影，临了回来时却一脸戾气。他跟人打了架，眼圈儿青了，嘴唇上也添了道豁口，说实在的，那模样真不怎么样。他上床一连睡了二十四个小时，接下来我们沿莱茵河谷继续走，前往达姆施塔特，他说那里的乡下景况好，最有机会找到活儿干。

"我从来没享受过这么美好的时日。好天气一直持续着，我们穿过城镇，走进乡村。遇到好看的风景我们就停下来看个够。只要能找到借宿之处我们就歇脚，有一两次我们睡在了阁楼的干草堆上。我们在路边小馆子吃饭，在进入葡萄酒产区后我们就把啤酒换成了葡萄酒。我们在酒馆里结交朋友。科斯提那种粗犷的快意总能够鼓舞人心，他还和他们打'斯卡特'——一种德国纸牌。他的心直口快很有感染力，人们乐于听他讲粗俗的段子，于是输给他几个芬尼也并不在意。我则找他们练德语。我在科隆买过一部袖珍本英德会话语法，学起来进步很快。到了夜晚，科斯提在灌下几升白葡萄酒之后，便发神经般地大谈起来：从'孤独到孤独'的逃生；'灵魂的暗黑之夜'；生命与'挚爱之人'共栖的终极迷狂。然而转至清晨，我们沾着草露穿行于明媚的乡间，当我想再多求教一些时，他便火起来，简直是一副要揍我的架势。

"'闭嘴吧，你这个笨蛋，'他说，'你要听这么多废话干什么？好了，咱还是来练德语吧。'

"你跟一个拳头像汽锤，而且不假多想就能抡起来的人是没法论理的。我见过他盛怒的模样，知道他把我打昏了丢沟里都是做得出来的，然后趁我没知觉时掏空我的口袋，也不足为奇。我弄不懂他。不过几杯酒下肚，舌头一放松，那个不可言喻的话题便冒了出来，他使出了惯常的污言秽语，就像他在矿井里穿的工装一样脏，而且他说得振振有词，甚至还挺雄辩。我无法相信他是言不由衷的。我不知道当时怎么会有这样的念头，可我就是感到，他下矿去干那些苦不堪言的蛮活儿，为的是让肉体受罪。我觉得他痛恨自己硕大、粗野的身体，一心要折磨它，而他玩纸牌时的舞弊，他言语的怨毒，以及他的冷酷，都是由于他的自身意志在反抗——哦，我不知道该怎么形容——一种根深蒂固的神性直觉，反抗对上帝的渴望，这一渴望让他感到既惊惧又着迷。

"我们过得悠然自得。春天差不多过去了，树上的枝叶已然繁茂。葡萄园里的果实也开始灌浆。我们尽可能走泥土路，而这种路面的扬尘也越来越厉害。走到达姆施塔特近郊时科斯提说该找个活儿干了，钱快用完了。我口袋里还有五六张旅行支票，但我打定主意能不用尽量不用。每当瞧见中意的农庄时我们便停下来问这里是否需要人手。我敢说我们满身尘土和汗水的模样不怎么讨人喜欢。科斯提活像个亡命徒，而我也好不了多少。我们屡屡被拒。有一回农场主说可以要科斯提但不需要我，可是科斯提说我们是兄弟不分开的。我让他去，而他不愿意。我颇感意外。我知道科斯提喜欢我，尽管我不知何故，我对他来说也没什么利用价值，可是我从没想过他会这么喜欢我，为了我而拒了工作。于是继续上路时我感到有些内疚，因为我并不喜欢他，事实上还觉得他挺讨厌。然而当我想表达些谢意时他却张口便骂。

"可最终我们还是时来运转了。我们走过谷地里的小村子时看到了一座农场，格局杂乱但并不算坏。我们敲了敲门，一位妇人出来接待。我们像往常一样说明了来意，并不要工资，管吃住就行。出乎意料的是她并没有让我们吃闭门羹，而是让我们等着。她招呼里屋的人，很快一个男人走了出来。他仔细打量了我们，问我们从哪儿来，还提出要看一下我们的文件。当他得知我是美国人时又多看了我一眼。他对此似乎并无好感，但还是请我们进去喝一杯。他把我们领到厨房，我们坐了下来。妇人端来了酒壶和杯子。他告诉我们他的雇工被公牛顶伤住了院，等不到收割的季节了。战场上死了那么多人，莱茵河沿岸又冒出好些个工厂，吸收了大批人手，劳动力目前是奇缺的。我们很清楚情况，也就指望这个了。唔，长话短说吧，他收留了我们。屋子里房间很多，但他没有要给我们住房间的意

109

思；反正他告诉我们干草棚里有两张床可以睡。

"农活儿干得并不累。照看奶牛、喂喂猪；农机具比较糟糕，还得修修弄弄；不过我还是有不少悠闲时间。我喜爱那散发清香的草地，到了傍晚我四处逛逛如梦游一般。这样的生活很自在。

"这家人包括老贝克尔、他的太太、守寡的儿媳及其孩子。贝克尔年近五旬，身躯魁梧，头发灰白；他打过仗，至今还有一条伤腿瘸着，这让他吃了很多苦头，只能借酒浇痛，一般到了睡觉时已是醉醺醺了。科斯提和他处得不错，常常在晚饭后结伴去酒馆，边玩斯卡特纸牌边痛饮红酒。贝克尔太太原是雇来的女孩儿，是从孤儿院里领回来的。贝克尔在发妻去世后随即娶了她。她比贝克尔年轻许多，长得还挺端正，发育得很成熟，脸颊红扑扑的，满头金发，面露贪欲之色。科斯提很快便得出结论，这里有机可乘。我叫他别犯浑。这份工作很好，我们可不想丢掉。他只顾嘲笑我，说贝克尔满足不了她，而且她很主动呢。我知道劝他检点些已无济于事，只好让他要小心谨慎；或许贝克尔能给蒙在鼓里，但还有他儿媳在呢，什么也没能逃过她的眼睛。

"她名叫埃莉，是个壮硕敦实的少妇，也就二十多岁，黑眼睛黑头发，一张灰黄色的方脸，一副阴沉的表情。她仍为在凡尔登阵亡的丈夫戴着孝。她是个虔敬的教徒，每周日清晨都要一路走到村子里去赶早弥撒，下午还要再去参加晚祷。她有三个孩子，其中一个是遗腹子，除了责骂他们，她吃饭时从不开口。她在农庄里几乎不干活，只顾照管孩子，到了晚间便独坐客厅看小说，同时把门开着，以便孩子啼哭时能听见。两个女人相互憎恨。埃莉瞧不起贝克尔太太，因为她是个弃儿，还做过仆人，尤其因她成了可以发号施令的女主人而怀恨在心。

"埃莉出生于一座富有的农庄，嫁妆也很丰厚。她没有读村子里的学校，而是去了最近的城市茨温根贝尔格入学，那儿还有一所女子

gymnasium[1]，她受到了很好的教育。可怜的贝克尔太太十四岁来到农场，只会起码的读写。这也是另一个造成两女人不和的原因。埃莉总爱抓住机会炫耀自己的学识，而贝克尔太太只能气红了脸，说农夫的妻子读这么多书有什么用。然后埃莉就会凝视着亡夫的军人铭牌，阴郁的脸上更流露出悲苦之色，说道：

"'并非农夫的妻子，而是农夫的遗孀。一位为国捐躯的英雄的遗孀。'

"可怜的老贝克尔只能停下活儿过来充当和事佬。"

"可是她们怎么看待你呢？"我插了拉里的话。

"噢，她们以为我是美国逃兵，回不去了，不然要坐牢。她们还用这个来解释我为什么不想跟贝克尔和科斯提去酒馆。她们认为我不想引起村治安官的注意而被盘问。当埃莉发现我想学德语时，便把旧课本翻出来，还说愿意教我。于是晚饭后她便和我坐在客厅，我大声朗读，她纠正我的口音，同时尽力让我弄懂原本不明白的意思，这期间贝克尔太太只得一人在厨房干活了。我猜她并非有那么大热心来帮助我，而是要捉弄贝克尔太太。

"那段时间里科斯提一直垂涎着贝克尔太太，就待在家里哪儿都不去。她是个快活爱玩闹的女人，很乐意与他调笑寻开心，而他对付女人是有一套的。我猜她明白他的企图，而且一定还很自得，不过真当他动手动脚时她又叫他收手，还掴了他一下。那一巴掌着实不轻。"

拉里踌躇片刻，略带羞涩地笑起来。

"我从没想过会受到女性的青睐，但是我感到——嗯，贝克尔太太喜欢上我了，这让我很不安。她年长我很多，况且老贝克尔待我们还是很不错的。她在餐桌上分发餐食，我不觉留意到她对我要格外优待，还

---

1. 德语：高级中学。

似乎找机会要和我单独待一起。她冲我微笑的样子，在我看来让人觉得是一种挑逗。她问我有没有女朋友，还说像我这样的小伙子，在这里没有女伴是很难熬的。你懂这种事情的。我只有三件衬衣，都很破旧了。有一次她说我穿这样的破衣烂衫实在丢人，我拿过来的话她可以补好。埃莉听到了她的话，便等我们单独在一起时说有什么针线活儿她可以做。我说不要紧的。可是过了一两天，我发现袜子补过了，衬衫上缝了补丁，仍收在干草棚里我们存放衣物的长凳上；可我不知道是谁补的。我自然没有把贝克尔太太当真；她是个好脾气的大妈，我想可能是她的母性在作祟吧；可是有一天科斯提对我说：

"'听着，她要的不是我，是你。我是没可能了。'

"'别胡扯了，'我对他说，'她的年纪可以当我妈了。'

"'那又怎样？大胆去吧，小伙子。我不会挡你道的。她也许没那么年轻了，可是身段儿还挺不错的。'

"'哦，闭嘴吧。'

"'干吗犹犹豫豫的？别是因为我吧，我希望。我可是哲学家，我知道浑水摸鱼的机会多得很哪。我不怪她。你年轻，我也年轻过。Jeunesse ne dure qu'un moment.[1]'

"对于我不愿意相信的事情，科斯提却很笃定的样子，这让我有些不快。我不太懂该如何应对，我还回想起了各种先前并不在意的情况。埃莉的确说过什么的，而我也没有留神去听，而现在我明白过来，她一定知道发生了什么。她会在贝克尔太太和我独自在厨房时突然现身。我感到她在监视我们。我很不喜欢这样。我觉得她一心想将我们捉个现行。我知道她讨厌贝克尔太太，只要有半点机会她都会兴风作浪的。我当然知道她不可能抓住我们什么，可她心术不端，我不知道她会扯出什

_____

1. 法语：青春只有一瞬。

么谎来灌进老贝克尔的耳朵里。我不知道该如何是好，只能装傻，佯作不解那小老太婆的风情。我在农场里过得挺快乐，也喜欢在这儿干活，我并不想在收获季节还没到就得卷铺盖走人。"

想到拉里那时的模样，我不觉莞尔：穿着打了补丁的衬衫和短裤，脸膛和脖子都被莱茵河谷的骄阳晒得通红，而颀长的身躯还依然柔韧，黑色的眸子仍旧深陷在眼眶里。我相信那位满头金发、胸部丰满、风韵犹存的贝克尔太太，看着他时一定是春心荡漾的。

"嗯，后来呢？"我问。

"唔，夏天就这么挨过来了。我们没命地干活，割干草再打捆。接下来樱桃熟了，科斯提和我爬上梯子采摘，两个女人用大篮子装，老贝克尔再运到茨温根贝尔格去卖。之后要收割黑麦，而照料牲口当然也是常年要忙活的事情。我们拂晓之前就起床，一直干到天黑。我估计贝克尔太太对我也无可奈何了；只要不触怒她，我尽量敬而远之。到了晚间我已是困得读不进多少德语了，于是晚饭一过我便起身去干草棚倒头入睡。贝克尔和科斯提大多要去村子里的酒馆，而等科斯提回来时我已经熟睡了。棚子里很热，我是脱光睡的。"

"有一天晚上我醒了过来。起初我还弄不清是怎么回事，我感到一只火热的手盖在我嘴上，我意识到有人同我一起躺在床上。我猛地拿开那只手，接着一张嘴压在了我的嘴上，两条胳膊抱住了我，我感到贝克尔太太丰满的上身靠上了我的身体。

"'Sei still[1]，'她耳语道，'别出声。'

"她紧压着我，用滚烫丰厚的嘴唇亲吻我的脸，手在我周身游走，双腿同我的腿绞在一起。"

拉里停住了讲述。我吃吃地笑起来。

---

1. 德语：别出声。

"你怎么做的？"

他冲我不以为然地笑笑，甚至还红了红脸。

"还能怎么做？我能听见科斯提在邻床沉重的呼吸。约瑟的遭遇让我碰上了[1]，我以前还一直觉得很好笑呢。我只有二十三岁。我不能闹出动静把她踢下去。我不想伤害她的感情。我顺她心愿做了。

"后来她溜下床，蹑手蹑脚地出了棚子。可以说我是长出了口气。你懂的，我很害怕。'老天，'我说，'这得担多大风险！'我揣测道，很可能贝克尔回家时已喝得不行了，昏睡过去，但他们毕竟睡在一张床上，说不定他醒来一看妻子不见了。再说还有埃莉呢。她总说睡眠不佳。假如她醒着，就会听见贝克尔太太下楼出屋。接着，忽然间，我意识到了什么。当贝克尔太太和我同床时，我感到有一块金属片碰到我的皮肤。当时我没在意，你明白在那情形下谁都不会在意，我也没想过那是什么鬼玩意儿。而现在我突然想到了。我坐在床边思忖着、担心着这一切的后果，不禁惊得跳起来。那块金属是埃莉丈夫的铭牌。是埃莉。"

我止不住地哈哈大笑起来。

"你可能觉得好笑，"拉里说，"我当时可不觉得。"

"嗯，现在回想一下，你不觉得这其中有些幽默的意味吗？"

他嘴边浮起勉强的笑容。

"也许吧。但在当时可真太尴尬了。我不知道后果会怎样。我不喜欢埃莉。我觉得她是非常不讨人喜欢的女子。"

"可你怎么会认错人的呢？"

"那时一片漆黑。她除了叫我别出声外，其他什么也没说。她们都是粗壮女人。我以为贝克尔太太对我有意思，万万没想到会是埃莉。

---

1. 典出《旧约·创世记》第三十九章，美少年约瑟遭别人妻子勾引不从，而反被诬陷入牢。

114

她总在惦念着亡夫。我点了一根烟，细想着此刻的处境，越想越觉得厌烦。我觉得最好的办法就是走。

"我时常暗自诅咒科斯提，因为他太难叫醒了。还在煤矿时我就得拼命摇醒他起来上工。可我现在却很感激他睡得那么沉。我点上自己的灯，穿了衣服，捆扎好随身物品放进背包——没有多少东西，所以不一会儿就准备停当了——将胳膊套进背包带。我只穿着袜子，下了草棚梯子才穿上鞋。我吹灭灯。外面一团黑，没有月亮，但我认得路，便转而直奔村子的方向。我走得很快，因为我希望在有人早起走动之前就穿过去。这儿离茨温根贝尔格只有十二英里，我到达时城市才刚刚骚动起来。这一路走得让我永远难忘。除了我的脚步及偶有的鸡鸣外，万籁俱寂。接着看到了第一丝灰色，还不算亮光，却也不全漆黑了，之后有了最初的曙色，随即是日出及百鸟齐鸣。田野、草地和森林苍翠繁茂，田里的小麦在凉爽的晨曦中呈现出一片带亮银的金黄色。我在茨温根贝尔格点了一份咖啡和面包卷，然后去邮局拍电报给'美国运通'，请他们把我的衣服和书寄到波恩。"

"为什么是波恩？"我插话道。

"我们沿莱茵河步行时曾在波恩歇过脚，我给迷住了。我喜欢那儿的日光照耀着房顶及河流的样子，还有古老而狭窄的街道、别墅、花园、种着栗树的林荫道，以及大学里洛可可风格的楼宇。我心里一动，在这里待一阵子可不差。不过我想，要去的话还是外表得体面些，当时的样貌就像个流浪汉，如果去旅店要房间，人家很难信得过。于是我坐火车去了法兰克福，买了提包和一些衣服。我在波恩前前后后待了一年。"

"那你觉得自己的体验有收获吗？我是说在煤矿和农场。"

"有的。"拉里点头微笑着说。

可是他没有告诉我收获是什么，凭我对他的了解，他想说的时候会说的，不想说的时候便会很潇洒诙谐地转移话题，你再执意也无济于事。我得提醒读者，他向我叙述这一切时，已经是十年后的事了。在此之前，在我与他重逢之前，我既不知他在哪里，也不清楚他在做什么。若凭我臆猜他不在人世都有可能。要不是和埃利奥特的交情，我无疑已忘了他的存在，是埃利奥特一直让我了解着伊莎贝尔的生活轨迹，从而也就记得了拉里。

3

伊莎贝尔在和拉里终止婚约后，当年六月初就嫁给了格雷·马图林。埃利奥特颇感不爽的是其时正值巴黎社交季的最高潮，此刻离开巴黎便要错过一连串盛会，然而强烈的家庭情感让他更不能怠慢，这可是他引以为社会责任的家事。伊莎贝尔的兄长们都在遥远的岗位上无法离开，于是理所当然地只能他受累去一趟芝加哥，给外甥女送嫁了。他记得法国贵族都是身穿华服慷慨赴断头台的，便专程去伦敦置办了一套新行头：晨礼服、鸽灰色双排扣马甲以及高顶礼帽。他仍心神不宁，因为日常扣在领花上的灰珍珠与他为喜庆场合挑选的淡灰领带配起来没有任何效果。我提议用他那只祖母绿钻石别针。

"假如我是嘉宾，那没问题，"他说，"可在我这特定位置上，我感到珍珠才有象征意义。"

他对这桩婚事赞不绝口，就像一位公爵遗孀无比老到地说起罗什富科家的公子与蒙默朗西家的女儿的联姻是如何的门当户对。他的心满意足还表现在不惜重金购置了法国王室里一位公主的肖像画，那是纳蒂埃的精品之作。

亨利·马图林为小两口在阿斯特街买了房子，这样可以离布拉德利夫人的住处很近，而距他自己在湖岸路的豪宅也不远。机缘巧合——我怀疑这其中也有埃利奥特的精明谋划——购房时格雷戈里·布拉巴宗正好在芝加哥，于是装修工程便委托给了他。埃利奥特返回欧洲时放弃了巴黎的社交季而直奔伦敦，带回来新房的竣工照。格雷戈里·布拉巴宗大显身手了一番。在客厅，他把乔治二世的风格发挥得淋漓尽致，的确宏大气派。在设计格雷的书房时，他得益于慕尼黑阿玛利亚宫一间屋子给他的启发，除没有地方放书外，这里臻于完美。至于格雷戈里为这对美国年轻夫妇准备的卧室，即使是探访蓬帕杜夫人的路易十五到了这里也会倍感亲切，唯一美中不足的是设置了两张床；而伊莎贝尔的盥洗室也会让他开眼的——全玻璃构造——墙壁、天花板以及浴缸——墙上还绘有银色的鱼在镶金边的水草丛中欢游。

"房子的确小，"埃利奥特说，"但亨利告诉我，装潢花了他十万美元。对有些人来说这可是一笔巨款。"

圣公会教堂极尽所能，婚礼盛况空前。

"跟巴黎圣母院没法比，"他很自得地告诉我，"可对于清教徒办的喜事来说是够风光的了。"

媒体的表现也很称心，埃利奥特看似不经意地将剪报丢给我。他还带来了伊莎贝尔的照片，披着婚纱，不算很轻盈却端庄大方，格雷身材魁梧而又不失男性的健美，只是因身着礼服而有那么点忸怩。女傧相们簇拥着新郎新娘，另有一拨人则陪伴着衣着华美的布拉德利夫人，而埃利奥特手持着他的新礼帽，其翩翩风度亦是无人能及。我问起布拉德利夫人的健康状况。

"体重掉了很多，气色也不怎么好，但身体其实还可以。当然整个婚事操办得很辛苦，不过现在已全结束，她可以好好休整了。"

一年后伊莎贝尔生了个姑娘，应着当时的风气给她取名为琼；隔了两年生了二女儿，又起着另一股时髦起名叫普里希拉。

亨利·马图林的一个生意伙伴去世了，另外两个出于压力也在此后退休，于是他成了唯一控股人，尽管其实公司业务向来都是他说了算。他实现了多年的夙愿，并让格雷成为生意帮手。公司从来没这么红火过。

"他们赚钱多还来得快，老弟，"埃利奥特对我说，"哎，格雷二十五岁的年纪就年挣五万了，这还刚起步。美国的资源取之不竭呢。这并不算经济腾飞，只是一个伟大的国度的自然发展而已。"

他的胸膛因升腾起一股少有的爱国热忱而起伏不已。

"亨利·马图林没法长生不老的，高血压，你知道的，等格雷四十岁时身家应该有两千万美元了。王公贵族，我亲爱的朋友，王公贵族啊。"

埃利奥特和姐姐定期通信，而随着时间推移，他也经常把姐姐传来的消息转述给我。格雷和伊莎贝尔生活幸福，宝宝们也很可爱。他们的生活方式是埃利奥特所欣然推崇的；他们慷慨地款待宾客，也受到了同样的对待；他不无满意地告诉我，伊莎贝尔和格雷有三个月时间都不曾自己吃过饭。他们走马灯般的愉快生活因马图林夫人的过世而暂时中断。当年亨利·马图林的父亲进城时还是个泥腿子，到了他这一辈在打拼时娶了这位面色不佳而门第不低的女子，便是看上了她的社会关系。为了守孝，小两口在一年里每回宴请宾客的人数绝不超过六个。

"我总说嘛，八是个完美的数字，"埃利奥特是坚持从好处看问题的。"足够保证一般谈话的亲密氛围，而又有能称得上聚会的规模。"

格雷对爱妻极为宽厚。第一个孩子降生时他送了她一只方切钻戒，生二女儿时则以黑貂皮大衣相赠。他忙于工作，很少离开芝加哥，不过一有假期他们便到亨利·马图林在马文的大宅里团聚。亨利对爱子有求必应，还送给他一座南卡罗来纳州的庄园作为圣诞礼物，这样到了猎野鸭的季节他们可以在那儿待两个星期。

"当然我们的商业巨子也是意大利文艺复兴作品的大主顾，而且通过买进卖出发了大财。在过去，比方说，连两代法国国王都以娶到显赫的美第奇家族的女儿而感到荣耀，而今我能预期的是欧洲王侯们将更乐意牵手我们的美元公主。雪莱怎么说来着？'世界的伟大时代重又降临，黄金的岁月回来了'。"

亨利·马图林多年来一直照料着布拉德利夫人和埃利奥特的投资，而他们也有充分的理由相信他的才智。他从不做投机，而是把他们的资金放在优质证券上，然而随着这些证券价值节节攀高，他们发现自己相对而言不算很多的资产有了大幅升值，这让他们又惊又喜。

埃利奥特告诉我说，他手指都没动一动，自己在一九二六年时的财富就比一九一八年时翻了一番。他六十五岁了，头发灰白，脸上有了皱纹，眼袋也冒了出来，不过他活得很精神；他的身材仍然修长，身姿仍一如既往地笔直；他举止一向稳健，注重外表。他的服装由伦敦最考究的裁缝置办，他有专属理发师为他理发、修面，每天上午有按摩师上门为他将优雅的体形保持在完美的状态。他早已忘记了自己还曾屈尊去做什么买卖，并且绝口不谈，他可不傻，知道说了谎言就有可能被戳穿，于是他只暗示早年从事过外交活动。我得承认，假如我有机会描绘外交官的形象，我会毫不犹豫地挑选埃利奥特为模特儿。

然而世态炎凉，曾提携过埃利奥特的贵妇人们，如今年事已高。在英国，已故爵爷们的遗孀有的被迫将房产让给儿媳，有的退居切尔滕纳姆的别墅，或住到摄政公园那些朴素的房子里。斯达福德府变了博物馆，寇松楼成为一家机构的驻地，而德文郡馆则在挂牌出售。埃利奥特暂住考兹时乘过的那艘游艇，也转入他人之手。如今登台的时髦人物感到埃利奥特已老无一用，觉得他无聊而可笑。他们仍乐意到克拉里奇来赴他那精美的午宴，不过他敏锐地意识到，他们来是约见彼此而不是为了见他。他再也不能在堆满写字台的请柬中挑三拣四了，而让他羞于启齿的是他时常居然落魄到独自在套间里吃晚饭的地步。自重身份的英国女士，在因丑闻而被拒于社交圈外后，便会醉心艺术，而常与画家、作家及音乐家为伍。可是骄傲的埃利奥特却放不下身段。

"遗产税和战争贩子害死了英国社会，"他对我说，"大家似乎不在乎结识什么样的人。伦敦还算拥有自己的裁缝、靴匠、帽商，我也相信在我有生之年他们都会存在，可是除此之外什么都完了。老弟你知道吗，圣额斯餐厅居然用起了女人来当服务生。"

他说这番话时我们正结束了一场扫兴的小型午餐会，从卡尔顿府邸的露台走出来。我们尊贵的主人拥有一套闻名遐迩的藏画，其间一位名叫保罗·巴顿的美国青年提出很想一睹芳容。

"您有过一幅提香的作品吧，是吗？"

"曾经有过。现在在美国。一个犹太老头出了笔小钱买下了，那会儿我们日子特别不好过，于是我们老爷子就卖了。"

我瞧见埃利奥特勃然大怒，将愤恨的目光投向那位快活的侯爵，于是猜到是谁买了那幅画。让他恼火的是自己作为一个弗吉尼亚人、《独立宣言》签署者之后代，居然被描绘成此般形象。自己一辈子都没有这么受辱过。更糟糕的是他发泄仇恨的对象是保罗·巴顿。他战后不久就来到了伦敦。他二十三岁，金发碧眼，英俊迷人，跳起舞来姿态优美，花起钱来出手阔绰。他带了自荐信来找埃利奥特，后者怀着与生俱来的仁厚向不少朋友推举了他，还意犹未尽地在行为礼仪方面对他面授机宜。他深挖自己的经历来向他揭示，一个初来乍到之辈如何对老夫人细心体察，对名流的交谈，无论其多么枯燥乏味，都必须洗耳恭听，这样才能在社交圈子里不断进阶。

然而与埃利奥特·坦普尔顿在一代人之前兢兢业业地去钻营的世界大为不同，保罗·巴顿所处的是个沉醉在自娱之中的天地。他神采飞扬、外形俊朗、魅力非凡，只用了几星期便达到了埃利奥特用多年的勤勉和决心才赢得的境界。很快他就不再需要埃利奥特帮助了，而且对此几乎不加掩饰。他的到来还是令人愉快的，可那种轻松随意的德行惹得老先生很不高兴。埃利奥特请的客，并不是因为喜欢谁，是看谁能给酒会增色。而既然保罗·巴顿这么红，他就仍然不时地邀请他为每周午餐会上的座上宾；可是春风得意的年轻人饭局应接不暇，还有两次在最后一刻爽约。埃利奥特是过来人，最清楚不过了：他得到了更有诱惑力的邀请。

"我不求你相信，"埃利奥特气咻咻地说，"可是老天作证，现在我看见他，简直就是他在给我面子。给*我*啊。提香，提香，"他气急败坏地说，"他看见提香也不会识货的。"

我从没见过埃利奥特这么恼怒，我猜他的火气是由于他相信，保罗·巴顿不知从哪儿知道了埃利奥特买下了那幅画，于是不怀好心地故意提起来，借助那爵爷之口来取笑他。

"他不过是个肮脏的势利小人，如果这世界上我还有什么痛恨与鄙视的，那就是势利。你信不，他父亲是做办公家具的。办公家具。"他将十足的轻蔑贯注到最后两个词里。"我跟人说他在美国名不见经传，出身也再卑微不过，可是居然没人在乎。记住我的话，老弟，英国社会完了，就像渡渡鸟一样。"

埃利奥特觉得法国也好不到哪去。他年轻时代结识的那些贵妇人们忙着打桥牌（他对此很厌恶）、诵经或是照顾孙辈。堂皇的贵族宅邸如今住着工业家、阿根廷人、智利人以及与丈夫离异或分居的美国女人，他们似也极尽招待之能事，不过在这些酒会上埃利奥特惊讶地遇到了说一口粗俗法语的政客、餐桌礼仪惨不忍睹的记者，甚至还有演员。王公贵族的后代娶店老板的女儿也不以为耻。巴黎诚然还是华丽的，却是多么鄙俗的华丽！年轻人疯狂地追求享受，觉得最大的乐趣莫过于流连一家家憋闷狭小的夜总会，喝一百法郎一瓶的香槟，与市井里的乌合之众挤在一起跳舞直到早上五点。烟味、热气和嘈杂让埃利奥特头疼。这不是三十年前他引以为精神家园的巴黎。这不是体面的美国人可以终老的巴黎。

4

　　然而埃利奥特毕竟是富有洞见的。内在的监测器在提示他，里维埃拉即将再度成为上流社会的度假胜地。他经常在从罗马（履行罗马教廷赋予他的职责）返回时去蒙特卡洛的巴黎饭店待几天，或是到戛纳朋友家的别墅小住。但那都是在冬季，而近来他听到风声，那一带也将成为夏季度假的热点。各大酒店在夏季照样营业，住店客人的名字在《巴黎先驱报》社交专栏上赫然在列，埃利奥特读着这些熟悉的名头，不禁深以为然。

　　"世道如此不堪，"他说，"在眼下这个人生阶段，我要好好享受自然之美。"

　　此话似是而非，并非真的如此。埃利奥特一向视自然界为社交生活的障碍，他最不耐烦的就是那些眼前明明有摄政王时期的梳洗台或华托的绘画可以欣赏，却还要不辞辛苦望山看水的人。他手头也不差钱。亨利·马图林目睹朋友们在股市上一夜暴富，并为此颇感恼恨，再加上儿子的怂恿，他终于决定顺势而为。他逐渐摒弃保守稳健的路线，认定也得去追赶潮流。他致信埃利奥特说，他一如既往地反对赌博，可眼下这不算赌博，而是坚守信仰，即这个国家拥有取之不竭的资源。他的乐观建立在常识的基础上，认为没有什么可以阻挡美国的前进。他在信的结尾提到，他为亲爱的路易莎·布拉德利以保证金购入了一大单优质证券，现在可以很高兴地告诉埃利奥特，她已经获利两万美元。最后，如果埃利奥特愿意投入点儿小钱，也信赖他的判断力而让他去操作的话，他有信心不会让他失望的。一向喜欢搬弄陈词滥调的埃利奥特回答说，除了诱惑他可以抵御一切。原先他最热衷的便是浏览随早餐端来的《先驱报》上的社交资讯，而从此以后，他首先关注的则是股市报道了。亨利·马图林代理的交易大为成功，埃利奥特坐收了五万美元的净利。

他决定用上这笔利钱到里维埃拉购置房产。他选择了昂蒂布，这是一处远离尘嚣的庇护地，且踞于戛纳和蒙特卡洛之间的战略位置，这样到两地往来都很便利；但这是因了上帝的眷顾还是出于他牢靠的直觉，却无从知晓，总之他选择的地点不久就将成为时尚的中心。花园别墅的生活有一种乡下的鄙俗，有违他挑剔苛刻的品位，于是他在临海的老城里买了两套房，将其合二为一打造成一座大宅，安装了中央供热系统，以及浴室等一系列卫生设施，顽固守旧的欧式风格不得不屈从于美式生活典范。漂洗工艺[1]当时正大行其道，于是他置办了漂洗得恰到好处、兼具现代构造的普罗旺斯家具，既不失旧风，又暗地里保留了现代性。他仍不大情愿接受毕加索及布拉克——"太吓人了，老弟，吓人"——那是某些不明就里的狂热者追捧出来的，不过最终他也感到惠顾印象派也无伤大雅，因此墙上装点了些相当漂亮的画作。我记得有一幅莫奈描画游人泛舟河上的，一幅毕加索展现塞纳河桥码头的，有高更塔希提风景系列中的一幅，还有雷诺阿的一幅可爱的少女侧身像，金黄的长发从她后颈披下来。房屋在装修竣工时显得清新靓丽，不同凡响，看似简约，可明眼人都知道这是用巨额代价换得的。

于是埃利奥特翻开了他一生中最华美的篇章。他从巴黎带来了自己最好的厨师，而且很快就得到公认，他这里拥有里维埃拉最上乘的厨艺。他给管家和男仆配穿白色制服加金色肩带。他待客豪华气派，但从不逾越高雅的品位。地中海沿岸不乏欧洲各王室家族的身影：有些是钟情此地的气候，有的是在流亡，有的则因历史污点或逾矩的婚姻，反倒觉得客居他乡更逍遥自在。这里有俄国的罗曼诺夫家族、奥地利的哈布斯堡、西班牙的波旁、两家西西里王族及帕尔马王室；有来自温莎王室和布拉干萨家族的王子；有瑞典和希腊的王公陛下们：

---

1. 漂洗工艺，指用酸性原料对木制产品进行漂洗、做旧的工艺。

埃利奥特都予以款待。还有非皇家血统的王子公主、男女伯爵侯爵，也从奥地利、意大利、西班牙、俄国及比利时纷至沓来：埃利奥特也予以款待。到了冬季，瑞典、丹麦国王旅居滨海地带；西班牙国王阿方索也不时来小住几日：埃利奥特仍然盛情款待。令我一直很欣赏的是，对这些贵客他既能恭敬地弯腰致意，又能不失来自据说人人生而平等的国家的公民风范。

在游历数年之后，我在费拉角买了一幢房子，于是与埃利奥特过从甚密。我的名望已经高得足以得到他的青睐了，有时也能受邀成为他的嘉宾。

"你就赏脸来吧，老弟，"他会说，"当然我跟你一样很清楚，王室成员总是成事不足败事有余。不过其他人都很想见见他们，我想关照一下那些个可怜虫，也算积德吧，虽然老天知道他们并不配关照。这些人是世界上最忘恩负义的；他们就会利用别人，没有了利用价值之后便弃之如敝屣；不论给多少好处，他们都照单全收，可是没一个愿意操一点心，做一点小事来回报。"

埃利奥特费了不少功夫与当地政要交好，于是地区行政长官、大主教及副主教都常常成为其座上客。大主教入职前曾是骑兵军官，战时指挥过一个团。他面色红润，身材敦实，操一口军营里的语言，一副话糙理不糙的做派。而面色惨白一副苦相的副主教则总是如坐针毡，生怕他说出什么浑话来。他在听上司讲述自己最喜欢的段子时总挂着不以为然的微笑。不过大主教对教区的管理驾轻就熟，他在布道坛上的雄辩，并不亚于在饭桌上的插科打诨。他很赏识埃利奥特对教会的慷慨虔诚，也喜欢他的友善可亲以及他的美食，两人成为好朋友。埃利奥特可以自诩玩转了新旧两个世界，我可以斗胆地说，他在上帝与财神之间畅行无阻。

一向把自家挂在嘴上的埃利奥特急于向姐姐展示新房子；他总觉得她心里对他是有看法的，而现在他要她见识一下自己过着什么样的日子，以及结交了什么样的朋友。这对于她的保留是个确切的回应。她将不得不承认他干得不错。他写信请她同格雷和伊莎贝尔一起过来，并非与他住一块儿，因为他没有房间，而是作为他的客人下榻附近的Hôtel du Cap[1]。布拉德利夫人回复说她已过了旅行的年龄了，健康状况还是老样子，想想还是待在家里好；另外格雷是无论如何走不开的，他在芝加哥生意兴隆，赚了很多钱，得守在那里。埃利奥特惦念着姐姐，她的信让他担心，便给伊莎贝尔去了封信。她用电报回答说，妈妈的确不太好，每周有一天是要卧床的，但并无紧迫的性命之虞，实际上若悉心照料，还可期望生存相当长的时间；不过格雷需要休息休息，有父亲坐镇，完全可以去度假；所以她和格雷会来的，不是这个夏天，而是明年。

一九二九年十月二十三日，纽约股市崩盘。

5

那时我正住在伦敦，起初我们在英国并没有意识到情况有多么严重，也不知其结果会多么让人忧心忡忡。我本人虽然也为可观的损失懊恼不已，但那大多是账面的浮亏，待尘埃落定盘点后发现，我的现金损失还算轻微。我知道埃利奥特下了很大赌注，恐怕亏损惨重，不过我直到我们两人都回到里维埃拉过圣诞节才见着他。他告诉我，亨利·马图林去世了，格雷破了产。

我对生意经几乎一窍不通，我敢说自己根据埃利奥特的话所进行的描述仍让人摸不着头脑。就我所知的情况来看，公司的灭顶之灾部分地归咎于亨利·马图林的刚愎自用，部分则由于格雷的鲁莽。亨利·马图

---

1. 法语：海角饭店。

林起先并不相信股市崩塌会有多严重，只劝慰自己，那不过是纽约掮客想一举搞垮外地同行的阴谋罢了，于是他咬紧牙关，倾其所有来支撑市场，同时感到愤懑，因为芝加哥的交易商被纽约的无赖们吓破了胆。他总引以为豪的是，那些小客户——靠固定收入维生的寡妇、退伍军官等等——在他的投资建议下从没丢过一个子儿，而此刻，他自掏腰包来填补他们的亏空。他自称做好了破产的准备，他还能东山再起，可是如果信赖他的这些小百姓倾家荡产了，那么他就再也抬不起头来。他自认为的义举仍然付之东流了，庞大的家产化为乌有。一天夜晚他突发了心脏病。他年过六旬，一向狠命工作，狠命玩，狠命吃，狠命喝；经过数小时的痛苦挣扎，他最终死于冠状动脉血栓。

格雷只能独撑困局。他背着父亲另外投入了大量赌注，因而其实个人损失最为惨重，自救的一切努力也都白费了。银行不愿意借钱给他。交易所里的前辈告诉他，唯一能做的就是认栽。之后的情况我不是很清楚，只知他资不抵债，被宣布破产了。他之前已抵押了自己的房子，房子掌握在承押人手里，反倒让他欣慰；父亲在湖岸路的豪宅、马文的房产以及伊莎贝尔的首饰都变卖了；唯一能留下的就是南卡罗来纳州的庄园，那是在伊莎贝尔名下的，而且也无人问津。格雷的家业彻底垮了。

"那你呢，埃利奥特？"我问。

"噢，我没什么好抱怨的，"他轻松地说，"上帝对弱者是慈悲的。"

我没再追问下去，毕竟那是他的财务不是我的，只是不论他的损失如何，我推测他像我们其他人一样还是深受其害的。

大萧条起初并没有给里维埃拉致命的打击，只听说有两三个人亏空了很多，不少别墅在冬季就关闭了，还有一些挂牌出售。旅馆不再人满为患，蒙特卡洛也抱怨起生意的清淡。但直到两年后人们才真正感受到了寒意。地产中介告诉我，从土伦一直延伸到意大利的沿海地带，共有四万八千处大大小小的房产等着被出售。赌场的股价萎靡不振。各大宾馆纷纷降价招徕生意，但仍无济于事。能见到的外国人都是些穷人，他们一向潦倒，因而也不会更潦倒了，他们也不花钱，因为没有钱花。店主们都陷入了绝望。可是埃利奥特既没有裁撤人手，也没有像很多人那样削减工钱；他继续向达官贵人供应美食佳酿。他买了崭新的大轿车，由于从美国进口，还为此付了一大笔关税。他参加大主教为失业家庭组织的免费餐会，并慷慨解囊。事实上他那日子过得就好像经济危机从来没有发生过，就像大半个世界也没有为此颤抖过。

一个偶然的机会让我发现了原因：埃利奥特现在不怎么往英国跑了，除了一年去两个星期购置衣装。不过他每年仍要带着一干人马到巴黎住三个月：五、六月及秋季，这也是埃利奥特的朋友不在里维埃拉的时段。他喜欢那儿的夏季，部分原因是要享受日光浴，但我认为最主要的是炎热的天气给了他一个尽情穿戴鲜亮衣物的机会，那可是他的正统观念平日里迫使他避忌的。他会穿上颜色夺目的裤子招摇过市：红的、蓝的、绿的或黄的，再配上对比色强烈的衬衣：紫红、紫罗兰、紫褐或是干脆五颜六色，为此引来的喝彩他也欣然接受，就像一个女演员得知自己极好地担当了新角色时所表现出的自嘲式的大度。

春季，在我回费拉角途中正巧要在巴黎待一天，便约了埃利奥特吃午饭。我们在丽兹酒店见了面。昔日美国大学生成群结队来作乐的热闹场面已不复存在，那门可罗雀的萧索，如同剧作家新剧失败后捱过的第一个夜晚。点午餐前我们先喝了鸡尾酒——埃利奥特最终向这一美国习俗做出了妥协。吃完后他提议去逛古玩店，尽管我告诉他没钱买什么了，我还是挺乐意陪他去。我们穿过旺多姆广场，他问我是否愿意去夏尔凡时装店，他订购了几样东西，想看看有没有准备好。他定做了几件马甲和内裤，每件都绣有他名字的首字母。马甲还没到货，但内裤做好了，店员问他要不要看一看。

"看一下，"他说，店员去拿时他又对我补充道："是照我自己的式样定做的。"

内裤取来了，我觉得除了是丝质的以外，也就跟我常在梅西百货买的一模一样；不过吸引我目光的是在那缠绕在一起的"E.T."字母之上，绣着一枚伯爵桂冠。我什么也没说。

"好极了好极了，"埃利奥特说，"嗯，那等衬衣做好了一起送吧。"

我们出了店门，埃利奥特离去时扭头冲我一笑。

"你注意到那个桂冠了吗？说实话，我叫你来夏尔凡时忘记这回事了。我想我一直没机会告诉你，仁慈的教宗大人欣然为我恢复了古老的家族封号。"

"你的什么？"我出于礼貌故作惊愕地说。

埃利奥特不以为然地耸耸眉。

"你不知道么？我母亲祖上是劳里亚伯爵，跟从菲利普二世来到英国，并且娶了玛丽女王的一个使女。"

"我们的老朋友'血腥玛丽'[1]？"

"我相信，那是异教徒对她的称谓，"埃利奥特生硬地说，"我想我还没告诉过你，一九二九年的十月我是在罗马过的。我还以为会很无聊，因为那时节罗马人都走空了，可幸运的是，我的使命感胜过了对世俗快乐的追求。我在梵蒂冈的朋友告诉我，崩盘即将来临，他们还建议我沽空所有的美国证券。天主教堂有着两千年的智慧，我片刻也没有犹豫。我给亨利·马图林拍了电报，要他清仓，并购入黄金，同时也电告路易莎，让她也如法照办。亨利回电报问我是不是疯了，并称要等我确认指令后再动手。我立即以最强硬的措辞电告他执行，并要他向我确认

---

1. 玛丽一世，英国女王，亨利八世长女，西班牙国王腓力二世之妻，因残酷镇压新教徒而被称为"血腥玛丽"。除玛丽女王外，现更多指一种通常用伏特加、番茄汁和调味料制成的鸡尾酒，故有上文"老朋友"之说。

回复。可怜的路易莎置若罔闻，吃苦头啦。"

"这么说股灾发生时你是全身而退啰？"

"老弟，有一种美国人的说法，恐怕没在你的写作里派过用场，但形容我的情况却恰如其分。我没有遭受任何损失；事实上你大概可以说我还'发了一笔横财'[1]。我后来只用原先价格的零头就回购了股票。这只能归功于上帝的直接眷顾，因此我感到回报上帝是唯一正确和适当的做法。"

"哦，那你是怎么做的？"

"嗯，你也知道'元首'[2]一直在大规模开发彭甸沼地，我得知教宗他老人家很关心那里朝拜场所的短缺。所以，长话短说吧，我建了一座罗马式教堂，据我所知跟普罗旺斯的那座一模一样，每个细节都完美无瑕，堪称瑰宝，虽然我只在心里对自己这么说。教堂供奉的是圣马丁，因为我有幸找到了一扇古老的彩色玻璃窗，画的便是圣马丁将斗篷一切为二、其中一块送给赤身乞儿的义举，这一象征意义再合适不过了，于是我买了下来并供之于高坛。"

我没有打断埃利奥特的话来追问，他是怎么把圣人的义举，和他在千钧一发之际清仓出货联系在一起的，他就像捡了大便宜而卖起乖来，给更有权势的人物送了笔佣金。然而于我这样的庸人，象征意义往往是琢磨不透的。他继续说了下去。

"当我有幸把照片拿给教宗大人看时，他很和蔼地对我说，他一眼便知我的品位是无可挑剔的，还说在世风日下之时仍有人将这样的稀世艺术珍品敬献教会，让他颇感欣慰。难忘的经历，老弟啊，难忘的经历。不过更让我意外的是，不久之后，有人暗示我，教宗很乐意授予我

---

1. 此处原文为美国俚语 "make a packet"，即上文所言"美国人的说法"。
2. "元首"，指意大利当时的独裁者墨索里尼。

一个封号。作为美国公民，我觉得还是谦虚点好，所以不准我的约瑟夫用Monsieur le Comte[1]来称呼我，当然在梵蒂冈除外，而我也相信你会尊重我的秘密。我可不愿弄得外界满城风雨。但我也不想让教宗大人认为我并不重视他对我的垂青，于是我纯粹出于对他的尊敬，就在自己的衬衣上绣了那只桂冠。我谨将爵位隐藏在美国绅士的条纹衬衫之下，对此，不妨说，我还是有些小小的自豪感的。"

我们道别了。埃利奥特告诉我会在六月底南下里维埃拉。结果他没有去。他都已准备停当了，随时可将一班人马遣出巴黎，自己优哉地驱车南行，这样一到里维埃拉便已经万事俱备。可就在此时他接到了伊莎贝尔的电报，说母亲病情急转直下。埃利奥特不仅爱着姐姐，还如我所说，心中深系亲情。他坐上第一班从瑟堡出港的船，到了纽约便直接去芝加哥。他写信告诉我，布拉德利夫人病情很重，消瘦得厉害，他感到很震惊。她或许还能再维持几个星期，甚或几个月，但无论如何他哀伤地感到自己有义务留下来陪她到最后。他说，那儿的高温比预期的要容易忍受，而没有称心的社交圈子反倒更不妨事，因为眼下他根本没有心思。他说同胞们对大萧条的反应让他感到失望，本指望他们能更沉着镇定地看待这场灾变。可我深知，没有什么比沉着镇定地看待别人遭殃更容易的事了，所以我觉得比以往任何时候都更加富有的埃利奥特，或许无权这么苛言。临了他托我给几位朋友捎话儿，并吩咐我切不可忘记跟所有遇见的人解释一下，他为何在夏季紧关了房门。

一个多月后我又收到了他的信，告诉我布拉德利夫人去世了。信写得情真意切。我早就认识到埃利奥特虽然势利且矫揉造作得可笑，但却也不乏友善、亲情和诚实，若非如此，我也想不到他会在字里行间表达得那么有尊严感，那么真挚和素朴。信中他还告诉我，布拉德利夫人的

---

1. 法语：伯爵先生。

后事处理得并不顺利。当外交官的长子在东京做chargé d'affaires[1]，顶替大使之职而无法离开。次子坦普尔顿自打我认识布拉德利一家时就一直在菲律宾工作，后来总算被召回到华盛顿，在国务院担任要职。母亲病危时他携妻前来探视过，但葬礼一结束便不得不赶回首都。在这样的情形下，埃利奥特感到必须留下来，等所有事情都处理停当。布拉德利夫人将财产均分给了三个孩子，不过看来她在一九二九年的暴跌中损失惨重。幸亏她在马文的农场找到了买家。埃利奥特在信中称之为亲爱的路易莎的乡间别墅。

"一个家族要告别自己的祖产总是很难过的，"他写道，"可是这几年我见过那么多英国朋友做出这样的无奈之举，我觉得我的外甥们以及伊莎贝尔也必须以同样的勇敢和气量来接受必然现实，而这他们是具备的。正所谓'贵人风范'Noblesse oblige[2]。"

他们处理布拉德利夫人在芝加哥的房产时也还算走运。早已有城建计划要拆除一排房屋，代之以大规模的公寓楼群，布拉德利夫人的宅子便在其中。然而她很固执，决意死也要死在这住了多年的房子里。不过她一咽气便有代办找上门来，而且开出的价码立刻就被接受了。但即便这样，伊莎贝尔的生计还是很艰难。股市崩溃之后，格雷想方设法找份工作，哪怕就到在金融风暴中挺过来的经纪人那里当个办事员，可是那里也无事可做。他到老朋友那儿去求职，无论多么卑微，待遇多么差都行，但还是徒劳无果。他拼命抵挡着这场灾难，可最终还是垮下来：沉重的焦虑、耻辱感导致精神崩溃，他开始感到头痛，痛得很厉害，连续二十四小时痛得无法动弹，疼痛过去后又像湿抹布般绵软无力。在伊莎贝尔看来，最好的出路就是带着孩子们一起去南卡罗来纳州的庄园，直

---

1. 法语：临时代办。

2. 法语，特指贵族有权有势则责任重大，此处可译作"贵族风范"。

到格雷恢复健康。在其全盛时期，庄园每年的稻米收成可达十万美元，而如今早已沦为沼泽、桉木遍布的荒地，只适合喜好户外运动的人来打野鸭，且根本找不到买家。自金融危机后他们就不时地住到那里，并打算等情况好转、格雷找到工作后再回去。

"我不能容许这样的事情，"埃利奥特写道，"老弟啊，他们的日子简直猪狗不如。伊莎贝尔连个女仆都没有，孩子们也没有家庭教师，只有两个女黑人照看她们。所以我就提出把我巴黎的寓所让给他们住，并建议他们待在那里，直到这个伟大的国度情况有所改观再说。我会给他们配齐人手，其实我的女帮厨就是很不错的厨师，我会留给他们，我自己再找个替代的也不费事儿。我来支付开销，这样伊莎贝尔还能把微薄的收入用于添置衣物和家人的menus plaisirs[1]。当然这意味着我得在里维埃拉待更多时间，所以也希望能比过去更多地见到你，亲爱的朋友。伦敦和巴黎现在这种德行，使我觉得住在里维埃拉更自在些。也只有在这儿，我还能和有共同语言的人聚一聚。我敢说还是经常会去巴黎住几天的，但如果去的话，我就在丽兹酒店挤一挤算了。我很高兴最后终于说服格雷和伊莎贝尔同意了，等必要的事情都安排好了我就带他们过来。家具和画作（品质低劣，老弟，而且是否为真迹都很令人怀疑）再过两周要拍卖，在此期间，我把他们安排到德雷克酒店和我住在一起，因为我觉得让他们在那房子里住到最后一刻，是很痛苦的。到巴黎后我先安顿好他们，然后再来里维埃拉。别忘了帮我向你那些做王子王孙的邻居问声好啊。"

埃利奥特这个超级势利眼，同时又是最善良、周到、慷慨的人，谁又能说不是呢？

---

1. 法语：小小的享乐、娱乐。

第四章

1

　　埃利奥特为马图林夫妇在自己位于左岸的宽敞寓所里安排停当，然后于年底回到了里维埃拉。他在这里的房子是用于满足自身舒适的，容不下四口之家，因而他无法让他们和自己同住，即便他想这么做。我觉得他也不会为此懊悔。他深知，自己的独居状态更合人们心意，而不是无奈地带着外甥女小两口。再说，假如总是有这两个住家里的客人，那他很难指望办个什么高端而小众的酒会（这可是他要煞费苦心来筹划的）。

　　"先在巴黎站稳脚跟，然后适应这里的文明生活，这样安排对他们要好得多。此外两个姑娘也长大要上学了，我已找好一所附近的学校，而且打听过了，那儿推行的是精英教育。"

　　这样一来我直到春天才见到伊莎贝尔。我需要去巴黎待几个星期，处理一些事务，在紧邻旺多姆广场一家酒店要了两个房间。这是我经常光顾的旅馆，不仅地段好，而且很有格调，是一座有庭院环绕的古旧大宅，作为客栈已近两百年历史。旅馆的卫生间远非豪华，水管设施差强人意；卧室配备的是漆成白色的铁床、过时的白床罩，而巨大的armoires à glace[1]也是寒碜之相毕露；可是客厅的家具却古雅而精致。沙发、扶手椅等均可追溯到拿破仑三世统治时期的艳丽风尚，尽管说不上有多舒

---

1. 法语：镜面衣柜。

适，但外形的华美自有动人之处。身居其屋，我仿佛住在法国小说家的昔年时光里。我凝视着收于玻璃匣子里的帝国时代的大钟，便浮想起一位披长卷发、穿绲边裙的美艳女子，或也曾一边盯着那分针的移动，一边等待着拉斯蒂涅的造访——巴尔扎克不知在多少小说中刻画过这位出身没落贵族，又一心要挤进上流社会的冒险家。碧昂首医生或也曾在此登门，为一位外省的伯爵夫人把脉、探舌，而老太太到巴黎本是为一场官司要见律师，因偶染小恙才唤来了碧昂首医生。这位大夫在巴尔扎克心目中已是这般栩栩如生，以至于他在弥留之际丢下话："只有碧昂首能救我。"就在那张书桌边，也许还端坐过一位穿箍衬裙、秀发中分且害了相思病的妇人，写着一份炽烈的情书，写给她那负心的汉子；要不就是一位脾气暴躁的老先生，身披绿色双排扣长礼服、头戴绒线帽，气急败坏地给自己的浪荡儿子写信。[1]

到巴黎的第二天我给伊莎贝尔打了电话，问可否五点钟过去喝杯茶。自上回见面已阔别十年。一位沉稳的管家领我进了客厅。她正在读法国小说，闻声站起来，以热烈而迷人的微笑迎上前，将我的双手都握起来。我和她也只见过十来次，只有两次是独处的，可是她能立刻让我感到，我们并非泛泛之交，已是老友了。过去的十年缩减了年轻姑娘与中年人之间的鸿沟，我也不再怎么意识到我们之间的年龄差别了。虽言谈中不乏经世之女人才会说的精致的恭维之词，但她对待我仿佛同辈，只五分钟时间我们便不拘无束地聊开了，就好像两个发小从无间断地定期约见。她多了几分闲适、沉着和自信。

不过给我留下至深印象的是她外表的改变。我记得她是个很有活力的漂亮女孩，但一不留神就会发胖。我不知道她现在是否以极大的毅

---

1. 本段提及的拉斯蒂涅和碧昂首都是巴尔扎克《人间喜剧》系列中反复出现的人物，前者为穷学生、野心勃勃的没落贵族青年，后者则是疗术精湛的医生。

力瘦了身，还是因为生了孩子——那可就是意外的惊喜了——现在的她有了人人都渴望的苗条身材，而此刻她的穿着更凸显了身材。她一袭黑衣，我瞥一眼便注意到那丝质裙子看上去既非平淡，又不惹眼，却是巴黎顶级裁缝的杰作，穿在她身上还透露出一种随意的自信，似乎穿昂贵的衣裙就是与生俱来的习惯。十年前，即便有埃利奥特做参谋，她也会倾向于偏艳丽的式样，而且穿在身上总显得不那么自在，而如今，玛丽·路易斯·德·弗洛里蒙若是看到，也不会说她不够时尚了。她的时尚一直渗透到了涂成瑰红色的指甲尖。她的五官更为清秀了，鼻子是我见过的女性中最为俏丽、挺直的。不论她的额头，还是淡褐色的眸子下方，都看不到一丝褶皱，尽管皮肤少了些豆蔻之年才有的洋溢的青春，其质地仍一如往昔地细腻；显然这部分要归功于护肤液、面霜以及按摩，由此赋予她的一种柔和、通透的精雅，使她格外楚楚动人。她纤瘦的面颊上抹了淡淡的胭脂，口红也是点到为止。她亮褐色的秀发应着当时的风尚留得很短，并烫成波浪形。她手指上什么戒指也没戴，我记得埃利奥特说过她变卖了自己的首饰；她的手虽不是纤小的那种，却保养得很好。那一时期女性时兴在白天穿短款连衫裙，于是我看见了她那套了香槟色长袜、匀称而颀长的双腿。腿成为不少标致女子的短板，在伊莎贝尔的少女年岁里更是一大遗憾，然而现在却变得优雅出众。事实上，这个曾焕发着健康、热情和绚丽神采的漂亮妞儿，已经出落成一位美丽的女子。也许在某种程度上，这种美要归功于艺术，以及来之不易的修行，但这并不重要，重要的是她的容貌终究达到了如此的完满。也许动作举止的娴雅和愉悦是花费了一番心思，然而看上去却是浑然天成的。在我的遐想中，这就是一件精心雕琢了多年的艺术品，而在巴黎的这四个月终于使之臻于完美。连最爱吹毛求疵的埃利奥特都赞不绝口，而不那么挑剔的我更觉得她魅力无限。

格雷去莫特方丹打高尔夫球了，不过她告诉我很快他就会回来。

"你得见见我的两个小姑娘。她们去杜伊勒里官公园了，但应该要回来了。她们很可爱。"

我们东拉西扯谈了不少。她很喜欢待在巴黎，而且住在埃利奥特的公寓里非常舒适。离开之前，他已经让他们熟悉了不少朋友，都是他觉得他们会喜欢的，而现在他们已经有了个挺愉快的交际圈。他执意要他们像他自己习惯的那样，极尽招待之能事。

"你要知道，我心里可乐坏了，想想我们过得跟土豪似的，而实际上已经一穷二白了。"

"有那么糟糕？"

她咯咯笑起来，此刻我终于记起来十年前那多么可人的快活轻松的笑声。

"格雷已身无分文，我现在的收入，差不多就是拉里想娶我时他的身家，而当时我还不愿意呢，就因为我觉得凭那点钱我们不可能活下来，而现在呢，我还多出了两个孩子。真的很滑稽，不是么？"

"很高兴你能这样自我解嘲。"

"你有拉里的消息吗？"

"我？一无所知。从你上回在巴黎之前到现在，我都没见到过他。我略知几位他过去认识的人，也还真问过他的情况，但那是好几年前了。似乎谁也不知道他怎么样了。他就这么消失了。"

"我们认识拉里在芝加哥的开户行经理，他告诉我们他不时地从某个古怪地点用汇票提现。中国、缅甸、印度。他好像一直在到处跑。"

我毫不犹豫地说出了到嘴边的问题。毕竟要想知道什么，最好的方式就是问出来。

"你现在希望那会儿嫁的是他么？"

她露出迷人的微笑。

"我和格雷在一起一直很快乐。他是个很棒的丈夫。你知道的，市场崩盘之前我们在一起开心极了。我们喜欢的人是一样的，我们喜欢做的事情也一样。他很讨人喜欢。而被他宠着也是很好的；他就像当初我们结婚时那样爱着我。他觉得我是世界上最美好的女孩。你无法想象他有多么善良体贴。他宽厚得不可思议；你看，他认为对我再好都不够。你知道吗，结婚这么多年，他从没对我说过什么尖刻难听的话。哦，我幸运极了。"

我问自己，她是不是觉得已经回答了我的问题。我换了话题。

"跟我谈谈你的小姑娘们吧。"

话音未落门铃响了。

"她们来了，你可以自己瞧瞧。"

不一会儿她们就进来了，后面跟着保育员。首先引见给我的是长女琼，接着是普里希拉，两人一个八岁，另一个六岁，她们握住我的手时都很有礼貌地来了个小小的屈膝礼。她们比同龄人长得高；伊莎贝尔自然不算矮了，格雷在我印象中更算得魁梧；不过她们的漂亮也就是一般孩子都有的那种漂亮，甚至还有些瘦弱。她们秉承了父亲的黑发和母亲的淡褐色眼睛。她们并不认生，而是急切地要告诉妈妈她们在公园里做了些什么。她们充满渴望的眼睛盯住了伊莎贝尔的厨师做的精致点心，本是配午茶的，但我们谁也没动过，而当她们得到同意每人可以吃一样时，又小小地纠结了一下，不知挑哪样好。看见她们对妈妈直露胸臆的爱，很让人高兴，而母女三人相拥一处的场景也是那么的可人。姑娘们每人吃过自己选的小糕饼后，伊莎贝尔打发走了她们，无须多费口舌，她们便照做了。我感到她正把她们教养成很听话的孩子。

她们离去后，我又说了些母亲一般都爱听的关于儿女的溢美之词，伊莎贝尔愉快但又淡然地笑纳了。我问她格雷是否喜欢巴黎。

"还挺喜欢。埃利奥特舅舅留给我们一辆车，这样他几乎每天都可以去打高尔夫，还参加了'旅行者俱乐部'，在那儿打桥牌。埃利奥特舅舅安排我们住这里的公寓，当然是天赐的福分儿。当时格雷的精神全崩溃了，到现在还有很严重的头痛；就算能找到工作，也无法真正胜任，这自然也让他很忧虑。他想工作，他感到应该去工作，但没有人要他，这让他觉得很耻辱。你明白的，他觉得工作是男人的事，如果不能干活就和死了差不多。他无法忍受自己成为市场上的累赘，他能来，也就是因为我说动了他：经过一番调整，外加环境的变化，他是可以复归常态的。可是我知道，他只有返回日常工作，才会真正高兴起来。"

"恐怕过去的两年半时间，你吃了不少苦。"

"嗯，你知道，暴跌发生时，我一开始根本无法相信。我们居然就这样破产了，这对我而言是匪夷所思的。我能理解其他人遭遇了厄运，可是我们居然——嗯，这简直不可能。我当时还想着有什么能在最后关头拉我们一把。后来呢，当最后一击来临，我感到继续活下去已经不值得了，我感到无法面对未来，太黑暗了。有两个礼拜的时间里，我陷入了巨大的痛苦之中。上帝啊，真是可怕，得跟一切诀别，生活不再有乐趣可言，所有我喜欢的东西都没了——而到了这两礼拜结束时我说：'哦，见鬼去，坚决不再想这些了。'我向你保证，我真的就没再去想。无怨无悔。富贵还在时我的确过得很开心。现在没了就没了呗。"

"显然身处时尚的街区，住在豪华的公寓里，管家这么能干，厨师这么好手艺，还不用付钱，这样的生活，破产了确实也比较好忍受，何况一件香奈儿的裙子，就能掩盖住多少焦头烂额，不是么？"

"不是香奈儿，是朗万，"她咯咯笑道，"看得出十年来你也没什么变化。我猜像你这样愤世嫉俗又说话刻薄的人，是不会信我的，可未必我就不是为了格雷和孩子们，才接受埃利奥特舅舅的好意的。凭我一年两千八的收入，在庄园里也能过得很好，可以种水稻、黑麦、玉米，以及养猪。毕竟我是在伊利诺伊的农场里出生并长大的。"

"可以这么说。"我笑道，其实我知道她出生在纽约的一家昂贵的诊所里。

就在这时格雷进来了。实际上十二年前我只见过他两三回，但我看过他和新娘子的照片（埃利奥特把照片装在精美的相框里，和瑞典国王、西班牙王后以及吉斯公爵的签名照并排放在了钢琴上），对他的印象很深。此刻我吃惊不小。他的发际线退到了太阳穴附近，头顶已秃了一小块，面部松弛而潮红，还有了双下巴。多年来酒足饭饱的优裕生活使他体重增长了不少，只是高大的身材没有让他显得过于肥胖。然而最令我注目的是他的眼神。我记得很清楚，当他站在世界之巅，当他活得无忧无虑时，他那爱尔兰人的蓝眼睛里满是率真和坦诚，让人信赖；而今我从中看到的是茫然的惶恐，即使我不知情，也能猜到有什么一连串的变故摧毁了他的自信心。我感到了他内心的怯意，像是做错了什么，尽管是不自觉的，却也面露赧然之色。他的精神显然受到了沉重打击。他快活而真诚地同我打招呼，一如喜见老友，可是我觉得他那有些喧闹的热忱是出于礼节习惯，而很难再与其内心感受匹配了。

饮料端了过来，他为我们调了鸡尾酒。他刚打了几局高尔夫，并为自己的表现颇感自得。他喋喋不休地谈着自己如何克服了在其中一个球洞遇到的困难，而伊莎贝尔也似乎听得津津有味。过了几分钟，我跟他们约定了时间，请他们吃饭、看戏，便告辞了。

2

我逐渐养成了习惯，每周有三四趟，在结束了一天工作后趁下午去看望伊莎贝尔。一般情况下她在那个钟点是独自一人，因而也很乐意絮叨几句。埃利奥特介绍给她的各色人物都比她年长很多，我发觉她的同辈朋友几乎没几个。我的朋友大多要忙碌到晚饭时间，再说我感到与其到俱乐部去打桥牌，不如去跟伊莎贝尔聊天要愉快很多，俱乐部里的法国人并不特别欢迎外人进去，他们总是一副快快不乐的态度。她接待我时举止可爱动人，如已忘年，这使得交谈变得很轻松，我们打趣逗乐，相互揶揄，时而聊自己，时而聊到我们共同的熟人，还聊书和画，于是时间很快很惬意地就过去了。我有个坏毛病：总是不能容忍别人相貌上的瑕疵。无论脾性多好的朋友，无论有多少年的亲密接触，他的坏牙齿或是歪鼻梁也不能让我释怀；另一方面，一个人的端正姣好总能让我欣喜不已，即便熟识二十年，我也可以一直欣赏其额头形态的优美或是颧骨轮廓的雅致。因而每见伊莎贝尔，仍快意如新，只因她完美的鹅蛋脸庞、凝脂般的肌肤以及褐色眸子中流溢的明快和温暖。

接着意想不到的事情发生了。

3

在所有大都市里都存在着些独立自足、互不相通的群体，它们是大世界中的小世界并以此为生，其成员相互依靠，好似栖居于孤岛，被无法通航的海峡一个个分割开。这一点，凭我的经验看，没有哪个城市像巴黎这样明显了。上流社会绝少接纳外来者于其间，政治家活在自己腐败的圈子里，资产阶级无论大小都跟自己人来往，作家跟作家聚会（安德烈·纪德的日志写得很清楚：与之过从甚密者无不是他能够一呼百应的），画家和画家走得近，而音乐家和音乐家凑在一起。伦敦也是这番情形，但不那么显露；在那儿，物不见得类聚，人也未必群分，在一些场所，同一张桌上，可以看到公爵夫人、女演员、画家、下院议员、律师、裁缝还有作家。

我的社交经历使得我常常能够短暂出入巴黎几乎所有的阶层，甚至（经埃利奥特介绍）还混进过圣日耳曼大街[1]的封闭圈子；可是我的最爱，并非以如今称作福熙大街为中轴线活动的隐秘人群，也非那些惠顾拉吕饭店及巴黎餐厅的国际性人群，更不是肮脏又欢闹的蒙马特高地，而是以蒙帕纳斯大街为核心的左岸地带。年轻时我在贝尔福的狮子雕像那里住过一年，是一套很小的五楼公寓房，窗口能有很好的视野可以俯瞰公墓。在我看来，蒙帕纳斯仍留存着外省小镇特有的那种静谧气息。行走在昏暗、狭窄的敖德萨街上，不免无比惆怅地记起那家破旧的小酒馆，我们常约在那里聚餐：画画的、作插图的、搞雕塑的，还有唯独我这么一个耍笔杆的，阿诺德·贝内特[2]偶尔算个例外。我们一坐就是很久，激动地、荒唐地、愤怒地谈论着绘画、文学。如今漫步在大街仍是很快慰的：看着与曾经的我一样的年轻人，我为自己杜撰着关于他们的故事。实在无所事事了，我就叫一辆车，到老字号的圣心教堂咖啡馆去坐坐。与昔年不同，这里的聚会场所不再是全然的波希米亚风格；邻近的小商人开始经常光顾，塞纳河对岸的陌生客也来探访，寄希望于看到一个不复存在的世界。当然仍旧有学生，还有画家、作家，但大多为外国人；坐下之后，便能听到周围除法语外，还有俄语、西班牙语、德语以及英语。但我感到他们的话题跟我们四十年前是同类的，只不过他们谈毕加索而不是马奈[3]，谈安德烈·布勒东[4]而不是纪尧姆·阿波利奈尔[5]。我与他们心心相印。

　　在有一回旅居巴黎的两周当中，我趁一天傍晚去了圣心教堂咖啡

---

1. 圣日耳曼大街，巴黎著名的富人聚居区。

2. 阿诺德·贝内特，英国杰出的小说家、剧作家和批评家。

3. 马奈，19 世纪印象主义的奠基人之一。

4. 安德烈·布勒东，法国超现实主义诗人。

5. 纪尧姆·阿波利奈尔，法国著名诗人。

馆。露台十分拥挤，我只好在最前排找了一张桌。天气晴朗暖和。悬铃木刚刚绽出新叶，空气中飘荡着巴黎特有的闲适、轻松、愉悦的气息。我感到心境平和，不是倦怠的那种，而是兴味盎然。忽然一个人走过我身边停了下来，笑着露出洁白的牙齿，说道："你好呀！"我茫然地看看他。他高而瘦削，没戴帽子，蓬松的深棕色头发很久没有打理了，上唇和下巴都掩藏在了浓重的棕色胡须里。他的前额和脖颈晒得很黑。他穿了件领口已磨损的衬衫，没系领带；外套和灰色的便裤也都破旧得很。他就是一副流浪汉的模样，我怎么也想不起曾见过他。巴黎有很多这样碌碌无为、自生自灭之辈，我也把他当作了一个，料想他会对我倾诉一下生活的艰辛，哄我出几个法郎，给他解决一顿饭和一宿的床铺。他站在我面前，手插在衣袋里，露着白牙齿，浓黑的眸子里带着好笑的神情。

"你不记得我了？"他说。

"我从来没见过你啊。"

我打算好了给他二十法郎，但不想让他这么套近乎来糊弄我。

"拉里。"他说。

"天哪！快坐。"他呵呵笑起来，上前一步坐在了我座位旁的空椅子上。"喝点儿什么吧。"我边招呼服务生边说，"满脸胡须的，我哪能认得出你？"

服务生走过来，他要了一杯橙汁。此刻端详着他，我便记起了他眼眸的独特之处，即虹膜和瞳孔一般黑，使其目光既深沉，又很朦胧。

"你在巴黎多久了？"我问。

"一个月了。"

"还准备待着吗？"

"要有一阵子吧。"

我在提问时，脑子里忙碌地思索着。我注意到他的长裤口也破了，外套的肘部还有洞。他就像我在东方的港口遇到的任何一个流浪汉那样赤贫。在那个年岁里也是很难忘却大萧条的影响的，我不知道一九二九年的暴跌是不是也把他洗劫一空了。我很不希望会是这样，也不爱绕圈子，于是直截了当地问他：

"你是不是穷困潦倒了？"

"没有啊，我还好。你怎么会这么想？"

"噢，貌似你能吃上一顿正经饭就不错了，身上穿的只配扔垃圾箱。"

"有那么糟糕么？我可没这么想过。实际上我一直准备给自己添置些什么呢，只是始终没腾出手来。"

我想他要么是羞于启齿，要么是太骄傲了，我觉得没必要用这样的废话耗下去。

"别傻了，拉里。我不是什么百万富翁，可我也不算穷。如果你缺钱，我还是借得出几千法郎的，不会要了我的命。"

他大笑起来。

"非常感谢，可我不缺钱。我挣的比我花的多呢。"

"经济危机之后还是如此么？"

"噢，那个对我没有影响。我的积蓄全放在政府债券里了。我不知道那会儿跌了没，从来没去查询过，可我知道，山姆大叔还是坚持兑现了国债券，还算是老派守信的作风。其实这几年我开销极小，手头应该还存了不少呢。"

"那在此之前你是从哪儿来的？"

"印度。"

"哦，听说了。伊莎贝尔告诉我的，显然她认得你在芝加哥的银行经理。"

"伊莎贝尔？你上回什么时候见到她的？"

"昨天。"

"她不会在巴黎吧？"

"她就在巴黎，她住着埃利奥特·坦普尔顿的公寓。"

"太好了，我很想见见她。"

我们说着话时，我可以很凑近地看着他的眼睛，可尽管如此，我还是只分辨出一种自然而然的惊喜，并无更复杂的情感。

"格雷也在，你知道他们结婚了吗？"

"知道的，鲍勃叔叔——纳尔逊医生，我的监护人——写信告诉我的，可是他几年前去世了。"

这是他和芝加哥及他的朋友的唯一联络，一旦中断，我想他大概对后来的变故都一无所知了。我告诉他伊莎贝尔有了两个女儿，亨利·马图林、路易莎·布拉德利相继去世，格雷破产了，埃利奥特慷慨接济了他们。

"埃利奥特也在这儿？"

"不在。"

四十年来头一回埃利奥特没有在巴黎度过春季。他尽管看上去比实际年轻，但也有七十了，与这个岁数的人一样，也有感到疲劳和病痛的时候。他逐渐放弃了除走路以外的其他运动。他很不放心自己的健康，医生每周两次，给他皮下注射时下流行的药剂——臀部两边轮换着打。无论是在家里还是在国外，他每顿饭都要从口袋里掏出一只金质盒子，取出一片药吞服，那矜持的架势，活似在做什么祭礼。他的医生推荐他去蒙特卡蒂尼疗养，那是意大利北部的一处温泉浴场，之后他打算去威尼斯，为他的罗马式教堂寻一款适合的洗礼盆。他越发懒得理会巴黎了，因为他感到一年年过去，巴黎的社交活动变得越来越不尽如人意。他不喜欢老一辈的人，要是受邀去见他的同龄人他会觉得很厌恶，而年轻人又索然无趣。装点自己修建的教堂如今成为他生活中的主要兴趣，在这里，他可以尽情放纵自己购买艺术品的顽固热情，一切为了上帝的荣光，这样的信念也让他心安理得。他在罗马淘到了一尊由蜜色石料打制的早期圣坛，还为了一套锡耶纳画派的三联幅在佛罗伦萨讨价还价六个月了，一心想买下来。

接着拉里问我格雷对巴黎的感觉如何。

"恐怕他在这里是相当失落的。"

我试着向他解释我对格雷的印象。他听我说话时目不转睛、若有所思地盯住我，我莫名地感到他在以某种内在的、更灵敏的感知器官，而不是耳朵在倾听。这很古怪，让人很不舒服。

"不过你还是自己看吧。"我最后说。

"是的，我很想见见他们。我应该能在电话簿上查到地址。"

"不过假如你不想吓坏他们，不想害得孩子们吱哇乱叫，我认为你最好还是理理发，剃剃胡子。"

他大笑起来。

"我也这么打算来着。没必要让自己这么惹人眼目。"

"拾掇自己的时候，顺便也添一套新行头吧。"

"我想自己是有点寒酸。准备离开印度时，发现自己除了这套正在穿的衣服外，已一无所有了。

他看了看我穿的衣服，问我的裁缝是谁。我告诉了他，但补充说他在伦敦，所以不可能有什么用处。我们换了话题，他又谈起了格雷和伊莎贝尔。

"近来我常去拜访他们，"我说，"他们在一起很快乐。我从没机会和格雷单独谈，不管怎样我敢说他也不会跟我聊起伊莎贝尔，但我知道他对她一心一意。平静的时候他的脸孔有些郁郁寡欢，眼神也露出疲态，而他看着伊莎贝尔时又有了温良宽和的柔情，还是挺令人感动的。我觉得在这么多风风雨雨之中，她就如同磐石般伴随他左右，他永远也不会忘记他有多么亏欠她。你会发现伊莎贝尔变了。"我没有告诉他，她从未如此这般美丽。我也不能肯定他是否会觉察到，原本那个高胖俏丽的姑娘，已然变身为仪态万方、优雅讲究的女人。当然也有男人并不乐见女性的天然美如此得艺术之助。"她对格雷很好。她竭尽全力帮助他恢复信心。"

不过此时已不早了，我问拉里是否跟我去大街上吃晚饭。

"不了，我不去了，谢谢，"他答道，"我得走了。"

他起身友好地点点头，便走上了人行道。

4

第二天我去找格雷和伊莎贝尔时说我遇到了拉里。他们也跟我一样很意外。

"能见到他真是好极了，"伊莎贝尔说，"我们现在就打电话给他吧。"

这下我记起来，我都没想到问他住在哪里。伊莎贝尔白了我一眼。

"就算我问了，他也未必会告诉我，"我笑着抗议道，"大概跟我的下意识有关呢。你不记得了吗，他从来都不喜欢别人问他住哪儿。这算是他的一个怪癖。他随时都可能走进来呢。"

"他是这样子的，"格雷说，"哪怕在过去，也很难指望他出现在你期望的地方。今天在这里，明天就走啦。你看见他在屋里，想着待会儿去打个招呼，可是你过去时他已经不见踪影了。"

"他总是最可气的那个，"伊莎贝尔说，"不承认也没用。估计我们只能坐等他在合适的时候自己上门来了。"

那天他没来，第二天、第三天都没有来。伊莎贝尔怪我编故事气她。我发誓说没有，并且起劲地想给她找几条他没能来的理由，可都站不住脚。我内心里反复琢磨，他是不是打定主意不来见格雷和伊莎贝尔了，是否已经离开巴黎去别处了。我已感觉到他是居无定所的，为了一个他觉得很好的理由，甚或一时兴起，说走就要走的。

他终究还是来了。是个下雨天，格雷没去莫特方丹。我们三个待在一起，伊莎贝尔和我喝茶，格雷则在啜饮一杯威士忌加碧雷矿泉水，此时管家开了门，拉里踱了进来。伊莎贝尔一跃而起，扑入他怀中，在他两颊上各亲了一下。格雷那肥胖的红脸更红了，也热情地挥舞着手。

"天哪，真高兴见到你，拉里。"他说，声音因激动而有些哽咽。

伊莎贝尔咬着嘴唇，我知道她在抑制自己不哭出来。

"喝点什么，老伙计？"格雷拖着虚浮的步子说道。

与浪子重逢如此喜出望外，这让我很感动。看见自己对于他们而言是如此的重要，拉里想必也是很快慰的。他欣然微笑着。然而于我，拉里显然淡定自若。他注意到了下午茶的一套东西。

"我喝杯茶吧。"他说。

"哎呀，你别喝茶，"格雷嚷道，"我们开一瓶香槟。"

"我更想喝茶。"拉里微笑道。

他的镇静对这对夫妇的影响或许是他预期的效果。他们冷静下来，但仍充满柔情地看着他。我倒不是说他以无礼的冷淡来回应他俩天生的那种热情洋溢；相反，他一如人们所希望的那样热忱而可爱；不过我意识到在他举止中透着一股我只能形容为疏离的气息，我不知道那意味着什么。

"你干吗不立刻来看我们，讨厌的人？"伊莎贝尔佯嗔道，"连续五天我都挂在窗口，盼着你来，每次铃一响我的心就跳到了嗓子眼，得拼着命才咽得回去。"

拉里咯咯笑起来。

"毛姆先生说我看着怪吓人的,你们家门房肯定不会让我进的。我就飞到了伦敦置办了几件衣服。"

"你没必要这么做的,"我笑道,"你可以在'巴黎春天'或者'百丽'挑一件成衣嘛。"

"我当时考虑假如我真要添置衣服,那就要买款型好的。我有十年没有在欧洲买过衣服了。我去了你的定点裁缝店,说要做一套正装,三天取。他说得要两周,于是我们妥协了一下谈好了四天取。我一小时之前才从伦敦回来。"

他穿着与修长的身材很般配的蓝色哔叽西服,软领白衬衣,蓝色真丝领带及棕色皮鞋。他理了发,剃去了满脸胡子,显得不仅整洁,还很光鲜。真是焕然一新。他很消瘦,颧骨更加突出,太阳穴更加下凹,深陷于眼窝中的眸子比我记忆中更大;不过尽管如此,他看上去非常精神。实际上,他晒得很黑的面部并无多少皱纹,看起来年轻得出奇。他比格雷小一岁,两人都刚届而立,可是格雷比实际年龄老十岁,而拉里却要年轻十岁。格雷的行动因庞大的身躯而显得迟缓、沉重;而拉里则轻盈、从容。他仍留着些男孩子的举止,快乐又温文尔雅,然而此外还蕴含着一种恬静气息,那是我能强烈地感受到,而在我记忆中他青少年时期不曾有过的。交谈进行得并不费力,这在有着共同记忆的老朋友之间很自然,格雷和伊莎贝尔还夹杂了一星半点儿关于芝加哥的新闻、小道消息,一件牵出另一件,其间也不乏轻快的笑声。拉里笑起来很坦诚,听着伊莎贝尔叽叽喳喳的絮叨时,他那愉悦之情也溢于言表,然而我总觉得在拉里的内心有一种奇特的超脱。我切实感到他在扮演着什么,他十足的直率又让他无法进入角色,同时他的诚挚也是显而易见的;我感受到了他内里存在着某种东西,我不知道是否该称之为意识还是感性或这叫原力,总之有这么一种难以名状的清高。

孩子们被领进来见了拉里,还很礼貌地行了小小的屈膝礼。他伸出手，温和的眼睛柔情无限地看着她们，姑娘们则抓起他的手，很认真地张望着他。

伊莎贝尔快活地告诉他，她们的功课不错，然后给两个女儿每人一块甜饼，遣她们走开了。

"等你们上床了，我就过来给你读十分钟书。"

她此刻不希望有人打断自己看到拉里时的欢喜之情。小姑娘们上前跟父亲道晚安。大块头男人抱起她们亲吻，潮红的脸上泛起的爱意令人动容，让人一眼便明白了他是多么骄傲地爱着她们，等她们走后他转过来对拉里说，嘴边还带着甜蜜而迟缓的微笑：

"孩子们不错吧，是吗？"

伊莎贝尔亲昵地看了看他。

"假如我由着格雷，他还不知要把她们宠成什么样呢。他会让我忍饥挨饿，而给孩子们吃鱼子酱和pâté de foie gras[1]，这个大块头做得出来。"

他嬉笑地看着她说："骗人，你知道的。你踏过的每一寸地我都要顶礼膜拜的。"

伊莎贝尔闻言，从眼里闪出笑意来。她是知道的，也欣然于此。一对幸福的人。

她执意要留我们吃晚饭。想到他们或许更乐意自己聚会，我编了个借口，但是她不肯听。

"我让玛丽在汤里多放一个胡萝卜，就够四个人了。还有一只鸡呢，你和格雷吃腿，拉里和我吃鸡翅，她做的soufflé[2]足够我们所有人了。"

格雷似也很想留住我，我也就顺水推舟了。

---

1. 法语：鹅肝酱。
2. 法语：蛋奶酥。

我们等餐时伊莎贝尔向拉里细说了我已与他略谈的家事。她尽可能把不幸的变故讲述得轻松些，但即便如此，格雷的表情还是沉郁下来。她又得想法子逗他高兴。

"不管怎样，现在都过去了。大难不垮，必有后福。一旦形势好转，格雷就可以找到很好的工作，又能赚百把万了。"

鸡尾酒端了上来，两杯下肚，这可怜人总算打起了些精神。我看见拉里虽然拿了一杯，但没怎么碰，而完全没在意的格雷又给他端过一杯时他谢绝了。我们洗了手坐下来吃饭。格雷叫了瓶香槟，可是管家给拉里斟酒时他说不喝。

"哦，你得来一些，"伊莎贝尔叫道，"这是埃利奥特舅舅最上等的收藏，只招待贵客用的。"

"说实在的我更情愿喝水。在东方待了那么长，能有安全饮用水已经是优待了。"

"这回可不比平常。"

"好吧，我来一杯。"

晚餐非常精美，不过伊莎贝尔注意到拉里吃得极少，我也看到了。我猜她可能觉得一直是自己在说话，而拉里没机会开口只得听着，于是她开始发问，自打上回见面后的十年，他都干了什么。他亲切坦诚地答着话，但说得很含糊，没有什么实质性内容。

"噢，我也就到处闲逛，你知道的。在德国待了一年，又去了西班牙和意大利一段时间。我还到东方转了一圈。"

"你刚刚是从哪儿来呢？"

"印度。"

"在那儿待了多久？"

"五年。"

"好玩儿么？"格雷问，"有没有打到老虎？"

"没有。"拉里笑道。

"你一个人在印度一待就是五年，到底干些什么事呢？"伊莎贝尔说。

"玩玩转转。"他带着温和的嘲弄语气笑答道。

"通天绳呢？"格雷问，"看到了吗？"

"没有，没见过。"

"那你看到了什么？"

"好多呢。"

接着我问了他一个问题。

"修习瑜伽的人能获得在我们看来是超自然的力量，是真的吗？"

"我不知道。我能告诉你的就是在印度大家都信这个。但最高境界的智者并不看重这种力量；他们认为那很容易阻碍精神的进步。我记得他们有人告诉过我一个练瑜伽的人来到河边；他没有钱付船费，艄公不带他过河，于是他就踏上河水，踩着水面走过去了。告诉我这件事的那位瑜伽信徒很轻蔑地耸了耸肩。'这样的奇迹，'他说，'还不如付渡船的那个子儿有价值哩。'"

"可是你觉得那个练瑜伽的真能在水上走吗？"格雷问。

"告诉我这件事的那位内心是相信的。"

听拉里聊天很愉快，因为他嗓音婉转动人，柔美而不失深沉，音调也独具魅力。我们用完晚餐，返回客厅去喝咖啡。我从没去过印度，很想多知道些那里的情形。

"你有没有接触过什么作家或者思想家？"我问。

"看来你在这两者中做了区分。"伊莎贝尔揶揄我道。

"那是必须的。"拉里答道。

"你怎么和他们交往呢？用英语？"

"最有意思的人物即使会说，也说不好，听懂的就更少了。我学了兴都斯坦语。去南方时还学了点儿泰米尔语，足够跟人打交道了。"

"你现在会多少种语言了，拉里？"

"噢，搞不清。五六种吧。"

"再说说瑜伽吧，"伊莎贝尔道，"有没有跟其中什么人来往密切？"

"亲密到认识了一些将自己最好的岁月奉献给'虚空'的人，"他笑道，"我在其中一位的'阿萨拉姆'里待了两年。"

"两年？'阿萨拉姆'是什么？"

"嗯，我想你可以称之为清修院。有这么些圣人，独居于寺庙、森林乃至喜马拉雅山的坡地上。也有其他的修士吸引了不少门徒。有慈善心肠的人为了积德，也为练习瑜伽的虔诚所动，就建起或大或小的屋子容留修士及其门徒居住，他们睡在楼廊里，有户外厨房就睡厨房，或就睡在树下。我在院子里找到一间棚子，小得不能再小了，只放得下我的帆布床、一把椅子、一张桌子以及一只书架。"

"在什么地方？"我问。

"在特拉凡科，很美的地方，青山翠谷，溪河缓流。山上有老虎、豹子、大象、野牛出没，但清修院位于环礁湖畔，四周长满了椰子树和槟榔树。这里离最近的市镇也有三四英里，可在过去，人们从那儿或更远的地方赤足或坐着牛车来，只为倾听瑜伽师的一席谈，还要等他愿意谈的时候，或是就坐在他脚下，众人分享着那种宁静，以及仅凭其现身便能焕发出的那份幸福感，如同晚香玉随风四处飘散的芬芳。"

格雷颇不自在地在椅子上挪了挪。我猜这个话题转到了他并不喜欢的方向。

"喝一杯？"他对我说。

"不了，谢谢。"

"噢，那我来一杯。你呢，伊莎贝尔？"

他抬起沉重的身躯走向摆着威士忌、碧雷和杯盘的桌子。

"那里还有别的白人吗？"

"没有，就我一个。"

"你怎么能在那里坚持两年的？"伊莎贝尔叫道。

"两年时间一晃而过。之前过的日子有时候比这难熬多了。"

"这么长时间，你自己都做些什么呢？"

"阅读。走很长的路。湖上泛舟。冥想。冥想非常艰苦，两三个小时下来就筋疲力尽了，好像开车开了五百英里，只求能歇一会儿。"

伊莎贝尔秀眉微蹙，流露出困惑的神情，现在想来，她未必没有一丝惊惧，萌生出这样一个念头：几小时前走进来的拉里，虽然相貌未改，看上去也一如既往的开朗而友善，但与她过去熟知的那个率真、随和、快活，有点儿任性可很讨人喜欢的拉里，已不尽相同了。她曾失去过他，如今重逢之际，她以为无论世态如何变迁，还能见到那个拉里，他还仍然是她的；而此刻，她心下有了些许的失落，仿佛用手去握一缕阳光，后者却从指缝中滑落。那天晚上我久久端详着她——睹其芳容总是那么悦目——看到了她眼中的柔情，她的目光停留在他头发修剪齐整的头上，小小的耳朵贴着脑门，而当她的目光移到那下凹的太阳穴和瘦削的脸颊时，眼神便有了变化。她又瞥见了他修长的手，那双手尽管干瘦，却显出阳刚的强劲。接着她的凝望又驻留于面部，他翕动的嘴形态匀称，丰满而无声色意趣，他鼻梁挺直，眉眼安详。他身着新装，却不似埃利奥特那种光鲜的气派，而是带着散漫的随意，好像每天都这么穿，已穿了一年了。我觉得他激发了伊莎贝尔母性的本能，而我却不曾在她与孩子们的关系上感受到过。她是已谙世事的妇人；而他仍似懵懂少年；我仿佛从她神态里读到了一位母亲对于儿子成长的骄傲，因为他谈吐睿智，且令他人颇以为然。而他言谈的真正要义，我觉得并没有深入到她内心里去。

可是我还意犹未尽。

"你的那位瑜伽师是什么样儿呢？"

"你是说他本人的样子？唔，个子不高，不胖也不瘦，浅褐色皮肤，胡子刮得很干净，留着短短的白发。他身上穿的永远只是一块裹腰布，可是那种干净利落，一点儿不亚于'布鲁克斯兄弟'广告里衣衫翩翩的公子哥儿。"

"那么他有什么特别吸引你的？"

拉里在答话之前盯着我看了足有一分钟，深陷于眼窝中的眸子似乎想要洞穿我灵魂的最深处。

"圣人之心。"

对于他的回答我有点儿不知所措。在这间屋子里，在这满是精致的家具与华美的画作的厅堂内，这个字眼儿如同楼上浴缸里满溢出的水，透过天花板扑簌而下。

"我们都读过圣人的事迹，圣方济各、圣十字约翰，不过那都是几百年前的事儿了。我还没想过能遇见仍健在的。自见第一面起，我就没有怀疑过他是一位圣人。真是难能可贵的体验。"

"那你收获了什么？"

"平和。"他很不在意地带着淡淡的微笑说，接着突然便站了起来。"我得走了。"

"哦，还没到时候呢，拉里，"伊莎贝尔叫道，"早着哪。"

"晚安。"他说，仍面带微笑，并不理会她的央告。他吻了吻她的面颊。"过一两天再来看你们。"

"你待在哪儿？我打电话给你。"

"哦，别费神了。你知道在巴黎打个电话有多麻烦，再说我们那电话通常都是坏的。"

我暗自好笑，拉里就这么干脆地推脱了她对地址的追问。秘而不宣自己的住处，确实是他的一个怪癖。我提议明天所有人都与我共进晚餐，但地点选在布洛涅森林。芬芳的春季，到户外树下用餐是非常宜人的，格雷可以开coupé¹带我们去。我与拉里一起告辞，并满心想与他一起走走，可是一到街上他便与我握手并迅速离去。我钻进了出租车。

5

我们计划先在公寓会合，喝杯鸡尾酒再动身。我比拉里先到了。我打算带他们去一家很精致的餐厅，料想伊莎贝尔为此会精心打扮一番；那儿的女人无一不盛装出场，我满以为她也不甘落后。可是她只穿了件平淡的毛线罩裙。

"格雷的头痛又犯了，"她说，"他很难受。我不能撇下他。我跟厨师说好了，她给孩子们做好晚饭后就可以出门，我要亲自给他做些吃的，并且还要想办法让他吃下去。你和拉里就单独去吧。"

"格雷卧着床么？"

"他头痛犯的时候从不上床。上帝知道，那就是他该待着的地方，可是他不愿意。他在书房。"

这是一间镶了木墙裙的小屋子，棕金色的护壁是埃利奥特在一座古堡里淘到的。上了锁的镀金格栅保管着书，谁都拿不到，不过这些书不看也罢，大部分都为十八世纪插图版色情读物，倒是那个时代的摩洛哥革书皮呈现出非常靓丽的外观。伊莎贝尔引我进来。格雷弓腰坐在一张大皮椅上，周围的地板上散落着画报。他闭着眼，平时红润的脸面变得煞白，显然是很痛苦的。他企图起身，但我拦住了他。

---

1. 法语：小轿车。

"你给他吃阿司匹林了么？"我问伊莎贝尔。

"没用的。我有美国带来的药方，但也没什么效果。"

"哦，别为我操心了，亲爱的，"格雷说，"我明天就好。"他想挤出个微笑，"很抱歉我添了这么多麻烦，"他对我说，"你们一起去森林吧。"

"我才不去呢，"伊莎贝尔说，"你觉得你在遭着罪时，我会玩得开心吗？"

"可怜的小妞，这么爱我。"格雷说，双目仍然紧闭。

接着他的面孔突然就扭曲起来，简直可以目睹那钻心的疼痛刺进了他的脑袋。门被轻轻推开，拉里走了进来。伊莎贝尔把情况告诉了他。

"哦，真让人难过，"他说，同时不无怜悯地看了看格雷。"有什么可以好受一点儿的？"

"没有，"格雷说话时仍睁不开眼，"你们唯一能为我做的就是不用管我，去玩个痛快。"

我自忖只好如此了，但我估计伊莎贝尔在良心上无法释然。

"可以让我来帮帮你么？"拉里问。

"谁也帮不了我，"格雷疲倦地说，"要了我的命，有时候我倒希望老天爷要了我的命算了。"

"我说错了，不是我也许可以帮你。我的意思是，也许我能帮你助自己一臂之力。"

格雷缓缓睁开眼睛看了看拉里。

"你能怎么做呢？"

拉里从衣袋取出貌似一枚银币的东西，放在格雷手里。

"紧紧握住，然后手掌朝下。不要和我对抗。不用使劲儿，但要握紧硬币。我在数到二十之前，你的手就会松开丢掉了。"

格雷照做了。拉里在书桌旁坐下开始数数。伊莎贝尔和我站着。

一，二，三，四。数到十五时格雷的手都没有动静，然后便似乎颤抖了一下。我感到——虽然很难说看到了——那握紧的拳头松动了。大拇指脱了出来。我清晰地看见那手指在抖动。当拉里数到十九时，钱币从格雷手里掉落下来，滚到我脚边。我捡起来看，它很沉，造型怪异，有一面刻着一个青年男子的头像，我认出来那是亚历山大大帝。格雷困惑地瞧着自己的手。

"我并不想丢开，"他说，"是它自己掉的。"

他坐在皮椅子上，右胳膊撑着扶手。

"椅子坐着舒服吗？"拉里问。

"头痛发作时，坐着还算舒服。"

"好的，尽量放松。别着急，什么都别做，不要有任何抗拒。我数到二十之前你的右胳膊会从扶手椅上抬起并举过头。一，二，三，四。"

他以动听婉转的嗓音慢慢地报着数，当数到九时，只见格雷的手抬了起来，虽然幅度并不大，却也离开了扶手的皮面约一寸之距，然后停顿了一秒。

"十，十一，十二。"

整条手臂略一抽搐，就开始向上移动，已完全脱离了椅子。伊莎贝尔有些惊恐地抓住了我的手。真是奇诡的效果。这绝非一种自觉自愿的举动。我从未见过梦游者，但能想象得出他们的举止一定就像格雷的胳膊动作这么古怪。仿佛意志力并没有在起推动作用。我原本应能想到，单靠意识的努力将胳膊如此缓慢而平稳地举起并非易事。这让人觉得有一种下意识的、独立于心智的力量在起作用，恰似活塞在汽缸中缓缓地来回运行。

"十五，十六，十七。"

这言语就像损坏的龙头里渗出的水滴，慢慢地，慢慢地，慢慢地落入了盆中。格雷的胳膊上举，上举，直至越过了头顶，而当拉里报完了数，它又随自身重力落回到扶手上。

"我没有抬手，"格雷说，"不自觉地就举起来了，是自动的。"

拉里微微一笑。

"这无关紧要，我只想让你对我有些信心。那枚希腊硬币呢？"

我递给了他。

"抓在手里。"格雷拿了过去。拉里看了看表。"现在是八点十三分。再过六十秒你的眼皮会沉重起来，你不得不合上眼，然后就睡着了。你会睡上六分钟，八点二十醒，头就一点儿不会痛了。"

无论伊莎贝尔还是我都说不出话来。我们盯着拉里。他什么也不言语，只看着格雷，但又好像不在看他，似乎透过了他看着他身外的什么。笼罩在我们周围的沉默有些诡异，如同夜间花园里的那种静谧。突然我觉得伊莎贝尔握紧了我的手。我看了看格雷。他闭上了眼。他呼吸轻快而规律：睡着了。我们伫立着，这段时间似乎无止无休。我特别需要来支烟，但又不能真的点燃。拉里纹丝不动，注视着在我看来远不可测的地方。他的眼睛尽管睁开着，却如同在恍惚之中。忽然间他好像放松了下来；他的目光复归通常的眼神，并看了看表。也就在此时，格雷睁开了眼。

"天哪，"他说，"我想我睡过去了。"接着他活跃起来，我注意到他死灰般的脸色也退去了。"我的头不疼了。"

"很好，"拉里说，"抽根烟，然后我们出去吃饭。"

"真是奇迹，感觉真棒，你怎么做到的？"

"我没有做什么，是你自己啊。"

伊莎贝尔去换衣服了，此间格雷和我喝了杯鸡尾酒。格雷一个劲儿地谈着刚才的事，尽管拉里显然并不情愿多说。他完全摸不着头脑。

"起先我才不相信你能有什么用呢，"他说，"我听从了你就是因为我难受得不想争辩。"他接下去述说了头痛是怎么发作的，他得经受多大的痛苦，消退之后又是如何像散了架一样。他无法理解怎么刚才又感受到了以往活力四射的自己。伊莎贝尔回来了，穿了一条我从没见过的裙子：长及触地，白色紧身马罗坎平纹绉上装，黑色薄纱裙摆，我禁不住想，她一定会给我们一行人增色不少。

"马德里堡"里面欢声笑语，我们也兴致高昂。拉里说着我从未听他讲起过的无厘头笑话，把我们逗得合不拢嘴。我感到他这么做是要分散我们的注意力，别再去想他出其不意所展示出的能力。然而伊莎贝尔是个做事坚决的人。只要合意，她也可以顺水推舟，可她那希望满足好奇心的愿望仍溢于言表。当我们用完餐、喝着咖啡和甜酒时，当她估摸着美食佳酿以及友好的交谈减弱了他的防范时，她的明眸便盯住了拉里。

"好了，可以告诉我们你怎么治格雷的头痛的了。"

"你自己都看见了。"他笑答。

"你是在印度学会的？"

"是的。"

"他吃了很多苦头，你觉得可以彻底治愈他么？"

"我不知道，也许可以吧。"

"这会改变他的整个生活。要是有整整四十八小时不能动弹，那就别指望能找到好工作。要是不能重返工作，他就永远不会快乐。"

"我没有办法创造奇迹，你得知道。"

"可刚才那就是奇迹，我亲眼看见的。"

"不，那不算。我只是在老格雷的脑袋里置入了一个念头，其余都是他自己完成的。"他转向格雷，"你明天准备干吗？"

"打高尔夫。"

"我六点过来，我们谈谈吧。"他接着冲伊莎贝尔迷人地一笑："有十年没和你跳舞了，愿意试试我还行吗？"

此后我们经常见到拉里。接下去的一个星期他每天都来，花半小时单独与格雷待在书房里。看来他要劝服格雷——他笑眯眯地如此说道——使其摆脱头痛造成的萎靡不振，而格雷也像孩子般信任他。从格雷的片言只语我可以想见，他此外也在尽力恢复格雷被击垮的自信心。大约十天后格雷又犯了头痛，拉里那天正巧直到晚上才过来。这次发作得不算很严重，而格雷现在对拉里的神奇力量已经很有信心了，他认为假如找到了拉里，那么几分钟就可以解决问题。但不论是接到伊莎贝尔电话赶来的我还是他们都不知道拉里住哪儿。当拉里终于登门并缓解了格雷的疼痛时，格雷向他要地址，这样如有急需，可以立刻找到他。拉里笑了笑。

"找'美国运通'吧，留个言。我每天早晨都会打电话给他们。"

伊莎贝尔之后问我拉里为何对住址守口如瓶。从前他也是这样，不过后来发现他住在拉丁区一家毫无神秘可言的三等客栈里。

"我不知道，"我答道，"只能提出些稀奇古怪的原因而实际上大概什么也没有。或许有某种奇特的直觉使他那种精神的隐私延续到了他的住址上。"

"你究竟想说什么，看在上帝的分儿上？"她烦躁地嚷道。

"你不觉得么，当他和我们在一起时，虽然随和、友好，也爱交谈，但你能觉察到他内心有一种超脱，仿佛他并没有全然展现自己，而是有什么东西被羁绊在其灵魂里某一隐匿的区域，我也不清楚是什么——一种张力，一种秘密，一种热望，一种认识，将他分离了开来。"

"我自小就很了解拉里。"她不耐地说。

"有时候他让我想到了那种老戏骨，即使在烂戏里也能演得惟妙惟肖。就像埃莉诺拉·杜丝在《女店主》中的表现。[1]

伊莎贝尔对此思忖了片刻。

"我想我能明白你的意思。你玩得不亦乐乎，也以为他跟我们其他人一样，突然间你感觉到他逃逸出去了，好像你想去捉的烟圈。你觉得会是什么让他变得这么古怪？"

"也许是特别司空见惯的品质。"

"比方说呢？"

"唔，比方说善心。"

伊莎贝尔皱起眉头。

"你还是别这么说吧，说得我难受得要反胃。"

"还是心里深处在隐隐作痛吧？"

伊莎贝尔久久地看着我，像是企图要看穿我的心思。她从身边的桌上取了支烟点上，靠回到椅子里。她凝视着袅然上升的烟。

"给我下逐客令了？"我问。

"不是的。"

我沉默了半晌，看着她，暗自欣赏着她形态优美的鼻子和精致细腻的下巴线条。

"你还是深爱着拉里？"

"该死的，我这辈子就没有爱过其他人。"

"那为什么要嫁给格雷？"

"我总得出嫁嘛。他对我着迷得要命，妈妈也要我跟他结婚。所有的人都告诉我幸亏摆脱了拉里。我也很喜欢格雷，现在也是。你不知道他有多讨人喜爱。这天底下还没有这么宽厚，这么贴心的。他看上去好像脾气很坏，是吗？跟我在一起时他就像天使一样。在我们有钱时，他怂恿我

---

1. 埃莉诺拉·杜丝，意大利女演员；《女店主》，意大利喜剧。

要这要那，他就有了为我购物的乐趣。有一次我说如果能有一艘游艇该多好，可以环游世界了，要是没有那场经济危机他就会去买了。"

"听起来他好得简直难以置信。"我讪讪地说。

"我们有过一段光辉岁月，为此我是永远感恩的。他使我非常快乐。"

我盯着她，并不说话。

"我想我并不真正爱他，可是一个人没有爱也能活得很好。在心底里，我是渴求拉里的，但是眼不见倒也相安无事。你记得跟我说过么，远隔了重洋，恋爱之痛会好受些？当时我还觉得挺玩世不恭，可这果然是正确的。"

"如果见到拉里是一种痛苦，那么不见他是否更加明智？"

"可那是神仙般的痛苦啊。再说，你知道他是什么人，随时都会像太阳钻进云层里时的影子，消失得无影无踪，然后我们或许好几年都见不到他。"

"你从没想过和格雷离婚？"

"我没有理由和他离婚。"

"贵国女子要是真有心休夫，什么也拦不住她们。"

她大笑起来。

"她们干吗要这么做，你觉得呢？"

"你难道不知道？因为美国女人寄希望于丈夫的那种完美，在英国女人看来只有男管家才有。"

伊莎贝尔很高傲地晃了晃头，那架势让人纳闷她是不是落枕了。

"格雷不善言辞，所以你觉得他一无是处。"

"你误会了，"我立刻插话道，"我认为他有让人很感动的地方，很懂得去爱。只需瞧一眼他看着你的模样，就知道他多么深沉、多么专一地依恋着你。他比你还更爱孩子。"

"想必你要说我不是个称职妈妈了。"

"正相反，我觉得你是优秀的母亲。你维护着她们的健康快乐。你悉心看管着她们的合理饮食以及有规律的消化吸收。你教她们礼数，为她们读书，让她们学会了祷词。如果她们病了，你就立刻请医生并无微不至地看护她们。可是你并不像格雷那样一头全扎进去。"

"那样做没必要，我是人，我也把她们作为人来对待。假如一位母亲把孩子当作自己生活的全部，那么她只会害了孩子。"

"我认为你说得很对。"

"而且实际上她们还挺崇拜我。"

"我也注意到了。你就是优雅、美丽、精彩的绝妙化身。不过她们和你在一起时，并不像和格雷那样随意和放松。她们崇拜你，这没错；可是她们爱他。"

"他很可爱。"

我喜欢她这么应对。如此令人可亲，原因之一就是她不惧面对赤裸的真理。

"市场崩盘之后格雷也崩溃了。有好几个星期他每天都在办公室干到半夜。我就待在家里，沉浸在恐惧的痛苦之中，我真害怕他一枪把自己干掉，他是那么地感到羞愧。要知道，他们对自己的公司感到无比的骄傲，他父亲和格雷，他们为自己的诚信和确凿的判断力而骄傲。我们赔尽所有的钱财倒也罢了，让他无法释怀所有那些信任他的人也输得精光。他感到自己本应该有更好的预见能力。我没有办法让他认识到，这并不能怪他。"

伊莎贝尔从包里取出一支口红涂了涂嘴唇。

"不过这并不是我原本想对你说的。那时候我们还有一处产业，就是那座庄园，我感到挽救格雷的唯一机会就是离开芝加哥，于是我们把孩子托给了妈妈并一路南下。他一向很喜欢那儿，但是我们从没有单独在那里待过；我们曾带了一大帮人同去，玩得很疯。格雷枪法很好，可是他无心狩猎。他常常独自泛舟泽地，一待数小时，看着各种鸟儿。他也经常徘徊于运河沿岸，两旁长满了苍白的灯心草，头顶尽是蔚蓝的天空。有些日子里大大小小的河道也如地中海般湛蓝湛蓝的。他回来时通常言语很少，只是说漂亮极了。可是我看得出他的感受。我知道他的心被大自然的美丽、空旷和静谧打动了。在日落前有这么片刻，夕阳洒在湖沼上显得美不胜收。他就站在那里，心里涌动着喜悦。他花很多时间骑行在那些人迹罕至、神秘莫测的林子里，那儿就像梅特林克戏剧里的森林：灰白、寂静，近乎诡异；而到了春天有一段短暂的时期——最多两个星期——山茱萸怒放了，桉树也抖开了新叶，那嫩绿在灰色铁兰的衬托下如同一首欢乐颂歌；地上铺满了大瓣的白百合还有野杜鹃。这里对格雷而言意义何在，他也说不上来，可是这里就是他的天地。他陶醉在美景中了。哦，我知道自己表达得不够好，可我无法告诉你，目睹一个男人魁梧的身躯由着一种如此纯美的情感提升起来，是有多么的感人，简直要让我哭出来了。假如天际间有上帝，那么格雷就与上帝近在咫尺。"

伊莎贝尔说得有些动情，拿出一块小手绢儿仔细擦掉了眼角的泪珠。

"你是不是添油加醋了？"我笑着说，"感觉你把你期望他有的思想和感情已经全算在了他的账上。"

"我哪里会无中生有？你知道我的。要我开心，除非能让我感受到脚下的水泥人行道，沿街还得有大玻璃橱窗，橱窗里要有帽子和皮大衣，要有钻石手链和镶金化妆盒。"

我笑起来，接着我们又沉默了一会儿。然后她又重拾了先前的话题。

"我绝不会和格雷离婚的。我们在一起经历了太多的磨难。而且他现在完全依赖着我。这也让我感到很得意，你懂的，也给了我一份责任感。而且……"

"而且什么？"

她侧眼瞥了瞥我,眼神中多了一份顽皮的跳脱。我感觉她拿不准对于她心里想说的我会怎么看。

　　"他在床上很棒呢。我们结婚十年了,他可是激情不减当年。你不是在一个剧本里说过嘛,没有哪个男人会盯着同一个女人超过五年?嗯,你并不懂自己在说什么。格雷对我的需要还和新婚燕尔时一样。他这样让我很快乐。虽然你会不以为然,但我是很贪图感官享受的。"

　　"那你可错了,我深以为然。"

　　"好吧,算不上什么不光彩,对吧?"

　　"正相反。"我带着探寻看了她一眼。"你后悔十年前没有嫁给拉里么?"

　　"不,那样才算疯了呢。不过当然,如果我能预知现在知道的情况,我会出走的,和他同居三个月,然后用我的法子,永远地得到他。"

　　"我认为你没有做这样的尝试是幸运的;你会发现自己被拴在了他身上,怎么也挣不脱。"

　　"我不这样想,那只是一种肉体的吸引。你知道通常克服欲望的最好办法就是满足欲望。"

　　"你想过没有,你是个占有欲很强的女人?你跟我说,格雷有着深沉的诗人气质,还跟我说他是个热烈的情人;我也很相信这两点对你而言是很重要的;可是你并没有告诉我,除二者加起来之外还有什么更多的意义——你的感觉就是你将他攥在了你那美丽而不算很小的手心空洞之中。如果换了拉里,他一定会逃脱的。记得济慈的颂诗么:'鲁莽的恋人,你永远、永远吻不上,虽然够接近了'[1]。"

　　"你经常自以为是,"她有些不悦地说,"女人抓住男人只有一条路,你是知道的。我还要告诉你:重要的不是女人和男人第一回上床,

---

1.诗出济慈的《希腊古瓮颂》,译文引自查良铮译本,下同。

而是第二回。如果这回她还抓得住他，那就永远抓住了。"

"你的确学到了最了不起的人情世故。"

"我到哪儿都是眼观六路耳听八方。"

"我能问一下，这一条是在哪儿学到的？"

她给了我一个最有调侃意味的微笑。

"从一朋友那里，在女装展示会上结识的，vendeuse[1]告诉我，她是巴黎最聪明的情妇，于是我便打定主意要认识她。艾德丽安·德·特罗耶，听说过么？"

"从没听说。"

"你受的是什么教育嘛！她四十五岁了，也谈不上漂亮，可是她看上去比埃利奥特舅舅知道的任何一位公爵夫人都要更加出众。我坐到她身边，装出一副莽撞的美国小丫头的样子。我告诉她我得和她谈谈，因为我这辈子从没见过这么有魅力的人。我告诉她，她就像希腊浮雕一样完美。"

"你的脸皮真够可以的。"

"起先她还挺矜持，比较冷淡，但在我的天真烂漫面前也和缓下来。之后我们愉快地小聊了一会儿。展示会结束后，我问她是否能择日和我在丽兹酒店共进午餐。我对她说，一向很倾慕她的时髦别致。"

"你之前见过她？"

"从来没有。她不愿和我吃午餐，她说在巴黎人言可畏，这对我很不利，不过她很高兴我邀请她，当她看见我失望得嘴角开始颤抖时便问我愿不愿意去她家吃午饭。看见我又因她的和蔼而受宠若惊时，不觉抚了抚我的手。"

"你去了？"

---

1. 法语：女店员。

"我当然去啦。她在福熙大街附近有一座昂贵的小房子，侍奉我们的管家与乔治·华盛顿的形象一模一样。我一直待到四点。我们披头散发，胸衣的衬扣也松开了，说话完全就是闺密之间的絮叨。那天下午我学到的，足够写本书了。"

"干吗不写呢？投给《妇女家庭杂志》正合适。"

"你这傻瓜。"她大笑道。

我沉默了片刻，继续追寻起自己的思路来。

"我不知道拉里是否真的爱过你。"过了一会儿我说道。

她坐直了身子，面色凝重起来，眼含愠怒。

"你说什么呢？他当然是爱我的。你以为男人爱上女孩子时，女孩会浑然不知？"

"噢，我敢说他对你爱得并不够投入。他没有像跟你这样亲密接触过别的女孩。你们是青梅竹马，从小玩到大的。他期待自己会爱上你。他有着正常的性本能。你们的婚事似乎是水到渠成的。如果成婚，你们的关系也不会有什么特别的不同，不过是住在一处，睡在一起罢了。"

伊莎贝尔稍有缓和，等着我往下说。我知道女人对于爱的话题总是乐此不疲，于是继续下去。

"道德家们劝诫我们，性本能与爱没有多大关系。他们动辄就把它说成了一种副现象。"

"天啊，那是什么啊？"

"唔，有心理学家认为，意识伴随着大脑的活动，并受后者支配，但自身不能对后者产生任何影响。有点儿像树在水中的倒影，不可能离开树单独存在，但也不能以任何方式对树产生影响。我觉得说什么没有激情的爱情，那都是胡扯；当人们说激情消亡后爱情还能持续的时候，其实是在说另外的情感：喜爱、敦厚、趣味相投，以及习惯。尤其是习惯。两个人出于习惯交欢，就像到了时间饿了习惯要吃饭一样。性欲不

167

同于激情。性欲是性本能的自然结果，不见得比作为动物的人的其他生理功能更重要。故而丈夫趁天时地利之际偶尔有个风吹草动，女人就咋呼个半天，这是很愚蠢的。"

"这只适用于男人么？"

我笑了。

"如果你坚持这样认为，我就得承认，给公鹅的好处也应该给母鹅[1]。只有一点异议：对于男人而言，那种短暂关系不会有情感上的分量，而女人就有。"

"这得取决于那个女人。"

我不想被打断。

"除非指的是激情，否则所谓的爱并不是爱情，而是其他别的情感；激情并非由得到满足而产生，而是因为受到了阻碍。"你知道济慈告知那古瓮上的恋人不必心酸，是出于何意么？'你将永远爱下去，她也永远秀丽！'为什么？因为得不到。无论那恋人如何疯狂地追逐，她总是难以企及。因为他们两人都被封存在了一件在我看来冷冰冰的艺术品之中。你对拉里的爱，以及他对你的爱，简单自然得就像保罗与弗兰切斯卡[2]或是罗密欧与朱丽叶。幸运的是，你们的结局还不算糟糕。你嫁入了豪门，拉里漫游世界去探寻塞壬之歌。激情并没有介入其中。"

"你怎么知道的？"

"激情是不计后果的。帕斯卡说过心灵自有逻辑，那是理性所无法理解的。如果他和我想的一样的话，他的意思就是说，当激情占有了心灵，那么它所杜撰的逻辑便看起来不仅合理，而且足以证明，为了爱付出全世界都是可以的。它会使人相信，名誉失去了也在所不惜，而耻辱

---

1. 原文为"What is sauce for the gander is sauce for the goose"，是英语成语"What's sauce for the goose is sauce for the gander"（给母鹅的调味汁也该给公鹅）的变体。
2. 保罗与弗兰切斯卡，西方爱情悲剧主人公，尤以在但丁《神曲》中的叙述最为人知。

的代价也算不得什么。激情是具有毁灭性的。它毁了安东尼与克里奥佩特拉、特里斯坦与伊索尔德，还有巴奈尔与欧西亚[1]。而要是它没有了毁灭性，它自己就灭亡了。也许只有那时才会痛彻地领悟到，一生那么多年月就这样荒废了，不仅自取其辱，而且还忍受了多少嫉妒的可怕折磨，自食了多少苦果，将满腔柔情以及精神世界里的所有财富都倾付给了一个卑鄙的荡妇，或是一个傻小子，一个原以为能托付美梦的挂钩，却连一块口香糖都担待不住。"

没等这长篇大论结束我就明白，伊莎贝尔根本没在注意听，而是沉浸于自己的思绪中。不过她接下来的话让我很意外。

"你觉得拉里还是处男吗？"

"我亲爱的，他已经三十二了。"

"我很肯定他还是。"

"你怎么这么肯定？"

"这是女人的本能。"

"我过去认得一个小伙子，好些年里都混得相当不错，他总有办法让一个个漂亮姑娘相信，他从来没有过女朋友。他说这就像咒语一样有用。"

"我不管你怎么说。我相信自己的直觉。"

时间不早了，格雷和伊莎贝尔还要与朋友吃晚饭，她还得换衣服。我没有什么事，便在这宜人的春季傍晚信步于拉斯帕伊大街。对于女人的直觉我一向不大相信；那毋宁说是她们希望相信的东西，因而在我看来很不靠谱；而当我回想起与伊莎贝尔长谈的结尾时，不觉笑起来。这让我想到了苏珊娜·鲁维耶，我好几天没见她了。不知她现在有没有什

1.前两者分别为莎士比亚和瓦格纳同名剧本中的悲情爱侣；巴奈尔，英国著名政治家，因为和英国国会议员欧西亚的妻子偷情而断送了政治前程。

么事儿。如果没有，她也许愿意和我吃晚餐并看场电影。我拦下一辆游荡的出租车，报了她的住址。

7

我曾在故事的开始提到过苏珊娜·鲁维耶。我认识她十来年了，此时她应该也就四十岁出头。她长得不漂亮，说实在的相当丑。对于法国女人而言她个头很高，上身短而四肢长，她动作笨拙，似乎不知怎么摆放自己的长手长脚。她随心变换着头发颜色，但多数时候呈偏红的棕色。她面孔小而方正，突出的颧骨上搽了鲜亮的胭脂，一张大嘴上也抹了厚厚的唇膏。这些听起来毫无吸引人之处，可实际上她却很有魅力；她皮肤很好，牙齿洁白强健，蓝色的大眼睛顾盼流转。这是她五官最周正的所在，所以她描眉画睑加以充分利用。她目光锐利而友善，把天生的厚道与不卑不亢的韧劲结合在了一起。她所走过的人生道路，也需要她具备韧性。她的母亲，一位政府小职员的遗孀，在丈夫去世后便回到昂儒那个她出生的村子里，靠抚恤金过活。等苏珊娜长到十五岁时她便送她到裁缝店去做学徒，裁缝就住在邻近的镇子上，这样每逢周日还可以回家。正是在她十七岁的一次假期中，她被一个到村里来避暑、画风景的画家诱奸了。那时她已然深知，身无分文的她几无谈婚论嫁的可能，于是当画家在暑期结束时提出带她去巴黎时，她欣然同意了。他带她住进了蒙马特一间拥挤不堪的工作室，而她在他的陪伴下过了非常愉快的一年。

终于他对她说，油画一幅也卖不出去，不能再奢望供养情人了。她对此已有所预期，也并没有为之失色。他问她是否希望回乡，得到否定回答后便又告诉她，同一街区还住了另外一位画家，愿意接纳她。他提到的那个人曾有几次对她献殷勤，不过遭拒后倒也脾气不错，并不为意。她对他没有恶感，因而很平静地接受了提议，还省却了叫车搬行李的麻烦和花费。她的第二个情人比第一位年长不少，但相貌还挺中看。他为她以所有能想得到的姿态作画，既有穿衣的也有裸体的；她跟他过了相当快乐的两年。令她颇感自豪的是，正是以她为模特儿，他收获了第一次真正的成功。她给我看过一张原画复制品的剪报。原作被一家美国画廊买走了。那是一幅真人尺寸的裸体画，她和马奈画的奥兰普一样的姿势躺着。画家很敏锐地捕捉到她的身体比例有某种很现代、很有意味的东西，于是将她单薄的身体处理得更瘦弱，更进一步拉长了腿和胳膊，使颧骨高得更加醒目，并让她大大的蓝眼睛更为夸张。单凭复制品我自然看不出颜色，但我感觉得到其艺术构思的典雅。画作使他名声大噪，并娶了一位仰慕他的有钱寡妇，而苏珊娜很清楚男人不得不为自己的前途打算，因而当这段亲密关系走到尽头时，她毫无怨言地接受了。

因为此时她明白了自己的价值。她爱上了艺术圈的生活，也喜欢摆出各种姿势，一天工作结束后，她觉得到餐馆去和画家及其妻子、情人坐坐也是很愉快的，其间听他们聊艺术，骂经销商，说荤段子。正是在这样的场合，在看到机会即将临近之时，她有了自己的打算。她相中了一个她认为颇有才华的未婚男青年，趁他单独在饭馆时抓住机会向他做了情况说明，而且单刀直入，提出他俩应该在一起。

"我二十岁，善于持家。我会为你存钱，也省去了请模特儿的开销。瞧你的衬衫，真丢人，还有你的画室太乱了。你需要一个女人照顾。"

他知道她人不错，也觉得她的提议很有意思。她看出来他有接受的意向。

"反正试试也没坏处，"她说，"如果不成功，我们俩谁也不会比现在更坏到哪里去。"

他的画风并不鲜明。他用方形和椭圆形来作她的肖像；把她画成只有一只眼且没有嘴巴，用黑色、棕色和灰色将她勾勒成几何图形；他用纵横交错的线条来表示她，其中几乎看不到人脸。她和他待了一年半，然后主动离开了他。

"为什么呢？"我问她，"你不是喜欢他么？"

"喜欢的，不错的小伙子。我是觉得他前途不大，总是在原地踏步。"

她毫不费力地又发现了一位继任。她一直忠于画家的圈子。

"我总是离不开绘画，"她说，"我跟过一个搞雕塑的六个月，可我不知怎的就是找不到感觉。"

令她感到欣慰的是她从来没有和哪个不欢而散。她不但是个好模特，而且还是个好主妇。她若是有缘在某画室住一阵子，就喜欢打理房间，收拾得整整齐齐并引以为豪。她烹饪很不错，能花最小的代价做出一顿美餐，而缝扣子补袜子等针线活儿也都不在话下。

"我一向都搞不懂为什么一个搞艺术的就不该穿得干净整洁。"

她只有一次失败的经历。那是个英国人，比她先前认得的都要有钱，还有一辆车。

"可是好景不长，"她说，"他经常喝得醉醺醺的，之后就挺让人生厌。假如他是个好画家倒也罢了，可是，我亲爱的，他的作品太荒唐了。我告诉他我准备分手了，他哭了起来。他说他爱我。

"'我可怜的人儿，'我对他说，'你爱不爱我无关紧要。紧要的是你没有天分。回国去吧，去做杂货买卖，那是你最适合的。'"

"他怎么说？"我问。

"他气坏了，叫我滚出去。可是我给他的是很好的建议，你得知道。我希望他能接受，他是个好人，但不是个好画家。"

在漫长的人生旅途中，通情达理的女人再加上善良脾性，要过上好日子并不太难，然而苏珊娜选择的生涯也和其他行业一样遭遇了起起伏伏。比如那个斯堪的纳维亚人，她轻率地就爱上了他。

"他就像天神一般，我亲爱的，"她告诉我，"他高极了，赶上埃菲尔铁塔了，肩宽胸厚，腰窄得差不多能用双手握住，小腹平坦得活像我的手掌；肌肉就跟职业运动员一样发达。他一头波浪金发，以及蜜色的皮肤。而且他画得还不错。我喜欢他的运笔：大胆突进，用色浓郁鲜活。"

她打定主意要和他养一个孩子。他不赞成，可是她对他说，责任由她承担。

"孩子降生时，他倒也满心欢喜。哦，真是可爱的宝宝，玫瑰色的小脸蛋，和她父亲一样的金发碧眼。是个女孩。"

苏珊娜和他过了三年。

"他有些傻气，有时也挺让我厌烦的，但是他非常可亲可爱，又漂亮，所以我并没有什么烦恼。"

然后他接到了瑞典的电报，说他父亲要去世了，他得马上回去。他保证会回来，可是她有种不祥的预感，觉得他再也不会回来了。他把钱全留给了她。她有一个月没有他的消息，接着他来了信，说父亲已去世，留下个烂摊子，他觉得有义务陪伴母亲，还要学着经营木材生意。他在信里附了一张一万法郎的汇票。苏珊娜不是那种容易乱了方寸的人。她很快得出结论，孩子在她生活中只会是个拖累，于是她把小女孩带到了母亲家，把她连同那一万法郎交给了母亲照管。

"那真是撕心裂肺的痛，我爱那孩子，可人在生活中总得现实一点。"

"后来呢？"我问。

"哦，我挺过来了，我又找到了朋友。"

可接下来她就得了伤寒。她说起"我的伤寒"来总像百万富翁在说"我在棕榈滩的寓所"或是"我打松鸡的沼地"。她差点儿没能活下来，在医院躺了三个月，出院时已经瘦得皮包骨，虚弱得像只耗子，而且非常神经质，终日以泪洗面。那时她没有足够的体力来摆造型，百无一用，而且几乎身无分文。

"Oh la，la¹，"她说，"我吃了不少苦头。幸运的是我有很好的朋友。不过你知道那些搞艺术的，反正对他们来说量入为出是很不容易的。我从来就不算很漂亮的那种，当然我有自己的吸引力，但我不再是二十岁了。然后我巧遇了曾同居过的那个立体派画家；他成了家又离了婚，放弃了立体主义而成为超现实派画家。他觉得我能派上用场，还说他很孤单；他说能为我提供食宿，说真的，我是欣然接受的。"

苏珊娜和他住在了一起，直到遇见了那个工厂主。工厂主是由朋友带来的，希望买一幅画家过去的立体派作品，苏珊娜也很想促成买卖，便尽力打扮了一番。他没能当场拍板，但说会再来看看。两周后他真又来了，这回她感觉他是来为她而不是艺术品来的。他走的时候仍然两手空空，但过于热情地捏了捏她的手。第二天在她去买菜的路上，那位朋友把她拦下来，告诉她工厂主迷上了她，想知道她是否愿意趁他下次来巴黎时一起吃顿饭，因为他想追求她。

"他看中了我什么，你知道吗？"她问。

"他是现代艺术的业余爱好者，看过你的肖像画，被你倾倒了。他住在外省，是个生意人。对他而言你代表了巴黎、艺术、浪漫，一切他在里尔所缺的东西。"

"他有钱吗？"她以世故的口气问。

"多得很。"

"好吧，我去跟他吃饭。听听他说什么也没坏处。"

他带她去了马克西姆，那儿让她很受感触；她穿戴得很低调，环顾四周的女人时，感到自己很可以冒充成一位体面的妇人。他点了瓶香

---

1. 法语：哎呀。

槟，这让她相信他的确是位绅士。到了喝咖啡时他直截了当地向她求爱，而她也觉得这很大方得体。他告诉她，自己每两周来巴黎开一次董事会会议，晚间孤身一人用餐，想女人的时候就去妓院，可这样的生活让他感到厌倦，而且对于他这种地位、有两个孩子的已婚男士来说也不尽如人意。他们共同的朋友已经讲述了她的情况，他也知道她是明白事理的。他已不再年轻，无意再跟什么轻浮女孩纠缠。他还算是个现代派艺术的收藏者，而她与艺术界的联系让他感到很有共同话语。接下来他转入了实质性话题。他准备为她买下一套公寓并装修好，还有两千法郎的月钱。作为回报，他希望每隔两周能有一晚与她共度良宵。苏珊娜一生从没有这么大的用度，她飞快地估算了一下，这笔钱不但足够她在那样高端圈子里的衣食起居，还能供养女儿，甚至可以存起一些以备不时之需。可是她还是迟疑了片刻。她一向是"献身绘画艺术的"，用她的话说，成为一个生意人的情妇对于她而言无疑是自甘堕落。

"C'est à prendre ou à laisser, [1]" 他说，"接受还是不接受，自便哦。"

他并无使她反感之处，况且他上衣扣眼里的法国军团勋章花饰表明他出身显要家族。她微笑着。

"Je prends，" 她答道，"我接受。"

8

尽管苏珊娜一直住蒙马特区，但她决心要与过去的生活告别，便在蒙帕纳斯买了一套临大街的公寓房，有两个房间、小厨房和盥洗室；寓所在

1.法语，即下文的"接受还是不接受，自便哦"，下一句法语亦见紧接后文。

六楼，但有电梯。对于她而言，盥洗室和电梯代表了不仅是奢华，还有风格，哪怕前者只能容纳两人，后者只能龟速，且下楼得自己走楼梯。

他们在一起的头几个月里，阿希尔·戈万——那是他的名字——会先为两周一次的巴黎之行订好旅馆房间，在与苏珊娜激情过后再返回旅馆，独自睡到临行前，之后便起床，赶火车，重返生意场，并与家人共度寻常的天伦之乐。然而苏珊娜向他指出，这是在白白地浪费钱，在寓所里待到早晨既经济又舒适。他觉得她很有说服力，令他高兴的还有她的体恤——的确，在寒冷的冬夜走到街上叫辆车绝不是什么愉快的事——而且他很赞同她不主张无谓的开销。好女人不仅为自己，也会为情人精打细算。

阿希尔先生很是自鸣得意。通常他们会去蒙帕纳斯找一家上好的馆子，但苏珊娜也会不时地为他下厨。她做的美食很对他胃口。天气热的晚上他便脱了外套只穿衬衣吃饭，并感到了一种很自在的放纵不羁。他一向很喜欢收购画作，可是苏珊娜不会让他买她不认可的作品，而他很快就知道相信她的判断力是对的。她不跟中间商做交易，而是直接带他去画家的工作室，这样能帮他少花一半钱就买到了画。他知道她在存钱，当她告诉他自己每年都在故乡的村子里置办一点地产时，他颇感骄傲。他深知拥有自己土地的欲望流淌在每个法国人的血液里，并增添了对她的尊重，因为如今她也有了自己的地产。

苏珊娜这边也是心满意足。她对他既非忠诚，也不算不忠诚；这就是说，她小心翼翼地不和另外的男人建立永久关系，但如果邂逅到她中意的，她也并不反对跟他上床。不过出于名誉，她不会让对方在这里过夜。她感到自己要感恩那个有钱有地位的男人，他以如此稳妥和体面的方式安置好了她的生活。

我认识苏珊娜时，她正和一位画家同居。那位画家碰巧是我的熟人，她做模特时我也经常去他的画室坐坐；之后我也间或与她相遇，但直到她搬到蒙帕纳斯才有过密切的接触。看来阿希尔先生——她提到他时都这么称呼——读过我一两部书的译本，并且在一天傍晚邀请我去餐馆和他们吃饭。他是个小个子，比苏珊娜矮半个头，铁灰色的头发，整洁的灰色八字胡。他开始发福了，腆着肚子，不过他只是让人感到他的富足和殷实。他走起来带着矮胖子的那种气派，而且显然他对自己不无满意。他招待了我一顿美餐。他非常彬彬有礼。他说很高兴知道我是苏珊娜的朋友，看一眼便知我comme il faut[1]，也很高兴我对她还挺欣赏。他的生意，哎呀！把他拴在里尔了，可怜的姑娘经常孤身一人，而能跟这么一位知书达理的人有联系，还是令他宽慰的。他是生意人，但一向景仰艺术家。

　　"Ah，mon cher monsieur[2]，艺术与文学一直都是法国的一对荣耀。当然法国还少不了骁勇善战。我呢，一个搞毛线产品的，得毫不犹豫地说，我认为画家、作家是和将军、政治家平起平坐的。"

　　没人说得比这更漂亮了。

　　苏珊娜不肯雇女佣来收拾屋子，部分是出于经济考虑，部分是由于（其中原因她自己最清楚）她不想让任何人来打探她自己的私生活。这套小小的房子全由她打理，装潢风格是那会儿最时新的，干净而整洁。她还自己缝制贴身衣物。然而即使如此，日子仍然过得很慢，她是个勤快人，而现在又不用做模特了；很快她就想到，在伺候过这么多画家之后，她满可以自己也动手作画。她买来画布、画笔、颜料，立刻动手画起来。有几次在我准备请她出去吃饭时，我到得比较早，便发现她穿着工作服，忙得不亦乐乎。正如腹中的胎儿已显现出物种进化的主要特点，苏珊娜也显现她所有情人的风格。她画风景就像那位风景画家，

---

1. 法语：合乎礼仪、体面的。
2. 法语：啊，我亲爱的先生。

要是抽象起来便似那个立体派，而她在艺术明信片上画的泊船，又有几分像那位斯堪的纳维亚人。她并不懂作画，不过对色彩很有感觉，这就是说她的画不算很好，但她从中得到了莫大的乐趣。阿希尔先生很鼓励她。他有一位画家情人，这给了他一种满足感。在他的坚持下，她给秋季画展送去了作品，当画被挂出来时他俩都倍感骄傲。他给了她一条很好的建议。

"别像男人那样去画画，我亲爱的，"他说，"像女人那样去画。别力图显示强大，而要满足于显现魅力。要有诚意。在生意场上不择手段有时候是能成功，但在艺术界，诚实不但是最好的，也是唯一的策略。"

我写到这儿时，他们两情相悦的关系也维系了五年。

"他显然并没有让我怦然心动的地方，"苏珊娜说，"但是他有智慧也很有地位。到了我这年龄，有必要想想自己的处境了。"

她通情达理，善解人意，而阿希尔先生对她的判断力也有很高的评价。当他和她说起生意及家里的事时；她总是很乐意倾听。他女儿考试不及格时她好言安慰，他儿子和有钱的姑娘订婚时她也与他一道欢庆。他本人娶了他本行业里的一位千金，这样的联姻使两家竞争对手达成了双赢。令他自然感到满意的是，他儿子很识大体，能够认识到美满婚姻最重要的基础便是经济利益共同体。他向苏珊娜袒露，他有心要把女儿嫁入贵族豪门。

"好呀，她有资本嘛。"苏珊娜说。

阿希尔先生帮苏珊娜把她女儿送到了修道院，在那里她可以受很好的教育，他还允诺待到合适的年龄他会出资让她参加培训做打字员、速记员，从而能自谋生路。

"她长大了会很漂亮，"苏珊娜告诉我，"可是好好读书，以后能敲敲打字机，显然也不是什么坏事。她还小，现在说太早了，不过也许她不会有什么个性。"

苏珊娜的话自有其意味，得凭我的聪明才智去猜测了，而我猜得也没错。

9

在邂逅拉里约一周后的晚上，苏珊娜和我一块儿吃了饭，看了电影，正坐在蒙帕纳斯大街的"精品吧"里喝啤酒，但见他踱了进来。她抽了口气，并且出乎我意料地叫住了他。他走过来亲吻她并同我握手。我看见她露出难以置信的神情。

"能坐下么？"他说，"我还没吃饭呢，准备弄点儿吃的。"

"哦，看见你真太好了，mon petit[1]，"她说话时双眼放光，"你从哪儿冒出来的？为什么这么多年来都没个声响儿？我的上帝，看你瘦的！我还想你说不定死了。"

"噢，我没死，"他挤眉弄眼地说，"奥黛特怎样了？"

那是苏珊娜女儿的名字。

"哦，她快长成大姑娘了。还很标致呢。她还记得你。"

"你从没告诉过我你认得拉里。"我对她说。

"为什么要告诉你呢？我从来不知道你认得他呀。我们是老朋友了。"

拉里自己点了咸肉煎蛋。苏珊娜把女儿和她自己的情况悉数说给他听。他带着自己特有的迷人微笑听着她唠叨。她告诉他自己总算安顿了下来，还在作画呢。她把头扭向我。

"我一直在进步，你觉得呢？我不想装天才，可我的本事也不比很

---

1. 法语：我的小家伙、小可爱。

179

多我认得的画家差。"

"有没有卖掉几幅？"拉里问。

"我没必要卖，"她轻松地答道，"我有自己的收入。"

"走运的姑娘。"

"不是，不是运气，是聪明。你应该来看看我的画。"

她把地址写在纸上，要他答应去。苏珊娜兴奋得滔滔不绝。接着拉里要了自己的账单。

"你不会要走了吧？"她嚷道。

"是的，要走了。"他微笑着说。

他付了账，挥挥手便离开了我们。我笑起来。他这样总是能逗乐我，前一刻还和你在一起，后一刻便走人，也不做任何解释，那么突然，简直就像化入了空气里。

"他为什么要这么快就走？"苏珊娜气咻咻地说。

"也许有姑娘在等他呢。"我调笑道。

"等于白说。"她从包里取出粉盒，往脸上扑了扑。"不管谁爱上他，我都表示同情。哎呀。"

"为什么这么说？"

她严肃地盯了我一分钟，这神色在她可不常见。

"我曾经差点儿就爱上了他。真还不如去爱水中的倒影，或是一缕阳光，或一片云。我算侥幸逃脱了。对于当初冒的风险，到现在想起来还要打个寒战。"

让谨小慎微见鬼吧。再不想知道这是怎么回事，那就不是人了。我暗自庆幸，苏珊娜是个管不住嘴的女人。

"你究竟是怎么认识他的？"我问。

"哦，好多年前了。六年，七年，记不清了。奥黛特才五岁。那时我跟马塞尔住在一起，而他俩是认识的。他经常在我做模特时到画室来。有时他带我们出去吃个晚饭。你一向没法知道他什么时候会来。有时候几个星期都不见，有时一连两三天都来。马塞尔很希望他来，说他在的时候他能画得更好。接下来我得了伤寒，出院时境况是很凄惨的。"她耸了耸肩，"不过这都跟你说过了。嗯，有一天我到各个画室去转悠想找活儿干，可是没人要我，一整天下来我只吃了一只羊角面包和一杯牛奶，房租也还没着落，这时我在克里希大街撞见了他。他停下来问候我，我告诉他得了伤寒，他对我说：'看来你得好好吃一顿。'他声音和眼神里有什么东西让我再也自持不住。我哭了起来。

"我们就在'玛丽特妈妈'餐厅附近，他挽着我的胳膊在桌旁坐下。我饿得什么都吃得下，可是煎蛋饼端上来时我感到一口都难以下咽。他强迫我吃了些，还为我叫了一杯勃艮第。我感到好受了点儿，又吃了些芦笋。我把自己的磨难全告诉了他。我虚弱得无法摆姿势做模特，瘦得皮包骨头，看上去糟糕透顶，也指望不上找个男人。我问他可否借些钱让我回乡。至少我还有个小女孩在那里。他问我想不想去，我说当然不想。妈妈不愿意接纳我，她自己靠年金还活得勉勉强强，而我寄给奥黛特的钱都花光了，但是如果我去了她也难以拒我于门外，她也会看到我病得有多重。他端详了我很长时间，我想他会表示没法借钱给我。然后他说：

"'你愿意让我带你们去我知道的一个小乡村吗？你和孩子。我想度度假呢。'

"我简直无法相信自己的耳朵。认识这么多年，也没见他献过殷勤。

"'就我现在这模样？'我说。我不觉笑起来，'我可怜的朋友，'我说，'我现在对男人来说都是废物啊。'

"他朝我微笑着。你有没有注意过他笑得有多迷人？甜得跟蜜似的。

"'别傻了，'他说，'我可没多想。'

"然后我就失声痛哭，哭得说不出话。他给我钱，接了孩子，我们一起去了乡下。哦，他带我们去的地方非常漂亮。"

　　苏珊娜向我做了描述。那里离一座小镇有三英里，小镇的名字我已经忘记了。他们坐车去了客栈。那是一座摇摇晃晃的临河小楼，四周的草坪延伸到水边，草地上有悬铃木，我们就在树荫下就餐。夏季时画家们会来写生，但那时节还早，客栈里只住着他们。那儿的美食远近闻名，每逢周日人们都从各地驱车赶来尽情享受一顿午餐，不过在平时，宁静很少被打破。有了足够的休养和好饭好酒，苏珊娜身子强壮了起来，跟孩子在一起也让她很快乐。

　　"他对奥黛特好极了，女儿也很喜欢他。我得阻拦她别太惹人厌，可是她缠着他时他从不以为意。这让我很开心，他们就像两个孩子在一起。"

　　"你们能做些什么事儿呢？"我问。

　　"哦，总有事情做的。我们划船、钓鱼，有时候还借patron[1]的雪铁龙去镇上，拉里很喜欢小镇。古旧的房屋、place[2]。非常安静，唯一听得到的就是踩在卵石路上的声音。那儿有一幢路易十四时代的hôtel de ville[3]，有一座老教堂，小镇边上还矗立着一座勒诺特设计的花园城堡。坐在广场旁的餐馆里，恍若回到了三百年前，而路边停放的雪铁龙好像已不属于这个世界。"

　　就是在其中一次外出游玩之后，拉里向她讲述了我在开头提到的那个年轻飞行员的故事。

　　"我很奇怪他为什么要告诉你。"我说。

---

1. 法语：老板、房东。

2. 法语：广场。

3. 法语：市政厅。

"我不知道。镇上有座医院就是战时建的，墓地里还有一排排小十字架。我们去看过，没有待很久，有些毛骨悚然的感觉——那么多可怜的小伙子长眠于此。拉里在回去的路上沉默不语。他吃得一向不多，可那天晚上他几乎什么也没吃。我记得很清楚，那是个美丽的星夜，我们坐在河边，夜色把白杨的剪影衬得格外好看。他抽着烟斗。接着很突然地，à propos de bottes[1]，他同我说起了那位战友如何为了救他而牺牲的。"苏珊娜喝了一大口啤酒。"他是个怪人。我永远也搞不懂他。他喜欢读书给我听。有时候就在白天，趁我给孩子做针线活的时候，也有在晚上，在我把孩子弄上床睡觉之后。"

　　"他读些什么呢？"

　　"哦，杂七杂八的。《塞维聂夫人书信集》，圣西门的一些文章。Imagine-toi[2]，我这样一个人，只读读报纸，偶然在画室听人说起一本小说就看看，为的是别让人把我看成傻瓜！我一直不懂读书可以这么有趣。那些前辈作家并不像想象中的那么白痴。"

　　"谁这么想象的？"我轻声笑道。

　　"接着他让我跟他一块儿读。我们读《裴德罗》《贝蕾妮斯》。他读男性角色，我读女性的。你想不出这有多好玩，"她天真地补充道，"当我读到悲伤的地方哭起来时，他会很奇特地盯着我看。当然这只是因为我比较脆弱。而且你要知道，我还收着这些书呢。即使到现在，读起他曾读给我听的《塞维聂夫人书信集》的一些段落时，还是能听见他动听的声音，能看见静静流淌的河水、对岸的白杨树，有时候我无法继续读下去，那让我感到心痛。我现在明白，那是我一生中最快乐的几星期。那个男人，他就是可亲可爱的天使。"

---

1. 法语俗语：毫没来由地。
2. 法语（祈使句）：（你）想象一下。

苏珊娜感到自己变得伤感起来，（错误地）以为会让我看笑话。她耸耸肩，笑了笑。

"你要知道，我早已想好了，等我人老珠黄没人要了，也到了教规准许的年岁，我就皈依教门，忏悔我的罪过。可是世界上什么也不会让我忏悔和拉里的罪过。永远、永远、永远不会！"

"可是就你说的情况，我没觉得有什么好忏悔的啊。"

"我一半还没说完呢。你瞧，我天生体质好，整天在户外游荡，吃得好睡得香，也没有烦心事儿，三四个星期下来我就和以前一样健壮了。而且我气色很好，脸上有了血色，头发恢复了光泽，感觉就像二十岁。拉里每天早晨下河游泳，我常常去看他。他的身材很美，不是我那位斯堪的纳维亚人那种运动员型的，可也强健得很，还有无限的优雅。

"在我弱不禁风时他表现得耐心十足，但现在我已经生龙活虎了，没必要让他等下去。我给过他一两次暗示，表明我已准备好了可以做任何事，可他似乎没有明白。当然你们盎格鲁—萨克逊人就是怪异，既野蛮同时又多愁善感；但不可否认，你们绝不是什么情圣。我对自己说：'或许这正是他的周到之处，他为我做了那么多，又让我把孩子带过来，可能他并没有依此讨回报的意思。'于是一天夜晚，在我们准备歇息时我对他说：'今晚你要我到你房间去吗？'"

我大笑起来。

"你有点儿直来直去啊，不是吗？"

"嗯，我没法让他来我房间，有奥黛特呢，"她坦率地说，"他用他独有的眼神看了我一会儿，然后笑起来。'你想来么？'他说。

"'你觉得呢——你这么好的身材？'

"'好，来吧。'

"我上楼脱了衣服，一忽儿就穿过走廊溜进了他的房间。他躺在床上，边读书边抽烟斗。他放下烟斗和书，给我腾出地方。"

苏珊娜沉默了片刻，此时提问肯定不是我的风格。不过只过了一会儿她就继续说开了。

"他是个很特异的情人。非常可亲可爱，甚至温柔，很刚强而不狂热，如果你懂我意思的话，而且丝毫没有下流的动作，像个纯情少年。有些滑稽，也挺让人感动。当我离开他时，觉得是我而不是他应该心存感激。我关上门时，看见他捡起书，从刚才停下的地方继续读了下去。"

我又大笑起来。

"很高兴逗得你那么开心，"她冷冷地说道。可是她仍不失幽默，并咯咯笑起来。"我很快就发现，假如坐等那是遥遥无期的，于是当我想要时，我就直接去他房间上床。他总是对我很好。简而言之，他有着人的自然本能，但他就像忙得忘了吃东西的人，你把大餐端给他，他也会有滋有味地吃的。男人爱上我的时候，我是会知道的，如果我以为拉里爱我，那我就是个傻瓜，可是我以为他会习惯于我。生活总要面对现实，我心说，如果我们回巴黎时他能带上我住一起，对于我来说那再好不过。我知道他会让我带着孩子，而我也会满心欢喜的。我的本能告诉我，爱上他是愚蠢的。你知道，女人是很不幸的，她们经常在坠入爱河之际，就变得不可爱了，于是我打定主意，得小心点。"

苏珊娜吸了口烟，并把烟从鼻孔里喷出来。时辰不早了，很多桌子都空了，不过仍有一伙儿盘桓在吧台边上。

"一天上午，在早饭过后，我坐在河边做针线活儿，奥黛特在玩拉里买给她的积木，此时他向我走来。

"'我是来向你告别的。'他说。

"'你要去什么地方吗？'我说，感到很惊讶。

"'是的。'

"'不会去了不回吧？'我说。

"'你现在身体很好了。这儿有些钱，在这里过完夏天，并回巴黎

重新开始，都够了。'

　　"一时间我心乱如麻，不知道说什么好。他站在我面前，以他特有的率真冲着我微笑。

　　"'我做什么事情惹你生气了吗？'我问他。

　　"'没有的，千万别这样想，我有事情要办。我们在这儿过得很快活。奥黛特，过来跟叔叔再见吧。'

　　"她太年幼，还不懂。他抱起她亲吻；然后吻了我，便走回到客栈里；一分钟后我听见汽车开走了。我看着手里那叠钞票。一万二千法郎。一切都来得这么快，我都来不及反应。'Zut alors.¹'我自言自语地说。至少还有一件事要感谢，我没由着自己爱上他。可是我无法弄明白。"

　　我勉强笑了笑。

　　"你要知道，我曾经因自己的幽默风格而小有名气，我的手段就是实话实说。这对于大多数人而言居然非常意外，他们认为我是在搞怪。"

　　"我不懂这中间有什么关系。"

　　"嗯，我认为拉里是我遇到过的唯一一个完全不为情所动的人，这使得他特立独行。有些人并非信仰上帝，而只是热爱上帝，我们不太能习惯他们。"

　　苏珊娜瞪着眼看我。

　　"我可怜的朋友，你喝多了。"

---

1. 法语：该死的。

186

第五章

1

我在巴黎磨着洋工。春天真是宜人的季节，香榭丽舍大街的栗树开花了，到处是明快的光景。空气中散播着快乐，一种轻松的、稍纵即逝的快乐，声色上的愉悦，而又毫不鄙俗，使人的脚步更富有弹力，使人的才思更加敏捷。我很高兴能与各类友人为伍，心里充溢着关于过去的亲切回忆，至少在精神上重获了青春的光彩。让工作来干扰怀旧的快慰就太傻了，我觉得或许以后再也无法如此完满地享受这份快慰。

伊莎贝尔、格雷、拉里和我经常一起到附近的名胜去游览。我们去尚蒂伊、凡尔赛，去圣日耳曼和枫丹白露。不管去哪儿，我们都有丰盛的午餐，吃得很开心。格雷食量很大，以满足他那庞大的身躯，而且还喜欢多喝这么一点儿。他的健康状况无疑是改善了，不知是因为拉里的治疗还是由于时间的推移，他不再有剧烈的头痛，我初来巴黎看见他眼神里的那种令人揪心的迷惘也正退去。除偶尔唠叨个故事外，他言谈不多，不过在伊莎贝尔与我说些无厘头的话时却笑得震天响。他玩得很高兴。虽然挺无趣，但他脾气好，又容易满足，所以很难不喜欢他。和他这样的人共度一个孤寂的晚上你会很犹豫，而一起待六个月你却会非常乐意。

他对伊莎贝尔的一往情深是让人很欣慰的。他喜爱她的美丽，觉得她是世上最灿烂迷人的尤物；而他对拉里的忠诚，也像爱犬对主人一般令人感动。拉里也似乎很愉快；我感到不论他头脑里有什么事业，他把现在的时光当作了假期，并安然享受着。他说话也不多，但没关系，同伴们的话够多了；他的从容与欢快让人觉得很知足，而且我很清楚地意识到，如果我们在一起的时光很快乐，那就是因为有他的陪伴。尽管他从不插科打诨，但要是没有他就会很无聊。

正是在这样的一次短程旅行的归途中，我目睹到一个让我有些心惊的场景。就在我们去了沙特尔，正在返回巴黎的途中。格雷开车，拉里坐在他旁边；伊莎贝尔和我坐后排。在游玩了一整天后我们都感到很累。拉里将胳膊伸展在前排座椅的顶端，衬衣领口因其坐姿而被拉了上去，露出了颀长而有力的腕部以及棕褐色手臂的下端，皮肤表面覆盖着不算很重的汗毛。金色的阳光洒在上面。伊莎贝尔纹丝不动的姿态引起了我的注意，我瞥眼看她。她静默着，别人会以为她被施了催眠术。她呼吸很快，目光盯住那覆着金色细毛的结实的手腕，以及修长、精致却也强壮的手，我还从未看见过人的面孔上可以显现出像她这样饥渴的情欲。那就是一张淫念的面具。若非亲见，我绝不相信她这么美丽的脸庞上会有如此放荡的表情，更像动物而不是人的。秀丽的面容抹去了，其神情狰狞而令人胆寒，分明显露出一头发情的母兽。我感到很厌恶，而她对我的存在浑然不觉，她眼中只有那只随意搁在座椅边上的手，体内充斥着狂乱的欲望。然后，似有一阵抽搐掠过她的脸，她战栗了一下，便闭上眼蜷缩进车座的角落里。

"给我一支烟。"我几乎听不出是她的嗓音，沙哑得厉害。

我从烟盒里取出一支给她。她贪婪地吸着。余下的旅程里她看着窗外，一言不发。

开到他们家后，格雷请拉里送我回酒店，然后再把车放回车库。拉里坐上驾驶座，我坐在他旁边。跨过人行道时伊莎贝尔挽住格雷的胳膊依偎着他，给了他一个我无法看见的眼神，可我却能想见其意味。我猜那晚上他又可以在床上挥洒激情了，但他永远也不会得知她的爱欲是出于什么样的良心的刺痛。

六月临近尾声，我也得回里维埃拉了。埃利奥特的朋友中有准备去美国的，便把自己在迪纳尔的别墅借给马图林夫妇，他们准备等孩子一放假就动身。拉里继续待在巴黎做他的学问，不过他买了一辆二手的雪铁龙，并答应到八月来找他们住几天。在巴黎的最后一晚我请他们三个来吃饭。就在那天晚上，我们遇见了索菲·麦克唐纳。

2

伊莎贝尔一直有个心愿，想去那些藏污纳垢的下等场所逛逛，由于我结识了其中一些人，她便央求我做向导。我不大乐意，因为在巴黎的这些个地方，从外面世界来的观光客的满脸鄙夷很容易就流露出来，进而造成不快。可是伊莎贝尔执意要去。我警告她，那里一点儿都不好玩，也请求她穿得朴素些。我们晚饭吃了很久，又到"女神游乐厅[1]"玩了一个小时，然后便出发了。我先带他们去了巴黎圣母院附近的一家地下酒吧，那儿常有黑帮老大及其情妇光顾，而我认识老板，他帮我们在一张长条桌上找了位置，同桌的还有几个不三不四的家伙，不过我为所有人点了酒，大家还相互敬了酒。店里燠热、肮脏，烟味呛人。接着我带他们去逛"斯芬克斯"，那儿的舞女艳俗的晚裙之下，身体各个部位尽览无余。她们面对面坐在两张长凳上，鼓乐响起时便慵懒地舞动着，目光留意着周围大理石台面桌子旁的男人们。我们要了瓶加温香槟。有几个舞女从我们身旁走过时看了伊莎贝尔一眼，我不知道她是否明白那眼神的意思。

---

1. 女神游乐厅，巴黎著名的高档娱乐场所。

下一站去拉佩街。那是一条肮脏狭窄的街道，甚至刚走过去就能感受到淫秽的气息。我们进了一家咖啡馆，如往常一样，一位脸色苍白的浪荡青年在弹钢琴，另一位老者神色倦怠地弹拨着小提琴，第三个人吹着刺耳的萨克斯。到处都挤满了人，一张空桌都没有，不过patron看我们像是有钱的主顾，便毫不客气地将一对男女赶到门外一张已经有人的桌子上。那两人满心怨恨地朝着我们骂骂咧咧。跳舞的人很多，其中还有戴着红绒球帽子的水手。男人大多戴帽子围巾，女人之中既有成熟而风韵十足的，也有年轻女郎，她们眉眼涂着重彩，光头，穿短裙和彩色罩衫。男人与化了眼妆的矮胖男孩跳在了一起，干枯而阴鸷的女人则和染了发的肥硕女人扭到了一块儿；当然也有男人和女人在一起的。汗津津的躯体与烟酒混合在一起，发出沉闷而难闻的气息。音乐没完没了地奏着，那群惹人厌烦的乌合之众仍绕着屋子跳着，而面孔上晶亮的汗珠又裹挟在一种极庄严的气氛中，平添了一分乖戾。有几个面貌凶恶的大块头，但多数都是营养不良的瘦弱模样。我看着那三个正在演奏的乐师。他们如机器人一般，表演动作机械呆板，我问自己，在刚出道之际，他们是否也想过会成为音乐家，招徕八方观众为其欢呼喝彩。即便要当个蹩脚的提琴手，也得修课程、勤练习。而这一位，费了那么多功夫，就只为在这臭气熏天的场所演奏狐步舞曲，直到深夜？音乐停下来，钢琴师用一条脏兮兮的手帕揩了揩脸。舞客们回到了座位上，身姿或懈怠，或鬼祟，或忸怩。忽然我们听到了美国人的声音。

　　"上帝呀。"

　　一个女子离座走了过来，跟她在一起的男人企图拦住她，却被她推开。她醉得很厉害，走路踉跄。她来到我们桌前站住，摇晃了一下，然后傻笑起来。她似乎觉得看见我们是极可乐的事情。我瞥了一眼我的同伴。伊莎贝尔茫然地看着她，格雷愠怒地皱了皱眉，拉里则盯着她，一副难以置信的样子。

"你们好呀。"她说。

"索菲。"伊莎贝尔说。

"你以为是谁啊？"她咯咯笑起来。她抓住刚好经过的服务生，"文森特，给我搬张椅子来。"

"自己搬。"他说着挣脱开来。

"Salaud.[1]"她大声向他啐道。

"T'en fais pas, Sophie.[2]"邻座一位油头粉面、只穿着衬衣的大胖子说，"这儿有把椅子。"

"真没想到会这样见到你们。"她说话时仍然摇摇晃晃。"你好拉里，你好格雷。"她坐在了胖男人搬来的椅子上。"我们一起喝一杯。Patron！"她叫道。

我已经注意到店主一直在看我们，此时他走了过来。

"你认得这些人，索菲？"他问话时用的是家常的第二人称单数[3]。

"Ta gueule[4]，"她醉态十足地笑着，"都是我的发小。我要给他们买瓶香槟。可别给我们端什么urine de cheval[5]来。搞点儿喝下去不会吐出来的。"

"你醉了，我可怜的索菲。"他说。

"滚你的。"

他离开了，很高兴能卖出一瓶香槟——我们原本为安全起见喝的是白兰地和苏打水——索菲呆望了我几眼。

---

1. 法语：畜生。

2. 法语：别操心了，索菲。

3. 法语中第二人称复数表示尊敬和客气，相当于"您"；第二人称单数相当于"你"。

4. 法语：直译为"你的嘴"，这里应为"闭上你的嘴"，或"快别说了"。

5. 法语：马尿。

"你这位朋友是谁呀，伊莎贝尔？"

伊莎贝尔告诉了她我的名字。

"哦？我想起来了，你来过芝加哥。有点儿一本正经的，是吧？"

"也许吧。"我笑道。

我对她毫无印象，但也不奇怪，去芝加哥已经是十多年前了，那时遇见了很多人，此后又遇到过很多人。

她个子很高，站着的时候就显得更高，因为她瘦得厉害。她穿了件亮绿色的丝质外衣和黑短裙，不过外衣已经皱了，还沾了污渍。她的头发剪得很短，松弛地卷曲着，但乱蓬蓬的，还染成了很鲜艳的红褐色。她称得上浓妆艳抹了，两颊的胭脂一直搽到了眼睛，眼皮上下都抹了浓重的蓝色眼影膏；眉毛和睫毛上是厚厚的底霜，而嘴唇则涂得血红。她的手虽然上了指甲油，却是脏兮兮的。她比在场的任何女人都更像个荡妇，而且我怀疑她不仅喝酒，还吸了毒。不过无法否认的是，她确实具有一种邪淫的魅惑；她的头高傲地抬起，浓妆则强化了眼睛里那摄人心魄的碧绿。她虽然醉态十足，但仍敞露出一种大胆的无耻劲儿，我完全想象得到，那对于男人骨子里最坏的部分来说是极具诱惑的。她拥抱我们时嘴上挂着嘲讽的微笑。

"看来你并不太乐意见到我。"她说。

"听说你在巴黎了。"伊莎贝尔淡淡地说，笑容里带着寒意。

"你本可以打电话给我的。电话簿里能找到。"

"我们来的时间还不长。"

格雷过来救场了。

"你到这儿过得快活吗，索菲？"

"很好。你破产了，格雷，对吧？"

他的脸涨得更加通红。

"是吧。"

"那你日子不好过啊。想想芝加哥现在肯定很萧条。我很幸运，走得是时候。天哪，那杂种怎么还不给我们端酒水来？"

"来了。"我说，我瞧见服务生正用盘子托着杯子和酒，从桌子中间穿过来。

我的话把她的注意力转到了我这儿。

"我亲爱的婆家人把我赶出了芝加哥，说我败坏了他们的名声，真他妈——"她肆意地咯咯笑着，"我靠家里的汇款混日子。"

香槟端来倒上了，她的手晃荡荡地举起杯子。

"让一本正经见鬼去吧，"她说着一饮而尽，并拿眼瞥着拉里。"你好像没怎么说话嘛，拉里。"

他一直无动于衷地看着她，自她现身他的目光就没离开过她。他友善地笑了笑。

"我是话不多啊。"

音乐重又响起，一个男子向我们走来。他身材颇高，体格健美，大大的鹰钩鼻，油亮的黑发，以及肉感的肥大嘴唇，活像个邪恶的萨佛纳罗拉。他像这里的大多数男人一样不着衣领，而贴身外衣紧扣着，使他的腰线凸显了出来。

"来吧，索菲。我们跳舞去。"

"走开，我忙着呢。没看见我和朋友们在一起么？"

"J'm'en fous de tes amis.[1] 让你的朋友见鬼去。你得跳舞。"

他抓住她的胳膊，但她挣脱开来。

"Fous-moi la paix, espèce de con.[2]"她凭一股子突如其来的蛮力喊道。

---

1. 法语：你的朋友关我什么事。
2. 法语：让我安静点儿，猪。

"Merde.[1]"

"Mange.[2]"

格雷听不懂他们在说什么，可是我看到伊莎贝尔跟多数良家妇女一样，似乎对此类污言秽语别有体察，因此听得很明白，并厌恶地皱皱眉。就在男人举起胳膊张开手掌——干活儿人的长满老茧的粗手——想要扇她时，格雷从椅子里半站起来。

"Allaiz vous ong.[3]"他用蹩脚的口音吼道。

男子住了手，愤愤地瞪了格雷一眼。

"小心点，可可。"索菲恶狠狠地笑道，"他会把你揍得趴在地上起不来的。"

那男子看着个儿大、身子沉、力道猛的格雷，耸了耸肩，冲我们又丢了句脏话，便阴着脸溜走了。索菲醉醺醺地傻笑着。其他人都不说话。我又为她斟上酒。

"你住巴黎么，拉里？"她一口干掉后问道。

"目前是这样。"

跟一个醉鬼攀谈总是很困难，而且不可否认的是，落下风的往往是清醒的人。我们又继续沉闷而尴尬地聊了几分钟。然后索菲把椅子往后一推。

"我再不回去，男朋友要发疯了。他是个爱生气的混蛋，不过上帝啊，这死鬼其实还是不错的。"她晃悠悠地站起身。"再见，同胞们。还要来啊，我每晚都在。"

她推开跳舞的人群，消失在我们视线里。伊莎贝尔那古典美人的脸

---

1. 法语：狗屎。

2. 法语：你吃。

3. 法语：应为 Allez-vous-en，滚开。

庞上所流露出的冰冷的鄙夷，几乎要让我笑出声来。我们都一言不发。

"真是个龌龊的地方，"伊莎贝尔忽然道，"我们走吧。"

我为我们的酒水和索菲的香槟买了单，一行人往外走去。舞池里仍然喧闹得很，我们默默地走了出去。已经过了两点，照我的想法该睡觉了，可是格雷说他饿了，于是我提议到蒙马特的"伯爵餐厅"去弄些吃的。驱车上路时我们仍然很沉默。我坐在格雷旁边给他指路。我们到了那家灯红酒绿的餐馆，仍有很多人坐在露台上。我们进了店，要了培根煎蛋和啤酒。伊莎贝尔至少从外表上已恢复了镇定。她多少有些调侃地祝贺我，说我比先前更熟悉巴黎下三烂地带了。

"是你要去的。"我说。

"我很享受啊，这晚上过得开心极了。"

"算了吧，"格雷说，"臭烘烘的，还有索菲。"

伊莎贝尔耸耸肩表示无所谓。

"你还记得吗？"她问我，"头一天晚上你来和我们吃晚饭时，她坐你旁边的。那会儿她还没把头发染成该死的红色，原来是暗黄色的。"

我的思绪退回到很久以前，记起来一个小女孩，碧眼，几乎是发绿的，脑袋上扬时挺有意思。不算漂亮，但清新天真，一种羞涩与冒失的混合体，让我觉得很有意思。

"我当然记得。我当时还很喜欢她的名字。以前我有过一位索菲姨妈。"

"她嫁了一个叫鲍勃·麦克唐纳的小伙子。"

"好小伙儿。"格雷说。

"是我见过的最英俊的男孩子之一。我一直搞不清他看上她什么了。她就在我结婚之后嫁了。她父母离婚了，母亲改嫁给美孚石油在中国的一个职员。她和父亲家的亲戚生活在马文。我们经常见面，但婚后她不知怎的就退出了我们的圈子。鲍勃·麦克唐纳是律师，但挣钱不多，他们住在城北一套无电梯公寓里。但问题不在这个上面。他们什么客人都不愿意见。我从没见过两口子这么卿卿我我的。甚至结婚两三年而且生了孩子后，他们看电影时，他还搂着她的腰，她把脑袋搭在他肩上，就像情侣一样。他们成了芝加哥的笑柄。"

拉里听着伊莎贝尔的讲述，但不做评论，从表情看不出他的想法。

"后来怎么了？"我问。

"有天晚上他们开着小敞篷车返回芝加哥，还带着宝宝。他们到哪儿都得带着宝宝，因为没有人帮忙照管。索菲总是亲力亲为，再说他们对孩子也疼爱极了。一帮醉鬼开着辆大轿车以八十英里的时速迎头撞上，鲍勃和宝宝当场殒命，但索菲除脑震荡外只断了一两根肋骨。他们尽量向她隐瞒鲍勃和孩子的死讯，但最终还是得说出来。他们说当时情况惨痛无比。她几乎要疯了，尖厉的呼唤撕天裂地。他们不得不日夜看护她，即使这样有一次她还是差点儿就跳出了窗户。我们当然也尽了最大的努力，但她好像很恨我们。她出院后被送进一家疗养院，待了几个月。"

"太可怜了。"

"出来之后，她就开始酗酒，一醉就随便跟人上床，有求必应。这对于她婆家人来说是很难堪的事。非常好的人家，对于这些流言蜚语是深恶痛绝的。一开始我们都尽量帮助她，可也无能为力；假如请她吃饭，她来的时候就一副醉态，傍晚还没结束就不省人事了。接下来她跟坏人混在了一起，我们只好放弃她了。她有一次因醉驾被捕。同车的是个在地下酒吧结识的外国佬，结果发现他是警方通缉犯。"

"但是她有钱花么？"我问。

"有鲍勃的保险金；肇事车的保险金她也拿到了一些。不过好景不长。她就像个酗酒的水手那样喝光用光，两年后她就身无分文了。她的祖母不允许她再回马文。然后她婆家人说，如果她旅居海外，他们可以为她置办一份津贴。我想她现在就靠这个过活吧。"

"风水轮流转，"我说，"想当年我的国家把害群之马赶到了美洲，如今似乎又被送回欧洲了。"

"我不能不为她感到难过。"格雷说。

"你不能？"伊莎贝尔漠然说道，"我能。那当然是沉重的打击，我比谁都更同情她。我俩互相还是很了解的。但是正常人是能缓过来的。如果说她垮了，那是因为她内心已有了腐化的裂痕。她天生就不能保持心智的平衡，甚至对鲍勃的爱也太夸张。如果她性格坚强，就应该能在生活中有所作为。"

"如果锅碗瓢盆也能……[1]你是不是心肠太硬了点儿，伊莎贝尔？"我讷讷地说。

"我没觉得。我是有常识的人，我认为不需要对索菲太动感情。上帝知道的，没有人比我更爱格雷和孩子们，假如他们在车祸中丧生，我也会痛苦得发狂的，可我迟早会振作起来。难道这不是你希望的么，格雷，或者你更情愿我在夜夜烂醉，随便找个巴黎痞子上床？"

格雷接着说了一番我所听到的他最幽默的话。

"我倒想要你穿一件崭新的'梦妮诗[2]'跳到葬我的火堆里呢，不过现在不时兴这个了。我猜你最多也就是打打桥牌消消愁。还有我要你记牢了，抓不到三张半或四张快速赢墩，就别一上来叫无将。"

伊莎贝尔对丈夫和孩子的爱尽管很真挚，却很难说是炽烈的，不过我现在要说穿就很不合时宜了。或许她看出来在我心头一掠而过的念头，因为她带着几分斗狠的意思对我说：

"你是不是想说什么？"

---

1. 原文为不完整的句子"If pots and pans..."，据上下文推断应出自习语"If pots and pans could speak."（假如锅碗瓢盆也能开口说话）。

2. 梦妮诗，法国高档时装品牌。

"我跟格雷一样，我为那姑娘感到难过。"

"她不是姑娘了，三十岁了。"

"我觉得丈夫和孩子丧命的时候，她的天就塌了。我觉得她不在乎自己日后会怎样，自暴自弃地去酗酒、滥交，来报复如此残忍待她的生活。她过去生活在天堂里，一旦失去，她根本不能忍受这个平凡人的凡俗人间，而是绝望地一头扎进地狱里。我想象得出来，假如她再也不能品尝神仙的佳酿，那么胡乱喝些自制的土酒也无所谓。"

"都是你在小说里的玩意儿。扯淡，你自己也知道。索菲的堕落就是因为她甘堕落。其他丧夫失子的女人也是有的。使她变得这么邪恶的不是这个原因。恶并非生于善。恶向来就在那里。车祸摧毁了她的防御，把她放出来现了原形。别浪费你们的怜悯心了；她现在的模样，就是她过去在心底的模样。"

拉里始终保持着缄默。他似乎陷入了沉思，让人以为他没怎么听到我们的谈话。伊莎贝尔说完后有一段短暂的沉静。然后他开了口，但语气陌生而单调，仿佛在对自己说而不是对我们；他的目光似乎投向了昏暗而遥远的过去。

"我记得她十四岁时的样子，长发从前额往后梳，用黑蝴蝶结扎住，脸上有雀斑，一副很认真的表情。她是个做事低调但心气很高的孩子。她博览群书，我们过去还谈了不少这个。"

"什么时候？"伊莎贝尔问，同时微微蹙起眉头。

"噢，就在你随母亲参加社交活动的时候。我常常到她祖父家，我们就坐在那边的一棵大榆树下，互相读书给对方听。她喜欢诗，自己也写了不少。"

"在那个年纪写诗的女孩多呢，都是很不像样的。"

"当然那是很久以前了，我得说那时我也评判不出好坏。"

"你那时应该还不到十六岁。"

"那自然是模仿之作。有很多罗伯特·弗罗斯特的影子。可我感到对于这么个小姑娘来说已经很了不起了。她有精细的听觉，以及良好的韵律感。她对乡间的声响、气味有着灵敏的感受，能捕捉到空气里第一丝柔和的春意，能觉察到干涸的泥土中雨后散发的气息。"

"我从来不知道她写诗。"伊莎贝尔说。

"她是保密的，害怕你们会笑话她。她很害羞。"

"现在可不是了。"

"战后我回去时她差不多是个大姑娘了。她读了很多关于劳工阶级状况的书，自己也在芝加哥目睹了不少。她读到了桑德堡，也开始狂热地用自由诗体来描写穷人的悲惨生活和工人阶级所受到的剥削。这些诗想必都比较平庸，但很真诚，充满了怜悯和抱负。那个时候她想成为一名社会工作者。挺让人感动的，她对奉献的渴望。我觉得她能做成很多事情的。她不是那种没有头脑或是寡淡无趣的人，但会使人同时感到她心灵的纯洁美好和一种不同一般的高傲。那一年我们接触很频繁。"

只见伊莎贝尔越听越恼。拉里丝毫没有察觉自己在用一把匕首扎进她的心脏，而且每句超然若离的话都搅动着伤口。不过她说话时依然唇齿含笑。

"她怎么会挑了你做知己的呢？"

拉里看着她，他的目光无法不让人信赖。

"我不知道。在你们这些手头阔绰的人之中她算是穷酸的，而我不宽裕。我在马文也只是因为鲍勃叔叔在那里行医。我猜想她觉得我们有些共同点。"

拉里举目无亲。我们大多数人至少都有堂兄弟表姊妹，就算差不多不认识，至少还让我们感到自己属于人类家庭的一部分。拉里的父亲是独子，母亲是独女；属贵格教的祖父尚在英年便遭遇了海难，而外祖父也没有兄弟姐妹。这世上谁也不会比拉里更孤单了。

"你有没有想过索菲爱上你了呢？"伊莎贝尔问。

"从没有。"拉里微笑着。

"嗯，她一定爱上了。"

"拉里负伤从战场归来时，芝加哥的姑娘们有一半都迷上了他。"格雷说得就是那么直率。

"这可不止迷恋。她崇拜你呢，我可怜的拉里。你的意思是说，你根本不知道？"

"我那时当然不知道，我现在也不相信。"

"我猜你当时认为，她眼界太高了。"

"我脑子里到现在还有这么个瘦瘦的小女孩的形象：头发用蝴蝶结系着，读济慈的颂诗时一脸认真，声音颤抖，眼里噙满泪水，因为诗是那么美。我不知道她现在在哪里了。"

伊莎贝尔略略吃了一惊，并抛给他充满怀疑和探询的一瞥。

"现在已经迟得厉害，我也累得不知道怎么办了。我们走吧。"

3

第二天傍晚我搭乘"蓝色特快"奔赴里维埃拉，又过了两三天去昂蒂布看埃利奥特，给他说说这巴黎的见闻。他看上去气色远不如人意。在蒙特卡蒂尼的治疗未能达到他的预期，而接二连三的奔波也让他精疲力竭。他在威尼斯淘到一只洗礼盆，又去佛罗伦萨购买一直在讨价还价的三联幅。他急于要让这些物件安放到位，便又赶往彭甸沼地，住在一家破客栈，那儿热得让人受不了。他那些价值连城的宝贝运过来还有漫长的路，可他不达目的不肯罢休，于是便坚持了下来。等终于一切就位时，他大感快慰。他骄傲地给我看了他拍的照片。教堂虽然很小，但不无庄重，而其内部那种矜持的豪华感也是埃利奥特高品位的明证。

"我在罗马见到过一尊早期基督教石棺，很合我意，考虑再三，最后还是改变了主意。"

"你要个早期基督教石棺究竟能有什么用，埃利奥特？"

"装我自己啊，老弟。设计得很出色，我原想这跟入口处对面的洗礼盆很配，可是早年那些基督徒都是五短身材的小个子，我不会适合的。我可不打算像个胎儿似的蜷着身子，膝盖顶着下巴，一直到审判日的号角响起。太不舒适了。"

我大笑，可是埃利奥特还是一本正经的。

"我有个更好的主意，都安排好了，不容易，可也在意料之中：那就是埋在圣坛脚下的台阶下面，这样彭甸沼地的那些贫苦农民来领圣餐时，沉重的鞋子就会踩着我的骨头。相当新潮吧，你不觉得吗？只需加一块普通的石板条，上书在下大名及生卒年代。如果你要找寻他的石碑，环顾即可，Si monumentum quaeris, circumspice[1]，你知道的。"

"我总算还粗通拉丁语，知道这句陈词滥调，埃利奥。"我嘲讽道。

"请原谅，老弟。我太习惯上层社会的愚昧无知了，这会儿都忘记是在跟一位作家说话了。"

他拿回了一分。

"不过我原想告诉你的是这个，"他继续说道，"我已经在遗嘱里交代得很清楚，但我要你确保遗嘱得到执行。我可不想葬在里维埃拉海岸，跟一大堆退役上校和法国中产阶级混在一起。"

"我当然会遵照你的愿望，埃利奥特，不过我觉得没必要去计划多

---

1. 拉丁语：译文见前文，埃利奥特引用了英国著名设计大师和建筑家克托弗·雷恩爵士的墓志铭，其墓碑位于他自己所设计的伦敦圣保罗大教堂（St. Paul's Cathedral）。

少年之后的事儿吧。"

"我越来越老了，你懂的，而且说实在的，我也没什么遗憾了。兰多[1]的诗是怎么说来着？我双手烤着生命之火……"

尽管我的文字记忆很差，但这首诗很短，我还能背得出来。

和谁争我都不屑；

我爱大自然，

其次是艺术；

我双手烤着生命之火取暖；

火萎了，

我也准备走了。

"就是这首。"他说。

我不禁寻思，得要多么肆意伸张的想象力，才能把埃利奥特本人与这首隽永的小诗联系起来。

"精准地表达了我的感情，"然而他如是说，"唯一需要补充的是，我一向都行走在欧洲最好的社交圈子里。"

"把这个塞进四行诗可挺难啊。"

"社交圈已死了。我一度曾希望美国能取代欧洲，创建出一个万众[2]景仰的贵族阶层，可是大萧条毁掉了一切可能。我可怜的祖国快要成为一个中产阶级国家了。你不会相信吧，老弟，上回我在美国时，一个出租车司机居然跟我称兄道弟呢。"

---

1. 兰多，英国诗人、散文家。小说中引述的是他的暮年之作《生与死》（*Dying Speech of an Old Philosopher*），译文采用杨绛的版本。
2. 原文"万众"用的是希腊语 hoi polloi。

不过虽然里维埃拉还没有从一九二九年的危机中缓过来，已今非昔比，但埃利奥特仍然举办酒会、出入酒会。过去他从不光顾犹太人的宴席，只有罗斯柴尔德家族算个例外，不过如今最盛大的酒会都是由这个特选民族的人举办的，而只要有酒会，埃利奥特是无法忍住不去的。他游荡在人群中，风度翩翩地握一握这位的手，或是吻一吻那位的，但仍有些遗世独立之风范，好似一位流放的贵族，置身于这些世人之中，感到了些许的不自在。然而那些真正的遗老遗少却只图得过且过，能和影星碰个面就已算是人生最高目标了。如今演艺界人士在社交界也有了一席之地，这同样令埃利奥特很不以为然；可是有位息影的女演员在紧邻他住所的附近建了豪宅，且夜夜灯火。达官贵族、夫人小姐们和她在一起一待就是数周。埃利奥特也成了常客。"这里有各路名流是没错，"他告诉我，"可要是话不投机就不必说话了。她是我的同胞，我觉得应该帮帮她。她在这一大屋子的人中能听到自己人的语言，肯定会宽慰不少。"

有时候他的气色明显不好，我就问他，为何不能放松一点，看开一些。

"我的老弟呀，到我这个岁数已经输不起了。我在这些顶级圈子里转悠了快五十年，你不会以为我还没有意识到，假如不见了踪影，你很快就会被忘记的。"

我不知他是否意识到，这一番表白是有多么可悲。我再也无心去嘲笑他；对我来说他完全就是个可怜虫。社交就是他活着的意义，聚会便是他的鼻吸，没有受邀不啻为遭到轻慢，孑然孤立更是奇耻大辱；此时作为一位老人，他感到了极度的恐惧。

夏季就这样过去了。埃利奥特把时光都花在赶场子上：在戛纳吃午餐，在蒙特卡罗吃晚餐，使出浑身解数对付这里的一场午茶会，或是那里的一次鸡尾酒会；无论多么疲惫，他都尽量表现得亲善、健谈、风趣。他一肚子八卦，你尽可以问他最新丑闻的详情，准保比在场的任何其他人都靠谱。假如你的言语中流露出他的存在徒劳无益，他会无比惊讶地瞪着你，觉得你无比地粗鄙。

4

到了秋天，埃利奥特决定去巴黎一段时间，一来看看伊莎贝尔、格雷以及孩子们的生活状况，二来也为了在首都实现他所谓的acte de présence[1]。之后他打算去一趟伦敦，定做几件新衣服，顺便看望老友。我原计划直接去伦敦，可是他求我和他一道开车去巴黎，我欣然同意了，因为这样的旅行很是怡人，而既然去了，我觉得至少在巴黎多住几天也无妨。我们的旅途从容不迫，每遇美食便停下享用。埃利奥特的肾有些问题，只能喝维希矿泉水，但总要坚持为我挑选佳酿；他善意十足，虽无法同饮却毫无怨言，并且在我享用美酒时还能感到由衷的满足。他还极为慷慨，我很难说动他让我付自己的账。尽管我对他总是拿遇见过的大人物说事儿有些厌烦，但还是很喜欢这次旅行。我们驶过的很多乡村才刚刚染上初秋的绚烂，显得格外妩媚。由于在枫丹白露吃了午饭，我们直到下午才抵达巴黎。埃利奥特把我送到我常住的那家素朴的老式旅馆，然后兀自转过街角驶向丽兹饭店。

我们已通知过伊莎贝尔，所以当我发现有她的字条等着我时并不意外，但让我大感意外的是字条的内容。

你一到就过来。出大事儿了。不要带埃利奥特舅舅来。看在上帝的份上尽快吧。

---

1. 法语：到场。

我的好奇心并不比别人少一分，可是我总得洗漱一下，换件干净的衬衣；之后我便叫了辆车，赶往他们在纪尧姆大街的寓所。我被引进了客厅。伊莎贝尔一跳而起。

　　"这么长时间你去哪儿了？我等了你好几个小时。"

　　此刻是五点，没等我回答，男管家就托着茶具走了进来。伊莎贝尔双手紧紧攥着，不耐烦地看着他。我真想不出究竟怎么了。

　　"我才到。在枫丹白露吃的午餐消磨了不少时间。"

　　"上帝啊，他动作真慢啊。我要抓狂了！"伊莎贝尔说。

　　男管家把托盘里的茶壶、糖罐子、茶杯一一端到桌上，然后再奉上一碟碟的黄油面包、蛋糕和小饼干，从容不迫得着实让人恼恨。他终于走了出去并关上门。

　　"拉里准备要娶索菲·麦克唐纳了。"

　　"她是谁？"

　　"别闹了。"伊莎贝尔嚷道，目光里闪动着愠怒。"就是在你带我们去的那个乌七八糟的馆子里遇到的那个醉醺醺的荡妇。天知道你怎么会带我们去那种地方的。格雷感到很恶心。"

　　"噢，你说的是你的芝加哥朋友？"我说，并不理会她蛮不讲理的指责。"你怎么知道的？"

　　"我怎么知道的？他昨天下午跑来亲口告诉我的，然后我就坐不住了。"

　　"还是请我坐下来，给我倒一杯茶，把事情的来龙去脉说清楚吧。"

　　"自己倒。"

　　她坐在茶几后面，暴躁地看着我给自己倒茶。我找了壁炉旁的一张小沙发，舒舒服服地坐下来。

　　"我们最近见他不多，我是说从迪纳尔回来之后；他到那儿去了几天，但不愿跟我们住一起，而是找了一家旅店。他会到海滩上和孩子们玩，她们对他可着迷呢。我们还在圣布里亚克打高尔夫。格雷有一天问他，是否又去看过索菲了。

"'是的，我又见了她好几次。'他说。

"'为什么？'我问。

"'她是老朋友啊。'他说。

"'我是你的话才不会在她那儿浪费时间。'我说。

"然后他笑了。你知道他笑的样子，好像他觉得你说得很滑稽似的，尽管这一点都不滑稽。

"'可你不是我。'他说。

"我耸了耸肩，换了话题，再也没有去想过这件事。你可以想见当他来告诉我他们要结婚了的时候，我是多么大惊失色。

"'你不能这样，拉里，'我说，'你不能这样。'

"'我准备好了要娶她。'他的语气平静得如同说要再来一份土豆。'我还要你对她客客气气的，伊莎贝尔。'

"'你的要求太过分，'我说，'你疯了。她非常、非常、非常地坏。'"

"你怎么会这么想？"我打断道。

伊莎贝尔目光咄咄地看着我。

"她从早到晚都泡在酒缸子里。她对想跟她上床的野汉子有求必应。"

"这也并不意味着她坏。有不少德高望重的人也贪恋杯中物，也爱光顾夜店。都是不良嗜好，类似于咬指甲，但我不知道此外还有什么更恶劣的。一个人撒谎、诈骗、不仁不义，我才说这个人坏。"

"要是你打算站在她那边，我会杀了你。"

"拉里怎么会又见着她的？"

"他在电话本里找到了她的地址。他去看她了。她病了，毫不奇怪，她那样的生活。他找来医生，还请了人看护她。就这么开始了。他说她戒酒了；这该死的傻瓜认为她已经治愈了。"

"你忘了拉里为格雷做的事？他治愈了他，不是么？"

"那不一样，格雷一心想治好，她可不是的。"

"你怎么知道？"

"因为我了解女人。女人垮了就完了，复原不了的。索菲现在这样，是因为她历来如此。你觉得她会跟定拉里吗？肯定不会，迟早会跑掉。这是她骨子里的德行。她要的是兽欲，那才是她的兴奋点，她追逐的也是野兽一样的男人。她会把拉里引向暗无天日的生活。"

"我觉得很有可能，不过我不知道你又能怎样。他是很清醒地准备走进去的。"

"我不能怎样，但是你能。"

"我？"

"拉里喜欢你，愿意倾听你说。你是唯一能对他施加影响的人。你见过世面。去找他，告诉他不能这么犯傻。告诉他这会毁了他的。"

"他会告诉我这不关我的事，而且的确如此。"

"可是你也很喜欢他，至少对他有兴趣，你不能坐视他把自己的生活弄得乌七八糟。"

"格雷是他最年长也是最亲密的朋友。虽然我觉得没什么用，但要是我就会想到格雷才是跟他谈的最佳人选。"

"哦，格雷。"她烦躁地说。

"你得知道，情况未必会像你想的那么糟糕。我认识两三个人，一个在西班牙，两个在东方，都娶了妓女，并把她们改造成了很好的妻子。她们对丈夫感恩戴德，我是说，那种丈夫给她们的安全感，而且她们当然很明白怎样取悦男人。"

"你真让人厌烦。你觉得我牺牲了我自己，就为了让拉里落入一个疯疯癫癫的花痴手里？"

"你是怎么牺牲了自己的？"

"我放弃了拉里唯一的原因就是我不想碍他的事儿。"

"别吹了，伊莎贝尔。你放弃他就是为了一块方切钻石和一件黑貂皮大衣。"

话刚出口，便有一盘黄油面包朝我脑袋飞来。我纯粹凭运气抓住了盘子，但面包和黄油撒了一地。我起身把盘子放回桌上。

"如果你打碎一只英国皇家德贝骨瓷盘，埃利奥特舅舅可不会感激你。那可是为多塞特公爵三世定制的，简直就是无价之宝。"

"把黄油面包捡起来。"她厉声道。

"你自己捡。"我说着重又坐到沙发上。

她站起来，气咻咻地捡起了散落一地的碎块。

"还自称英国绅士呢。"她粗暴地叫道。

"不是的，我一辈子也没做过绅士。"

"快滚出去，我再也不要见你，看见你就讨厌。"

"很遗憾，因为看见你总是赏心悦目。有人告诉你么，你和那不勒斯博物馆里的普绪喀有着一模一样的鼻子，那是自古以来处子之美最可人的体现。你有一双修长而匀称的玉腿，总是让我惊喜，因为你在少女时代腿又粗又胖，很难想象你是怎么出落成现在这样的。"

"钢铁的意志和上帝的垂恩。"她不无气恼地说。

"可你的一双手肯定才是最迷人的，那么纤细、雅致。"

"我本还以为你觉得我的手太大了呢。"

"对你的身高和体形来说不算大。你使用双手时，那种无限的优雅总是很惊艳。无论是天生丽质，还是艺术熏陶，总之你一举一动，都透露着美感，有时如盛开的花，有时像展翅的鸟儿，而且比任何言语都更能表情达意。它们就像艾尔·格列柯肖像画里的纤纤素手；说真的，我看着这双手时，就不禁要相信埃利奥特那很不靠谱的说法，就是你有一位先祖是西班牙贵族。"

她生气地抬起头。

"你说什么呢？我头一次听说。"

我对她讲起了劳里亚伯爵和玛丽女王的使女的那些事儿，埃利奥特的母系先人就是这么来的。与此同时伊莎贝尔不无得意地盯着自己的长手指以及涂了油、修剪整齐的指甲。

"人总有个祖上。"她说，接着又带着轻笑加了句："你这个大混蛋"，同时顽皮地看了我一眼，目光中再无愤恨。

假如实话实说，是很容易让女人明白道理的。

"有时候我也不算太讨厌你。"伊莎贝尔说。

她过来与我并排坐在沙发上，抱住我的胳膊，倾身亲吻我。我的脸往后缩了缩。

"我才不想让脸上粘上口红呢，"我说，"要亲就亲嘴唇，仁慈的主给我们嘴唇就为这个。"

她咯咯笑着，把我脑袋扳过来对着她，用她的唇在我嘴上印了薄薄一层口红。多么愉悦的感觉。

"既然你真亲了我，那可以告诉我你想要什么呢。"

"建议。"

"我很乐意给你建议，可是我觉得这会儿你是不会采纳的。只有一件事你可以做，尽力做好善后工作。"

她又发作起来，猛地抽回胳膊，站起身，又一屁股在对面的一张椅子上坐下。

"我不会坐视拉里毁了自己。只要阻止他娶那个荡妇，我什么都做得出。"

"你不会成功的。你要知道，他已经被能够充盈在人类心胸中最强大的一种情感征服了。"

"你不会是说，你认为他爱上她了？"

"不，相比之下那是不值一提的。"

"那？"

"你读过《新约》吗？"

"读过吧。"

"你记得耶稣是如何被引入荒野，在那儿禁食四十天的？当他挨饿时，魔鬼找到他说：倘使你是上帝之子，就令石头变作面包吧。可是耶稣抵制了诱惑。然后魔鬼挟其至庙堂之顶，对他说：倘使你是上帝之子，就跳下去吧。因为天使会照管他，把他托住。可是耶稣仍然拒绝。接着魔鬼将他带上高山，使之俯瞰世间万国，并说，倘使他跪倒并尊拜他，他便给他这一切。可是耶稣说：走开，撒旦。这就是善良朴实的《马太福音》告诉我们的故事结尾。但并不是这样的。魔鬼很狡猾，他再一次找到耶稣说：倘使你愿意蒙受耻辱、蹂躏，接受荆棘王冠以及在十字架上的死刑，你就将拯救人类，尚没有人有此大爱，能为朋友而放弃自己的生命。耶稣跪倒了。魔鬼笑得两肋发疼，因为他知道，恶人作恶时，总是以救赎者的名义。"

伊莎贝尔愤然看着我。

"你是在哪儿找到这鬼玩意儿的？"

"没有，我是随口编的。"

"我觉得这既愚蠢透顶，又亵渎神明。"

"我只是想提醒你，自信过了头，叫淫欲和饥饿都要靠边站，还把那信心满满的牺牲者卷入毁灭之中。目标反倒是无所谓的，也许很值得，也许毫无价值。没有美酒能如此让人神魂颠倒，没有爱情能那样令人肝肠寸断，没有恶习会这么咄咄逼人。当人牺牲了自己时，就比上帝更加高贵，因为无所不能的上帝，如何会牺牲自己？充其量只会牺牲掉自己的独子。"

"哦，天哪，你真烦人。"伊莎贝尔说。

我没有理会。

"当拉里被激情裹挟时，你怎么能设想常识或者审慎对他还会起作用？你不明白他这么多年来一直在追寻的东西。我也不明白，我只是猜想。这么多年的辛劳，他所有的经历，如今加起来也根本无法抗衡天平另一头他的欲望——哦，那不只是欲望，是他那急迫的、热烈的需求，想要拯救一个曾是天真孩童的荡妇的灵魂。我认为你说得没错，他在做一件毫无希望的事情；高度敏感的他将饱受炼狱之苦；他毕生的工作，无论那是什么，将一事无成。卑鄙的特洛伊帕里斯王子用箭射中了阿喀琉斯的脚踝，从而暗算了他。拉里缺的就是这么点儿冷酷，即便圣人也需要硬着些心肠才能取得光环。"

"我爱他，"伊莎贝尔说，"上帝知道，我对他无所求。我什么也不期望。没有人像我这样无私地爱他。他将会多么痛苦呀。"

她哭起来，我觉得哭出来也好，便由着她。我漫不经心地琢磨着一个突然间蹦出来的念头。我玩味着。我不禁揣测道，基督教世界发起的残酷征战、迫害，基督徒们的自相残杀，种种无情、伪善、褊狭；看在眼里的撒旦一定洋洋得意地感到亏欠的账又都翻了本。人类负荷着罪恶感到重压，美丽的星空因此而黯淡，世上尽待欢享的种种短暂的快事也被蒙上了险恶的阴影；回想到此，撒旦也一定会窃笑：魔鬼也能讨个公道啊。

伊莎贝尔此时从包里掏出手绢儿和镜子，照着自己，仔细地擦着眼角。

"你很有同情心啊，是吗？"她没好气地说。

我沉沉地看着她，但并不答话。她扑了粉，涂了唇。

"刚才你说你猜想这么些年来他追寻的东西。你是想说什么？"

"我只能猜测，你得明白，我或许错得很离谱。我觉得他在找寻一种哲学，或者是一种宗教，一种生活准则，能够同时满足他的思想和感情。"

伊莎贝尔思忖片刻，叹了口气。

"一个伊利诺伊州马文的乡下男孩儿，居然会有这种想法，你不觉得离奇吗？"

"也不比卢瑟·伯班克更离奇啊，他出生在马萨诸塞农庄，竟然种出了无核橘，还有出生在密歇根农庄的亨利·福特，还造出了T型车呢。"

"但那些东西都很实用，符合美国传统。"

我笑起来。

"学习怎么活才最好，世界上还有比这更实用的吗？

伊莎贝尔做了个表示厌倦的手势。

"总之你不想失去拉里，对吗？"

她摇摇头。

"他有多么忠实，你是知道的：假如你不愿和他妻子有任何瓜葛，他也不会和你有任何往来。假如你还懂些道理，你就要和索菲友好相处。你要忘记过去，在你愿意的时候要尽可能对她好。马上结婚了，我想她是要添置衣服的。干吗不主动提出来和她去逛店？我想她一定喜欢得不得了。"

伊莎贝尔眯缝着眼听我说话，似乎很专注。她思忖了一会儿，但我猜不透她脑子里在想什么。她接下来的话出乎我意料。

"你能请她午饭吗？在我昨天向拉里说过了那番话后，由我来请不大合适。"

"如果我请的话，你能好好表现吗？"

"宛如光明天使。"她使出自己最迷人的笑容回答说。

"我立刻来安排。"

屋子里有电话。我很快找到了索菲的号码,在惯常的延时之后——使用法国电话的人都得学会耐心地忍着——电话接通后,我报上了自己的姓名。

"我刚到巴黎,"我说,"听说你和拉里要结婚了,很想祝贺你们。我希望你们幸福。"我忍住了叫唤,因为站我旁边的伊莎贝尔在我胳膊最柔软的地方狠狠掐了一把。"我只待很短一段时间,请问你和拉里是否愿意在后天到丽兹和我共进午餐。我会请格雷和伊莎贝尔还有埃利奥特·坦普尔顿也来。"

"我来问问拉里。他正在这儿呢。"话音停顿片刻。

"好的,我们很乐意。"

我约定了时间,又客套了几句,便挂好了听筒。我在她眉目间捕捉到一丝让我有了某种疑虑的神情。

"在想什么呢?"我问她,"看你眼神不善啊。"

"不好意思,我还以为那正是你喜欢我的地方呢。"

"你没在酝酿什么奸计吧,伊莎贝尔?"

她睁圆了眼。

"我向你保证,我没有。其实我很好奇,想看看拉里让她改邪归正后的样子。我只是希望她可别再在脸上涂一层厚厚的粉去丽兹了。"

5

我这小小的聚会搞得相当不错。格雷和伊莎贝尔捷足先登;拉里和索菲·麦克唐纳五分钟后也到了。伊莎贝尔和索菲彼此亲切地吻了吻，伊莎贝尔和格雷还向她祝贺订了婚。我瞥见伊莎贝尔用评头论足的目光扫过索菲，后者的外貌让我很震惊。在拉佩巷那家三流酒馆里见到时，她还浓妆艳抹，红褐色头发，鲜绿色的外衣。那时她虽然相貌出格且醉态不堪，但也具有某种挑逗性，甚或有些下流的吸引力；可是现在的她了无生气，虽然肯定比伊莎贝尔要小一两岁，但看上去却更老。她仍旧昂然抬高着脑袋，可是现在不知为何，那姿态却很可怜。她准备让头发返回自然色，于是已染的和刚长出的便混在一起显得乱蓬蓬。除一抹口红外，她没有任何化妆。她皮肤粗糙，并显出虚弱的苍白。我记得她的眼睛曾碧绿得活灵活现，此时却灰暗无光。她身着红裙，显然是全新的，与之相配的鞋、帽、包也一应俱全；我不能妄称对女子穿着有多少心得，但我感到她这一身衣装对于此间场合而言，不免小题大做，煞费苦心了。她胸口配了一块艳丽的人造宝石，就是在里沃利街能买到的那种。伊莎贝尔的衣料则是黑色丝质的，脖子围着一串珍珠项链，戴着顶俏丽的帽子；索菲站在她身旁，一身打扮显得廉价而邋遢。我叫了鸡尾酒，但拉里和索菲婉拒了。埃利奥特随后也到了，不过他行进在宽阔的大厅里的步伐不停地被需要握和吻的手所阻拦，到处都是熟人。他表现得仿佛丽兹饭店就是他的私人宅邸，而他仿佛在告诉这些他所中意的宾客们，他们的确在受邀之列。他此前对索菲的事一无所知，只知她在车祸中失去了丈夫和孩子，而现在要嫁拉里了。当最终走过来时，他驾轻就熟地使出了他那种精心堆砌的和颜悦色来向他们道贺。我们步入餐厅，因为是四男二女，我就把伊莎贝尔和索菲安置在圆桌上相对望的位置，索菲坐在格雷和我中间；不过桌子并不大，谈话大体都听得见。我已点好了午餐，酒保带着酒单走过来。

"你不懂酒，老弟，"埃利奥特说，"单子拿给我，阿尔伯特。"他边翻看着边说："我自己只喝维希矿泉水，但别人喝得不好我是看不下去的。"

他和酒保阿尔伯特是老朋友了，他们热烈讨论之后，定下了我该招待的酒水品种。然后他转向索菲。

"你们打算去哪儿度蜜月，我亲爱的？"

他瞥了眼她的裙子，我从他那几乎难以觉察的上耸的眉头得知，他对她的穿着不以为然。

"我们打算去希腊。"

"我想了十年了，"拉里说，"可是不知怎的始终没能成行。"

"在这个季节那儿一定很迷人。"伊莎贝尔说，一副很有兴致的样子。

她记得的——如同我记得——当他想让她嫁给他时提议去的地方，便是希腊。看来对拉里而言去希腊度蜜月，真是一种idée fixe[1]。

谈话进行得并不轻松，如果不是伊莎贝尔，我会觉得这任务很难完成。她也算尽了力，每当沉默来临、我绞尽脑汁想说些新鲜的话时，她便插进来随口唠叨几句。我很感激她。索菲难得开口，除非有人跟她说话，而且即使如此她也很费劲。她那股子精气神消散了，甚至可以说她有什么东西已失去了生命。我心下自问，拉里是不是给了她某种无法支撑的负荷。假如像我怀疑的那样她不仅酗酒还嗑药，那么突如其来的禁戒一定会让她萎靡不振。我偷眼瞧那两人间的眼神。他的目光中有着温柔和鼓励，而她则饱含伤感的吁求。也许是仁厚的格雷本能地感到了我自认为所看到的，他开始向她诉说拉里如何治愈了折磨得他无法动弹的头痛病，以及他有多么依赖他，也是多么地感谢他。

"现在我可是活蹦乱跳了，"他继续说，"一找到工作，我就打算回去干活了。有一大堆事情呢，我希望很快能落实下来。天呀，重返家园的感觉真好。"

---

1. 法语：固定的观念，执念。

格雷是好意，但假设如我所料想的，拉里运用的是相同的暗示法——在我看来就是用在格雷身上很有成效的那种法子——来治疗索菲的重度酒瘾，那么他的话也许就不太策略。

"头再也不疼了，格雷？"埃利奥特问。

"有三个月没疼，要是我觉得快发作了，我就握住那枚符，就好啦。"

他从衣袋里掏出拉里给他的古钱。"这一百万我也不卖的。"

午餐吃完，咖啡端了上来。酒保过来问是否需要利口酒。我们都不想再喝了，只有格雷说想来一杯白兰地。酒端上来时埃利奥特坚持要查验一下。

"是的，我可以推荐的。对你没坏处。"

"也来一小杯吧，先生？"服务生说。

"哎呀，我不能喝的。"

埃利奥特费了不少口舌告诉他自己的肾有些问题，医生不准他喝酒。

"几滴朱波罗夫卡[1]不碍事，众所周知是养肾的。我们刚从波兰接到一批。"

"真的么？如今可不容易搞到。我来看看瓶子。"

酒保胖乎乎的，同时也不失尊严感，脖子上挂着一根长长的银链子。他去拿酒瓶时埃利奥特解释说，那是波兰风格的伏特加，但在各方面都属上乘。

"以前我们和拉齐维尔一家人去打猎时，便在他们府上喝这个。你们真该瞧一瞧那些波兰王子是怎么灌酒的；可以毫不夸张地讲，他们一大杯下肚面不改色。当然是有着优良血统；指头尖儿都透着贵族范儿。索

---

1. 朱波罗夫卡，波兰著名伏特加品牌。

菲，你得尝尝；你也是，伊莎贝尔。这种体验谁错过都担不起。"

酒保取来酒瓶。拉里、索菲和我都抵挡住了诱惑，可伊莎贝尔说想尝尝。我感到意外，因为她通常极少沾酒。酒保倒出一杯浅绿色的液体，伊莎贝尔闻了闻。

"哦，味道真好。"

"可不是嘛！"埃利奥特嚷道，"里面加入了药草，才有了那种柔美的清香。我也来一点点，就为了陪你。喝一次也没多少损害。"

"果然不同凡响，"伊莎贝尔说，"像母乳，我从来没品过这么好的酒。"

埃利奥特将杯子举到嘴边。

"哦，仿佛又回到了从前！你们没有和拉齐维尔家族交往过的人，真是不知道什么才是生活。那种高格调、封建主的气派，你们懂的。你感觉置身于中世纪。一到站，迎接你的就是四轮马车，配备六匹高头大马以及御马手。用晚餐时，每位宾客身后都侍立着一位男仆。"

他继续绘声绘色地讲述那些亭台楼阁的宏伟豪华，以及晚宴的丰盛；我怀疑——当然是无稽之谈——这整个儿就是埃利奥特和酒保设的局，为的是让埃利奥特有机会讲述他在波兰王孙的城堡里厮混时，是如何见识到贵族气派的。他可以一直说下去。

"再来一杯，伊莎贝尔？"

"噢，不敢了。不过的确是美酒佳酿啊。很高兴能品尝到。格雷，我们得弄一些。"

"我会让人送一批过去。"

"哦，埃利奥特舅舅，真的吗？"伊莎贝尔兴奋地喊道。"你太好了。你得尝尝，格雷，闻起来就像刚割下的干草，像春天的花儿，像百里香、薰衣草，口感绵柔，如同在月光中倾听音乐。"

这么奔放无度，不像伊莎贝尔的风格，我在想她是不是有点儿醉意了。宴席散落。我和索菲握了握手。

"你们准备什么时候结婚？"我问她。

"再过两个星期，希望你能来参加婚礼。"

"恐怕那时我不在巴黎了。我明天就去伦敦。"

我在送其他客人时，伊莎贝尔把索菲拉到一边，和她说了一会儿话，然后转向格雷。

"哦，格雷，我还不打算回家。'梦妮诗'有一场时装展，我准备带索菲去。她应该去看看新款型。"

"我很想去。"索菲说。

我们道了别。当晚我请苏珊娜·鲁维耶吃了晚餐，次日早上便动身去了英国。

6

埃利奥特是在两周后到克拉里奇酒店的，不久我就去顺路看他。他给自己订购了几套衣服，并且不厌其烦、不分巨细地告诉我挑选了哪些及其理由。等我终于有机会插话了，我问他婚礼举行得怎样。

"没有举行。"他冷冷地答道。

"你什么意思啊？"

"婚礼前三天，索菲失踪了。拉里到处找她。"

"太不可思议了！吵架了？"

"不是的。根本没有。万事俱备了，还安排了我把她交给新郎。他们打算婚礼一结束就登上'东方快车'。要是问我的话，我觉得拉里被搞了个措手不及。"

我猜所有情况都是伊莎贝尔告诉埃利奥特的。

"究竟出了什么情况？"我问。

"嗯，你记得那天我们和你在丽兹吃午饭的吧。之后伊莎贝尔带她去了'梦妮诗'。你记得索菲穿的那条裙子？太差劲了。注意到肩膀了么？女装做得如何就看这里，看是否在肩部贴合。当然，那穷酸丫头，她可付不起'梦妮诗'，你又是知道伊莎贝尔有多么慷慨，况且两人还是发小。伊莎贝尔主动买了一条送她，这样她至少在婚礼上可以穿得像样些。她也欣然接受了。嗯，长话短说，伊莎贝尔有一天邀她三点到家，两人可以一块儿去最后试一次新衣裳。索菲倒是如约来了，但不巧的伊莎贝尔带女儿去看牙，直到四点后才回来，而索菲已经走了。伊莎贝尔想她是等了厌烦，自己先去了'梦妮诗'，于是立刻去找她。可是索菲并没有去'梦妮诗'。最终伊莎贝尔也没等到便又回家了。他们原本约好了一起吃晚饭，拉里到了时间过来，刚见面伊莎贝尔就问他索菲在哪里。

"他没明白是怎么回事，便打电话到她寓所，可是没人接听，于是他说去找她。他们在饭桌上等了很久也没见拉里和索菲出现，只好自己先吃了。当然你是知道的，你们在拉佩巷和她不期而遇时她过着一种什么样的生活；你带他们去那种地方，是你出的最馊的馊点子。哎，拉里一整夜都在她以前光顾过的地方找，但都一无所获。他还跑了好多趟她的住处，但concierge[1]都说她不在。他花了三天找她。她就这么消失了。到了第四天他又去了她的寓所，concierge说她来过了，收拾了一只包，坐出租车走了。"

"拉里是不是很难过？"

"我没见着他。伊莎贝尔告诉我他的确挺难过。"

"她没留下字条什么的？"

---

1. 法语：门房。

"什么也没有。"

我思索了一会儿。

"你怎么看？"我说。

"老弟，跟你完全一样。她坚持不住，又醉生梦死去了。"

那是明摆着的，但即便如此，事情也很诡异。我不明白她为什么要选择这个时刻逃脱。

"伊莎贝尔怎么看的？"

"她当然感到很遗憾，不过她是个有理智的姑娘，跟我说她一直认为拉里娶这样的女人是要倒霉的。"

"那拉里呢？"

"伊莎贝尔待他好极了。她说困难在于他不愿意谈论此事。他不会有什么问题，你知道的；伊莎贝尔说他从来就没有爱过索菲。他娶她就是出于一种误入歧途的骑士精神。"

我能想见，伊莎贝尔肯定拿出了一副坚毅的面容来应对，而事态的急转直下其实让她大感自得。我很清楚下次见面时她定会不失时机地向我指出，她早就料到了。

然而我将近过了一年才见到她，那个时候，尽管我可以和她说说索菲的事情，并改变她的想法，但在那样的情形下，我根本无心解释。我一直在伦敦待到圣诞前夕，然后一心想回家，便没在巴黎停留而径直去了里维埃拉。我着手写一部小说，有几个月过的都是深居简出的生活，偶尔去看看埃利奥特。他的健康显然每况愈下，让我难受的是他仍执意不放弃社交生活。他对我很恼火，因为我不愿意驱车三十英里去参加他开的那些一成不变的酒会。我情愿待在家里工作，这在他看来是傲慢无礼的表现。

"今年的社交季不同寻常，老弟，"他说，"把自己关在家里，外面什么都不理会，这简直是罪过。里维埃拉这一带整个儿过时了，我即使活到一百岁也理解不了你干吗选择住在这儿。"

可怜又可爱的埃利奥特，很显然他是活不到那个岁数了。

我于六月完成了小说初稿，觉得应该享受个假期，于是打点行李，登上了帆船。到了夏天，我们便乘着这艘独桅纵帆船去福斯海湾洗海水浴，并沿海湾向马赛航行。风断断续续，在大部分时候我们得借助机动设备轰隆隆地往前开。我们在夏纳港过了一夜，第二晚住在圣马克西姆，第三天则借宿萨纳里。然后我们去了土伦，一座我一直很钟情的港口城市。往来的法国船只营造出既浪漫又友善的氛围，我也总是乐此不疲地漫步于其古老的街巷。我可以在码头上流连数小时，看水手们三三两两地走着或带自己的姑娘翩然而去，市民们则来回闲逛，仿佛世上唯一可干的就是晒太阳。汽船和渡轮将熙熙攘攘的人群送上这座巨型港口的各个码头，而土伦因此成为终点站，仿佛大千世界的各色人等齐汇于此；坐在餐馆里，海天一色的亮丽景致让你有些炫目，此时遐想便将你送上金色的旅程，奔向地球的极远处。在太平洋，你从帆船上放下一只艇，来到椰树环抱的珊瑚滩；在仰光一靠岸，你就下了跳板并钻进一辆黄包车；当船在太子港码头抛锚拴牢之后，你便可以在甲板上层注视一群群黑人叫嚷着打着手势。

进土伦港已临近中午，我在下午过半时上了岸，沿码头溜达溜达，逛逛店铺，看看来往的行人以及坐在咖啡馆遮阳篷下的食客。突然我看见了索菲，她同时也看见了我。她笑笑打了个招呼。她独坐一张小桌，桌上有只空杯子。

"坐下喝一杯吧。"她说。

"你也陪我喝一杯。"我答道，同时找椅子坐下。

她穿着法国水手的蓝白条纹衫、鲜红色休闲裤以及凉鞋，涂了指甲油的大脚趾露在外面。她没戴帽子，头发卷曲，剪得很短，呈极淡的金色，几近银灰。她像我们在拉佩巷偶遇时那样浓妆重彩。从桌上的托盘

221

看得出，她已经喝过一两杯了，但很清醒，看到我也没什么不快。

"大伙儿在巴黎怎么样？"她问。

"我想还好吧。那天我们一起在丽兹吃过饭后，我还谁都没见过呢。"

她从鼻孔喷出一大股烟，放声笑起来。

"我终究还是没有嫁给拉里。"

"我知道，为什么？"

"亲爱的，真到了那个节骨眼儿上，在他那耶稣基督面前，我还是做不了抹大拿[1]。不行的，先生。"

"是什么人让你最后一刻改变了主意？"

她嘲弄地看看我。她平胸窄臀、脑袋挑衅般翘起的德行，使她活像个坏小子；可不得不承认，她比上回我看到她时更有魅力，那次她穿红裙子虽也亮眼，却透着一种沉闷的乡气。她的脸和脖颈晒得很厉害，而尽管棕色的皮肤使得两颊的胭脂和眉眼间的黛青看起来更加桀骜不驯，但这粗俗之中不无诱惑。

"想知道么？"

我点点头。服务生端来了我自己要的啤酒和为她点的白兰地及赛尔脱兹苏打水。她用手上即将燃尽的卡波尔[2]又点起一支。

"那时候，我已有三个月滴酒不沾了。也什么都没吸。"她见我略显意外之色，便笑起来。"不是说香烟。是鸦片。我感到难受死了。你得知道，有时候我一个人时，叫喊声简直要把屋子震塌了；我总是说：'我挨不过去的，挨不过啦。'和拉里在一起时还好受些，可他不在时就糟糕透顶。"

---

1. 抹大拿，典出圣经中的从良妓女。
2. 卡波尔，一种法国产香烟。

我看着她，在她提到鸦片时更是紧盯着她；我留意到她瞳孔的中心点，那似乎表明她又在抽鸦片了。她的眼睛绿得令人心惊。

　　"伊莎贝尔那会儿正在给我定做婚礼服呢。衣服可惹人爱了，不知现在怎样了。原本说好了我先叫上她，再一起去'梦妮诗'。我得说这全拜伊莎贝尔所赐，对于穿衣打扮，要是有什么连她都不知道，就不必知道了。我去的时候，他们家男仆说她带琼去看牙了，还留了张条子，称马上就回。我进来客厅。喝咖啡的用具还在桌上，于是我问男仆可否喝一杯。他说会给我端来，并收走了空杯子和咖啡壶。他留了个瓶子在托盘上。我看了一下，是那天在丽兹你们说了老半天的波兰货。"

　　"朱波罗夫卡。我记得埃利奥特说了要给伊莎贝尔捎带几瓶的。"

　　"你们都大谈特谈味道怎么好，我感到很好奇。我拔出瓶塞闻了闻。你们说的没错，真好闻极了。我点了支烟，几分钟过后男仆端了咖啡进来，也很不错。他们总爱说法国咖啡好，说吧，我要我的美式。那是我在这里唯一想念的东西。不过伊莎贝尔的咖啡可真不赖，当时心里挺烦闷，喝下一杯感觉好了不少。我盯着搁在那里的酒瓶。诱惑力好大，不过我说：'滚开，我才不想。'并又点了支烟。我以为伊莎贝尔随时都会回来的，可是她没来。我焦躁不安。我讨厌给晾在这儿等着。我起身开始走来走去，看看藏画，但总是会看到那只该死的瓶子。接着我想，就倒出一杯看看吧，酒的色泽很可爱的。"

　　"淡绿色。"

　　"没错。很奇异的，色如其味。有时候你会在白玫瑰的花蕊里看到那种绿。我必须知道是不是品起来也是如此，心想尝一口又不会要我命；我只是想小啜一口而已，接着我听见有什么动静，以为伊莎贝尔来了，于是一口喝下，因为我不想让她发现。结果不是伊莎贝尔。老天，那感觉太好了，自从戒酒以来还没感受这么好过。我觉得自己又生龙活虎起来。如果那时进来的真是伊莎贝尔，估计我现在已经嫁给拉里了。

真不知那又会是一番怎样的情形。"

"她没有来么？"

"没有。我对她非常恼火。她以为自己是谁，让我就这么等着？然后我看见那酒杯又满了，估计当时想都没想就倒了。可是，信不信由你，我自己是浑然不觉的。光倒不喝岂不很傻，就喝吧。无可否认，的确美味极了。我感觉自己换了个人。我很想放声大笑，有三个月不曾有过这样的感觉。你记得那个娘娘腔老头儿说什么看见波兰人大杯下肚还面不改色的？好吧，我想我也能喝得不输给随便哪个波兰狗崽子，反正偷大偷小都已经做贼了，于是我把咖啡残渣倒进壁炉，再满了整一杯酒。说什么母乳才是玉液琼浆，鬼才信。接下来我不太清楚发生了什么，不过我清楚的是最后酒已经所剩无几了。接下来我就想，得在伊莎贝尔回来之前走掉。她差点儿撞见了我。正当我走出前门时，我听见了琼的声音。我跑上楼一直等到她们进了屋，然后冲下楼钻进了出租车。我告诉司机拼命往前开，他问我去哪儿时我冲着他放声大笑，感觉超棒。"

"你回自己家了吗？"我问，尽管我知道她没有。

"你把我当成什么傻瓜了？我知道拉里会来找我。所有熟悉的地方我都不敢去，于是就去了'哈记'那里。我知道拉里绝不会到那儿去找我。再说了，我还想来他几炮呢。"

"'哈记'是什么？"

"'哈记'。哈基姆是阿尔及利亚人，他总有办法搞到你要的鸦片，只要出得起银子。他跟我很讲交情。他什么都能搞到，男孩儿、男人、女人或是黑人。有五六个阿尔及利亚人随时都听他差遣。我在那儿待了三天。我真是阅人无数啊。"她吃吃地笑起来，"各种体形肤色的人。我可是恶补了一回。可你懂的，我心里很害怕。在巴黎我感到不安全，害怕拉里会找到我，再说钱也没剩多少了，跟那些畜生上床是要付钱的，于是我就溜出来，回了自己寓所，给门房一百法郎，告诉他谁找我都说我已经走了。我收拾好东西，当夜就坐火车到了土伦。直到来了这里我才感到安全。"

"然后你就一直待在这里了？"

"那还用说，还准备待下去。想搞到多少鸦片都行，水手从东方带过来的，都是好货，不是巴黎卖的那种垃圾。我在客栈租了一间房。你知道的，'Commerce et la Marine'[1]。晚上进去，走廊里就能闻到腥臭气。"她浪里浪气地吸了吸鼻子。"又甜又辛辣的气味，你很明白他们就在房间里抽着呢，有一种回了家的自在感。而且没人在意你带了谁进来。早晨五点就有人砸门，招呼水手们回船，所以不用担心。"接着，她不作任何过渡便说："我在沿码头的一家店里瞧见了你的一本书，早知道会见到你，我就买下请你签名了。"

刚才路过书店时我停下来透过窗户张望了一下，也注意到我最近面世的一本小说的译本摆放在其他新书之中。

"我还以为你不会感兴趣的。"我说。

"为什么会不感兴趣呢。我能识字的，你知道。"

"你还能写字呢，我相信。"

她飞快地瞥了我一眼便大笑起来。

"是啊，我小的时候还常写诗呢。肯定写得差劲极了，但我当时自己觉得很好。我猜拉里跟你们说过。"她犹豫了片刻，"活着反正是受罪，但如果能弄出点乐子，那你不去弄就是该死的傻子。"她挑衅般地往后一仰头，"我要是买了书你会签名吗？"

"我明天就走。如果你真想要，我就送你，送到你的客栈。"

"那很不错啊。"

就在此时一艘海军汽艇靠上了码头，一伙水手蜂拥而出。索菲用目

---

1. 法语：商船之家。

光迎接他们。

"那位是我男朋友。"她朝其中一位挥挥手。

"你可以请他喝一杯，然后最好赶快走。他是科西嘉人，跟我们的老朋友耶和华一样嫉妒心强。"

一位年轻人走上前，看见我时踌躇了一会儿，不过在索菲的招手之下便走到桌子旁边。他个子高大，皮肤黝黑，胡须刮得很干净，有着亮亮的黑眼睛、鹰钩鼻，以及乌黑油亮的卷发。他看上去不到二十岁。索菲介绍我是她的美国朋友，儿时认得的。

"榆木脑袋，但长得漂亮。"她对我说。

"你就喜欢这种硬汉，是吧？"

"越硬越好。"

"没准哪天你就被割破了喉咙。"

"那也不奇怪，"她眉开眼笑地说，"也就终于解脱了。"

"该说法语了，是吧？"水手厉声说道。

索菲冲他微微一笑，其中不乏揶揄。她说一口流利而粗鄙的法语，夹杂着很重的美国口音，但这反倒让她惯用的那些粗俗下流话有了些喜剧效果，听了使人不禁发笑。

"我正跟他说呢，说你长得俊，只是为省掉你的谦虚话我就说了英语。"她又对我说："他很强壮，肌肉像拳击手。摸摸看。"

这马屁拍得水手忘记了不快，他露出得意的微笑，抬手屈了屈胳膊，让肱二头肌突了出来。

"摸摸，"他说，"来啊，摸一下。"

我照做了，同时献上溢美之词。我们聊了几分钟。我付了酒钱，起身说："我得走了。"

"见到你很高兴。别忘了书。"

"不会忘的。"

我同他俩都握了握手便走开了。我在半路上到书店里买好了那部小说，写上索菲的名字以及我自己的。我忽然觉得还应该写几句，可是一时也想不到什么，便写下了龙萨[1]某诗作的首行，任何一部诗集都不会遗漏这隽永的小品：

Mignonne, allons voir si la rose...

我把书留在了客栈。客栈就在码头边上，我经常在那里逗留，因为当拂晓时分，号角声传唤过夜的人们返岗时，也正值朝阳升起，迷蒙的日光照着口岸边平静的水面，并为幽灵般的船只罩上了一层瑰丽的曙色。

次日我们启程去往卡西斯，我要在那里买些酒，然后赴马赛取一艘预订的新帆船。一周后我回到家里。

7

我发现了一张埃利奥特的男仆约瑟夫留的字条，说埃利奥特卧病在床，很想见见我，于是第二天我便驱车去了昂蒂布。约瑟夫在带我上去看他主子之前告诉我，埃利奥特得了尿毒症，医生对病情很不乐观。他挨了过来并开始好转，但肾脏损伤严重，完全康复是不指望了。约瑟夫跟了埃利奥特四十年，也算忠心耿耿，可尽管他流露出不少哀惜之色，但我还是很轻易地注意到其内心的幸灾乐祸，他这个阶层的人很多都如此。

---

1. 龙萨，法国著名的爱情诗人。下文的诗句译为"宝贝儿，让我们去看看那玫瑰花……"。

"Ce pauvre monsieur[1]，"他叹了口气，"显然他很烦躁，不过其实他是懂道理的。人难免一死。"

他说的口气，仿佛埃利奥特马上就要咽气了。

"我敢肯定，他已经为你想好去处了，约瑟夫。"我冷冷地说。

"是要想想了。"他哀伤地说。

当我由他领着进去，看见埃利奥特精神矍铄的样子时，不禁大感意外。他脸色苍白，老态毕露，但情绪很不错。他刮了胡子，头发也梳得很整齐。他穿着淡蓝色丝质睡衣，衣袋边绣着名字首字母，上面扣着一枚伯爵桂冠，同样的一套也绣在被单上，只不过大了很多，也绣得更繁复。

我问他感觉怎样。

"好极了，"他愉快地说，"不过是暂时的不适罢了。过几天就能下床活动了。我请来迪米特里大公周六来吃午饭，我让医生要不惜代价一定在那时把我收拾好了。"

我和他待了半个小时，出去时吩咐约瑟夫，如埃利奥特病情复发要告诉我。一周后我和一位邻居吃午饭时，惊讶地发现他居然也在。虽然身着礼服，却面如死灰。

"你不应该出来，埃利奥特。"我对他说。

"哦，胡说什么呢，老弟。弗里达正盼着马法尔达公主驾到呢。自从可怜的路易莎随丈夫在罗马en poste[2]以来，我已和意大利王室结识好多年了，我不能让可怜的弗里达失望。"

我不知道是该钦佩他百折不挠的精神呢，还是得悲叹他在这个岁数，受着凶疾的折磨，还勉力维系着对社交生活的热衷。你再也想不到他是个病人。他就像个垂死的演员，登台时不忘的是脂粉，忘记的是病

---

1. 法语：可怜的先生。
2. 法语：履任。

痛，并以他一贯的自信扮演好一位八面玲珑的朝臣角色。他可以极尽和蔼，可以对名门正派极尽殷勤，也可以以他擅长的讽刺挖苦极尽娱人之事。我觉得还从没见过他利用自己的社交天赋来捞取什么更大的好处。当公主起驾离去时（埃利奥特风度翩翩地鞠躬行礼，把对王族的景仰与对美女的欣赏融为一体，那场景颇值得一看），我毫不惊讶地听见女主人对他说，他就是整个宴会的生命和灵魂。

几天之后他又倒在了病榻上，医生不准他再出门。埃利奥特很恼火。

"真要命，居然在这个节骨眼儿上，大好的社交季节。"

他一口气报出了一长溜准备去里维埃拉避暑的大人物。

我每隔三四天去看望他。他有时卧床，但有时也穿着华丽的睡衣靠在躺椅上。看来他有数不清的睡衣，因为我记得从没见他穿过同样的。有一回，八月初的时候，我发现埃利奥特安静得异于往常。约瑟夫引我进去时告诉我，他有了一点起色，所以那副无精打采的模样让我很吃惊。我向他说起了在滨海地区道听途说的绯闻，想让他高兴起来，但显然他并无兴趣。他眉头略皱，眼神中有一丝不同以往的消沉。

"你会赴埃德娜·诺维马利的宴会吗？"他突然问我。

"不会，当然不会。"

"她请你了么？"

"她请了里维埃拉地带所有的人。"

诺维马利公主曾是美国巨富家的千金，嫁给了一位罗马王子，不是那种在意大利一抓一大把的王子，而是贵为豪门之首，condottiere[1] 将门之后，其先祖凭一己之力在十六世纪打拼出了一个公国。公主年届花甲，且已守寡，法西斯当局对她来自美国的收入搜刮太重，于是她就离开了意大利，在戛纳腹地为自己建起一座佛罗伦萨风格的大宅。她从意

---

1. 意大利语：雇佣兵团。

大利运来大理石，为那豪阔的会客室的墙镶边，还引进画师在天花板上绘图。她收藏的画作和青铜器都为稀世珍品，连埃利奥特——他不喜欢意式家具——也不得不承认她家中的陈设均属上乘。宅邸花园雅致可人，游泳池也造价不菲。她广交朋友，每次坐下来吃饭，食客从没有少于二十人的。她安排好了要在八月满月的当晚搞一次化装舞会，而尽管尚有三个月的时间，这就已成为里维埃拉沿岸一带唯一的话题了。届时有烟火表演，她还准备从巴黎请一支黑人乐队。流亡在外的王室贵族们艳羡地相告，她的这笔花费抵得上他们一年的生活开销了。

"很大气啊。"他们说。

"太疯了。"他们说。

"真是没品位。"他们说。

"你穿什么去？"埃利奥特问我。

"我告诉过你，埃利奥特，我不去。你不会觉得我这个岁数了还要穿得花花绿绿的去跑一趟吧。"

"她没有邀请我。"他嗓音嘶哑地说。

他目光憔悴地看着我。

"哦，她会请你的，"我淡定地答道，"我敢说请帖都还没发出去呢。"

"她不会请我的。"他扯开了嗓门，"这是存心要侮辱我。"

"哦，埃利奥特，我可不信。肯定是疏忽大意了。"

"我是个不会被疏忽的人。"

"再说，你还没康复，不能去。"

"我当然应该去。本季最好的酒会！就算我还有一口气，我也要爬起来赴宴的。我有先人劳里亚伯爵的行头可以穿呀。"

我不知道说什么好，就没吭声。

"保罗·巴顿在你之前来看我的。"埃利奥特忽然道。

我没法指望读者能记起这个人是谁，因为我自己还得回想一下我是怎么交代到他的。保罗·巴顿就是那个埃利奥特引介到伦敦社交圈的美国青年，在觉得埃利奥特不再有什么用场后便弃之如敝屣，由此和老先生结下了怨恨。他近来颇有知名度，首先是因为他采用了英国国籍，后又由于他娶了一位搞到爵位的报业大亨的女儿为妻。有这些背景撑腰，加上自身的干练，他明摆着有很好的前程。埃利奥特对此嫉恨不已。

　　"每当夜里醒来，听见耗子在挠墙板时，我就说，'那是保罗·巴顿在向上爬呢。'相信我，老弟，他终究会攀到上议院的。感谢上帝，我看不到那一天了。"

　　"他想要什么？"我问，因为我和埃利奥特一样清楚，这小子无事不登三宝殿。

　　"我来告诉你他想要什么，"埃利奥特咆哮道，"他想找我借劳里亚伯爵的装束。"

　　"胆子不小！"

　　"你看不出这其中的意思？意思就是他知道埃德娜没有邀请我，也不打算邀请我来。她要推举他了。这老泼妇。要不是我，她什么都不是。我为她办过酒会。我把她介绍给所有她知道的人。她和她的司机睡觉；你肯定听说过。真恶心！巴顿坐在那儿告诉我说，她准备让整个花园灯火通明，还要放烟火。我喜欢烟火。他还说很多人正缠着埃德娜，想得到邀请呢，可是她都一概拒绝，因为她要把舞会办得真正精彩绝伦。他说话的口气，就好像我受邀是毫无可能的。"

　　"你准备借给他服装吗？"

　　"我恨不得见他早死下地狱才好。我还准备穿着那一套下葬呢。"埃利奥特坐在床上，像个怨妇似的摇来晃去。"哦，好没良心啊，"他说，"我恨他们，恨他们所有人。我还能招待他们时，他们还挺乐意捧着我，现在我老了不中用了，就不要我了。自从我卧床以来，打电话询问病情的人不到十个，一个星期下来，只收到一束很不像样的花。我给他们吃的喝的，仁至义尽了。我为他们跑断了腿。我为他们摆席设宴。我为了他们掏心掏肺。我图了个什么？什么都没有。没有。没有啊。我是死是活，他们没人关心。哦，太冷酷了。"他哭了起来。大颗沉重的泪珠顺着憔悴的脸颊滴下来。"我向上帝发愿，真希望我从没离开过美国。"

这样一个老头儿——墓穴已经在向他招手了——只因未受邀赴宴就哭得跟孩子似的，真是很可悲、可怜、可叹到让人无法忍受的程度，同时又如此令人震惊。

"没关系的，埃利奥特，"我说，"说不定舞会当晚下雨呢。把会场搞得稀巴烂。"

听了我的话，他就像我们平时说的溺水人抓到了稻草一样，破涕而笑了。

"我怎么没想到。我要向上帝求雨，还从来没这么祷告过呢。你说得很对，把它搞个稀巴烂。"

我设法把他那鸡毛蒜皮的脑筋转到别的事情上，临走时总算让他平静下来，尽管没能让他高兴起来。不过我也不想善罢甘休，于是一到家便给埃德娜·诺维马利打电话，说次日得来一趟戛纳，问是否能和她共进午餐。她捎信说很乐意，但不开宴席。然而我到达时发现除了她还有十个人。她人并不坏，慷慨好客，唯一的大缺陷就是她的毒舌。哪怕最亲密的朋友她说起来也会禁不住很难听，不过她这么做是出于愚蠢，她想不出还有什么法子能让自己有趣一点。她总是喋喋不休地散布着各种诽谤，因而经常得罪被她中伤的人，只是由于她的酒宴很不错，多数人过了一阵子也就顺水推舟原谅了她。我并不想求她邀请埃利奥特，这样会让他颜面扫地，我只能见机行事。席间话题全是说这次舞会的，她也对此兴致勃勃。

"埃利奥特会很高兴有机会穿一穿他那菲利普二世的行头了。"我尽可能漫不经心地说。

"我没请他。"她说。

"怎么会没请呢?"我装作很意外地答道。

"我为什么要请?他在社交圈里已过气了,无聊,势利,到处说人坏话。"

虽然这些指责针对她也同样适用,我仍然觉得这挺过分。她真是很愚蠢。

"再说了,"她补充道,"我想让保罗穿埃利奥特的衣服。他穿着一定很神气。"

我不再言语,但决意无论如何要帮可怜的埃利奥特搞到他孜孜以求的请柬。

午餐后埃德娜引朋友进了花园。我寻找的机会来了。我曾在这宅子里待过几天,对其布局有所了解。我猜想请柬应该还有一些剩的放在秘书房里。我疾步溜过去,准备拿一张揣衣袋里,写上埃利奥特的名字寄给他。我知道他身染沉疴是去不了的,但收到邀请对他而言却意义重大。我打开门时吃了一惊,埃德娜的秘书正在书桌旁。我以为她仍在餐厅里呢。她叫基思小姐,苏格兰人,脸上有雀斑,戴夹鼻眼镜,已年届不惑,自有一番守身如玉的毅然气派。我恢复了镇定。

"公主带客人去逛花园了,所以我想着要过来和你抽支烟。"

"乐意奉陪。"

基思小姐说话时带着些苏格兰喉音,每当她沉浸于冷幽默中谈自己津津乐道的人与事时,那喉音便放大得极为滑稽,可在你忍不住笑起来时,她又带着受了伤害的惊讶瞪着你,仿佛觉得你才是疯了,居然会觉得她的话好笑。

"我估计这次舞会让你忙晕了吧,基思小姐。"我说。

"我都搞不清自己是倒立还是正立了。"

我知道是可以信赖她的，便单刀直入。

"老太婆怎么没请坦普尔顿先生？"

基思小姐表情严厉的脸上浮起一点点笑容。

"你知道她的为人。她对坦普尔顿先生没有好感，还亲自把他从名单上勾掉。"

"他行将就木了，你知道的。下不了床了。被抛弃在圈子之外，他感到很受伤害。"

"如果他还想和公主保持往来，就应该很明智地绝口不提她与司机上床的事。那司机是有家室的，三个孩子呢。"

"她真有这回事么？"

基思小姐从夹鼻眼镜上方看着我。

"我当了二十一年秘书，亲爱的先生，我的准则就是相信所有的雇主都清白无瑕。这么说吧，假如我某位女主人发觉怀孕三月，而男主人去非洲猎狮子六个月了，我的信念才会动摇，可是，她又去巴黎短期旅行，也是小小的烧钱之旅，于是就万事大吉。夫人和我都长出了一口气。"

"基思小姐，我其实不是来和你抽烟的，我是想来偷一份请柬，然后自己寄给坦普尔顿先生。"

"这么做很不地道。"

"就算是吧。行行好，基思小姐。给我一张吧。可怜的老人不会来的，但会很开心。你对他并不反感，是吗？"

"是的，他一直对我很客气，是位绅士，这我得说句公道话，比大多数到这儿来沾公主的光大吃大喝的人要强。"

所有的大人物手下都有个总是竖着耳朵的人。这些跟班受不得一点点委屈，在觉得被怠慢时，便耍出精心设置的伎俩，不断地给主子的头脑放毒，使之对招惹他们的人也心生反感。所以还是得不停地讨好他们才行，而埃利奥特深谙此道，对于穷亲戚、老女佣或是心腹秘书，无不好言相待，笑脸相迎。我敢肯定他经常和基思小姐愉快地打趣儿，每逢圣诞节也不会忘了给她寄一盒巧克力、小粉盒或是手袋。

"快点儿，基思小姐，发发慈悲吧。"

基思小姐将夹鼻眼镜朝高鼻梁上推紧了些。

"我可以肯定，你不会希望我做出背叛雇主的事，毛姆先生，再说了，万一老婆娘发现我不忠实，会把我开除的。请柬在书桌上呢，套着信封。我准备向窗外望望，多少活动一下腿脚，同一个姿势坐太久都僵住了，顺便欣赏一下景色。我背过身时后面无论发生了什么，我都不用担责，为人神之所共免。"

在基思小姐重回座位时，请柬已落入我的口袋。

"很高兴见到你，基思小姐，"我说着伸出手，"你在化装舞会上穿什么呢？"

"我是部长家的女儿，亲爱的先生，"她答道，"这些个蠢事儿，就留给上层社会去闹吧。我只管伺候好《先驱报》和《邮报》的代表，给他们吃到好饭好菜、喝上还算不错的香槟，我的职责就算完成，就可以躲回属于我自己的闺房看侦探小说去了。"

8

两天后我去看埃利奥特，发现他春风满面。

"瞧，"他说，"我收到请柬了。今天早上到的。"

他从枕头下抽出帖子，给我看了看。

"早就告诉过你会收到，"我说，"瞧，你的姓氏开首字母是T。秘书显然刚排到你。"

"我还没回复呢，明天再回吧。"

此时我感到了一阵恐惧。

"要不要我替你回信？我走的时候可以寄出去。"

"不，干吗要你？我完全可以自己回复请帖的。"

幸亏到时候开信封的是基思小姐，我心想，她会很明智地扣下的。埃利奥特摇了摇铃。

"我想让你看看我的一套行头。"

"你不会想着要去吧，埃利奥特？"

"我当然想要去。上次到博蒙特家参加过舞会后我还没穿过呢。"

约瑟夫应了铃声上来，埃利奥特吩咐他去取服装。衣服收在一只大扁盒子里，用薄纸包着。这套服装包括：白色丝质长紧身裤、镶白缎带衬垫金丝短裤、相适配的紧身上衣、斗篷、白围领、平顶丝绒帽，以及一条长长的金链子，用于挂他那枚金羊毛勋章。我认出来这套衣装参照了普拉多美术馆里提香为菲利普二世所作的肖像画。埃利奥特告诉我，劳里亚伯爵参加西班牙国王和英国女王的婚礼时穿的就是这么一套，这让我不禁感到，他是把想象力发挥到极致了。

次日早餐时分，我接到了电话。是约瑟夫打来的，说埃利奥特夜间病又发作，急召来的医生怀疑他都挨不过白天了。我驱车直奔昂蒂布。我看到埃利奥特昏迷不醒。他一直坚拒护士，但是医生终究还是找来了一位，她来自位于尼斯和博利厄之间那家英国人的医院，让我感到很欣慰。我出门给伊莎贝尔拍了电报。她和格雷正带着孩子在拉柏勒那片物美价廉的避暑胜地度假。路途颇远，我担心他们不能及时赶到昂蒂布。除了伊莎贝尔两个他多年未见的哥哥之外，她就是埃利奥特唯一的亲属了。

然而他内心求生的意志却很强大，也或许是医生的治疗起了作用，到了白天的光景他又缓过来。尽管羸弱不堪，他还是撑起很厚颜的架势，向护士提一些不雅问题来取乐。我几乎整个下午都陪着他，第二天再去时，见他虽然虚脱，但情绪很好。护士只让我和他一起待一小会儿。令我担心的是我发的电报迟迟未收到回音。我不知道伊莎贝尔在拉柏勒的地址，因此电报是发往巴黎的，恐怕concierge没有及时转发。直到两天后我才收到回复，说他们立即动身。原来很不凑巧，格雷和伊莎贝尔驾车去布列塔尼游玩了，刚刚才收到我的电报。我查询了一下火车时刻，他们至少要过三十六小时才能到。

次日早上约瑟夫又来电，埃利奥特为病痛折腾了一宿，现在很想见我。我赶过去时约瑟夫将我拉到一边。"要是我跟先生您谈及敏感话题，他会原谅我的，"他对我说，"我肯定是个自由思想者，我相信所有的宗教都不过是牧师们图谋要控制人民，但先生您是知道女人的。我太太和女仆们都坚持说，可怜的老先生应该要准备最后的圣事了，显然时间越来越迫近了。"他有些羞怯地看看我。"实际情况仍然是这样，谁知道呢，也许还是照教堂的规矩来做好一些。"

我非常能理解他。不论法国人如何大肆嘲弄教会，临到终了，多数还是要和信仰妥协，这已经深入到了他们的骨子里。

"你要我跟他提么？"

"就请先生费心了。"

这可不是我乐意做的事情，但毕竟埃利奥特多年来一直都是虔诚的天主教徒，最后遵照教规也并无不妥。我上楼走进他房间。他仰面躺着，干瘪而苍白，但意识高度清醒。我请护士让我们单独待一会儿。

"恐怕你病得不轻，埃利奥特，"我说，"我在想，我在想你是否想要见神父？"

他看了我足有一分钟而不作答。

"你的意思是我要死了？"

"哦，但愿不会。不过，只是保险起见嘛。"

"我懂了。"

他沉默着。不论对谁说出我刚才向埃利奥特谈的那番话，都是难堪的一刻。我无法正视他。我咬紧牙关，怕要哭出来。我面朝他坐在床缘，胳膊支撑着身体。

"别难过，老弟。Noblesse oblige[1]，你懂的。"

我笑得抽起来。

"你这不可理喻的家伙，埃利奥特。"

"还是这样比较好。现在就打电话给主教吧，就说我希望做忏悔，并接受临终涂油礼。假如他能派查尔斯神父来，将不胜感激。他是我的朋友。"

查尔斯神父是副主教，我曾提到过。我下楼打了电话，并和主教本人通了话。

"很紧急吗？"主教问。

"非常紧急。"

"我立即关照下去。"

医生来了，我告诉了他情况。他和护士上楼去看埃利奥特，我等在楼下的客厅里。从尼斯到昂蒂布车程只有二十分钟，半个小时过了一会儿之后，一辆黑色轿车停在了门口。约瑟夫来找我。

"C'est Monseigneur en personne, Monsieur, [2]"他慌里慌张地说，"主教大人本人来了。"

我出去迎接他。不知为何，陪同他的并非如往常是副主教，而是一位年轻神父，他背着一只箱子，估计里面装了行圣礼所用的物什。司机也跟进来，手里拿了一只破旧的黑色旅行袋。主教同我握了手，介绍了随行。

"你可怜的朋友怎样了？"

---

1. 法语：贵人责重。
2. 法语：主教大人本人来了，先生。

"恐怕病得很重，大人。"

"劳驾可否领我们去找一间屋子，我们可以换上长袍。"

"餐厅就在这儿，大人，客厅要上楼。"

"餐厅就很合适。"

我将他领进去。约瑟夫和我在厅堂里等候。不一会儿门开了，主教走出来，神父紧随其后，双手捧圣杯，其上有只盛了圣餐饼的小托盘。一块细纱盖在上面，纱布极薄，几乎是透明的。我只在一两次晚餐或午餐上见过大主教，他胃口极佳，能食善饮，也会插科打诨，说起荤话来毫不含糊。印象中他形体敦实，至多中等身高。此刻他白袍圣带加身，不仅高大，还显得很庄重。他那一向堆满恶毒而实无恶意的笑容的红脸膛，也肃穆起来。曾经的骑兵军官身份，已没有留下什么痕迹；他俨然一副得道修士的模样，而事实上确也如此。我并不意外地看到约瑟夫画起了十字。大主教头略向前躬。

"带我去见病人。"他说。

我让开道请他先上楼，但他示意我走在前面。我们肃然上行。我进了埃利奥特的房间。

"大主教亲自来看你了，埃利奥特。"

埃利奥特挣扎着要坐起来。

"大人，这份荣耀，是我想都没敢想的。"

"别动，我的朋友。"主教转向护士和我，"我和他单独待一会儿。"他又对神父说："我准备好了会叫你的。"

神父环顾了一下，我猜他是在找地方放圣餐杯。我把梳妆台上镶玳瑁的刷子挪开。护士下了楼，我引神父去埃利奥特用作书房的邻屋。窗户敞开，面对着蔚蓝的天空，他走过去站在一扇窗下。我坐了下来。一场帆艇赛正在进行，风帆在碧空的衬托下闪动着炫目的白光。一艘黑体红帆的大船正乘风破浪朝港口而来。我认出来那是一只捕龙虾的渔船，从撒丁岛满载而归，为赌场里的晚席奉上鱼宴。透过关上的门我依然能听见含混的喃喃低语。埃利奥特正在忏悔。我特别想抽支烟，可又担心这么做会吓着神父。他站着纹丝不动，看着外面。这是位身材纤长的青年，有着浓密的波浪黑发、漂亮的黑色眼睛，橄榄色的皮肤透露出其意大利血统。他那南欧人的相貌中依然有着一分火热，我不禁问自己，是什么样的迫切信念，什么样燃烧的热忱，促使他抛却种种生活的乐趣、青春的欢愉以及感官的享受，而全身心地侍奉上帝。

隔壁的说话声突然停止，我望着门。门开了，是主教。

"Venez.[1]"他对神父说。

只剩下我一人。我又听见了主教的声音，明白他是在按教规为临终者做祈祷。接着又一阵静默，我知道那是埃利奥特正享用着圣餐。一种无从知晓的感受——或许来自远古的先祖——使得我虽非天主教徒，但每次参加弥撒，每当教堂侍从的铃声响起，提示人们举扬圣饼时，我都会带着战栗的敬畏；此刻，我也战栗起来，仿佛一股寒气直透脊柱，我因恐惧与惊奇而战栗。门再次打开。

"你可以进来了。"主教说。

我走进去。神父正用那块薄纱巾盖住圣餐杯以及盛了圣餐饼的镀金小托盘。埃利奥特眼放亮光。

"领大人上车吧。"他说。

我们下了楼。约瑟夫和女仆们候在厅堂里。女仆有三个，哭泣着相继上前，跪倒着亲吻主教的戒指。他伸出两指向她们施予祝福。约瑟夫的妻子用肘推推他，他也上前一步跪倒，吻了吻戒指。主教微微一笑。

"你是自由思想者吧，我的孩子？"

看得出约瑟夫正努力控制着自己的情绪。

---

1. 法语：来吧。

"是的，大人。"

"别为此烦恼。你是个对主人忠心耿耿的好人。上帝不会在意你认识上的偏差。"

我陪他走上街，打开其专车的门。他向我躬了躬身，并在上车时宽厚地微笑道：

"我们可怜的朋友已病入膏肓了。他的缺陷只是表面上的；他内心慷慨，对同辈是善良仁慈的。"

9

我想着埃利奥特在仪式之后或许要独自待一会儿，便去客厅看起书来，可是我刚坐好护士就走进来，说他想见我。我上楼到他屋里。不知是因为医生在仪式前注射了针剂，使他能支撑过来，还是兴奋未消，总之他恬静而愉快，双目清亮有神。

"莫大的荣幸啊，老弟，"他说，"我可以带着红衣主教的介绍信上天国啦。我想象着所有的门户都会向我敞开的。"

"恐怕你会发现那儿鱼龙混杂什么人都有。"我微笑道。

"可不是嘛，老弟。《圣经》告诉我们天堂也有等级差别，就像在人间一样。有六翼天使、智天使、天使长以及小天使。我一向游走于欧洲的最上层社会，所以毫无疑问我到了天堂也会跻身上流的。我们的主曾说：圣父的宅邸屋宇众多，让hoi polloi[1]各得其所，方为适当。"

我怀疑埃利奥特把天堂的居所想成了罗斯柴尔德男爵城堡的样子：十八世纪的墙板，镶嵌木桌，镶花橱柜，以及缀满点绣真品的路易十五

---

1. 希腊语：众生。

时代套房。

"相信我，老弟，"他停顿片刻继续道，"天堂绝不会有该死的平等。"

他接着突然间就打起了瞌睡。我坐下来看书。他时醒时睡。一点钟时护士进来告诉我，约瑟夫为我准备了午饭。约瑟夫一副闷闷不乐的样子。

"真没想到主教大人会亲自来。他对可怜的先生来说真是莫大的荣幸。您看见我亲吻他的戒指了？"

"我看见了。"

"并不是我自己想要这么做！我这么做是为了讨我那可怜的老婆高兴。"

我下午一直待在埃利奥特的房间里。其间收到了伊莎贝尔的电报，说她和格雷坐"蓝色特快"次日一早到。他们是否能及时赶来，我不太抱希望了。医生走进来。他摇摇头。傍晚时分，埃利奥特醒过来，还喝了些滋养的汤。这似乎给了他短暂的活力。他朝我点点头，我靠到他床边。他说话气若游丝。

"我还没回复埃德娜的请柬呢。"

"哦，现在别操心那个了，埃利奥特。"

"有什么不好？我一向精通人情世故，现在要离世了，也没有理由就忘记我的风度。请柬呢？"

请柬在壁炉架上，我递给他，不过我怀疑他是否看得清。

"你在我书房能找到一叠信笺。你拿来的话我可以口授。"

我到邻屋拿来了纸笔。我坐在床边。

"准备好了？"

"好了。"

他眼睛闭着，唇边却挂着恶作剧的微笑，我不知道他会说点什么出来。

"埃利奥特·坦普尔顿先生由于和他神圣的主有约在先，因而无法接受诺维马利公主的热情邀约。"

　　他发出一声微弱而鬼魅般的笑，脸上露出奇诡的青白色，凄厉得不忍目睹，接着他吐出一口他那种病特有的令人作呕的恶臭。可怜的埃利奥特，先前是多么酷爱喷洒"香奈儿"和"梦妮诗"香水啊。他仍然拿着那张偷来的请柬，心下纠结着它给自己平添了多少烦扰。我想要从他手里拿走，但他紧紧攥着。他的话响亮得令我心惊。

　　"老婊子。"他说。

　　这便是他最后的遗言。他陷入了昏迷。护士前天夜里一直没合眼，面露疲惫之色，于是我打发她去睡，约定如有必要会叫她的，并说我会守着不睡。其实没什么好做的。我点亮一盏有遮罩的灯看起书来，直看到两眼发痛，便关了灯，在黑暗里坐着。这天夜晚很暖和，窗户都大开着。灯塔熹微的余光每间隔一段时间便扫进屋子。月亮——至其圆满之时，便要照耀在埃德娜·诺维马利那喧嚣热闹而又空洞无聊的化装舞会之上了——当月亮沉下去，深蓝深蓝的苍穹上，无尽的繁星闪耀着其令人惶惑的光辉。我想自己可能进入了浅层睡眠，可感官仍醒着，突然间一阵急促、愤怒的声音惊得我彻底清醒过来，那死前的喉鸣，是最可敬畏的声音。我来到床边，就着灯塔的微光摸了摸埃利奥特的脉搏。他死了。我打开床头灯看着他。他下巴松脱，睁着眼睛，在为他合上眼之前我盯着看了有一分钟。我动容落泪了。一位善良的老朋友，一生是多么愚蠢、徒劳和微不足道，想到此，我不禁黯然神伤。他赶赴过那么多的晚会，和那么多王子爵爷打得火热，此刻几乎已毫无意义。他们已经忘记他了。

　　我觉得没必要叫醒护士，于是坐回到窗口的椅子上。她七点进屋时我还睡着。我把事情交给她处理，吃了早餐，便到车站去接格雷和伊莎贝尔。我告诉他们埃利奥特已经死了，由于他的房子不够住，我又邀请他们到我那儿去，但他们还是找了一家旅馆。我回到自己家洗了澡，剃了胡子，换好衣服。

早间，格雷打电话告诉我，约瑟夫给了他们一封信，是埃利奥特委托他的，落款写的是我。或许内容是只让我看的，我答应马上开车过来，于是不到一小时我又走了进来。信封上书"我死后立即转交"，信是关于葬礼的指示的。我知道他一心想葬在他修建的教堂里，这我已经告诉了伊莎贝尔。他希望自己的遗体能做防腐处理，并指定好了公司。"我咨询过了，"他继续写道，"得知这一家做得很好。我托付给你了，监督他们千万不要草草了事。我希望穿先祖劳里亚伯爵的服装，他的剑佩在我身侧，金羊毛勋章放在我胸口。棺材的选择，我就交给你了。要低调，但须和我的地位相称。为了不给人添不必要的麻烦，我希望'托马斯·库克父子公司'全权安排我遗体的运送，其中须有一人将棺木护送到最后的安息地。"

我记得埃利奥特说过，要穿着那套行头下葬，但我以为他是信口开河的，没想到他当真如此。约瑟夫坚持要兑现他的愿望，而依嘱行事也无不可。遗体得到了精心处理，之后我和约瑟夫为之换上了那套荒唐的服装。真是个苦差事。我们给他的大长腿套上白色丝质紧身裤，外面再穿上金丝外短裤。将他的胳膊塞进紧身上衣的袖子也非易事。我们给他套上硕大的上浆围领，再盖上那件绸缎斗篷直到肩部。最后，我们给他脑袋扣上平顶丝绒帽，挂金羊毛勋章的领圈也套进了脖子。敛尸员为他抹了胭脂和口红。埃利奥特此时的身躯已干瘪下去，于是这套衣服显得太大了，使他活似威尔第早期歌剧里的合唱队成员，或是一位令人扼腕的、为了无谓的目的而奔忙的堂吉诃德。当殡葬公司的人将他抬进棺材后，我将那把道具剑顺其身姿放在两腿之间，让其手握剑柄，我看见过十字军战士墓碑浮雕上展现的就是这样的姿态。格雷和伊莎贝尔去意大利参加了葬礼。

第六章

我觉得需要正告读者，本章完全可以跳过而不失我所讲故事的线索，因其大多仅为我和拉里的谈话记录。然而我还要多一句嘴，要不是这谈话，我说不定也觉得没必要写这本书了。

2

那年秋天，在埃利奥特去世几个月后，我去英国的半途中在巴黎待了一个星期。伊莎贝尔和格雷在去意大利奔丧后又返回了布列塔尼，但眼下又在纪尧姆大街的公寓里住了下来。她告诉了我遗嘱的细节。他留了一笔钱给他所修建的教堂，为他做安魂弥撒，另留了一部分钱用于教堂的维系。他给了尼斯大主教一笔可观的赠款，用于慈善。他遗赠于我的财产，其用意暧昧得很：他那些十八世纪的色情书收藏，以及一幅弗拉戈纳尔美艳之作，画的是萨缇[1]与仙女做着通常在私下里才会做的美事。这要挂在我墙上就太下流了。他赠予仆佣们的也都很慷慨。他的外甥和外甥女各得到一万美元，所剩房产就归伊莎贝尔了，至于共有多

1.萨缇，希腊神话中森林之神，以好色著称。

少，她没说我也没问；从她的自得神色看，应是一大笔财富。

格雷自康复后，一直急着要回美国，重返职场，而尽管伊莎贝尔在巴黎已过得足够舒适，他的不安分也还是感染了她。他和朋友保持着联系，但最好的职缺还得看他是否能够投入可观的资本。这原本他是做不到的，但埃利奥特的去世使得伊莎贝尔手头绰绰有余；格雷在取得她同意后，开始着手与人洽谈，他的想法是要离开巴黎，并打算亲自去考察一番，假如一切都真能如其表现得那么好的话。但在能够成行之前还有许多事情需要处理。他们得和法国财政部打交道，商量出一笔合理的遗产税额。他们得打发掉昂蒂布的房产以及纪尧姆大街的公寓。他们还要在德鲁奥拍卖行做一次埃利奥特的家具和绘画收藏的专场。这些藏品都很值钱，所以等到春季各路藏家风云际会时再出手，实为明智之举。在巴黎再过一个冬天，伊莎贝尔并不为意；孩子们的法语现在说得和英语一样好，她乐得让她们在法国学校里多待几个月。三年时间，她们都长成为长腿、细瘦而活泼的小姑娘，眼下尚未显露出其母亲的漂亮，但教养极好，且有着永不满足的好奇心。

要交代的就这么多了。

3

我是偶然遇见拉里的。我向伊莎贝尔打听过拉里的情况，她告诉我，从拉柏勒回来后，他们几乎见不到他。她和格雷这时已经交了不少朋友，都是同代人，他们更多地和这些人往来，而不是像以前那样，只我们四个人过了快乐的几个星期。一天傍晚我去法兰西剧院看《贝蕾妮丝》。我当然是读过剧本的，但没看过演出，由于该作品很少搬上舞台，所以机不可失。它算不上拉辛最好的剧本，因为其主题单薄得难以支撑得住一个五幕

246

剧，不过剧情还是很动人的，其中有些段落为人传颂也自有其道理。故事取材于塔西陀史学著作里一段简要的描述：提图斯[1] 爱上了巴勒斯坦女王贝蕾妮丝，并且不出所料，炽烈的恋情使他答应要娶她。然而他登基后没几天，元老院和罗马民众激烈反对皇帝与异族女王联姻，因而尽管两人彼此相悦，国家的需要还是让他不得不遣人将她送走。该剧表现了提图斯心中对于江山和美人的纠结，当他踌躇不决时，是贝蕾妮丝在确信得到他的深爱后，最终使她下定了决心，自行永远离开他。

我估计只有法国人才能全然领略拉辛的那种典雅和庄严，及其诗句的乐感，不过即便一个外国人，一旦适应了那种人人戴着假发拿腔拿调的正经劲儿，也很难不为其浓烈的柔美与高贵的情感所动容。拉辛比别人更能理解，人的声音里可以蕴含多少戏剧的因素。不管怎么说，对我而言，那些亚历山大格律的婉转诗句，足以替代演员的活动，我认为那长篇台词能够以无尽的技巧将场面推向观众所期待的高潮，其震撼程度，丝毫不逊于观看惊悚电影的体验。

第三幕后有一段间歇，我走出去，到休息厅抽烟，乌敦的伏尔泰塑像咧开没了牙的嘴，冷嘲热讽地笑着。有人碰了碰我的肩膀，我回转身，或许有这么一丝不快，因为我还想独自回味一下充溢于胸的那些铿锵有声的台词，可是我瞧见了拉里。与往常一样，我很高兴看见他。有一年没见面了，我说结束时要碰头去喝啤酒。拉里说他很饿，还没吃晚饭，并提议去蒙马特区。剧终时我们找到了对方，一块儿走了出来。法兰西剧院有一种独有的霉湿气，浸淫了不知多少代一副苦脸、蓬头垢面所谓的ouvreuse[2]的体味，她们总是领你到座位上，然后肆无忌惮地等着要小费。于是走到空气新鲜的室外便让人舒了口气，夜色不错，我们就

---

1. 提图斯，古罗马皇帝。
2. 法语：女引座员。

步行去餐馆。剧院大街的弧光灯肆意地发出炫目的光亮，以致头顶的星星仿佛骄傲得不屑斗艳似的，尽皆在深邃黑暗的天空里掩藏了自己的光芒。我们边走边聊起刚看的演出。拉里很失望。他本希望戏演得更自然些，台词能念得如同平常说话，动作也不必如此夸张。我认为他的观点不对。这是一种修辞，华美的修辞，我的理念便是，这样的剧本应以修辞的方式来演绎。我喜爱尾韵有规律的冲击力；而那种风格化的舞台姿态，经过了源远流长的传承，在我看来与此类正剧的脾性相得益彰。我不禁想到，这正是拉辛所希望的自己剧本的演出方式。我很欣赏这些演员，他们在所受到的局限范围内，颇具匠心地表演着人性、激情与真挚。当艺术能使成规为其目的所用之际，便是艺术得意成功之时。

我们来到克里希大街，走进"伯爵啤酒屋"。尚不到午夜时分，屋子里就人头攒动，不过我们还是找到了位子，点了培根煎蛋。我告诉拉里我去看了伊莎贝尔。

"格雷会很高兴回美国的，"他说，"在这里他就像没有了水的鱼，只有重返工作才能快乐起来。我敢说他会挣大钱的。"

"果真如此，也是你的功劳。你治好的不但是他的身体，还有他的心病。你让他重新有了自信心。"

"不过是些雕虫小技。我只是引导他治愈了他自己。"

"你怎么学到那些雕虫小技的？"

"机缘巧合罢了。是我在印度的时候。有一次我跟偶然认识的一位瑜伽师诉苦，自己正受着失眠的折磨，他说他很快会帮我解决。他的做法正是你看见我对格雷做的，当晚我便睡了个几月以来都没有过的好觉。然后，应该是过了有一年吧，当我和一位印度朋友在喜马拉雅山区时，他扭伤了脚踝。叫医生是不可能的，而他却疼痛难忍。我觉得可以尝试老瑜伽师的做法，还真有效。信不信由你，他感到一点儿也不疼了。"拉里笑起来，"可以向你保证，最吃惊的人就是我自己。其实真没什么，不过是将一个念头植入患者的脑子里。"

"说得容易做起来难啊。"

"假如你的胳膊不依你的意志，抬离了桌子，你会惊讶么？"

"会很惊讶。"

"当然会的。回到文明世界后，我那印度朋友逢人便说我的所作所为，还带了其他人来看我。我很不喜欢这样，因为我自己也不是很能理解，可是他们执意要来。不管怎么说，我把他们治得还挺好。我发现自己不但能缓解人们的痛苦，还能为他们祛除恐惧。很奇怪的是竟有那么多人饱受恐惧之苦。我的意思不是说害怕待在封闭的空间，或者恐高什么的，而是对死的恐惧，甚至更糟糕的是，对生的恐惧。他们往往都属于身体健康、事业兴盛一族，本该无忧无虑，却受着内心的折磨。我有时想，人的这种可笑，其实是最伤脑筋的，我也曾问过自己，是不是要归因于深沉的动物本能，这本能继承了那种极为原始的、第一次感受到生命的悸动的东西。"

我怀着期待听拉里说，他这么长篇大论可不是常有的，而且我隐约觉得，他这次是愿意开口畅谈的。或许刚才看的戏解开了某种禁锢，悠扬的韵律与节奏，如同音乐一般克服了他本能的矜持。突然我发现自己的手出了某种状况。对于拉里刚才半开玩笑的问题我并没有多想，但我现在意识到，我的手已不再搁桌子上了，而是不自觉地抬起了一英寸。我吃惊不小。我看着那只手，看见它微微颤抖着。我感到手臂上的神经发出怪异的刺痛，轻微地抽搐了一下，于是手和上臂便自行抬升起来，就我知觉而言，我对此既没有助力，也没有抗拒，直到抬离了桌面好几英寸。接着我感到整个胳膊都举过了肩。

"这真诡异。"我说。

拉里大笑起来。我只略略动了一下意念，手臂便回到桌上。

"这没什么的，"他说，"别觉得有什么了不起。"

"是你第一次从印度回来时谈到的那位瑜伽师教给你的吗？"

"哦，不是的，他才没耐心做这种事呢。我都不知道他是否相信自己掌握了一些瑜伽师宣称的那种力量，不过如果有的话，他也不屑去动用。"

培根煎蛋做好了，我们吃得很来劲，还喝了啤酒，两人都不言语。拉里在想什么我不知道，我可是在想着他。吃完以后我点燃香烟，他则抽起了烟斗。

"最初是什么促动你去印度的？"我突兀地问道。

"事出偶然吧。至少我当时是这么想的。现在我倾向于认为是我这些年在欧洲游历的必然结果。几乎所有对我产生重大影响的人貌似都是与我邂逅的，可是回想起来，好像我是非得遇见他们不可。好像他们就在那儿等着，等我需要时召唤他们。我去印度是因为我需要休息一下。我工作得很辛苦，很希望理一理自己的思想。我在一艘环行世界的游轮上找到了工作，做甲板水手。游船向东航行，经巴拿马运河到达纽约。我有五年没回美国了，很想家，情绪低落。你知道的，与芝加哥第一次见面时我还是无知小儿。我在欧洲博览群书，也见了不少世面，但我并没有离出发去求索时的那个起点有多远。"

我想问他求索什么，可我感到他只会耸耸肩笑笑，说那无关紧要。

"可你为什么要当一个甲板水手出去呢？"我换成了这个问题，"你不差钱的。"

"我需要体验。每当我在精神上感到很充实，每当我收获了所有能够吸取的东西时，我都会觉得做做这样的体力活儿是很有用的。那年冬天，在伊莎贝尔和我解除婚约后，我到朗斯附近的一座煤矿里干了六个月。"

正是在此时，他向我说了我前面记述的那些事。

"伊莎贝尔放弃你的时候，你难过吗？"

在做出回答之前他盯着我看了一会儿，那黑得异乎寻常的眸子似乎是朝内而非向外凝视的。

"是的。那时我还年轻。我原本想着要准备结婚的。我打好了如意算盘，期待着一起生活的美好时光。"他轻笑一声。"但好事得成双，就像吵架也要成对儿。我从没想过我带给伊莎贝尔的生活会让她充满失望。假如我能通情达理一些，就绝不会这么提了。她太年轻了，燃烧着激情。我不能怪她，而我自己也无法让步。"

读者或还有可能记得，他在那家农场与守寡的儿媳有过一次奇遇之后，便逃离了农场，一路去了波恩。我急着想让他说下去，可我知道该克制一下，小心翼翼地别问得太直接。

"我从来没去过波恩，"我说，"少年时代在海德堡求学过一段时间。那是我一辈子最快乐的日子，我觉得。"

"我当时也喜欢上了波恩，在那儿待了一年。我在一位孀居的大学教授夫人家里租了间屋子，她接纳了两个房客。她自己和两个都已届中年的女儿做饭、干活儿。我发现同住的另一位是法国人，一开始还很失望，因为我希望只说德语；不过他是阿尔萨斯人，能说德语，虽不及他的法语流利，但口音倒还更好听。他一身德国牧师的装束，过了几天我很惊讶地发现他居然是本笃会教士，修道院允他请假到大学图书馆来做研究。他非常博学，可是看上去一点儿也不像，就如同他也丝毫不像我心目中的僧侣形象。他长得高大壮实，沙栗色头发，蓝色的眼睛引人注目，还有一张又红又圆的脸膛。他羞涩而矜持，似乎不愿意和我打多少交道，但他礼数相当周到，饭桌上聊天时也同样文质彬彬。那是我唯一能见到他的时候，一用完午餐他便回图书馆工作，晚饭之后即回自己房间，而我还坐在客厅里，趁那姐妹谁不洗碗时跟她们练一练德语。

"在我去波恩至少一个月后的一天下午，他问我是否愿意一起散散步，这让我颇感意外。他说可以带我到邻近地区看看，有些地方我不大可能自己找到。我可是走路好手，但是他不管哪天走路都比我更快。第一次出去走就是十五英里。他问我在波恩做什么，我说是来学德语的，同时也熟悉一下德国文学。他谈吐睿智，说很乐意尽可能地帮助我。此后我们每周都要走两三回。我发现他教过几年哲学。我在巴黎时读过一些，斯宾诺莎、柏拉图、笛卡尔，但没怎么读过德籍哲学家的传世名著，所以当他娓娓道来时我是求之不得的。有一天，当我们远足跨过莱茵河、坐在一家露天啤酒店喝一杯时，他问我是不是新教徒。

"'我想是吧。'我说。

"他飞快地看了看我，我感到他眼里闪过一丝微笑。他讲起了埃斯库罗斯；我一直在学希腊语，你知道的，而他对那些伟大的悲剧家了如指掌，令我望尘莫及。他的话给了我很多启示。我不明白刚才他为何突然要问我那个问题。我的监护人鲍勃·纳尔逊是不可知论者，但也定期去教堂，因为病人对他有这个期望，也因为如此他还送我去主日学校。我们的帮佣玛莎则笃信浸信会，在我小的时候她经常说些地狱火的事儿来吓唬我，说那烈火让有罪孽的人永世不得翻身。她带着由衷的喜悦，绘声绘色地告诉我，村子里因为种种原因和她结仇的人将会遭受怎样的痛苦。

"冬天来临时我和恩斯海姆神父已经很熟稔了。我觉得他是个挺了不起的人。我从没见过他发火，脾气很好，和蔼可亲，心胸比我预料的还要博大很多，而且对人极其宽容。他学识渊博，肯定知道我是多么无知，然而他和我交谈时仿佛我同他一样有学问。他还对我很有耐心，似乎就是专门来为我效劳的。有一天不知怎么搞的，我腰背肌肉痛得厉害，房东太太格拉鲍夫人坚持要我垫个热水袋上床休息。恩斯海姆神父听说我卧床了便在晚饭后进来看望我。你是知道书呆子的，总是对书充满了好奇，在我放下书时他拿起来看了看书名。那是我在城里书店买的关于迈斯特·埃克哈特的书。他问我为什么要读这个，于是我说自己钻研过一阵子神秘主义著作，并向他说起了科斯提，他是怎么引起了我在这方面的兴趣的。他那炯炯有神的蓝眼睛审视着我，其中的神色，我只能解读为既感到好笑又不失亲切。我觉得自己在他眼里是挺可笑的，但他对我是那么仁厚，绝不会为此少一分对我的喜欢。不管怎样，如果有人觉得我有些傻气，我也从不在乎。

“'你在这些书里寻求什么？'他问我。

“'要是我知道的话，'我答道，'我至少就可以去找寻了。'

“'你记得我问过你是不是新教徒？你说你想是吧。这是什么意思呢？'

“'我是被当作新教徒养大的。'我说。

“'你信上帝么？'他问。

“我不喜欢这么私人的问题，第一冲动是告诉他这不关他事。不过他善意满满的样子也让我觉得难以冒犯他。我不知道该怎么说，既不想回答是，也不想说不。或许是我正遭受的苦痛，或许是他自身的什么东西，反正促使我开了口，向他讲述了我的经历。”

拉里踌躇了片刻，当他继续说下去时，我明白他不是在对我说话，而是对着那位本笃会教士。他忘记了我。我不知道当初在那个时刻，或者那个地点，在没有我怂恿的情况下，是什么让他开了金口，袒露了他那寡言的天性在这么多年里所掩藏的心里话。

“鲍勃·纳尔逊是很有民主意识的，他送我去马文上中学。我十四岁时他送我去上圣保罗中学，也只是因为路易莎·布拉德利老是撺掇他。我没什么特别擅长的，无论是功课还是体育，不过还能跟得上。我觉得当时的自己是个完全正常的孩子。我对飞行特别着迷。那是航空业的最初年代，鲍勃叔叔也和我一样激动；他认得几个业内人士，当我说想学飞行时，他便答应去张罗。我的个子在十六岁的人当中算高的，很容易被当作十八岁。鲍勃叔叔要我保守秘密，因为他明白，要是放我走的话，所有人的责骂声便会铺天盖地而来。而实际上他帮我去了加拿大，同时捎了封信给他的一个熟人，结果就是到我十七岁时，我已经翱翔在法国上空了。

"那个年代我们驾驶的都是些华而不实的飞机，每次上天都简直就是把命攥在手里的。照今天的标准，我们能达到的高度是很可笑的，但我们哪里会知道，还觉得妙不可言呢。我热爱飞行。那种感觉无法描述，我只知道自己感到很骄傲、很快乐。在天空中，在高高的苍穹之上，我觉得自己就是某种雄壮而美丽之物的一部分。我不知道那究竟是什么，只知道我在这两千英尺的高空不再孤寂，不是独自一人，而是有所归属。如果这听起来很傻气，那我也是不由自主的。飞翔在云端，如同俯视着大片的羊群，我感到身处这种无垠的世界里才是自由自在的。"

拉里停顿了一会儿，深不可测的目光凝视着我，可我不知道他是否看见了我。

"我不是不知道数以万千计的人丢掉了性命，但我并没有看见，那对我没太多的触动。后来我亲眼见到了死人。那情景使我充满了羞愧。"

"羞愧？"我不由叫起来。

"是羞愧，因为那个小伙子，他只比我大三四岁，浑身都是力气和胆量，前一刻还活力四射，与人为善，此时却成了一摊模糊的血肉，仿佛从来就没有生命。"

我什么也没说。我做医学生时见过死人，战争期间见得就更多了。当时让我感到惊愕的是，他们显得那么无足轻重，毫无尊严可言。只是些杂耍人敝弃不用的提线木偶。

"那天晚上我没有睡。我一直哭。倒不是为自己感到害怕，而是感到愤懑，让我崩溃的是这其中的邪恶。战争结束了，我回到家里。我一直热衷机械活儿，假如不能在航空业干，我原本打算去汽修厂。我是受了伤回来的，得休整一段时间。之后他们便希望我去工作。我没法去做他们希望我干的事情，毫无意义的事。我花了很多时间去思考。我不停地问自己，活着是为了什么。毕竟我是凭运气才活了下来；我很想在生活中做出一番事情来，但我不知道该做什么。我从来没有想过上帝，现在才开始认真思考起来。我不明白为什么世上会有恶。我知道自己很无知；我不知道该去找谁求助，而我又很想学习，于是就开始胡乱地翻书看。

"当我向恩斯海姆神父和盘托出时，他问我：'这么说你读了四年书了？有成果吗？'

"'一无所成。'我说。

"他看着我，仿佛涌溢出无数光彩动人的温情，这让我感到困惑。我不知道自己是怎么激起了他那么充沛的情感的。他温和地用手指敲着桌面，像是在反复考虑头脑里的一个想法。

"接下去他说道：'我们智慧而古老的教会早就发现，如果你愿意去相信，信念就会赋予给你；如果你祈祷时仍有疑虑，但不无诚恳，你的疑虑就会打消；礼拜超越人类精神的力量已被千百年来的经验所证明，如果你愿意投身于礼拜之美，那么安宁就会降临于你。我很快就要回修道院了。何不来和我们一起待几个星期？你可以和我们的庶务修士一块儿在田里做活儿。你所体会到的乐趣，不会比在煤矿或德国农场里少。'

"'你为什么有这样的提议？'我问道。

"'我观察你三个月了，'他说，'或许我对你的了解胜过你自己。把你和信仰隔开的距离，不过是一张卷烟纸的厚度。'

"我什么也没说，只是有了一种很奇怪的感觉，像是有人抓住并拨动了我的心弦。最后我说会考虑的。他便放下了话题。在波恩余下的日子里我们都没再提与宗教相关的事情，但临别时他给了我修道院的地址，告诉我若是打定主意来，只消写一行字给他，他会安排好的。我超乎预料地思念着他。时间过得很快，一下子到了仲夏季节了。我很喜欢在波恩的日子。我看了歌德、席勒以及海涅。我诵读荷尔德林和里尔克。可我仍无长进。我时常思索着恩斯海姆神父的话，并最终决定接受他的好意。

　　"他到车站来接我。修道院位于阿尔萨斯，那儿的乡野美不胜收。恩斯海姆神父引我见过院长，便带我到配给我的单间房。房间里有一张窄铁床，墙上有十字架，说到家具也都是些最简陋的必需品。餐铃响起，我便向食堂走去。那是一间很大的拱顶屋子。院长和两名僧人站在门口，其中一个端水盆，另一个拿毛巾，院长在用餐客人的手上洒几滴水表示为他们洗了手，并用僧人递的毛巾为他们擦干。除我外还有三位客人：两个路过来吃饭的牧师，以及一个在此隐修、总是面露愠色的法国老者。

　　"院长与上长老和下长老坐在屋子最前面，每人有一张单独的桌子；神父们沿两侧的墙分坐，而初级教士、庶务修士以及客人则安排在中央的桌上。饭前祷告完毕后我们就吃了起来。一名履职的初级教士站在靠门的地方，用单调的语气读着一本修行书。用完餐后我们又念了祷词。院长、恩斯海姆神父、客人及主事僧一同步入一小房间，喝咖啡并闲聊几句。之后我便回到自己的单人间。

　　"我在那里逗留了三个月。我很快活。那样的生活再适合我不过。图书馆很棒，我读了大量的书。没有哪位神父会以任何方式去试图影响我，但都很乐意和我交谈。我深深地折服于他们的学识、虔诚以及脱俗。千万别以为他们过着闲散的生活，他们永远忙碌着。他们自己种地，自己做农活，也很高兴我去帮着干一点。丰富多彩的仪式让我神往，但我最喜欢的是早课，凌晨四点就举行了。四周仍是浓重的夜色，众僧已端坐教堂，以浑厚的男声唱起素朴的祷歌，他们的僧袍透着神秘的气息，斗篷拉起遮住了脑袋，那场景动人心魄。高度规律的日常生活让人觉得很踏实，尽管在这里得使力气，尽管脑子也要不停地转，但始终能感受到一种安宁。"

拉里略感凄然地微微一笑。

"和罗拉[1]一样，我生不逢时，应该活在中世纪，那时，信仰是理所当然的；那么我面前的道路便一目了然，我也会积极争取做一名牧师。而在我出生的时代里，我无法有信仰。我很想信，但我无法信一个比一个普通好人高明不到哪儿的上帝。僧侣们告诉我，上帝是为他自己的荣光而创造世界的。这在我看来算不得什么有价值的追求。贝多芬是为自己歌功颂德而创作交响乐的么？我不信。我相信那是因为他灵魂中的音乐要求有个表达，他只需倾其所能将其表达得淋漓尽致。

"我常听着僧侣们不厌其烦地向主祷告着，我很想知道他们怎么就能毫无疑虑地向天父祈求着一日三餐。在俗世中，孩子会向父亲讨食么？孩子对父亲是有期待的，为此他们既不感激，也无须感激，而我们只会谴责那些把孩子带到世间却又无力或无心供养孩子的人。在我看来，全能的造物主若没准备为其子民提供生存所必需之物，无论是物质上还是精神上的，那么他还不如不要造物了。"

"亲爱的拉里，"我说，"我觉得你也不能生在中世纪，否则毫无疑问要上火刑柱的。"

他笑了笑。

"你收获了很多成功，"他续道，"你希望得到当面颂扬吗？"

"那只会让我很尴尬。"

"我就是这么想的。我相信上帝也不希望如此。如果空军里有谁靠拍长官马屁来讨得美差，那我们会对他很不齿。我很难相信上帝会多么看重一个靠溜须拍马来讨得救赎的人。我本认为最敬神灵之举便是尽量发挥出自己最大的能力。

"可这还不是困扰我的主要问题：让我无法释怀的是就我所知，

---

1. 罗拉（Richard Rolle），毛姆在原文中拼其姓为 Rolla，英国学者，苦行主义者。

那些僧人的脑子里也并非从来没有罪念。我知道空军里有不少家伙，一有机可乘自然就要酗酒，只要办得到随时都想猎艳，而且满口污言秽语。我们部队就有一两个败类，其中一个因私开空头支票给抓起来监禁了六个月；这并不完全是他的错；他以前一直都没几个钱，当他做梦都没想过能赚这么多钱时，就昏了头脑。我见识过巴黎的坏人，当我回到芝加哥时见到了更多坏人，可是他们的坏大多是由于自己所不能左右的遗传，或者是由于自己无法选择的环境：很难说社会是不是要为他们的罪恶担更多的责任。是不是该诅咒他们之中的哪一个，甚至是最坏的那个，让他永世不得翻身，假如我是上帝，那么对此我也会迟疑不决。恩斯海姆神父的心胸是很宽广的；他认为地狱就是上帝存在的缺失，但假如那样的惩罚严酷不堪到完全可以称作地狱的话，那又如何设想一个好心肠的上帝怎么能造出它来呢？毕竟是上帝创造了人；如果上帝造出的人是可能要犯下罪孽的，那也是因为他老人家存了这个心。如果我训练一条狗扑向任何一个走进后院的生人并直取其咽喉，那为此恶行去揍它，就是不公平的。

    "如果至善而全能的上帝创造了世界，那他为什么又创造了恶？僧侣们说，人可以战胜心中的邪念，抵制诱惑，接受上帝为净化其心灵而降临于他的痛苦、悲哀和不幸，由此赢得自己的价值并得到上帝的垂青。在我看来，这就好比差遣一个人到某地去送信，为了给他制造难度你就设了迷宫让他想办法钻出来，挖了壕沟要他游过，最后再砌一堵墙命他去爬。我不打算去信奉一位全知全能同时又不通常理的上帝。我就不明白为什么不该信这样一个上帝：他没有创造世界，但是善于收拾这个烂摊子；他的德行、智慧和能力远胜于人，他和并非他造成的邪魔做殊死斗争，而且很可能如你所愿最终除妖降魔。可是另一方面，我也不明白为什么就该有这么一个上帝。

    "关于困扰我的这些问题，善良的神父们的回答既不能让我的头脑，也不能让我的心灵满意。我和他们并非同栖一木。当我去和恩斯海姆道别时，他并没有问我是否有所获益，对此他原本有着十足的把握。他以无法言表的慈爱端详着我。

"'恐怕我让您失望了，神父。'我说。

"'不，'他答道，'你是一个不信上帝，却有着深刻宗教性的人。上帝会找到你的。你会回来的。在此处还是在别处，只有上帝知道。'"

4

"冬季余下的部分，我在巴黎住下来。我对科学一无所知，心想该去了解个大概了。我读了很多书。现在我才明白自己没学到什么，而且还无知得出奇。不过就这一点，先前我也是有自知之明的。春天到来时，我跑到乡下去，在靠近一座古镇的河边小客栈待了一段时间，法国有很多这种美丽的小镇，两百多年的生活在那里就像是没有任何变动。"

我猜这就是拉里和苏珊娜·鲁维耶一起度过的那个夏季，但我没有插嘴。

"之后我去了西班牙。我想看看委拉斯凯兹和艾尔·格列柯。我想知道艺术是否能告诉我宗教所没能指明的道路。我游荡了一段时间后来到了塞维利亚，我喜欢那里，准备在那儿过冬。"

我自己在二十三岁时也去过塞维利亚，也很喜欢那座城市。我喜欢那些白墙素垣、曲折蜿蜒的街巷、大教堂，以及瓜达基维尔河畔开阔的冲积平原；我尤爱安达卢西亚姑娘的优雅与明快、她们漆黑闪亮的眼睛，头上戴的康乃馨衬着秀发的乌润，也托出自身的鲜活；我钟情于其肤色之浓烈及其唇间肉感十足的挑逗意味。确实在那个年岁，青春即是天堂。拉里去的时候只比我当年略大些，我不禁自问，在这些充满魅力的尤物面前，他还能不能无动于衷。他对我没说出口的问题做了回答。

"我碰巧遇到了一位在巴黎结识的法国画家，叫奥古斯特·科泰，他曾经收留过苏珊娜·鲁维耶。他到塞维利亚来作画，并和挑中的一个当地女孩住在一起。有一天晚上他邀请我一起去埃雷坦尼亚听flamenco[1]歌手的演唱，一同带去的还有女孩的朋友。那是你见过的最漂亮的小姑娘，只有十八岁。她和一个男孩惹上了事儿，在珠胎暗结的情况下不得不背井离乡，而那个男孩正在服兵役。分娩后她找人来照顾宝宝，自己去烟厂做工。我把她带了回来。她非常活泼可爱，过了几天我便问她是否愿意和我同居。她说愿意，于是我们在一栋公寓楼casa de huéspedes[2]里租下一套两室间：一间卧室，一间客厅。我告诉她不用上班了，但她不愿意，这对我倒也合适，因为白天时间我就可以自主支配。公用厨房也是可以自由使用的，于是她上班前会为我做好早饭，中午回来做中饭，晚间我们出去下馆子，然后看电影或是找个地方跳舞。她把我当成了疯子，因为我有一只橡胶浴垫，每天早晨非得用海绵擦个冷水浴。她的孩子寄养在离塞维利亚几英里的村子里，每逢周日我们便去看望他。她毫不掩饰与我同居的目的：攒足够的钱装修一套房子，等男友服完兵役后就把房子买下来。她是个甜蜜可爱的小女子，我能肯定现在已是帕科的好妻子了。她生性快乐，脾气好，充满了爱心。她把人们很得体地称作床笫之欢的事情视为身体的天然功用，就像身体的其他部分一样。她从中得到了欢愉，也很乐意给别人这样的欢愉。当然她简直就是头小母兽，不过却是一头甜美、有魅力又很驯顺的母兽。

"后来有一天傍晚，她告诉我收到了帕科从他所服役的西属摩洛哥

---

1. 西班牙语：弗拉门戈。
2. 西班牙语："宾客之家"。

发来的信，说他马上就要自由了，几天后就可到达卡迪斯。次日早晨她收拾好物什，将钱藏在了袜子里。我带她去了车站，送上车厢时，她热烈地吻了我，不过她想到要和男友重逢便激动得不怎么想我了，我敢肯定，火车还没开出站她就已经忘记了我的存在。

"我继续逗留在塞维利亚，到了秋季我便出发去旅行，就是这趟远门把我送到了印度。"

5

天色渐晚。人群稀少起来，只有几张桌子还围坐着顾客。原本来消磨时间的人大多回了家。准备看戏看电影的人在小酌轻食之后也离去了。也有零零星星的新来者。我看见一位显然是英国人的高个子带着一粗野的年轻人走了进来，前者狭长的脸上满是倦色，留着英国知识分子的那种稀疏的卷发，显然还沉浸在很多人都抱有的错觉里：一出国，老家的熟人就不可能认出你了。那个粗莽少年贪婪地吃着一大块三明治，他的同伴则愉快而慈爱地看着他。那胃口真好！我又看到个有一面之缘的人，在尼斯时和他去过同一家理发店。他上了些年纪，身材矮胖，头发灰白，有着圆涨的红脸膛以及厚重的眼袋。他原是美国中西部的银行家，经济危机爆发之后不愿意面对调查，就离开了所在的城市。我不清楚他是否犯了罪；即使有也无足轻重，司法部门都懒得引渡他。他有着低级政客的那种浮夸和言不由衷，但其眼神中不无恐惧和忧伤。他喝起来既不会酩酊大醉，也没清醒到哪里去。他总爱买春，而卖春女们则都很露骨地尽量搜刮他。此刻他正带着两个涂脂抹粉的中年女子，她们伺候他时毫不掩饰嘲讽语气，而对她们的法语半懂半懵的他只会愚蠢地咯咯笑着。荒唐不经的日子啊！我在想他还不如待在家里，按时吃药，好好过日子。这样下去总有一天，他的女人会将他榨干，然后他唯一能做的就是跳河或是吞一大把佛罗拿[1]。

凌晨两三点，客流略有增加，估计夜总会都要准备打烊了。一伙美国小青年晃了进来，醉醺醺、闹哄哄的，不过待的时间不长。离我们不远处，有两个面色阴沉的胖女人，身躯紧绷在很男性化的衣服里，她们并排坐着，一声不吭闷头喝着威士忌和苏打。一群穿晚礼服的人露了一会儿面，这些人在法语中称为gens du monde[2]，看来已经转了一大圈，这会儿需要些夜宵作为结束。他们也是来去匆匆。激起我好奇心的是一位小个子男人，衣着并不起眼，他在那里坐了一个小时甚或更长，捧着一杯啤酒读报纸。他留着整洁的黑胡须，戴着夹鼻眼镜。终于，有个女人走了进来，和他坐在了一起。他毫无善意地冲她点点头，想来他因被晾了这么久而感到不快。她很年轻，穿得很寒酸，却上了很浓的妆，她面露疲态。不一会儿我注意到她从包里掏出了什么给他。钱。他看了看，脸色便沉了下去。他向她嘀咕了几句，我听不到，但从她的神色推测一定是恶言毒语，她似乎在推脱着说了些什么。他猛然倾身朝她掴了一记响亮的巴掌。她叫了一声便抽泣起来。老板惊闻而来看怎么回事，并似乎在正告他们若是举止欠妥，他便要下逐客令了。女孩转向他尖声高叫，于是所有人都听明白了，她在用粗话叫他别管闲事。

"假如他扇我耳光，那是因为我活该。"她嚷道。

女人啊！我原以为靠女人卖淫为生的男人，都是些膀大腰圆花里胡哨的家伙，很有些性的魅力，还随时准备着耍刀弄枪；令我吃惊的是这么个屌头，看起来像个律师所的小职员，居然也能涉足拥挤不堪的烟花场里。

---

1. 佛罗拿，一种安眠药。
2. 法语：上流社会人士。

6

服务我们的侍应生要下班了，他拿过账单来，准备收取小费。我们付了账，又要了咖啡。

"怎么样？"我说。

我感到拉里还在说话的兴头上，而我明白自己也正听得起劲。

"你听着厌烦么？"

"没有。"

"好吧，我们去了孟买。船停留三天，让游客有机会观光、短途旅行。到了第三天，我在下午请了假，上了岸。我四处溜达了一会儿，张望着人群：好一个混杂的场面！华人、穆斯林、印度教徒、黝黑的泰米尔人；还有拉车的大犍牛！它们身上拱着肉峰，头上生着长长的角。然后我到象岛去看石窟。在来孟买的路上，曾有个印度人在亚历山大港登了船，游客们不怎么把他放在眼里。他是个小胖子，棕色的圆脸，穿一件厚厚的黑绿格子外衣以及教士的那种硬白领。一天夜晚我在甲板上透气，他过来要同我攀谈。我那时跟谁都不想说话，只想一个人待着；他问了我一大堆事情，而我恐怕是对他不怎么客气的。不管怎样我告诉他，自己是学生，一边打工一边挣钱回美国。

"'你应该在印度停留一下，'他说，'东方可以教给西方的，可比西方人想的要多呢。'

"'哦，真的么？'我说。

"'至少要去看看象岛的岩洞，'他继续说，'肯定不会后悔的。'"拉里中断了自己的叙述，问了我一个问题："你去过印度吗？"

"从来没有。"

"嗯，我盯着那尊三个头的巨像，很纳闷那代表了什么，这在象岛可是一大景观。就在此时我听见有人在背后说：'从善如流嘛。'我转

6

263

过身，用了一分钟才明白过来是谁在跟我说话。就是那个穿厚格子外衣和硬白领的小个子，但他现在穿了一件橘黄色长袍，后来我才知道这样的袍子是属于罗摩克利须那宗派的；尽管他先前看上去就是一个举止滑稽、言语艰涩的人，但此时却显得庄严，可说是风采照人。我们都凝视着那硕大的半身像。

"'梵天，创世神；'他说，'毗湿奴，守护神；还有湿婆，破坏神。即"最高实在"的三种显现。'

"'我恐怕很难理解。'我说。

"'并不奇怪，'他答道，嘴边挂着微笑，目光闪动，仿佛在温和地揶揄我。'你能理解的神肯定就不是神。谁能用言语来解释"无限大"呢？'

"他双手合十，略略一躬身便继续向前踱去。我待在原地看着那三个神秘的头。或许是因为我心态比较开放吧，我的心潮莫名地感到涌动起来。你明白的，有时候使劲想回忆一个名字，就在嘴边了却说不出来：我当时的感觉就是这样。当我走出洞穴时，我在台阶上坐了良久，看着大海。我对婆罗门教的了解仅限于爱默生的诗句，我尝试着背出来，却记不得了，这让我很气恼，于是一回孟买我就到书店看能不能找到一册收了这些诗的集子。我在《牛津英诗》里找到了。你还记得这几句么？

> 想忘记我的人只是枉然，
> 他们高飞时，我是他们的羽翼；
> 我是怀疑者，也是怀疑的对象，
> 而我就是婆罗门徒的颂诗。

"我在当地一家小店吃了晚饭，之后走上广场去看看海，十点之前都不用急着回船。我想我从未见过天上有这么多星星。经过白天的炎热后，此刻的凉爽沁人心脾。我发现了一处公共花园，并坐在了长凳上。周围漆黑一片，白色的身影无声而轻快地来回走动着。奇妙的一天：灿烂的阳光，各种肤色的喧闹人群，辛辣又清香的东方气息，这些都让我着迷；而那三个硕大的脑袋——梵天、毗湿奴和湿婆，如同画龙点睛之笔，使得一切都具有了玄奥的深意。我的心狂跳起来，因为我突然意识到一种强烈的信念，印度能赋予我某种我必须有的东西。对于我，机缘即在此时此地，机不可失，失不再来。我飞快地做出了决定，不回船了。我没有留下什么，只不过旅行袋里的几样东西而已。我缓缓走回当地人的聚居区，四处寻找客栈。不一会儿我就找到了一家，要了一间屋子。我的衣服都穿在了身上，零用钱、护照、银行信用证一样也不少。我感到多么的自由，不禁笑出声来。

　　"船十一点起航，为安全起见我在房间里一直待到了那个点儿。我走到码头上，目送着船起锚。之后我去罗摩克利须那传道会，想找那位在象岛同我说话的大师。我不知道他的名字，但解释说想见见刚从亚历山大过来的大师。我告诉他我已决定留在印度，并请教他该看些什么。我们进行了长谈，终于他说他准备当晚去贝拿勒斯，问我是否愿意同行。我欣然接受了邀请。我们坐的是三等车厢，里面塞满了吃饭、喝酒、聊天的人，而且奇痛难忍。我一刻儿也没合眼，第二天早晨感到疲惫不堪，而大师却精神焕发。我问他怎么做到的，他说：'我冥想那无形之物，由此我在梵境找到了安宁。'我脑子里一片空白，但我亲眼所见却是他的机敏和清醒，仿佛在舒适的床上睡了一夜好觉。

　　"当终于到达贝拿勒斯时，一个与我年龄相仿的青年来接我这位同伴，大师请他为我找一间屋子。他名叫马亨德拉，在大学教书。他和蔼、友善、聪明，我们相互都非常喜欢对方。当天傍晚，他带我去恒河泛舟；拥挤的城市紧挨着水边，恒河显得既美丽又庄严，令我感到震撼；可是第二天早晨他让我领略了更精彩的。在破晓之前他便去旅馆找到我，又带我来到河边。我见到了我怎么也不可能会相信的景象，我看见数以千计的人下到河里沐浴净身并祈祷着。我看见一个高大而枯瘦的人，留着蓬乱浓密的须发，除缠了一根护带遮住下体之外全身赤裸，并面向冉冉升起的朝阳朗声祷告。这给我留下的印象无法言表。我在贝拿勒斯待了六个月，我一次次地在黎明时分去恒河看那奇异的场景，总是止不住自己的惊叹。这些人对于信仰的执着不是三心二意的，也并非有所保留或受着疑念的困扰，而是将其存在的每一丝每一毫都投进去。

"所有的人对我都很友善。当他们得知我不是来猎杀老虎，也不是来做买卖，而只是来修习的，就都尽力帮助我。对于我想学习印度斯坦语的愿望他们都很高兴，并为我找到了老师。他们借我书，并不厌其烦地解答我的问题。你对印度教了解么？"

"知之甚少。"

"我还以为你会感兴趣呢。印度教认为宇宙是无始无终的，永无停息地从生长到均衡，从均衡到衰落、消亡，再从消亡到生长，以至永恒。还有什么理念，能如此伟大？"

"那印度教徒认为这种无止境的重生的目的是什么？"

"我想他们会说，这就是梵的性质。你要知道，他们相信创生的目的就是提供一个阶段，可以对该灵魂前世的功过进行奖惩。"

"其先决条件是要相信有灵魂的轮回。"

"人类世界里三分之二是相信的。"

"即便有那么多人信，这也不能保证其为真理。"

"是的，不过这样的话至少是值得去探究的。基督教吸收了那么多新柏拉图主义，也可以非常容易地吸收一些轮回思想的，实际上早期就有基督教分支是持此信念的，但被判定为了异端邪说。不然的话，基督徒就可以心安理得地相信转世了，就像他们笃信基督复活一样。"

"那就意味着，灵魂因前业的功或过而经久不息地从一个躯体传递到另一个躯体，我说的对吗？"

"我想是的。"

"可是你瞧，我不仅是我的精神，还是我的肉体，而谁能决定我作为个体的自我在多大程度上受制于肉体的偶然事件呢？拜伦如果没有长畸形足，还是拜伦么？陀思妥耶夫斯基要是不发癫痫症，那还是陀思妥耶夫斯基吗？"

"印度人不会谈什么偶然事件。他们会回答，是你前世的行为注定了你的灵魂栖于一个不完美的肉体中。"拉里漫不经心地敲着桌子，凝视着远处，沉浸在深思里。接着他又继续说了下去，嘴边挂着淡淡的微笑，目光之中仍若有所思。"你有没有想过，对世上罪孽，轮回既是一种解释，又是一种开释？如果我们的遭罪是上辈子行恶的后果，那么我们只有屈从忍受，并且希望如果这辈子努力向善，下辈子就能少受痛苦。可是自己遭罪是容易忍受的，只需拿出些勇气来；难以忍受的是别人遭罪，而且这种不幸常常显得那么的不应该。如果你能劝服自己，这都是过去带来的不可避免的结果，那么你或许会心生怜悯，你或许可以尽可能地去减轻这种痛苦，你也应该如此，但是你却没有理由为此而愤愤不平。"

"可是为什么上天就不能从一开始就创造一个没有痛苦和悲惨的世界呢？这样的话，便无所谓个人功过，也就谈不上对他的行为产生决定性影响了。"

"印度教徒会说，本无起始可言。个体的灵魂与宇宙共存，自亘古便有，其性质要归于某种先验的存在。"

"这种关乎灵魂轮回的信仰，对于信徒的生活有实际影响么？这毕竟是一种考验啊。"

"我觉得是有的。我可以和你讲一个我自己认识的人，那种信仰对于他的生活有着非常实际的影响。在印度的头两三年我大多寄宿在当地的客栈，但偶尔也会受邀成为某王侯的上宾，冠冕堂皇地住上几天。我通过在贝拿勒斯的一个朋友得到邀请，去北方的一个小邦做客。那里的都城很漂亮：一座玫瑰红的城市，有时间的一半那么古老[1]。我被引荐给了财政大臣。他在欧洲受过教育，还去过牛津。同他谈话时你可以感受到他的思想进步、睿智、开明，而且他以办事极为干练而著称，是个足智多谋的政治家。他身着欧式服装，仪表非常齐整。他长得相当英俊，只是像很多印度人一样到了中年略有些发福；他留着短发以及整洁的八字胡。他常邀我去他府上。他有一座大花园，我们就坐在大树的树荫下聊天。他有一个妻子和两个已经成人的孩子。你很容易把他当成一个平常、普通的英国化的印度人，然而再过一年他临近五十岁时，他就将辞掉待遇优厚的职务，把家产托给妻儿，做一个托钵僧去云游世界了，我得悉此事后感到无比的震惊。可最令人意外的是他的朋友以及邦王都视之为早有定论的事情，并不以为奇，反倒觉得是很自然的。

"有一天我对他说：'你的思想是那么的开明自由，你通人情，读书多：科学、哲学、文学——你在内心深处真的相信再生转世么？'

"他整个脸都变了，成为一张幻想家的脸。

"'亲爱的朋友，'他说，'假如我不相信，生活对于我就毫无意义。'"

"那你相信么，拉里？"我问道。

"这是个很难回答的问题。我觉得我们西方人不大可能像这些东方人那样发自内心地相信轮回之说。这已经深入他们的血液和骨髓中了。

---

1. 出自英国国教神学家伯根的著名诗篇《佩特拉》。

在我们看来这可以只是一种观点。我既非相信，也非不信。"

他停顿了片刻，脸搁在手上，低头看着桌子，然后又朝后靠去。

"我想跟你说说我的一次非比寻常的奇特经历。有天晚上，我正在'阿萨拉姆'的小屋里修习印度朋友教给我的冥思。我点上了蜡烛，正凝神于烛焰，过了一会儿，我看见了长长一串人影，一个接一个，虽然显身于火焰之中，却是非常清晰。最前面的为一戴帽的老妇人，帽檐的灰色花边垂下来遮过了耳朵。她身穿黑色紧身上衣及一条黑丝绸边裙——我觉得那是七十年代的装束——她以和蔼谦卑的姿态正对着我站在那里，手臂竖直在身侧放下，手掌朝向我。她布满皱纹的脸上，表情显得仁爱、亲切而文雅。紧跟其后，有一个高而枯瘦的犹太人向侧边站立着，因而我能看清他的侧脸：大大的鹰钩鼻及厚嘴唇；他身着黄袍，浓密的黑发上还顶着一顶黄色无边帽。他有着读书人的勤勉神情，既冷峻，同时又不乏苦修的热忱。站在他身后却面朝着我的，是个面色红润而快乐的年轻人，我们之间清晰得如同没有任何阻隔，你肯定觉得他就是个十六世纪英国人的模样。他两腿略微分开，站得很稳当，一脸鲁莽浪荡的神色。他的衣装上下皆红，堂皇得如同宫廷服饰，足蹬圆头丝绒鞋，头戴平顶丝绒帽。这三位之后，是一连串看不到尽头的人物，仿佛电影院外面排起的长队，不过形影黯淡，难辨其容。我只能感觉到他们影影绰绰的身姿，以及纵贯其间的那种如风吹麦浪般的波动。过了一会儿，我不清楚那是一分钟、五分钟抑或十分钟，他们渐缓退尽，消失在黑夜中，只有烛焰还在沉稳地燃着。"

拉里微微一笑。

"当然这也许就是我打瞌睡时做的一个梦。也许那微弱的火苗起了某种催眠作用，而那三个人虽然看起来真切得就像我现在看着你，但也不过是我保存在潜意识里的图片记忆。这也许就是我自身前世的生活。也许曾几何时我就是新英格兰的一位老太太，之前则是地中海东部的犹太人，再往前，就在塞巴斯蒂安·卡伯特[1]从布里斯托尔扬帆起航后没多久，我是当朝威尔士亲王亨利廷下的一位少侠。"

"你在那座玫瑰城市里的朋友，后来怎样了？"

"两年后我南下去了一个叫马都拉的地方。一天夜晚我待在庙里时，有人碰了碰我的胳膊。我回头看见了一个须发皆长的男人，除缠了一块腰布外什么也没穿，只拿着化缘钵等云游圣僧才会有的物什。直到他开口说话我才认出他来。正是我那位朋友。我惊愕得无言以对。他问我在干什么，我如实相告了；他问我准备去哪里，我说要去特拉凡科；他对我说，得去看看格涅沙法师。'你要寻找什么，他会给你的。'他说。我请他跟我说说格涅沙法师，但他只含笑道，我见到后便会知道我应知道的一切。此时我讶异的心情已平静下来，问他在马都拉做什么。他说准备徒步去印度的圣地朝拜。我问怎么解决餐宿，答曰如果有人收留下来，就睡着走廊里，否则就在树下或是寺庙里；至于食物，有人给就吃，没有就饿着。我端详着他："你瘦了不少。'他大笑起来，说这感觉最好不过。接着他便向我道别，很古怪的感觉——听着一个只裹了缠腰布的人说'好了，再见吧，老朋友'——遂踏进庙门深处，那个区域是我不能跟着去的。

"我在马都拉待了一段时间。我想那里有印度唯一一座白人可以自由出入的庙宇，只要不去踏足至圣之地。黄昏时分，庙里挤满了人：男人、女人、孩子。男人除腰布外都赤着身，他们的前额——常常还包括胸口和胳膊——都涂满了厚厚的牛粪焚烧后的白色灰烬。只见他们在各个神殿里敬拜着，有时候行的是平伏礼：四肢伸展于地面，脸面向下。他们祈求着，背诵着祷词。他们相互招呼、相互致意，相互争吵，相互

1. 塞巴斯蒂安·卡伯特，英国航海家、探险家及制图学家。另有意大利航海家约翰·卡伯特，曾受命英王亨利从下文所提及的布里斯托尔出发，于1497年在北美登陆，作者或有误用。

激烈地论辩着。一片吵闹声中，似乎对神明大有不敬，然而神明却以某种隐秘的方式临近或驻留着。

"穿行在长长的门廊里，只见屋顶由雕纹柱梁支撑着，每根柱梁脚下都坐着一位虔敬的托钵僧；他们每人面前都有一只化缘碗或一块小垫子，心怀诚意的人会不时地往里丢一个铜子儿。有的托钵僧穿了衣服，有的几乎赤身露体。有的在你经过时目光空洞地看看你；有的则或默念或朗诵地读着什么，对于蜂拥而至的人群浑然不觉。我在其中寻找我的朋友，可再也没看见，估计又已循着他的目标上路了。"

"目标是什么呢？"

"挣脱轮回的束缚。对于吠檀多信徒[1]来说，自我，即他们所谓的阿特曼，或者我们所谓的灵魂，与肉体及其感官是截然分开的，与思想及其智慧也不是一回事；它并不属于梵，因为作为无限无垠的梵并不存在分属的东西，只有梵本身。它并非创造出来的，而是自亘古便一直存有，当它摆脱了无知的七层面纱之后就会返回它所源发的无穷之中。它如同从大海里升腾出的一滴水，随风雨落入水坑，淌进小溪，汇入小河，辗转注入大江，再一路穿峡谷过平原，克服礁岩和落木的重重阻碍蜿蜒前行，最终回到它初出的一望无际的大海。"

"可那滴可怜的水，再重返大海时就一定失去了它的个体性。"

拉里亮出了一个大大的笑容。

"你想品尝糖的甜味，但你并不想成为糖。除了是对我们自我主义的表达，个体性还能是什么？灵魂只有抛却这最后一丝留痕，才能与梵合一。"

"你谈起梵来头头是道，拉里，真是个压倒一切的字眼儿。对于你来说，它究竟意味着什么？"

1.吠檀多信徒，印度教的主要哲学。

"真实。没法说它是什么，只能说不是什么。无以言表。印度人称之为婆罗门。它无处可寻又无所不在。一切事物都暗含着它，依存于它。它不是什么人，也不是什么东西，不是什么事业。它没有具体的质地。它超越了永久与变化，整体与部分，有限与无限。它是永恒的，因为它的完整与完善跟时间无关。它就是真理和自由。"

"切！"我自言道，不过对拉里说出来的却是："但一个纯粹知性的概念如何能成为人类痛苦的安慰剂呢？人在苦难中总是需要一个人化的神来寻求慰藉和鼓舞。"

"也许在遥远的某一天，人类终究有了更强的洞察力，并由此得到启示，应该在自身的灵魂之中寻求慰藉和鼓舞。我本人则认为，崇拜的需要其实无异于对以前那些神的残存回忆，那些大神若是不安抚好可是冷酷无情的。我相信上帝就在我自己身体里，别无他处。果真如此，我该去崇拜什么人或什么事物呢——我自己？人处在精神进化的发展阶段，所以印度人的想象空间已经进化到能够昭示梵的水平，并称其为婆罗门、毗瑟挐、湿婆以及上百个其他名字。梵存在于'大自在天'之中，那是世界的创造者和统治者，梵存在于卑微的神像之中，农夫在烈日炙烤的田野里为其献上一束花作为祭品。印度不计其数的神祇都是权宜之径，而万径归宗于终极的领悟，即自我与至尊自我同在。"

我若有所思地看着拉里。

"我只想知道，是什么把你引向了这么一种质朴的信仰？"我说。

"这我可以讲一讲。我总感到宗教的创立者们有很可悲之处，他们将信教作为得到拯救的先决条件，就好像他们需要人们的信仰来保证自己的信仰。这让人想起了过去那些异教神，一旦没有了善男信女们献上的燔祭，就变得黯然失色。'吠檀多不二论'则不计较你拿来了什么；它只求你要有一番热忱去探知'真实'；它声明你可以像体验欢乐或痛苦那样去体验神。而且如今在印度就有人——据我所知有好几百呢——

272

深信自己体验过神迹。让我感到欢心满足的是这样一种观点，就是你能够通过学习知识来掌握'真实'。后世的印度贤士在看到了人性的缺点时，承认一个人能够通过爱以及劳作来赢得拯救，但他们从未否认过，最高贵的，尽管也是最艰难的途径，依然是知识，因其获取的工具正是人最宝贵的能力，即理性。"

7

我得打断自己以声明，我在此并无意专门要介绍一种名曰"吠檀多"的哲学体系。我对此知之甚少，即便真懂，放在这儿说也并不合适。我们的谈话很长，拉里向我说的内容，我不可能一一在此赘述，毕竟我是在写小说。我关心的还是拉里。我根本就不该打开这个错综复杂的话题，只是在我看来，最起码还是要交代一下他的思考，以及或由这些思考所引发的他那些奇遇。若非如此，对于他即将采取的行事原则，我就无法自圆其说，读者很快就会见识到这个了。令我苦恼的是，我竟然找不出文字来形容他嗓音中的愉悦，这使他哪怕最随意的谈吐也充满了说服力；同样还难以言表他语句的跌宕起伏，从严肃庄重到温和轻快，从沉静到嬉闹，一直伴随着他的思考，就如同伴随着气势磅礴的小提琴协奏曲，还有着潺潺的钢琴声。

虽然关乎严肃的话题，他讲起来也相当自然，仿佛炉边闲聊，也许带着某种踌躇，可也跟在说天气或收成的时候差不多。要是我留下了他爱说教的印象，那是我的错。他的谦逊是显而易见的，一如其满腔的诚挚。

餐馆里的人已经很稀疏，借酒撒欢之徒早就离去了，那对靠情爱做生意的忧伤男女也回到了自己阴暗的角落。偶尔会进来一个满脸倦意的男子要一杯啤酒加三明治，或似是半睡半醒的人来点一份咖啡。白领工作者。一个值了夜班准备回去睡觉，另一个则是被闹钟唤起，快快不乐地走向漫长的白班。拉里似乎忘记了时间，如同对周边环境也浑然不觉。在我生命历程中，有很多次身处莫测之境。我不止一回离死神只有毫发的距离，也不止一回遇上了艳福且心领神会。我曾纵马中亚，循着马可·波罗的踪迹踏上中国的神奇土地；我曾在彼得格勒呆板的会客室里，一边喝俄罗斯茶，一边听一个穿黑衣和条纹裤的小个子男子温言软语地讲述如何刺杀了沙皇太子；我还曾端坐于威斯敏斯特的一间休息室里，倾听那恬静温暖的海顿钢琴三重奏，而外面炸弹的爆裂则滚滚如雷；可当我坐在这家有些俗丽的餐馆的大红毛绒座椅上，一连数小时听着拉里谈论上帝与永恒、梵以及那令人劳倦的无休止的变化之轮时，我觉得没有比这样的情境更诡谲的了。

8

拉里沉默了几分钟，我无意催促他，就等着。不一会儿他便朝我友善地微微一笑，像是又恍悟到我的存在。

"当我去了特拉凡科后，我发现根本无须打听格涅沙大师的消息。所有的人都知道。他在一座山洞里住了很多年，但最终人们劝服他移居到平原地带，有好心人给了他一块地，并为他修建了一座小小的土坯房。从首府特里凡得琅出发要赶很多路，我用了一整天，先是坐火车，然后搭乘牛车，才到达了当地的'阿萨拉姆'。我在院子入口找到一位年轻人，问他是否能见这位瑜伽师。我还带来一篮子水果，这是惯常要供上的礼物。过了几分钟，年轻人回来引我走进一间四周有窗户的长条形厅堂。格涅沙大师正以冥想的姿态坐在屋角一张铺虎皮的高讲台上。'我等着你呢。'他说。我很诧异，不过我推测马都拉的朋友向他说起过我。可是我提起朋友的名字时他摇摇头。我送上水果，他吩咐年轻人去收好。屋里只有我们两个人，他不出声地看着我。真不知那沉默延续了多久，或许有半个小时。我告诉过你他的长相；我没有告诉你的是他所焕发出来的那种安详，那种善良、平和、无私。长途颠沛之后我又热又累，可我开始感到了非常舒坦轻松。在他再次开口之前我已明白，这便是我要寻找的人。"

"他会说英语么？"我插话道。

"不会。但你知道，我学语言很快的，我已经懂了不少泰米尔语，足以让我在南部听懂别人，也能让别人听懂我。最终他开了口。

"'你为什么来这儿呢？'他问。

"我向他说起了是怎么来到印度的，此前又是如何过了三年时光；如何在听闻诸贤人的智慧与圣洁时，逐个去求教，却发现没有一个给得出我想要的东西。他打断了我。

"'这些我都已知，无须再说。你来这儿是为什么？'

"'您或许就是我的古鲁[1]。'我答道。

"'婆罗门才是古鲁。'他说。

"他继续带着奇特的专注神情看着我，接着他的身体忽然僵直，眼睛似乎朝向内里，只见他陷入了一种印度人称作'三昧'的入定状态，人在此时，主客二分的观念消弭无踪，成为'知识之绝对'。我在他面前盘腿坐于地板上，心狂跳不已。不知过了多久之后他呼出一口气息，我明白他恢复到了寻常的意识中。他看了看我，目光中充满了慈爱。

"'留下吧，'他说，'他们会领你去睡觉的地方。'

"分给我的小屋子正是格涅沙大师初下平原时的住所。后来他的门徒越聚越多，慕名拜访的人也与日俱增，于是又建起了这座他朝夕相守

1.古鲁，印度教等宗教的宗师或领袖。

的厅堂。为了不惹人注目，我换上了舒适的印度袍子，加上我已经晒得很黑，除非你特别留意，否则很可能就把我认作了本地人。我读了很多书，也思考了很多。我在格涅沙大师选择开口说话时留意倾听；他言谈不多，但总是乐于答疑解惑，而听他一席谈也总是如醍醐灌顶，又如乐曲般萦绕在耳际。尽管在自己的早年岁月里他恪行苦修，但对自己的门徒他并不强求。他勉力将他们从自私、激情和感官的牢笼里解脱出来，并告诉他们，获取自由，须诉诸宁静、克制、弃绝、顺从，诉诸心灵的坚韧以及对自由的热切渴望。距此三四英里有一小镇，那里的一座庙还挺有名气，每年为了某个节日都有大批的人涌过去，然后便赶到这里求见大师；还有从特里凡得琅及更远地方来的信徒，他们向他诉说烦恼，求计问策，并倾听他的教诲；所有人离去时都感到精神上充满了力量，并重新获得了安宁。他教诲的内容其实很简单。他教导人们，我们都比自己所认识的要强大，而智慧是通向自由的途径。他教导说，对于拯救而言，真正必要的并非遁世，而是弃我。他教导说，摈除了私欲的工作可以净化心灵；履行义务则能使人有机会丢开孤立的自我，而融入普天的大我。不过最了不起的不是他的教导，而是他本人，他的那种仁善，他灵魂的伟岸，他的高洁。他的存在就是一种恩赐。我和他在一起感到很快乐。我感到至少我找寻到了想要的东西。一个个星期，一个个月飞速地过去了，快得难以想象。我真想就这么待下去，直至他终老，因为他告诉我们他并不愿意长久地羁留在自己这终要朽坏的皮囊里；或者待到我获得了启明，最终能够冲破无知的枷锁，并且确信，自身与梵已经毫无疑义地融为一体。"

"那后来呢？"

"后来，如果他们说的没错，就没有下文了。这一灵魂在人间的事业结束了，且不再复返。"

"格涅沙大师死了？"我问。

"据我所知，也并没有。"

　　言语间他明白了我问题中的暗示，轻笑了一声。踌躇片刻之后他又开了口，但其神态起初让我猜度，他希望回避第二个我几乎要说出口的问题，那当然就是他是否得到了启明。

　　"我并没有在庙里一直待下去。我有幸结识了一位当地的林业官员，他长期住在山脚一村庄的边缘地带。他是格涅沙大师虔敬的信徒，工作之余，只要能走得开，会过来和我们一起住两三天。他人很不错，我们一聊就很长时间。他喜欢和我练习英语。我们认识一段时间后他告诉我，林业局在山上有一座小屋，如果我愿意去那儿独住的话他会给我钥匙。于是我不时地就会去住住。来回要两天时间：先搭公共汽车去林业官员的村子，然后就得步行上山，可是你到了那儿，就会发现其宏伟与孤寂之中，自有一番壮丽的景象。我把需要的东西自己用背包背着，另雇了挑夫担运补给品，然后我就一直待到补给用完。那是一间小木屋，屋后带了厨房，能称得上家具的只有一张可以铺席子的高架床、一张桌子和两把椅子。屋里很凉爽，有时在夜晚生一把火是很惬意的事。让我感到紧张同时又奇妙的是，方圆二十英里内只有我一个活人。夜间，我常能听闻虎啸，或是象群在丛林里横冲直撞的喧闹声。有一个去处是我特别钟爱的，坐在那儿可以纵览横亘于眼前的山峦，可以俯瞰一汪湖泊，黄昏时分，鹿、猪、野牛还有豹子等走兽都会到湖边来饮水。

　　"住神庙的仅仅两年时间里，我去山上隐居还有个你会觉得很好笑的原因。我希望能在那儿过生日。我前一天先去。第二天黎明前醒来，我觉得应该去看日出，就是在我刚才跟你说过的那地方。我闭着眼睛都能摸过去。我坐在一棵树下等着。夜色依然浓重，但满天的星辰开始变淡了，白天已近在咫尺。我有一种古怪的悬疑感。曙色开始渗透进黑夜中，其变化缓慢得令我几乎觉察不到，如同一神秘身影潜藏在树丛里。我感到心跳得厉害，仿佛危险迫在眉睫。太阳升起来了。"

拉里顿了顿，唇间展露出遗憾的微笑。

"我没有描绘景色的天分，不知道该用什么词句来形容；我无法告诉你，使得你也能身临其境地看到破晓时分眼前所展现的壮丽景象：长满密林的群山、仍盘桓于树梢的雾霭，以及远在山脚的深不可测的湖。阳光从高处的裂隙射向湖水，湖面耀眼得犹如擦得锃亮的钢铁。惊艳之余，想来竟还没有过如此的欣喜，如此超验的快乐。我有了一种奇异的感觉，感到一股刺麻从脚底升腾起来，直贯头顶，感到自己好像倏忽间游离了身体，只是作为纯粹精神的存在，享受着从未寐想过的美好。我感到，一种超乎人类的知识降临于我，所有的纠葛都明晰起来，一切的困惑都迎刃而解。我竟快乐得痛苦起来，并挣扎着想摆脱出来，因为我感觉再多一刻我就要死了；可是，那是怎样一种狂欢啊，我真情愿去死而不是就此作罢。我怎么才能告诉你当时的感受呢？无以形容那种得意忘形的极乐之情。复归常态时，我筋疲力尽，浑身颤抖。我睡着了。

"醒来时已是正午当头。我走回小屋，心里轻松无比，似乎足不着地。我做了点儿吃的，天哪，饿极了，然后点起一管烟。"

拉里此刻也点上了烟。

"简直不敢去想，我，伊利诺伊州马文的拉里·达雷尔，在别人苦苦追寻多年未果之时，居然得到了启明。"

"你怎么知道那不只是一种类似催眠的状态呢？你自身的心境，加上寂静无人的周边，黎明的神秘感，还有那像擦得锃亮的钢铁的湖，这些很容易诱发的。"

"我只知道那种对真实性的势不可挡的感受。这样的体验毕竟是可以和神秘主义者几百年来在全世界掀起的思潮相提并论的。印度的婆罗门、波斯的苏菲派、西班牙的天主教、新英格兰的新教；神秘主义体验虽难以名状，他们却明知不可而为之，并做出了相似的描述。否认其存在是无济于事的，唯一的困难就是如何解释。假如我有这么一刻融入了梵，或就是无意识的一阵喷涌，我也无从知晓，我只知在我们所有人的无意识中，都潜藏着与宇宙精神的亲密关系。"

拉里停顿片刻，似带着些挖苦看了看我。

"对了，你的小拇指能碰到大拇指么？"他问。

"当然了。"我哈哈一笑，并以实际行动做了证明。

"你知道吗，只有人类和灵长类动物才会这招。正因为大拇指与其他手指相对而生，手才成为这么好的工具。是不是有可能这种相对而生的大拇指在远古时代——毫无疑问也处于原始形态——首先发育于人及大猩猩的某些个体身上，而过了无数代之后才成为所有个体的特征？是不是也至少存在着这样的可能性：如此形形色色众多的人群所体验到的与'真实'合一的感受，都指向人类意识中的第六感，这种遥远的未来成为人所共有的经验，于是对梵的直接感知，普遍得如同感觉器官对物体的感知？"

"如果那样，人们会受到什么影响？"我问。

"那第一个发现能用大拇指去触碰小拇指的人，对于这个无关痛痒的动作接下来会产生什么样无穷无尽的后续影响是一无所知的，我同样也无法预言什么。就我而言，我只能告诉你，在那迷狂的瞬间所笼罩着我的强烈感受——平和、喜悦及安定，还始终伴随着我，而对那美丽世界的惊鸿一瞥，也如初见般鲜活生动。"

"但是拉里，可以肯定的是你关于梵的想法，驱使你相信这世界及其美丽的只不过是幻象——玛耶¹构造的那种。"

"认为印度人将世间看成幻象是错误的，并非如此。他们只是说，世间的真实与梵的真实并非处于同等意义上。玛耶仅仅是热忱的思想家们设想的一种思考方式，用于解释如何于无限中生发有限。商羯罗是其

---

1. 玛耶，印度教中的虚幻神。

中最贤明的一位，他的结论是世间是一团不可解的谜。你看，难处在于婆罗门其本身便是存在、极乐与智慧，亘古不变的，于宁静之中永葆自身，自足不缺，无欲无争，既已如此完美，为何要创造这个世界呢。嗯，对这样的问题通常给出的回答是，梵随手就创造了世界，没有任何目的指向。可是想到洪水饥荒、地震飓风，以及皮肉领受的所有病痛，你不禁会义愤填膺地思索道，如此触目惊心的祸害就这么儿戏般生出来了；但胸怀无比宽广仁厚的格涅沙大师则不以为然，他把世间看作梵的表达，是其完美性的流溢。他教导说，上苍不经意间的创世，实为其秉性的显现。如果世界是一种完美存在的秉性的显现，那怎么又会令人如此痛恨，以至于人唯一理性的目标，便是挣脱其桎梏而获得自由呢？对于我的问题，格涅沙大师答道，世间的满足只是转瞬即逝的，只有'无限'才能给你持久的快乐。然而无尽的持久并不能好上加好，如同不能使白色更白。假如正午的玫瑰失去了黎明时的美艳，那么它曾有的美就是真实的。世上无一永存之物，求其久远未免愚蠢，不过若不能尽享那短暂的欢愉，则更愚不可及。如果说变化是存在的本质，那么人们早就会想到，将其作为哲学的前提才是明智之举。我们谁都无法两次踏进同一条河，可是河继续流淌着，我们踏进的另一条河也同样清冽可人。

"雅利安人最初南下印度时，就看到了我们所知的世界不过是我们未知世界的表象；然而他们仍然满心欢喜地接受了，视之为高洁而美丽的；直到几个世纪之后，当征服到了强弩之末，当气候折磨得他们活力衰竭了，因而他们也成为入侵的游牧民族的阶下囚时，他们才觉得世间皆恶，转而去追求轮回的自由。可是我们西方人，尤其是美国人，为什么如此惧怕衰朽与死亡、饥饿与干渴、生病与衰老、忧伤与惶惑呢？我们体内的生命精神是很强大的。当我坐在小木屋里抽着烟斗时，我感到了前所未有的勃勃生机，我感到体内有一种能量呐喊着想得到焕发。我不应遁世隐修，而要活于世，爱世间万物，并不为其本身，而为蕴涵其中的那种'无限’。假如在那些狂喜的片刻中我真的与梵合一了，那么，如果他们所言为实，就没有什么再能够触动我，等我了却了此生的因缘，我也不再轮回。想到这个我心里满是惆怅。我愿意一次次地活回来。我甘心接受每一种生活，无论其有多少痛苦和哀伤；我感到只有一次次的生命，一次次的生活才能满足我的渴求、我的活力以及我的好奇心。

"第二天早上我动身下山，并于次日回到庙里。格涅沙大师很意外地看着我身着欧式装束。当初准备上山时我就在林业局官员的屋里换好了这套衣服，因为山里比较冷，之后就没考虑脱下来。

"'我是来与您告别的，大师，'我说，'我准备返回自己的族人中。'

"他没有说话，如往常一样盘腿坐在铺着虎皮的高台上。一炷香在面前的火盆里燃着，空气里飘荡着淡淡的芬芳。他如同我初见时一样独自一人。他看着我，目光如炬，我感到他洞穿了我，直达我内心最深处。我现在明白，他那时已经知道了一切。

"'很好，'他说，'你出门够长久了。'

"我跪下来，他祝福了我。当我起立时已热泪盈眶。他饱含了高贵与圣洁的人格。我将永远把与他的结识看成莫大的荣耀。我向信徒们道了别，他们有的已经待了多年，有的则是在我之后来的。我留下了可怜的几件财物和书籍，心想这些或许对谁有用。我背起包，穿着原先的旧长裤和棕色外衣，戴着破旧的遮阳帽，踏上了回城之路。一个星期之后我在孟买登船，并在马赛上了岸。"

沉默在我们各自思索时蔓延开来；可是尽管我很疲倦，还是有个问题非常想提出来，于是最终我开了口。

"拉里，老朋友，"我说，"你这漫漫求索之路始于恶的问题。正是有关恶的问题才驱使你不断往前。说了这么多，你并没有指明，已经找到了一条哪怕是尝试性的解决途径。"

"也许是根本没有解决途径，也许是我不够聪明，还没发现。罗摩克利须那把世界看作神开的玩笑。'就像一场游戏，'他说，'其中有人欢喜有人愁，有德行也有恶习，有知识也有蒙昧，有好有坏。假如把罪孽和受苦从创造活动中整个儿抹去，游戏也就进行不下去了。'对此我会全力反对。尽我所能可以提出来的是：当梵在世间显现自身时，恶便是善的自然对应。如果地壳没有发生难以想象的恐怖撼动，就无以领略喜马拉雅山那绝世的美。中国工匠用他们所称的薄胎瓷来做花瓶，形态可爱喜人，图案美轮美奂，点上亮丽的色泽，花瓶的釉面便光彩照人，臻于完美，然而就其天然特质而言，匠人赋予它的必然是脆弱，如果失手跌地，必是粉身碎骨。同样，我们在世上所珍视的价值只有与邪恶共生才能够存在，你说是不是？"

　　"别有见地啊，拉里。我觉得还不尽如人意。"

　　"我也觉得，"他微笑道，"至多只能说，当你得出结论是有些事情是无法避免的，那么你能做的就仅仅是随遇而安了。"

　　"你现在有什么计划？"

　　"我在这儿有工作要做完，然后我就回美国。"

　　"回去做什么？"

　　"生活。"

　　"怎么生活？"

　　他回答得很沉静，但是目光中闪过一丝顽皮，因为他非常清楚我并不指望能听到什么像样的答话。

　　"平静地生活，坚忍地生活，活得有同情心，活得无私、无欲。"

　　"太苛刻了，"我说，"而且干吗要无欲？你还年少气盛，去压抑人最强烈的动物本能是否明智？何况还处于饥渴状态。"

　　"于我而言很幸运的是，纵情声色对于我一直算作快事，但不是需要。从亲身经历中我懂得，印度的智者无比正确地认定，洁身自好可以极大地提升精神力量。"

"我原先还以为，智慧就是在对肉体与精神的需求之间达成一种平衡呢。"

"这恰恰是印度人所坚持，而我们西方人所没能做到的。他们认为我们有无数的发明，有工厂和机器，有大量的产品，所以一直在物质中寻求快乐，然而快乐并非存在于物质中，而存在于精神世界。他们认为我们选择的是一条不归路。"

"那你觉得美国这地方，适合推行你所提到的那一套美德吗？"

"有何不可呢。你们欧洲人对美国一无所知。就因为我们积累了大量的财富，你们就觉得我们只在乎钱。我们最不在乎钱，一挣到就花掉，有时很值，有时很浪费，但我们总归要花掉。钱对我们来说不算什么，仅仅是成功的标志。我们是世界上最了不起的理想主义者；我只是想到，我们把理想设定在了错误的目标上；我只是想到一个人能够设定的最伟大的理想，就是自身的完善。"

"那可是很高尚的理想，拉里。"

"难道不是很值得去身体力行的吗？"

"可是你能先暂时想一想，你，独自一人，能对美国人产生多大的效应？这可是一个不安分、爱热闹、喜欢钻法律空子、极端个人主义的民族啊！你还不如去徒手阻挡密西西比河水，这要容易得多呢。"

"我可以试一试。发明轮子的就只有一个人。发现引力律的也是一个人。任何事情的发生都会产生效应。投一块石头到池塘里，都会改变整个宇宙。认为印度圣人饱食终日的看法是谬论。他们是黑夜中闪亮的明灯。他们代表了一种令其同胞耳目一新的理想；普通大众或许难以企及，但他们懂得尊重，而这样的理想也永远改变了他们。当一个人变得纯洁、完善时，其人格影响力便传播开来，追求真理的人们自然就受其吸引。或许能做到的是，如果我独善其身，我的言行仍会影响他人，虽则无异于投石入池塘所激起的涟漪，但这涟漪会引起第二波、第三波；很有可能一些人意识到我的生活方式是不乏快乐与平和的，他们反过来也可以言传身教。"

"我不知道你是否明白将会面对什么，拉里。你要知道，市井小人们早已不再动用拷问台和火刑架来镇压他们所恐惧的言论了：他们发现了一样远更致命的杀伤性武器——风凉话。"

"我可是条硬汉。"拉里笑起来。

"好吧，我能说的只是，你还有一笔私有收益，真是太幸运了。"

"的确派了很大用场，否则我做不了那么多事。不过我的学徒期结束了。从今往后这只能成为我的负担。我必须丢掉这副担子。"

"那很不明智。你所打算的那种生活，只有在经济自立的条件下才有可能。"

"正相反，经济自立会让我所打算的生活变得毫无意义。"

我不由得流露出些不耐烦。

"对于印度的云游托钵僧来说这一点儿问题也没有；他可以睡在树下，虔诚的人们为了积德会心甘情愿地给他的化缘碗里装满食物。但美国的气候是没法露天睡觉的，而且尽管我不想装作有多了解美国，但我可是知道的，假如你的同胞们还有一点共识的话，那就是要想吃饭，就得干活儿。我可怜的拉里，还没等你迈开大步，就要被当作流浪汉进入收容站喽。"

他大笑起来。

"我知道。得入乡随俗，我当然也得工作。到美国后我准备到汽修厂找个事儿。我机修干得挺不错，想来找份工作不难。"

"你这不是在浪费精力么，花在别的事情上可以更有用嘛。"

"我喜欢体力劳动。每当我读了太久的书，都会停下来干干活，然后又能精神抖擞起来。我记得读过斯宾诺莎的自传，说不得不去磨镜片以糊口，并因此觉得苦不堪言。照我说，作者真傻，那肯定有益于他的智力活动，别的不说，磨磨镜片也能让他从繁重的脑力劳动中分散一会儿注意力呀。我在洗车或是修补化油器的时候，会感到思想很自由，活儿干完时还会有愉快的成就感。我自然也不希望无限期地在汽修厂待下去。离开美国那么多年，我需要重新认识它。我还要当个卡车司机，这样就能把全国跑个遍。"

"你大概忘记了钱最重要的用途：节省时间。生命苦短，要做的事有那么多，一分钟也荒废不起；就想想吧，比如说，步行从一地走到另一地，而不是坐公共汽车，你要浪费多少时间，而坐公共汽车比起坐出租车，又要浪费多少时间。"

拉里微笑着。

"说得没错，我倒没想到，不过这也难不倒我，我可以拥有自己的出租车。"

"什么意思？"

"最终我会定居在纽约的，因为有极好的图书馆等很多原因；我只需很少的钱就能过活，我不在乎睡哪儿，一天一顿饭就可以满足了；等我看够了需要了解的美国，我就能攒足买辆出租车的钱，可以自己跑出租了。"

"真应该把你关起来，拉里。你整个儿疯了。"

"根本不是。我很清醒也很务实。当个体出租车司机，只需跑满一定的时间，足够应付食宿及车辆损耗就行了。其余的时间里我还能干别的，假如我想尽快赶到什么地方我就开着自己的出租车去。"

"可是，拉里，出租车如同政府债券一样，也是一种财产，"我揶揄他说，"当了个体出租车司机，你也成资本家了。"

他笑起来。

"不。我的出租车仅仅是我劳动的工具，和云游的托钵僧手里的化缘碗没什么区别。"

逗笑到此，我们的谈话结束了。我注意到这会儿进店的人多了起来。一个穿晚礼服的男子点了一大份早餐。他神色疲倦而满足，是那种回味一夜欢愉时的自得感。几位老先生是属于上了岁数、无须太多睡眠而早起的，一边不紧不慢地喝着奶咖，一边透过厚厚的眼镜片读着晨报。年轻些的男人，有的穿戴得整齐干净，有的则身着破衣烂衫，他们都在赶往某公司或办公室的路上匆匆吞下蛋卷，喝掉咖啡。一个老太婆带来一叠报纸走进来四处兜售，可在我所见范围内都徒劳无功。我透过宽大的玻璃窗往外看，已见天色大亮。又过了一两分钟，宽敞的餐厅内电灯全熄灭了，只有里间还有照明。我看了看手表。已过了七点。

"来点儿早饭？"我说。

我们吃了牛角面包和café au lait[1]，刚出炉的面包热腾而脆香。我感到很累，无精打采，而且肯定一副人神共愤的表情，然而拉里却如往常一样清新喜人，眼眸晶亮，光洁的脸面上没有一丝皱纹，看上去绝不超过二十五岁。咖啡让我打起了精神。

"你可以让我给你一条建议么，拉里？我可是轻易不献言的。"

"我可是轻易不纳言的。"他嬉笑着答道。

"你是否仔仔细细考虑一下，再决定是否散尽你那小小的一点家财？一旦失去就永远失去了。也许会有急需用钱的时候，要么为你自己要么为别的什么人，到那时你就会追悔莫及，觉得自己太傻了。"

他答话时眼中又闪过嘲弄，只是毫无恶意。

"你比我把钱看得重。"

"我是挺当回事的，"我针锋相对地答道，"你瞧，你是身在福中不知福。它可以给我东西，是我视为生命中最可贵的——独立。你无法

---

1. 法语：加奶咖啡。

286

想象对于我来说有多么惬意：只要我愿意，我可以让世界上任何人都见鬼去。"

"可是我并不想世界上什么人见鬼去，而且我要真想的话，没有银行存款我也能办得到。你明白了吧，钱对于你而言意味着自由，对我来说就是束缚。"

"你真是顽固不化，拉里。"

"我知道的。我情不自禁地想这么做。不过无论如何我如果想改变主意还有的是时间。我准备到明年春季再回美国。我的朋友奥古斯特·柯泰特，就是那个画家，把在萨纳里的小别墅借给了我，我准备去那儿过冬。"

萨纳里是里维埃拉沿岸一块很低调的海滨疗养地，位于邦多尔和土伦之间，不看重圣特罗佩那种浮华场面的画家和作家喜欢光顾此地。

"这时节，那儿沉闷得像一潭死水，你不在乎就去好了。"

"我有事要做。我收集了不少材料，准备写一本书。"

"写什么呢？"

"写出来你就知道了。"他笑道。

"要是你完稿时愿意寄给我，我想我能帮你出版。"

"不用费心。我有几个美国朋友在巴黎开了家小出版社，已经说好了，他们帮我印。"

"可是你不能指望这么出书还会有什么销量啊，什么书评都拿不到。"

"我不在乎有没有书评，也不指望能卖得好。我只要印够了册数，可以送给印度的朋友，还有在法国想来会感兴趣的几个人。没什么大不了的。我写的目的就是把这些材料全都消化掉，而出版书就是因为我觉得印成铅字才像个样子。"

"两个原因我都明白。"

此刻我们已吃完早饭，我叫服务生拿账单来。单子送来时我递给拉里。

"如果你准备把钱去打水漂，那你完全可以为我买顿早饭吧。"

他哈哈大笑着并买了单。坐了那么久，我感到全身僵硬，走出餐馆时身体两侧疼痛起来。走进秋日早晨清新的空气里是很惬意的。天空湛蓝，夜间显得黯然无色的克里希大街，此时也有了几分轻快，如同一个脂粉掩不住疲态的女人，以小姑娘的轻捷步伐走起路来，倒也还算悦目。我叫住了一辆路过的出租车。

"我送送你吧？"我问拉里。

"不用。我去塞纳河走走，然后找个浴场游泳，再去图书馆，做一些调研。"

我们握了手。我目送他以轻快的步履迈动着修长的腿过了街。我可没有他这样铁打的身体，于是钻进出租车回了酒店。走进起居室时，我发现已过了八点。

"对于上了年纪的绅士而言，这个钟点回家可谓正当其时。"我不以为然地对压在玻璃柜下的裸女说，自一八一三年以来她就一直这么卧在自鸣钟的顶部，我早该想到这姿态其实是难受至极的。

她仍透过青铜色的镜子看着自己青铜色的面孔，大钟除了"嗒嗒"地嘀咕着，再不会说什么言语。我放了一盆热水，一直泡到水温吞了才擦干身子，服了片安眠药。床头柜上凑巧有一本瓦雷里的 *Le Cimetière Marin*[1]，我便带上床读起来，一直读到沉沉睡去。

---

1. 瓦雷里的名诗集《滨海墓园》。

第七章

1

　　半年之后，时值四月。一天早晨，我正在费拉角寓所顶层的书房里埋头写作，仆从上来说圣让（邻近的乡镇）警署的人员在下面等着要见我。我很恼火工作中断了，无法想象他们来干吗。我是问心无愧的，而且在慈善基金会认了捐。作为回报我拿到了一张卡，我就把卡放在车里，这样的话假如我因超速或违停被拦下，我会不动声色地在出示驾照时让警察看见捐助卡，他也就宽容地警告一下便放行了。我猜想更有可能的是某个女仆的证件材料还不齐备而遭到了匿名检举，这是法式生活的一个亮点。不过我和当地警员关系很不错，每次来我都好酒相待，从不会匆匆打发他们走，因而我料想也不会有什么棘手的问题。然而这回他们——警员都是搭档执法的——登门造访，却完全为了另一回事。

　　握手寒暄过后，警衔较高、称为brigadier[1]的那位——我从没见过谁的八字胡长得这么威风八面——从衣袋里掏出笔记本，用脏兮兮的拇指翻着页。

　　"索菲·麦克唐纳这个名字听说过吗？"他问。

　　"我认得的人中，是有叫这个名字的。"我回答得很谨慎。

　　"我们刚和土伦警察局通过话，总警长要求你立即去那里不得耽误

---

1. 法语：警队队长。

（vous prie de vous y rendre）。"

"什么原因呢？"我问，"我只略知麦克唐纳夫人而已。"

我能立即想到的是她惹上了麻烦，没准儿跟鸦片有关，可是我觉得自己不应该搅和进去。

"那不关我的事。毫无疑问你跟那个女人有过往来。貌似她已有五天没有回住处了，而警方有理由相信，港口打捞出的一具尸体就是她。他们需要你来辨认。"

一阵寒战袭遍我全身。然而我并非全然感到意外。她过的那种生活使她很容易在一阵突如其来的抑郁下结束自己的生命，这非常有可能。

"不过凭她的衣物和文件肯定能确认身份啊。"

"发现的时候她是一丝不挂的，而且被割了喉。"

"上帝啊！"我惊叫道。我盘算了一会儿。据我所知，警方是可以强制我去的，我想还是大度一点服从命令比较好。"好吧。我坐第一班火车去。"

我查了查时刻表，最早的一班可以在五六点时赶到土伦。队长说会在电话里向总警长大致通报一下，并要我一到站就直奔警局。上午我没法再写作了，收拾了几样必需品塞进行李箱，午饭过后便驶往车站。

2

在土伦警局亮明身份后我被立即带往总警长办公室。伏案而坐的警长体态笨重，皮肤黝黑，面色阴郁，我判断他是科西嘉人。他抛过来一个怀疑的眼神，或许是出于习惯。不过我还是有先见之明的，在扣眼里系上了法国荣誉军团勋章的缎带子，他瞥见后便堆出笑容来请我坐下，并忙不迭地致歉，说劳驾我这样一位贵人了。我宽慰说为他效劳荣幸之至。于是我们转入正题，他又把那副硬邦邦的无礼架势端了出来。他看了看面前的文档，说：

"真是件脏活儿。看来这个叫麦克唐纳的女人声名狼藉。酗酒、嗑药、滥交。她和下船的水手睡觉都成习惯了，还和城里的小混混乱来。以您的岁数和尊贵的身份，怎么会和这号人物认识的？"

我很想说这不关他事，但细读了数以百计的侦探小说后我深知还是跟警方合作为上策。

"我对她了解很少。当她还是小姑娘时我在芝加哥见过，她在那儿出嫁，丈夫的身份地位都不错。大概一年前我通过她和我的共同朋友又在巴黎遇到了。"

我一直在纳闷，他究竟是怎么把我和索菲联系在一起的，但此时他推过来一本书。

"这本书是在她屋里找到的。如果您好好看看您写的赠言，就会明白您和她熟识的程度可不像您说的那么轻描淡写。"

就是我那部小说的译本。她在书店橱窗里看见、求我写几句的。我在自己名字下面写了"Mignonne, allons voir si la rose..."，因为那会儿一时间想到的就这个，此刻看着还略感亲切。

"如果你是在暗示我是她相好，你可就错了。"

"这不关我的事，"他答道，接着目光中寒光一闪，"我绝无意冒犯您，而且还补充一句，从关于她的癖性的传闻来看，我不应该将您归为她那一类。但是显然您也不可能把一个素不相识的人称作mignonne[1]吧？"

"那是一句诗，monsieur le commissaire[2]，是龙萨名诗的第一句，以

---

1. 法语：宝贝儿。

2. 法语：局长大人。

你的文化教育程度，应该是很熟悉的吧。我这么写是因为我能很肯定她知道这首诗，也能回忆起接下来的几句，那或许能向她揭示，她的生活方式，从最轻处说，也是草率的。"

"我上学时当然是读过龙萨的，可现在每天要做一大堆事儿，得承认您说的那几句，我已经忘了。"

我重复了诗作的第一节，心里很清楚在我提及之前他根本就没听过诗人的名头，所以我也不用担心他能记起诗的最后一节，那可不是为节操歌功颂德的[1]。

"她显然受过不错的教育。我们在她房间里找到很多侦探小说，还有两三部诗集。波德莱尔的，兰波的，还有一本英文诗，作者是个叫艾略特的。他有名气吗？"

"家喻户晓。"

"我可没工夫读诗。反正我也读不了英文诗。如果他是个好诗人，那很遗憾他怎么不用法语写，那样的话有文化的人就可以读他的诗了。"

总警长大人读《荒原》，脑海里的这一情形让我暗自发笑。突然他递过来一张相片。

"您知道这位是谁么？"

我立刻认出了拉里。他穿着游泳裤，相片是近期照的，估计是和伊莎贝尔及格雷在迪纳尔度暑假的时候。我的第一个冲动是说不知道，真不想把拉里扯进这桩烦人的事情里，可是我寻思，如果警察查出来他的

---

1. 原诗最后一节如下：Donc, sivous me croyez, mignonne, /Tandisquevotreâgefleuronne /Ensaplusvertenouveauté, /Cueillez, cueillezvotrejeunesse： /Commeàcettefleur, la vieillesse /Feraternirvotrebeauté. 中译：宝贝儿，若是您信我的话，/ 就趁着青涩韶华 / 趁着如花灿烂的年岁 / 去采摘，采摘您青春的花朵： / 因为时光会将您的美貌包裹。

身份，那么我的断言会让人感到我想要隐瞒什么。

"他是美国公民，叫劳伦斯·达雷尔。"

"这个女人的财物里唯一的相片。他俩之间什么关系？"

"他俩是一个村子的，离芝加哥不远。儿时的朋友。"

"不过这相片是不久以前拍的，我怀疑是在法国北部或西部的滨海度假区。要查清准确地点是很容易的。他是干什么的，这个人？"

"作家。"我大胆地说。警长微微耸起浓密的眉毛，我猜他没觉得我干的这一行有多么高尚。"属于自食其力的。"我补充道，想让作家显得更可敬些。

"他现在在哪儿？"

我又禁不住想说不知道，但又想到这么做只会让事情更棘手。法国警察或许差错不断，但他们的系统还是有办法立刻找到想找到的任何人的。

"他住在萨纳里。"

警长抬起头，显然产生了兴趣。

"具体呢？"

我记得拉里告诉我，奥古斯特·科泰曾把小别墅借给过他，圣诞节我回来时还写信邀他来小住，只是正如我的预期他回绝了。我给了警长他的地址。

"我打电话到萨纳里去，让人把他带过来。问问他可能会有收获。"

我只能认为警长的心思大概是觉得找到嫌疑人了，可我只想发笑；有一点能肯定，拉里可以很容易证明他与此事无关。我很想更多了解一下索菲的悲惨结局，但是警长只肯将我已经知道的情况说得更详细些。两个渔夫捞上了尸体。我住处那儿的警察把情况夸张得过于浪漫了：并非一丝不挂，凶手并没除去腰带和胸罩。假如索菲当时的穿着和上回见到时一样的话，那么他只需剥掉她的休闲裤和线衫。她身上没有任何身份识别物，警方只能登报做了描述，以寻知情人。最后有一个女人到警局报案。她在一处偏僻的街道有小套公寓，法国人称之为maison de passe[1]，男人把女人或是男孩子带过来寻欢。她是警方的探子，在那里的目的就是了解谁常常光顾、为了什么。我遇见索菲时她住过的那家码头客栈对她下了逐客令，因为她太放荡，连睁只眼闭只眼的客栈老板也看不下去了。于是她找到上述那位女子，提出租下一间带小客厅的屋子。如果按短期夜宿收费的话可以多赚两三倍，但索菲出手大方，女人也就答应月租了。她闻讯到了警局，称该房客已失踪数日；她原先没什么好担心的，以为她去了马赛或是维尔弗朗什，那里近来有英国军舰，这样的事情总让沿岸老老少少的女人们趋之若鹜；可是她看见了刊登的认尸启事，觉得与她这位房客可能很相符。警方带她去辨认尸体，她稍有犹豫后便指认就是索菲·麦克唐纳。

"但如果尸体身份已确认，你找我来干吗？"

"贝列特夫人是一位名誉卓著、品行优良的女士，"警长说，"不过她把女尸指认作一个我们不知道的人，也是情有可原的；不管怎样，我认为要请一个与她关系更密切的人看看，验证一下。"

"你觉得有机会抓住凶手吗？"

警长耸耸宽厚的肩。

"我们当然正在调查。我们去她经常光顾的酒吧，在那些地方讯问了很多人。说不定是哪个吃了醋的水手杀了她，而水手已经离港了，又或者是匪徒谋财害命。貌似她总是不差钱，很容易引起匪徒的歹意。对于谁是元凶，可能一些人已经有了很大的怀疑，不过在她出入的这种圈子里，除非有好处，否则是不会有人说出来的。她的下场和她的种种劣迹有很大的关系，一点儿都不奇怪。"

我对此无话可说。警长让我次日上午九点到场，届时他也要见到

---

1. 法语：妓寨，娼馆。

"照片上的先生"，之后会有警员带我们去殡房看尸体。

"准备怎么安葬她呢？"

"假如你们验明了尸体身份，而且作为死者的朋友愿意承担丧葬费用，那么你们将得到必要的授权来操办。"

"我有把握，达雷尔先生和我愿意尽早操办。"

"我十分理解。真是令人难过，可怜的女人应该尽快入土为安。这倒提醒我了，我有一家殡葬公司的名片，价格合理，即付即办。我会在卡上写几句，他们会多关照的。"

我相当肯定他是会拿回扣的，不过我还是表达了衷心感谢，当他毕恭毕敬送我出门时，我立刻按名片上的地址赶过去。店老板很干练。我挑了一口不是最便宜的也不是最贵的棺材，还同意让老板在熟人花店里订几只花圈——"为了给monsieur[1]省去很多讨厌的麻烦，也出于对死者的尊重。"他说——并且安排好灵车于次日两点到殡房交接。他的办事效率让我不由得赞叹，因为他说我不用费心去看墓碑了，他会搞定所必需的一切。而且"我想夫人大概是新教徒"，如果我愿意的话，他还会额外请牧师到墓地主持葬礼。由于我跟他不熟，还是个外国人，假如他央求我预付一张支票以表善意的话，我也不会误解。他报的价码超过了我的预期，显然他料想我会讨价还价的，而当我二话不说开好支票时，我在他脸上看出了惊讶的神色，甚至有一分失望。

我住进旅馆，并于第二天清晨回到警局。他们让我等了一会儿才吩咐我进总警长办公室。我看见了拉里，他沉痛地坐在前日我坐过的椅子上。警长愉快地跟我打招呼，似乎我是失散多年的兄弟。"嗯，mon cher monsieur[2]，我出于职责的需要直截了当地询问了您的朋友，他

---

1. 法语：先生。
2. 法语：我亲爱的先生。

也一一回答了。他说已有十八个月没看见这位可怜的女人了，对此我没有理由怀疑。他说明了过去一个星期的行踪，以及为何能在她房间里找到他的相片，他的表述真是无懈可击。照片是他在迪纳尔照的，有一天他和这个女人吃午饭，相片正好揣在口袋里。我也从萨纳里调来了报告，是个好小伙儿。再说了，我也毫不自夸地说，我自己看人很准的；相信这样的罪孽他是做不出来的。我主动对他表示了慰问，说这么一位两小无猜的朋友，在条件这么好的健康家庭里长大，竟然会这么堕落。可这就是生活。那现在呢，我亲爱的先生们，我派个人陪你们去殓房，验明之后你们就可以自主安排时间了。去吃顿好的。我这儿有家餐馆的名片，是土伦最好的。我在卡上写几句，店主一定会多关照的。悲伤过后，一瓶好酒对你俩都会有益。"

此时他毫不掩饰地带着善意笑起来。我们在一位警员的陪同下走到停尸间。这儿门可罗雀，只有一具尸首停放在平板上。我们走上前，管理员揭开头盖，情状目不忍睹。海水将染过的亮银色头发结缠在了一起，湿漉漉地贴在脑袋上。面部整个儿被泡肿，看上去狰狞可怕，然而无疑她就是索菲。管理员将盖布往下拉，让我们看到了不想直视的惨状：割开的口子横贯咽喉，直延伸至两耳。

我们回到警局。总警长正忙碌着，不过我们对助理交代了该说的事情；他走开又很快拿来了必要的文件。我们带给了殡葬公司的老板。

"现在可以喝一杯了。"我说。

自我们从警察局到殓房时起，拉里一直一言不发，只是返回时说明了所见确为索菲·麦克唐纳的尸体。我引他来到码头，坐在那家我曾和她坐过的馆子里。一阵强劲的密史脱拉风[1]袭来，往常平静的港口竟泛起了许多白色泡沫。渔船轻轻地摇晃着。阳光依然灿烂，只是目力所及的

---

1. 密史脱拉风，法国地中海沿岸地带的一种干冷北风。

每一景物都有了超乎寻常的亮闪闪的清晰度，密史脱拉风吹过时总是如此，仿佛戴上了一副比日常调焦更精确的眼镜，使得眼前的所有事物都鲜活得令人心烦甚而心惊。我喝了白兰地加苏打水，可是拉里对我为他点的饮料却碰都不碰。他郁郁寡欢地默坐着，我也没去打搅他。

过了一会儿我看看表。

"我们还是去找点儿吃的吧。"我说。

"我们得在两点赶到殓房。"

"我饿了，我没吃早饭。"

从总警长的面貌来判断，他是懂美食的，于是我带拉里去了他说起的那家餐馆。我知道拉里很少吃肉，于是为他叫了煎蛋卷和一只烤龙虾，还根据警长的推荐在酒单上挑了一瓶精制葡萄酒。酒取来后我为拉里斟上一杯。

"你一定得喝，"我说，"喝了好说话。"

他顺从地照做了。

"格涅沙大师常说，沉默亦是说话。"他喃喃道。

"这有点儿剑桥大学知识分子联谊会的意思。"

"恐怕你得自己承担葬礼费用了，"他说，"我没钱了。"

"这我早有准备了，"我答道，之后才明白他话中有话。"你不会真已经一穷二白了吧？"

他一时不作回答。我看见他眼中又开始透出古怪和揶揄来。

"你不会已经散尽家财了？"

"只留了足够我撑到船到港的那天，其他的一分钱不剩。"

"什么船？"

"我在萨纳里的邻居是马赛的一家往返近东和纽约的航运公司的业务员。公司的人从亚历山大港给他拍电报说，有两个帮工生病了，无奈只好辞退，他们托他再找几个替代。他是我的好哥们儿，答应让我上去干。我准备把那辆老雪铁龙送给他，作为离别礼物。一踏上船，我除了身上穿的和手里拎的，就一无所有了。"

"好吧，那是你自己的钱。你是自由的，是个年满二十一岁的白人[1]。"

"自由这个字眼用得精准。我一生中从没像现在这么感到快乐和独立。到了纽约我就能领工资了，可以支撑着我直到能有份工作。"

"你的书呢？"

"噢，已经完工付印了。我列了一张赠书单——过一两天你就该收到了。"

"谢谢你了。"

余下无话，我们在一种亲昵的沉默中吃完了饭。我要了咖啡。拉里点上一管烟，我则抽起了雪茄。我满腹心事地看着他。他觉察到了我落下的目光，瞥了我一眼，目光中跳脱着顽皮。

"如果你很想说我是傻瓜，就直说好了。我才无所谓呢。"

"不是的，我倒没有存这份心。我是在琢磨，假如你像别的人一样结婚生子，那你的生活会不会进入一种更为完美的模式。"

他微笑起来。我对他的微笑之美评价了不下二十次，多么温馨甜蜜、多么值得信赖，映射出他那率真坦荡的性格魅力；可我还是得再赞颂一次，因为除此之外，那微笑中多了几分让人怜惜，让人不觉生出很多柔情的东西。

"现在太迟啦。我唯一遇到过的、原本可以娶的女人，就是可怜的索菲。"

我惊讶地看着他。

1.美国宪法规定18岁是有选举权的年龄，即法定成人，但21岁在美国才是真正成年的年龄，此后才准许青年消费烟酒或出入娱乐场所。

"在她闹出那么多事儿之后，你还能这样说？"

"她有着美好的心灵，有热情，有抱负，有气量。她为了理想可以奋不顾身。即便在她自寻毁灭的道路尽头，也不乏一种悲壮的高贵。"

我不吱声。我不知道如何应对如此与众不同的论断。

"那你为什么不跟她结婚呢？"我问。

"她那时是个孩子。跟你说句实话，当初我去她祖父家，我们一起坐在榆树下读诗的时候，我怎么也不会想到，这个精瘦的小毛孩心里，竟已种下了精神之美的种子。"

我禁不住感到意外，谈到这样的话题时他居然丝毫不提伊莎贝尔。他不可能忘记和她订过婚，而我只能推测，他将那段往事当作了年少的孟浪，那时两人连自己的思想都不足以把握，又如何能有什么结果。我开始相信，对于自分手后她对他的噬心般的念想，若说他早先还有所意识的话，那么如今这疑虑早已淡如游丝了。

该走了。我们来到拉里停车的广场，一起开往殡房，车已经很破旧。殡葬公司的老板很好地兑现了承诺。所有程序都安排得稳妥高效，只是那炫目的天色以及吹弯了墓园柏树的烈风，给葬礼增添了最后一分肃杀。待一切结束后，殡葬公司老板诚恳地过来同我们握手。

"嗯，先生们，希望你们能满意。操办得很不错的。"

"很不错。"我说。

"先生请记得，需要服务的时候我随叫随到。距离不是问题。"

我谢了他。走出墓园大门时拉里问我还要他做些什么。

"没有了。"

"我准备尽快回萨纳里。"

"把我放在旅馆吧，好吗？"

我们一言不发地开着。到了旅馆我就下车了。我们握了手，他开走了。我付了账，拿了包，坐出租车去车站。我也不想久留。

3

几天之后我动身去英国。我原本打算直接去，但在发生了这么多事情后，我特别想去看看伊莎贝尔，于是决定在巴黎停留二十四小时。我拍电报给她，问是否可以傍晚登门并留下来吃晚饭；到旅馆时我收到了她的便条，说她和格雷出去吃饭了，不过我要是能五点半之后来的话她会很乐意见我，此前她还要去试衣。

天气阴冷，雨时断时续地下着，雨量还不小，所以我料想格雷不会去莫特方丹打高尔夫球。这不太合我意，因为我打算单独见伊莎贝尔，不过我一到她对我说的第一句话就是格雷到"旅行者俱乐部"去打桥牌了。

"我告诉他如果想见你的话可别回来太晚，不过我们要等到九点才吃晚饭，这就是说我们要到九点半才走，所以有的是时间好好叙一叙。我有好多事情要告诉你呢。"

他们已把公寓转租出去，埃利奥特的藏品即将在两周后开拍。拍卖时他们得要照管，所以正准备搬到丽兹去住。之后他们就要登船了。伊莎贝尔准备把埃利奥特所有东西都一售而空，除了留在昂蒂布寓所的现代派画作，她不无正确地认定这些作品在未来的家里会起到画龙点睛的作用，虽然她本人对此并不很热衷。

"很遗憾埃利奥特舅舅没能与时俱进。他应该收点毕加索、马蒂斯、鲁奥，你知道的。我想他的藏画本身是够上乘的，但恐怕会显得有些过时。"

"我是你的话就不操心这个。再过几年又会冒出来一堆画家，毕加索和马蒂斯就跟你手上那些印象派一样不算新潮了。"

格雷的商务谈判已近尾声，有伊莎贝尔的资产作为后盾，他将以副总裁的身份入主一家生意兴隆的公司，其业务与石油相关，因而他们将移居达拉斯。

"首要任务就是找合适的房子。我想要一座漂亮的花园，这样格雷下班后可以有地方休闲休闲，我得有一间实实在在的大客厅，可以招待朋友。"

"不知道你要不要把埃利奥特的家具带走。"

"我觉得不合适。我要把家弄成全现代的，或许只多少带些墨西哥风格作为特色。我一到纽约就去打听现在哪一家装修公司最热门。"

男仆安托万用盘子端来一系列酒饮，待人圆熟的伊莎贝尔知道对于调鸡尾酒，男人十之八九都深信自己比女人更胜任（此话确也不假），便请我调两杯。我倒出杜松子和"诺瓦丽·普拉[1]"，又添了少量苦艾，于是将原本平淡无奇的干马提尼点化成了玉液琼浆，奥林匹斯诸神如有品尝，也定会舍弃他们自酿的甘露——那在我看来应该不过和可口可乐差不多的饮料。我把杯子递给伊莎贝尔时注意到桌上的一本书。

"哈！"我说，"拉里的书嘛。"

"是的，今早寄到的，可我一直忙到现在，午饭前有千头万绪，午饭又要出门，下午则要跑'梦妮诗'，真不知什么时候才能坐下来看书。"

我郁闷地寻思，作家花费数月之久、或许投入了无数心血的著作，就这么被束之高阁，直到读者实在无所事事了才去问津。这是本三百页的书，印刷精美，装帧简洁。

"我估计你知道拉里整个冬天都一直住在萨纳里。有没有碰见过？"

"碰到的，就在前几天我们还一起待在土伦呢。"

"是吗？你们在那儿干什么？"

"给索菲送葬。"

1.诺瓦丽·普拉，法国苦艾酒品牌，亦称"味美思"。

"她没死？"伊莎贝尔嚷道。

"假如她还没死，我们也没什么合适的理由埋她啊。"

"这一点儿都不好笑。"她顿了顿，"我不想故作悲伤。喝酒和嗑药的共同作用吧，我猜。"

"不是的，她是被割喉的，还给一丝不挂地扔进了海里。"

和圣让警署的队长一样，我发现自己也不由得夸大了她暴露的程度。

"好可怕！这可怜人儿。她日子这么过，注定了不会有什么好结局。"

"土伦警察局长也是这么说的。"

"他们知道谁干的了么？"

"他们不知道，可我知道。我认为是你害死了她。"

她吃惊地瞪着我。

"你说什么哪？"然后她轻笑道，"再好好猜猜吧；我可是有不在场的铁证的。"

"我去年暑假在土伦撞见了她，长谈了一次。"

"她那时没喝酒么？"

"还算清醒。她告诉了我，她如何在和拉里结婚前几天无缘无故失踪的。"

我注意到伊莎贝尔的脸色僵硬起来。我将索菲讲述的情况原原本本地说了一遍。她警惕地听着。

"我一直在琢磨她说的事情，越想越确信其中有圈套。我在这儿吃过数十回午饭，你从没拿酒出来过。你当时是一个人吃午饭的。为什么会有一瓶朱波罗夫卡和咖啡杯一起摆在盘子里？"

"那会儿埃利奥特舅舅刚刚送来，我想看看自己是不是和在丽兹时一样喜欢喝。"

"是的，我记得当时你是怎么赞不绝口的。我感到很意外，因为你滴酒不沾；你特别在意自己的体形。我那时就感到，你是在企图吊索菲的胃口。我原想那也不过是恶作剧。"

"过奖了。"

"总的来说你绝少爽约。你预期索菲要来，而且还是试婚纱对于她这么重要、对于你这么好玩的事儿，你怎么就会在这节骨眼儿上出去呢？"

"她自己已经告诉你了。我很为琼的牙齿着急。我们的牙医忙得很，我只能按他指定的时间。"

"看牙医，临走的时候都会预约好下一次的。"

"我知道。可是他早晨电话给我，说不得不取消，不过可以换成下午三点，那我当然就急忙答应了。"

"女管家不能带琼去么？"

"她胆子小，可怜的人，我感觉她更希望我去。"

"当你回来看见一瓶朱波罗夫卡喝了十有七八，苏菲也不见了踪影，你难道不感意外么？"

"我以为她等得不耐烦，自己去了'梦妮诗'呢。我到了那儿没找到她，他们说她没来。"

"那朱波罗夫卡又怎么说？"

"嗯，我确实注意到酒了不少。我以为是安托万喝的，差点儿就要跟他说了，不过他的工钱是埃利奥特舅舅付的，他还是约瑟夫的好朋友，所以我想还是不计较的好。他是个好佣人，就算喝一两口酒，我又怎么能责怪他呢？"

"这是怎样的弥天大谎呀，伊莎贝尔！"

"你不相信我？"

"一丁点儿都不相信。"

伊莎贝尔起身走到壁炉架旁。炉火很旺，在这样一个阴沉的天里显得很惬意。她站在那里，一只臂搁在壁炉罩架上，姿态曼妙，她最迷人的本事之一就是能够毫不做作。和多数有身份的法国女人一样，她在白天身着黑裙，尤衬出其焕发的荣光。此刻她的衣装更是在质朴中透着奢华，将她苗条的身段凸显无遗。她吸了一分钟烟。

"我没有理由不向你完全坦白。的确非常地不幸，我不得不出门，当然安托万不应该把酒和咖啡用具留在客厅里。当我回来看见酒瓶差不多全空了时，我当然明白发生了什么，看索菲不见了踪影，我猜她又去发酒疯了。我什么也没说，因为我想这会让拉里难过，他已经够操心了。"

"你肯定酒不是你明确吩咐放那儿的？"

"很肯定。"

"我不信。"

"不信就不信吧。"她恶狠狠地把烟扔进火里，眼神因恼怒而阴沉下来。"好吧，你要知道真相就告诉你，你就可以滚了。是我干的，如果有需要我还会再干。我告诉过你，只要能阻止她嫁拉里，我什么都干得出。你们什么也干不了，不论你还是格雷，就知道耸耸肩说真是个可怕的错误。你们根本不在乎。我在乎。"

"如果你不去动她，她现在还能活着。"

"嫁给拉里，拉里就万劫不复了。他认为可以让她重新做人。男人可真愚蠢！我知道她迟早会崩溃的。明摆着的。你自己看到了吧，我们一起在丽兹吃饭时，她一副神经兮兮的样子。我注意到你在看她喝咖啡；她手抖得厉害，都不敢一只手拿杯子，得用双手端着送到嘴边。我注意到服务生给我们满酒时她直勾勾的眼神；她那疲乏又让人讨厌的目光跟随着酒瓶，就像蛇跟随着一只刚长出羽毛的扑腾腾的小鸡，我就知道她为了喝一口，出卖灵魂也在所不惜。"

伊莎贝尔面对着我，目光怒气灼灼，声音刺耳尖刻，而她似乎还觉得语速不够快。

"埃利奥特舅舅把该死的朱波罗夫卡当作多么大一回事,而就在那时我就盘算开了。我对那波兰玩意儿没有好感,但我装作尝到了最美味的酒。我肯定她要有机会是绝对抵挡不住诱惑的。所以我才带她去时装展,把婚纱作为礼物送她。那天,当她准备去试最后一次婚纱时,我吩咐安托万,午饭后我要喝朱波罗夫卡,并告诉他我在等一位女士,让她等着,给她上咖啡,酒也留着,假如她也想来一盅的话。我带琼去看牙医,可我们当然没有预约,看不成的,于是我就带她去看了一部新闻片。我打定主意,如果索菲滴酒不沾,那我也就认命了,尽力与她为善。这些都是真话,我发誓。但是我回家时看见了酒瓶子,我就知道自己是对的。她走了,而且我用所有的钱来赌咒,她是一去不复返了。"

伊莎贝尔居然真是喘着粗气讲完的。

"这才是我多少猜想到的情形,"我说,"你瞧,我没说错,是你害死了她,就好像你亲手用刀割开她喉咙一样确定无疑。"

"她是坏人,很坏,很坏。我很高兴她死了。"她跌坐进椅子里。"给我来杯鸡尾酒,你这该死的。"

我走过去又调了一杯。

"你真是个卑鄙的家伙。"她说着接过酒杯,随即挤出一个微笑,笑容如孩童一般。她知道孩童的微笑一向是顽皮的,但她认定这微笑也能够以其天真烂漫的魅惑来哄住你不要发脾气。"你不会告诉拉里的,是吗?"

"我才不会。"

"画十字发个誓吧?男人是靠不住的。"

"我向你保证我不会。不过即使我有这个心,也没有机会了,我估计有生之年不会再看到他了。"

她直直地坐起来。

"你是什么意思？"

"此时此刻他正搭着货船呢，要么做甲板水手，要么当司炉，在回纽约的路上。"

"你开玩笑吧？他真是怪人！几个星期前他来过，为了他书里的什么要到公共图书馆来查询，可他只字没提要去美国。我很高兴，这意味着我们能见到他了。"

"我很怀疑。他的美国离你们的美国，就像离戈壁大沙漠一样遥远。"

接着我讲述了他所做过的事情，以及准备要做的事情。她听得目瞪口呆，惊愕在脸上袒露无遗。她不时地以"他疯了，他疯了"的惊呼来打断我的话。当我说完时她垂着头，我看见两颗泪滴从她脸颊上滚落下来。

"现在我真的失去他了。"

她背过身哭泣起来，脸靠在椅背上。那可爱的脸蛋因她毫不掩饰的悲哀而扭曲着。我无能为力。我不知道这么多年来她怀揣着什么样徒劳而矛盾的心愿，反正我带来的消息让她的希望彻底破灭了。我依稀感到，只要能偶遇他，只要他尚在她的世界里的某个角落，那两人之间仍是有纽带的，无论怎么脆弱。可如今，他的举动终于割断了纽带，她知道自己永远失去了他。我不知道折磨着她的是怎样无法弥补的遗憾，只觉得让她痛哭一场也好。我拿起拉里的书，看了看目录。我的那本在我离开里维埃拉时还没到。书的内容与我预期的大相径庭。这是一本文集，每篇的长度与里敦·斯特莱奇的《维多利亚名人传》里的相当，也是写杰出人物的，只是他选择的对象让我不解：有苏拉，罗马独裁者，在攫取绝对权力后功成身退；有阿克巴，莫卧儿的征服者，他打下了一个帝国；有鲁本斯；有歌德；还有约翰逊所致信的切斯菲尔德伯爵。显然，每篇都需要海量的阅读，难怪拉里花费了那么多时日，但我仍不懂他为什么觉得投入这么多时间是值得的，还有为什么要选择这些特定的人来研究。然后我明白了，其中的每一位，都以其自身的方式成为人生之大赢家，我想这便是拉里感兴趣的：他很好奇地想知道什么才算是终极的意义。

我浏览了一页，看看拉里的笔法。其文颇具学者风范，但又明晰易懂，并没有业余写手那种自大狂或掉书袋的通病。能看得出，他学习伟大作家的勤勉程度，一点儿不亚于埃利奥特·坦普尔顿对贵族与士绅的精心研究。伊莎贝尔的一声叹息打断了我的翻看。她坐起来，黯然神伤地喝完了已有些温暾的鸡尾酒。

"再哭下去我的眼睛就要丑死了，晚上还要出门吃饭呢。"她从包里掏出镜子，焦虑地打量着自己。"是的，用冰袋敷在眼睛上半个小时，这才是正事儿。"她在脸上扑了粉，涂了唇膏。接着她满怀心事地看着我。"你会为这个对我另眼相看吗？"

"你会在乎这个？"

"是的，也许你会觉得奇怪。我要你多想想我的好。"

我嬉笑起来。

"我亲爱的，我可不是什么好人，"我答道，"如果我真喜欢上了谁，就算我谴责他犯的错，也不会改变对他的喜欢。以你自身的标准看你并不坏，而且优雅、魅力应有尽有。我依然能欣赏你的美丽，因为我知道那是上乘的审美趣味和无情的毅然决然的巧妙结合。假如再有一样，你的迷人就完美无缺了。"

她笑吟吟地等着。

"温柔。"

微笑在她嘴唇上消失了，她看了看我，眼神里没有丝毫暖意，不过还没等她缓过神，格雷笨重的身躯已然撞了进来。在过去住巴黎的三年里格雷的体重增加了很多，脸色越发红润，头发则迅速稀疏起来，但他仍然健壮，且心情舒坦。他见着我的那份喜悦是油然而生的。虽然他的言谈全是老一套，但不论多么陈腐，他说起来都信心满满，觉得自己就是第一个想到的。他从不说睡觉，而是就寝，并一觉到天明；如果下雨，那就是大雨滂沱，而说到底，巴黎对他来说就是花都巴黎[1]。可他是多么友好，多么无私，多么正直，多么值得信赖，多么平易，简直没法不喜欢他。我是由衷地热爱他的。此刻他对即将启程的远行兴奋不已。

"哦，天哪，又要给马上套了，真好，"他说，"我已经闻到草料香了。"

"都安排停当了？"

"我还没在虚线上签字，但已经铁板钉钉了。跟我合伙的是我大学室友，好样的，绝不是那种会连累我的。不过我们一到纽约，我就飞去得克萨斯，先把情况弄清个大概，在我吐出伊莎贝尔的家当之前，肯定要睁大眼睛看看有没有什么圈套[2]。"

"格雷做生意很在行，你得知道。"她说。

"我又不是在牛棚里长大的。"他微笑道。

他接下去口若悬河地和我说起即将入行的生意，可我对此一窍不通，唯一能落实的印象就是他有希望可以赚很多钱了。他此刻谈兴大起，扭过头对伊莎贝尔说：

"我说啊，咱们干吗不推掉这讨厌的饭局呢，然后去'银塔[3]'吃顿

---

1. 此处的若干俗语包括：hit the hay（就寝）、sleep the sleep of the just（睡个安心觉）、beat the band（猛烈地）、Gay Paree（玩乐巴黎、花都巴黎）；下文的 get into harness again（重新配上马具，意即重操旧业）、feel one's oats（闻到了草料香，意即打起精神）也都属习语。

2. 此段中俗语包括：sign on the dotted line（在虚线上签字，意即签字同意）、on ice（铁板钉钉）、a good scout（好样的、好把式）、hand sb. a lemon（使人不快，也有把蹩脚东西拿给他人或连累他人的意思）、a nigger in the woodpile（可疑的情况、圈套）。

3. 银塔，巴黎著名高档餐厅。

讲究的，就我们三个？"

"哦，亲爱的，我们推不掉。人家是为我们设宴的呢。"

"我无论如何都没法去的，"我插话道，"当我听了你们今晚已有安排时，就约了苏珊娜·鲁维耶，说好了带她出去吃饭。"

"苏珊娜·鲁维耶是谁？"伊莎贝尔问。

"哦，拉里认得的一个小妞儿。"我的话也是在逗她。

"我一直怀疑拉里在哪儿藏着个马子呢。"格雷说着开心地咯咯笑起来。

"胡扯，"伊莎贝尔断然道，"拉里的性生活我全了解，根本就没有。"

"好了，还是分别之前再喝一杯吧。"格雷说。

于是我们饮酒话别。他们陪我来到门厅，当我戴帽子时，伊莎贝尔将自己的一条胳膊贴放在格雷的手臂里，望着他，那表情将我所指摘她缺少的那种温柔模仿得惟妙惟肖。

"告诉我，格雷——要坦白说——你觉得我心肠硬么？"

"不，亲爱的，根本不是。怎么，有谁这样说吗？"

"没有。"

她转过头来，让他看不见她的表情，然后冲我吐了吐舌头，那模样照埃利奥特看来绝非淑女风范。

"不是一回事儿。"我走了出去并带上了门，一边喃喃地说着。

4

当我再次路经巴黎时，马图林夫妇已经搬走了，埃利奥特的公寓也已易主。我很想念伊莎贝尔。她的容颜赏心悦目，又易于攀谈。她领悟力强，且与人为善。我后来就再也没见过她。我写起信来既内容贫乏，又拖拖拉拉，而伊莎贝尔根本不写信。如果她不能通过电话或电报联络到你，她就不再联络。那年圣诞节我收到了她的一张贺卡，卡上漂亮的图案是一幢殖民时期带柱廊的大宅，四周有槲树环绕。想必便是农场那边的庄园，当年他们缺钱想出售未果，如今倒留着不卖了。邮戳显示是在达拉斯寄出的，因而我推断生意谈判很顺利，他们已经在那里站稳了。

　　我从未去过达拉斯，不过我估计和其他美国城市一样，总有一块居住区域，距离商业区车程不远的地方，还有乡村俱乐部，有钱人家在附近拥有精致的住宅，宽大的花园，在客厅能看见山间或谷地的美景。伊莎贝尔自然就住在这样一个区域，这样一幢房子里，室内装修从地窖直至阁楼，无一不由纽约最时尚的装潢公司操刀包办。我只希望她的雷诺阿，她的马奈花卉系列，她的莫奈风景系列以及她的高更看起来别太过时。餐厅的大小无疑很适于她频繁招待闺密们的午餐会，顶级好酒与美食当然也必不可少。伊莎贝尔在巴黎学到了很多。她要的房子须一眼就能看到很理想的客厅，能让姑娘们翩翩起舞的那种，否则她便不予考虑。等女儿们再大一些要学舞时，她会很乐意效劳的。琼和普里希拉应该快到适婚年龄了。我可以肯定她们都给调教得极好；她们上最好的学校，而在伊莎贝尔的精心照管下，她们的学养也会使她们在意中人眼里光芒四射。我估计格雷现在的脸色又红润了一些，下巴更肥厚，头发更少，体重更增长了很多，但是我相信伊莎贝尔依然没有什么改变。她仍然比女儿们更美丽。马图林一家在朋友圈子里无疑有着很重的分量，我相信他们所受到的欢迎也是实至名归。伊莎贝尔亲切好客，礼数周到而练达；格雷呢，当然也是大好人的典范了。

5

　　此后我继续和苏珊娜·鲁维耶时有交往，直到她的境遇有了出其不意的变化，她因此离开了巴黎，也就退出了我的生活。那是差不多两年后的一天下午，我在奥德恩酒店的长廊里愉快地浏览了一个小时的图书，接着闲来无事，便想到了去找苏珊娜。我有六个月没见着她了。她开门时手指夹着调色盘，嘴里还衔了一支画笔，工作服上沾满了颜料。

　　"啊，c'est vous, cher ami. Entrez, je vous en prie[1]。"

　　对于如此正式的问候，我有些意外，不过我还是踏进了那间既当客厅又兼工作室的小屋子。架子上蒙着画布。

　　"我忙得晕头转向，不过你坐下吧，我继续干活儿。一刻儿也浪费不起。你不会相信吧，可我要在迈尔海姆开个人画展了，得准备好三十件油画呢。"

　　"在迈尔海姆？太好了。你怎么做到的？"

　　迈尔海姆可不是塞纳河大街上的贩子，他们那些不靠谱的店面随时都会因为交不起租金而关门。迈尔海姆则是在塞纳河的富人区坐拥一家上乘的画廊，他本人也享有国际声誉。画家若是让他相中了，便会艺途坦荡。

　　"阿希尔先生带他来看我的画，他认为我很有天赋。"

　　"A d'autres, ma vieille.[2]" 我答道，我觉得最好可以翻译为："鬼才信呢，我的老姑娘。"

　　她看了我一眼，咯咯笑起来。

　　"我要嫁人了。"

---

1. 法语：是您啊，亲爱的朋友。快请进。
2. 法语：说点儿别的吧，我亲爱的。

"嫁给迈尔海姆？"

"别犯蠢了。"她放下调色盘和画笔，"我干了一整天，该休息休息了。喝一小杯波尔图吧，我全说给你听。"

法式生活一个令人不太自在的地方就是，常有人在不合时宜的钟点劝你喝杯酸味葡萄酒。你还得从命。苏珊娜拿来一瓶酒和两只杯子，倒满后长舒一口气坐了下来。

"我站了好几个小时，腿静脉胀得痛。嗯，是这么回事。阿希尔先生的妻子今年初去世了。她是好人，虔诚的天主教徒，但是他娶她并非出于喜好，而是因为那是一笔好买卖。尽管他很敬重她，但要说她的死让他痛不欲生，那也夸张了。他的儿子找到了门当户对的妻子，在公司里做得很好，女儿和一位伯爵的婚事也已安排妥当。伯爵是个比利时人，倒是正宗的贵族，在那慕尔附近有一座非常漂亮的城堡。阿希尔先生想，他可怜的太太在天之灵不会希望小两口的喜事因为她而拖延，因此尽管在服丧，但一等财务处理完毕，他们还是想尽快办好婚事。阿希尔先生显然将在里尔空荡荡的房子里形单影只了，他需要一个女人给他安慰，并且帮助他打理这么重要的基业，对于他的地位来说也是必须的。简而言之，他请求我取代他那可怜的太太的位置，他说得很在理：'我的第一次婚姻是为了摆平两家对着干的公司，我毫不后悔，但第二次结婚，就没有理由不遂着自己的心愿了。'"

"我祝贺你。"我说。

"我当然会怀念这段自由自在的生活，我很享受。不过总得想想未来。就咱俩在，我不妨告诉你，我的四十岁已一去不复返了。阿希尔先生正处在危险的年龄段；如果他一时头脑发热去追个二十岁的女孩子，那我该在何处安身？我还要为女儿着想。她十六岁了，和她爸一样有张好面孔。我给她的教育也很不错。可是没法否认必须直面现实：她既没有做演员的天赋，也少了她可怜的妈妈才有的婊子德行；试问她能指望什么呢？文秘？还是在邮局讨个事儿？阿希尔先生很宽宏大量，同意她和我们同住，还许诺了一笔可观的dot[1]，让她能找个好人家。相信我，亲爱的朋友，说什么都是轻巧的，但婚姻总还是一个女人所能从事的最理想职业。显然，考虑到女儿的幸福，我在接受这么一桩求婚时不能再犹豫，哪怕付出的代价是某些随着年华逝去我将越来越难以得到的乐趣；我得告诉你，成婚后，我准备恪守妇道（d'une vertu farouche），以我长期的经验可知，幸福美满的婚姻的唯一基础便是相互的绝对忠诚。"

"非常高尚的情操，我的美人儿。"我说，"阿希尔先生会继续他两周一次的巴黎差旅吗？"

"哦，Oh, la la[2]，你把我当什么人了，我的宝贝儿？阿希尔先生向我求婚时，我首先说的就是：'那听好了，我亲爱的，以后你来巴黎开董事会，我自然也要来。你一个人来我不放心。''你可别想着我这个年纪还能干什么荒唐事了。'他答道。'阿希尔先生，'我对他说，'你正处壮年，没有人比我更清楚你是个多情种子。你风度翩翩，仪表堂堂，有取悦女人的全套本领；简而言之，我想还是最好别给你受诱惑的机会。'最终，他同意把在董事会的位置让给儿子，由他替代自己去巴黎开会。阿希尔先生在面子上说我不可理喻，其实心里可是受宠若惊呢。"苏珊娜满足地舒了口气，"要不是男人那么虚荣，我们这些可怜的女人日子只会更难过。"

"算是皆大欢喜了，不过这一切跟你在迈尔海姆开个展有什么关联？"

"你今天有点儿傻气啊，我可怜的朋友。我有没有跟你说了很多年了，阿希尔先生是个绝顶聪明的人？他也要为自己的身份考虑，里尔的

---

1. 法语：嫁妆。
2. 法语：哎呀。

那帮人很挑剔。阿希尔先生希望我作为像他这么一位重要人物的太太，得在社会上取得我应有的地位。你是知道这些外省人的，就喜欢打探别人的私事，他们的第一个问题就会是：苏珊娜·鲁维耶是什么人？行，他们会得到答案的。杰出的画家，最近在迈尔海姆画廊的展出大获成功且实至名归。'苏珊娜·鲁维耶夫人，一位殖民地步兵团军官的遗孀，彰显了法国妇女的勇气，多年来凭着才华养活了自己及一个过早失去父亲关怀的可爱女儿，而我们欣然得知，公众将很快有幸在总是极富洞见的迈尔海姆先生的画廊里，领略到她细腻的笔触和精湛的技巧。'"

"这是什么胡言乱语啊？"我说，并装作竖起了耳朵。

"那是阿希尔先生准备发布的前期宣传，我亲爱的。法国各大报纸都会刊登。他真了不起。迈尔海姆提出的条件非常苛刻，可是阿希尔先生就这么轻描淡写地接受了。预展时还要举行champagne d'honneur[1]，艺术部长将启动开幕式并做精彩演讲，他是欠了阿希尔先生人情的，他在讲话里要着重赞颂我是个有德行的女子和有才华的画家，最后他将宣布，以奖功酬德为己任的政府已经购得我的一幅画作为国家收藏。全巴黎将为之瞩目，迈尔海姆先生还要亲自关照艺评人士。他已做出保证，他们的评论不但说得要足够好，还得足够长。这些可怜的家伙，平时只能挣一点点，现在是碰到大善人，给他们机会赚外快了。"

"你是名副其实啊，我亲爱的。你一直就不赖嘛。"

"Et ta soeur.[2]"她答道，这是无法翻译的。"可这还没完。阿希尔先生以我的名义在圣拉斐尔[3]海岸买了一幢别墅，这样我跻身里尔的社交圈时，不但有着杰出画家的身份，而且还是个有家产的女人。他准备再

---

1. 法语：香槟酒会。
2. 法语，直译为"你妹妹呢？"，有为不想继续话题顾左右而言他之用意。
3. 圣拉斐尔，临近马赛地区。

过两三年退休，我们就像上流人士那样（comme des gens bien）住到里维埃拉去。他可以海中泛舟、捉虾，而我可以致力于艺术创作。现在我来给你看看画。"

苏珊娜已经画了好些年，历经各个情人的路数而最终形成了自己的风格。她还是不懂怎么画，然而她获得了对色彩的超强感觉。她向我展示了各种作品：和母亲住昂儒省时作的风景画、几幅凡尔赛花园、枫丹白露的森林，还有令她陶醉的巴黎市郊街景。她的绘画耽于空想而并无坚实的质感，可倒也有一种花团锦簇般的优美，甚至还有某种不经意造就的典雅。

我被其中一幅画吸引了，并提出买下来，因为我想她会很高兴的。我记不得那是叫《林间空地》还是《白围巾》了，后来又看了很多画，让我现在更不能确定哪个名字了。我询问了价格，还算合理，就说要了。

"你真是天使啊，"她嚷道，"我的第一笔买卖。当然你得等到画展之后，不过我会书面确认你已经买下来。不管怎样，小小地公开一下，对你来说也无伤大雅。我很高兴你挑了那幅，我自认为是我的一幅精品。"她拿着手镜查看画作。"很有魅力的，"她眯缝着眼说，"不能否认这一点。这些绿色调——多么丰富，可同时又多么精细！还有中央的几笔白色，那是真正的收获，把整幅画都连成了一片，显得非常突出。是有才气的，毫无疑问，真正的才气。"

我感到她取得了长足进步，正在向职业画家迈进。

"好了宝贝儿，聊得够多了，我得回去干活儿了。"

"那我也得走了。"我说。

"À propos[1]，可怜的拉里还在跟那些'红头皮[2]'混？"

---

1. 法语：对了，想起来了。
2. 红头皮，原指对印第安人的蔑称，这里泛指对美洲人的贬称。

她已习惯了这么称呼"上帝的国度[1]"的子民，确实是很不敬的。

"据我所知是这样。"

"这可难为他这号可爱风雅的人物了。假如信了电影的描写，有这么多匪徒、牛仔，还有墨西哥人，日子该多么可怕。倒不是那些牛仔的体貌没有吸引人的地方，他们还是有两下子的。Oh, la la！但貌似走在纽约街头，口袋里不揣把左轮手枪是极其危险的。"

她把我送到门口，在我两边脸颊上各亲了一下。

"我们在一起有过很愉快的时光。要留下对我的美好回忆啊。"

6

我的故事到这儿就说完了。我一直没有拉里的音信，实际上我也没有期望。大概他已按计划去实施了，因而我想很可能他一回美国就找了份汽修厂的工作，然后当卡车司机，直至取得足够所需的知识以弥补这么多年旅居海外留下的空白。到了那个时候，他完全有可能兑现他的奇思妙想：做出租车司机。诚然那只是饭桌上的玩笑话、信口开河的想法，不过他如果真付诸实施的话我也一点儿不会感到意外；自此我在纽约打车时总要瞥一眼司机，看会不会邂逅拉里严肃的微笑以及深陷的眼窝。我从未遇上过。战争爆发了。他年纪太大无法做飞行员，但他也许又坐上了卡车，在国内或者海外，要么他也许就在工厂做工。我很愿意想见，在闲暇时分，他在写书，想表达生活所教给他的真谛，他想传递给同胞的那种启示；不过若真如此，那完稿还须有漫长的时日。他有的是时间，因为岁月并没有在他身上留下什么痕迹，他实际上仍是个小年轻。

───────────────

1.上帝的国度，美国人对自己国家的称呼。

316

他没有野心，对名利也毫无欲念；无论成为何种社会名流都令他厌恶；于是，他或许很满足自己选择的生活，只做好他自己就已足够。他谦逊得不愿意做他人的榜样；可或许，他觉得会有些许彷徨的人，像飞蛾扑火那样受到他的吸引，终将向他走来，分享他那熠熠生辉的信仰：人生的极乐只存于精神，人循着无私与弃绝之念走在自我修行的道路上，便将能善司其职，就像他写书或是游说众生那样。

然而这只是猜度。我不过是俗人、庸人；对于这样一位奇人，我只能领略其光辉，却未能追其神而入其髓，不似有时看待凡俗之辈那么容易。拉里已如其所愿，融入了喧嚣的人群之中。这些人，受着如此多相互抵牾的利益的烦扰，如此迷失在世界的纷乱之中，如此地渴求善，如此地外强中干，如此仁慈，如此冷酷，如此信赖他人又如此小心谨慎，如此吝啬又如此慷慨，这些都是美利坚合众国的人。对于他能说的就这么多了：明知不尽如人意，却也是不能自已的。可就在封笔之际，我不安地意识到，我准是让读者的心绪难以安顿了，并且对此竟束手无策；当我在心里回顾这漫长的叙述，看看有没有办法可以修正出一个更完美的结局时，我愕然发觉，我写下来的居然是一个不折不扣的关于成功的故事。所有我关注的人物尽皆各得其所：埃利奥特声名显赫；伊莎贝尔在一个活跃而高雅的社交圈里有了稳固的地位，支撑她的是殷实的财富；格雷则重返朝九晚六的公司生涯，其职业稳定且利润丰厚；苏珊娜·鲁维耶有了安全感；索菲得到了死亡；而拉里获得的是快乐。不论那些自视甚高之士如何傲慢地吹毛求疵，我们这些普通民众在内心深处都爱皆大欢喜的故事。这么说来，我写的结局说到底还算不坏。

（全书完）

[英] 威廉·萨默塞特·毛姆

William Somerset Maugham（ *1874.1.25—1965.12.15* ）

小说家，剧作家

毕业于伦敦圣托马斯医学院，后弃医从文

在现实主义文学没落期坚持创作，并最终奠定文学史上经典地位

倡导以无所偏袒的观察者角度写作，包容看待人性

1946 年，设立萨默塞特·毛姆奖，奖励优秀年轻作家

1952 年，牛津大学授予名誉博士学位

1954 年，英王室授予 Companion of Honour 称号

1965 年 12 月 15 日，在法国里维埃拉去世

经典作品

《人性的枷锁》（ 1915 ）

《月亮和六便士》（ 1919 ）

《叶之震颤》（ 1921 ）

《面纱》（ 1925 ）

《刀锋》（ 1944 ）

韦清琦

生于 1972 年，江苏南京人
本科毕业于南京师范大学外国语学院
2004 年获得北京语言大学比较文学博士
曾赴美国内华达大学访学
现为南京师范大学金陵女子学院英语系教授

已出版译著《爱达或爱欲》《末世之家》《人性的因素》《羚羊与秧鸡》等

刀锋

作者 _ [英]威廉·萨默赛特·毛姆　译者 _ 韦清琦

产品经理 _ 周娇　装帧设计 _ 尚燕平　产品总监 _ 李佳婕

技术编辑 _ 顾逸飞　责任印制 _ 梁拥军　出品人 _ 许文婷

营销团队 _ 李佳　杨喆　王维思

鸣谢

马伯贤

果麦
www.guomai.cc

以 微 小 的 力 量 推 动 文 明

图书在版编目（ＣＩＰ）数据

刀锋 /（英）威廉·萨默塞特·毛姆著；韦清琦译
. -- 天津：天津人民出版社, 2017.8（2022.9重印）
（毛姆文集）
ISBN 978-7-201-12258-8

Ⅰ.①刀… Ⅱ.①威… ②韦… Ⅲ.①长篇小说－英
国－现代 Ⅳ.①I561.45

中国版本图书馆CIP数据核字（2017）第199451号

刀锋
DAOFENG

出　　版　天津人民出版社
出 版 人　刘　庆
地　　址　天津市和平区西康路35号康岳大厦
邮政编码　300051
邮购电话　022-23332469
电子信箱　reader@tjrmcbs.com

责任编辑　王小凤
产品经理　周　娇
封面设计　尚燕平

制版印刷　河北鹏润印刷有限公司
经　　销　新华书店
发　　行　果麦文化传媒股份有限公司
开　　本　880毫米×1230毫米　　1/32
印　　张　10.25
字　　数　264千字
版次印次　2017年8月第1版　2022年9月第5次印刷
定　　价　49.00元